CAMILLA GREBE · ÅSA TRÄFF

Durch Feuer und Wasser

Psychothriller

Aus dem Schwedischen
von Gabriele Haefs

btb

Die Originalausgabe erschien 2015
unter dem Titel »Eld och djupa vatten« bei Massolit Förlag, Stockholm.

MIX
Papier aus verantwortungsvollen Quellen
FSC® C014496
FSC www.fsc.org

Verlagsgruppe Random House FSC® N001967

1. Auflage
Deutsche Erstveröffentlichung Februar 2019

Umschlaggestaltung: semper smile, München
Covermotiv: © Ebru Sidar/Trevillion Images;
Shutterstock/Cafe Racer; Eky Studio
Satz: Uhl + Massopust, Aalen
Druck und Einband: GGP Media GmbH, Pößneck
mr · Herstellung: sc
Printed in Germany
ISBN 978-3-442-71724-8

www.btb-verlag.de
www.facebook.com/btbverlag

Für Mikael und Andreas

Aber
werd' ich sagen
Hüte dich vor dem Feuer
und dem tiefen Wasser
Lauf niemals, niemals weg von mir
in die schwarze Nacht

Barbro Lindgren

Nacka, im Osten von Stockholm, 1985

Er setzt sich im Bett auf. Lauscht unruhig auf Geräusche, hat Angst, seine Eltern könnten das Klingeln hören. Er hat mit dem Wecker im Bett geschlafen. Wie eine harte Kugel lag der unter dem weichen Kissen. Wie ein Geheimnis, von dem nur er wusste.

Das einzige Licht im Zimmer stammt von einem orangefarbenen Weihnachtsstern aus Pappe, der sein Licht im Kinderzimmer verbreitet. Das schmale Bett, das Bücherregal aus Fichtenholz und die bunten, bis an den Rand mit Spielzeug gefüllten Plastikkisten werden davon brandgelb gefärbt. Auf dem kleinen Schreibtisch neben der Tür steht ein Flamingo aus rosa Glas, den seine kleine Schwester ihm zu Weihnachten geschenkt hat. Daneben sitzt Onkel Dagobert mit düsterer Miene auf der Spardose, die wie eine Truhe aussieht, und bewacht das Geld. Der Junge weiß genau, wie viel er in der Spardose hat. Neunzehn Kronen und fünfzig Öre. Der Junge denkt, dass er ein so guter Slalomläufer werden will wie Ingemar. Auch er wird die steilsten Hänge hinuntersausen und die größten Rennen gewinnen. Sein Papa hat ihm versprochen, dass er dieses Jahr in die Skischule darf. Er ist doch jetzt sieben, also groß genug. Nach Weihnachten wird die Familie nach Sälen fahren, und da kann er dann endlich seine neuen Skier ausprobieren.

Der Junge steht auf. Schleicht vorsichtig zum Fenster. Stellt sich dicht vor die Scheibe. Legt die Hand an das kalte, glatte Glas. Draußen ist der Himmel schwarz, und er kann Tausende funkelnder Sterne sehen. Sie kommen ihm vor wie spitze Glasscherben, die jemand über ein schwarzes Tuch verstreut hat.

Den Jungen schaudert es. Er mag es nicht, wenn der Nachthimmel das Haus in Finsternis hüllt. Er hat Angst vor Dunkelheit und Leere, vor allem vor dem, was sich dort draußen versteckt und nicht zu sehen ist. Er richtet lieber den Blick nach unten auf das Grundstück. Der Schnee liegt unberührt da und die Straßenlaterne wirft ihr kaltes Licht auf den weißen daunenweichen Teppich.

Überall Schnee. Der breitet sich wie eine dicke Decke über den Garten. Der Junge ahnt die Umrisse von Büschen und Beeten und von Papas altem Fahrrad vor der Garage. Mama hat in einen der knorrigen Apfelbäume Laternen gehängt. Es sieht so schön aus, wenn die Laternen durch den Schnee leuchten. Wirklich wie Weihnachten.

Es ist halb fünf Uhr morgens. Bald wird Mama aufstehen. Sie muss immer früh raus, um rechtzeitig bei ihrer Arbeit im Krankenhaus zu sein.

Mama arbeitet bei kranken Kindern, und ab und zu weint sie, wenn sie nach Hause kommt. Dann ist tagsüber etwas passiert. Der Junge hat heimlich zugehört, als Mama und Papa geredet haben, und er weiß, dass bei Mamas Arbeit schlimme Dinge geschehen. Es kommt vor, dass Kinder sterben. Dass sie so krank sind, dass sie nicht mehr leben können. Er bekommt Angst, wenn er Mamas Geschichten hört. Auch er ist schließlich schon krank gewesen. Was, wenn es auch bei ihm so schlimm wird, dass er stirbt? Oder vielleicht Mama oder Papa oder Elsemarie? Wenn der Junge über solche Dinge nachdenkt, bekommt er Bauchschmerzen und muss an etwas anderes denken. Wie Autos. Oder Tablettenschachteln.

Er flüstert alle Namen von Tablettenschachteln, die er kennt, wieder und wieder.

Nach einer Weile geht es ihm besser.

Vorsichtig drückt er auf die Klinke und schleicht hinaus auf den schmalen Gang. Elsemaries Zimmertür steht offen, und er kann ihr erleuchtetes Aquarium sehen, das einen eigenen Tisch hat. Die weiße Tür der Eltern ist geschlossen, und er weiß, dass die beiden dahinter tief schlafen. Der Junge spürt den Teppichboden an seinen nackten Fußsohlen kitzeln. Es fühlt sich schön an, wie Samt. Wenn man den Fuß darüberzieht, bleibt eine Spur in dem dicken Teppich. Das sieht witzig aus. Der ganze Teppich sieht witzig aus.

So ein Teppichboden ist auch auf der Treppe verlegt. Papa sagt, das sei gut, dann ist die Treppe nicht so glatt und man braucht keine Angst zu haben, dass man ausrutscht und sich wehtut. Papa findet solche Dinge wichtig. Dass die Treppe nicht glatt ist. Dass auf dem Weg von der Straße zum Haus ordentlich gestreut ist. Dass alle gefährlichen Flaschen mit Reinigungsmitteln in der Garage weggesperrt sind. Der Junge findet, dass der Vater übertreibt. Er ist doch jetzt sieben. Geht zur Schule. Ist alt genug, um zu wissen, dass man nichts trinken darf, was man nicht kennt. Aber er sagt nichts, denn er weiß ja, dass Papa es beruhigend findet, wenn alles seine Ordnung hat.

In der Küche brennt der elektrische Leuchter. Es riecht nach Tee und Apfelsinen und etwas anderem, das er nicht kennt, das ihm aber vertraut vorkommt. Es riecht nach zu Hause. Der Junge geht in die Hocke, öffnet einen Schrank und zieht ein großes rotes, mit Weihnachtswichteln dekoriertes Blechtablett heraus. Er stößt dabei gegen einen Plastikbehälter, und in der Küche ist ein dumpfer Laut zu hören. Dann wird es wieder still. Er wartet. Wartet auf die Stimme seiner Mutter und ihre Frage, was denn los sei, aber alles bleibt still.

Der Junge stellt das Tablett auf den Tisch und nimmt sich einen Teller. Es ist ein brauner Steingutteller, und er findet, der sehe aus wie ein echter Wichtelteller. Dann hockt er sich vor den Küchenschrank. Im Schrank haben die Eltern ihre großen Kessel und Kochtöpfe stehen, die Papa benutzt, wenn er Saft kocht. Der Junge hebt den Deckel von dem größten Kessel und greift hinein.

Tastet mit eifrigen Händen, bis er die Papiertüte streift. Triumphierend zieht er sie heraus und fängt an, die schön verzierten Pfefferkuchenherzen auszupacken. Grüner und rosa Zuckerguss. »Schönen Luziatag«, steht in feiner Schnörkelschrift darauf. Es sind insgesamt vier. Eins für jedes Familienmitglied. Mama, Papa, Elsemarie und ihn selbst. Er legt die Herzen auf den grünen Steingutteller. Versucht, sie besonders schön aussehen zu lassen, indem er sie anordnet wie ein vierblättriges Kleeblatt.

Der Junge hat Geld aus seiner Spardose genommen und die Herzen in der kleinen Konditorei in der Innenstadt gekauft, an der er jeden Tag auf dem Schulweg vorbeigeht. Er hat lange gebraucht, um sich zwischen den unterschiedlichen Pfefferkuchen hinter dem Tresen zu entscheiden, er wollte ja alles ganz richtig machen. Als er sich am Ende entschieden hatte, gab er das Geld der grauhaarigen Tante, die immer hinter dem Tresen in der Konditorei steht. Sie heißt Hilma, und ihr Mann, der Konditor, heißt Erik, und er bäckt alle Kuchen und Brötchen, die es in der Konditorei gibt. Hilma lachte über den Jungen, als sie seine Ein-Kronen-Stücke sah, aber es war ein liebes Lachen.

»Willst du deine Eltern überraschen?«

Sie lachte noch immer, und dabei war ihre Zahnlücke im Oberkiefer zu sehen. Er nickte eifrig.

»Ja, zu Luzia. Mama und Papa und Elsemarie.«

»Was du nicht sagst. Das wird ja ein schönes Fest werden!«

Hilma griff zu einer silbernen Zange, nahm vorsichtig einen Pfefferkuchen nach dem anderen und legte sie in die Tüte.

»Aber dann brauchst du doch auch eine Überraschung.«

Sie bückte sich unter den Tresen und zog eine Tüte mit Lutschern heraus. Der Junge nahm sich einen orange gestreiften und bedankte sich artig, dann legte er die Tüte vorsichtig in seine Schultasche und machte sich auf den Heimweg, während er an seinem Lutscher leckte.

Er arbeitet weiter an dem Tablett. Mama und Papa trinken morgens Kaffee, aber er weiß nicht, wie man Kaffee kocht. Stattdessen nimmt er zwei Flaschen Weihnachtsmalzbier aus der Speisekammer. Die fühlen sich kühl an. Mama hat erklärt, dass es in der Speisekammer eine Luke gibt, die kalte Luft hereinlässt. Je kälter es draußen wird, umso kälter ist es auch in der Speisekammer. Und jetzt ist es draußen schweinekalt. So kalt, dass schon jede Menge Schnee gefallen ist.

Er hat sich so nach Schnee gesehnt.

Danach gesehnt, mit dem Schlitten den steilen Hang im Wald hinunterzusausen, im Garten liegend Schnee-Engel zu machen und Elsemarie mit Schneebällen zu bewerfen. An das Letzte denkt er fast zaghaft, wie aus Angst, dass jemand seine Gedanken hören könnte. Er will Elsemarie nicht wehtun, aber manchmal macht es Spaß, sie aufzuziehen. Er liebt seine kleine Schwester, und wenn irgendwer gemein zu ihr wäre, würde derjenige es mit ihm zu tun bekommen. So ist das.

Er stellt vier kleine Gläser auf das Tablett und betrachtet dann sein Werk. Ein Teller mit vier Pfefferkuchen. Zwei Flaschen Malzbier. Vier kleine Gläser. Es sieht schön aus, aber doch noch nicht so schön, wie wenn seine Eltern für ein Festmahl decken. Er überlegt, was fehlt, und dann geht er zu einer Schublade, sucht darin und findet schließlich eine Packung Servietten. Die sind nicht sonderlich weihnachtlich, mit ihren Bildern von Walderdbeeren, aber er findet sie trotzdem schön. Er faltet sie zusammen, wie Mama das macht, und legt sie dann auf das Tablett.

Jetzt sieht es noch schöner aus, aber noch immer fehlt etwas.

Er schaut sich in der Küche um und entdeckt dann den Adventsleuchter, der auf dem Tisch aus Kiefernholz steht. Zwei Kerzen sind unberührt, die darf man noch nicht anzünden. Man muss bis zum dritten und vierten Advent warten. Der Junge stellt den Adventsleuchter auf das Tablett. Drückt ihn zwischen Servietten und Teller, wo er gerade genug Platz hat. Kuchen, Getränke, Servietten, Kerzen. Das sieht wirklich schön aus, und so lecker, dass er gern einen Pfefferkuchen probieren würde, wie ein richtiges Baby.

Aber das wird er natürlich nie im Leben tun.

Jetzt muss er noch Streichhölzer holen. Er weiß genau, wo Papa die aufbewahrt, aber er kommt nur mit Mühe an das oberste Schrankfach. Er klettert auf die Küchenbank und versucht, sich zum obersten Fach in dem kleinen Seitenschrank zu recken. Es riecht nach Stearin und Gewürzen und ein bisschen muffig, und eigentlich würde er sich gern die Nase zuhalten, da der Geruch so stark und aufdringlich ist. Er kann nicht bis so hoch oben sehen, deshalb lässt er vorsichtig seine Finger über die unterschiedlichen Gegenstände wandern. Findet den großen Aschenbecher aus Glas, der nur hervorgeholt wird, wenn sie Besuch von jemandem haben, der raucht. Daneben liegen die schönen Serviettenringe aus Messing, die an Feiertagen benutzt werden. Er sucht weiter, findet schließlich eine kleine Pappschachtel, schließt die Finger darum und klettert von der Küchenbank. Die Schachtel ist blau, und darauf ist ein Bild eines kleinen Kindes, das zielstrebig auf eine leuchtende Sonne zumarschiert. Es sieht fast aus, als sei das Kind auf dem Weg mitten in die Sonne.

Es ist schwer, die Kerze anzuzünden. Er hat zwar schon einmal Streichhölzer benutzt, aber da waren immer Erwachsene dabei. Jetzt muss er es allein schaffen. Natürlich weiß er, dass man mit Feuer ungeheuer vorsichtig umgehen muss. Er ist vorsichtig. Er konzentriert sich, und am Ende brennt die erste Kerze. Bei der zweiten geht es leichter, denn er kann das Streichholz gleich an der ersten Flamme anzünden. Und dann ist das Tablett fertig: Pfefferkuchen, Malzbier, Servietten und Kerzen.

Es sieht schön aus. Er ist stolz und aufgeregt. Stellt sich vor, was Mama und Papa wohl sagen werden. Und Elsemarie! Die werden ja so überrascht sein!

Er hebt das Tablett vorsichtig hoch. Es ist schwer. Schwerer, als er erwartet hat. Er muss sich anstrengen, um es gerade zu halten, damit nichts herunterfällt. Mit langsamen Schritten steigt er die Treppe hoch und findet es plötzlich schön, dass Papa auch dort Teppichboden verlegt hat, denn dadurch ist es weniger glatt, genau wie Papa gesagt hat.

Als er in den kleinen Gang im ersten Stock kommt, stellt er das Tablett auf den Tisch vor dem Fenster. Dann geht er in sein Zimmer und holt seine Sternsingerkleider hervor: ein weißes Hemd, einen Sternenhut und einen goldenen Pappstern, der an einem Blumenstöckchen befestigt ist.

Diese Kleider kommen ihm auf irgendeine Weise magisch vor. Er wird zu einem anderen Jungen. Einem Jungen in weißen Kleidern, der Weihnachten ankündigt.

Als er wieder in den Gang hinauskommt, will er anfangen zu singen, aber dann schaut er aus dem Fenster.

Draußen auf der Straße kommt ein seltsamer Mensch gegangen, der einen Wagen vor sich herschiebt. Zuerst begreift der Junge nicht, was er dort sieht, er ahnt nur die Umrisse dieses seltsamen Gefährts. Er rennt die Treppe hinunter in die Diele und zu dem Fenster neben der Haustür. Kann das ein Dieb sein, der da draußen mit einem Wagen unterwegs ist? Denn so früh am Morgen ist es ja wohl keine Mama mit einem Kinderwagen. Oder ist es vielleicht der Weihnachtsmann?

Der Junge glaubt eigentlich nicht mehr an den Weihnachtsmann. Stefan aus seiner Klasse sagt, dass nur Pipibabys an den Weihnachtsmann glauben und dass die Geschenke von den Eltern besorgt werden.

Aber vielleicht trotzdem?

Er beugt sich zur Fensterscheibe vor und sieht sich die Gestalt genauer an, und die bewegt sich jetzt auf der verschneiten Straße auf das Haus zu. Er begreift nicht so ganz, was er sieht, wer sich hinter den Winterkleidern verbirgt. Aber dann bückt sich die Gestalt plötzlich über den Wagen, nimmt etwas heraus und steckt es in ihren Briefkasten.

Der Junge begreift, dass er einen Zeitungsboten vor sich hat. Er hat so einen noch nie gesehen, weil die immer so früh am Morgen kommen, aber Papa hat ihm erklärt, dass ein Zeitungsbote die Morgenzeitungen austrägt, so, wie ein Briefträger das mit der Post macht. Der Mann tut ihm leid, da er so früh aufstehen und bei dem vielen Schnee Zeitungen austragen muss, aber zugleich freut sich der Junge, denn er weiß, dass Mama und Papa morgens gern die Zeitung lesen.

Er zieht seine Allwetterstiefel an, die innen lockiges weißes Fell haben und außen Plastik. Man kann sie bei jedem Wetter anziehen, wie der Name ja schon sagt. Die Stiefel sind schön, und das Fell fühlt sich an seinen nackten Füßen warm und weich an.

Der Junge betrachtet sich im Spiegel. Ein Sternsinger mit einem funkelnden goldenen Stern und Allwetterstiefeln. Vorsichtig legt er den Stern auf den Boden. Den braucht er ja wohl nicht, wenn er nur die Zeitung holen will.

Es ist nicht schwer, die Tür aufzumachen. Man dreht nur an dem Türknauf, bis es Klick macht. Der Junge tritt hinaus auf die Treppe, dann bleibt er stehen und schaut sich verwundert um.

Überall weiß. Überall Schnee.

Es riecht kalt und feucht und nach Winter.

Vorsichtig zieht er die Haustür zu, wie er das von seinem Papa gelernt hat, und läuft dann zum Briefkasten. Er bleibt stehen und bückt sich, lässt die Hände einige Handvoll Schnee fangen und macht daraus einen harten Ball. Er zielt auf die große Birke, die in ihrem Garten wächst, verfehlt den weißgefleckten Stamm aber um einige Zentimeter. Er macht sofort noch einen Schneeball, zielt und trifft wieder daneben. Er versucht es noch einmal und noch einmal, schafft es aber nie.

Plötzlich merkt er, wie steif und kalt seine Finger sind. Er hat ja keine Handschuhe an. Nur einen Schlafanzug und darüber ein Luziahemd und einen Sternsingerhut aus Pappe. Und die warmen Stiefel. Langsam geht er auf den Briefkasten zu. Der Schnee reicht ihm fast bis über den Stiefelrand und ein bisschen rutscht hinein. Er versucht, sich zu beeilen. Hebt den Deckel des alten grünen Plastikbriefkastens und fischt *Dagens Nyheter* heraus. Auf der Vorderseite ist eine Luzia abgebildet.

Als er zur Haustür zurückgeht, schaut er am Haus nach oben. Im Fenster im ersten Stock sieht er einen seltsamen Lichtschein. Er begreift nicht, was das sein kann. Vielleicht sind Mama und Papa aufgewacht, oder Elsemarie ist schon aufgestanden?

Das Licht bewegt sich oben hinter dem Fenster, wechselt zwischen Weiß, Gelb und Orange.

Der Junge rüttelt an der Haustür, aber nichts passiert. Er rüttelt wieder. Zieht so fest er nur kann am Türknauf. Er friert, und seine Füße sind nass, und er will ins Haus, aber er bekommt die Tür nicht auf. Er versucht es noch einmal, aber noch immer passiert nichts. Die Tür ist weiterhin verschlossen und nichts bewegt sich.

Und dann fällt es dem Jungen wieder ein.

Man muss das Schloss aufsperren, sonst kann man die Tür nicht öffnen. Und das hat er vergessen.

Für einen Moment steht er bewegungslos da. Weiß nicht, was er machen soll. Dann fängt er an, mit der schwarzen Türklappe zu schlagen. Er schlägt und schlägt, aber niemand kommt.

Dann schreit er. Ruft nach Mama und Papa.

Aber noch immer kommt niemand, um aufzumachen. Und im ersten Stock bewegt sich das Licht jetzt immer schneller. Weiß, Gelb und Orange.

Das Licht, das ein Feuer ist.

Restaurant Blå Porten, Djurgården,
Stockholmer Innenstadt

Aina ist sehr blass. Ihre langen Haare sind einer lockigen Pagenfrisur gewichen. Ihre Züge sind markanter, treten in dem mageren Gesicht deutlicher hervor. Aber die Augen, die zwischen grau und grün changieren, funkeln wie immer.

Der Schmerz über ihren Anblick verschlägt mir fast den Atem. Natürlich habe ich damit gerechnet, dass es ein Schock sein würde. Habe mich gefragt, ob mein Zorn noch vorhanden sein würde, wie ein eigenes Wesen irgendwo tief in meinem Körper. Aber ich verspüre nur Trauer, es tut mir weh, ihre Veränderung zu sehen. Ich werde von meinem Mitgefühl für Aina überwältigt. Aina, meine beste Freundin.

Meine *ehemals* beste Freundin.

»Ich weiß. Ich sehe einfach schrecklich aus.«

Sie fährt sich mit der Hand durch die dünnen Haare und kehrt ihr Gesicht der bleichen Herbstsonne zu. Sie nippt an einem Glas Wein und weicht meinem Blick dadurch aus, dass sie zwei kleine Kinder beobachtet, die sich gegenseitig durch den geschützten Innenhof jagen. Wir sitzen vor dem Blå Porten, wie früher so oft. Die Sommerwärme macht noch einen letzten Besuch, wie um uns zu bitten, durchzuhalten und nicht zu vergessen, dass nach der tiefen Finsternis, die auf uns wartet, ein neuer Frühling kommen wird. Um uns herum sitzt eine Mischung aus frischgebackenen Eltern, die Latte trinken, während ihre Kinder in ihren Bugaboo Wagen sitzen, und aus Frauen um die Sechzig, die irgendeine kulturelle Veranstaltung auf Waldemarsudde oder bei Liljevalchs besucht haben. Alles genau wie immer. Und doch ist alles anders.

Ich merke, dass ich Angst davor habe, zu fragen, wie es aussieht. Wie es war.

»Willst du erzählen?«

Für einen kurzen Augenblick begegnen sich unsere Blicke, halten einander fest, ehe sie wieder in verschiedene Richtungen auseinanderhuschen. Aina holt tief Luft und blinzelt.

»Du meinst den Krebs. Ich bin jetzt gesund. Das hat man mir jedenfalls gesagt.«

Sie dreht plötzlich den Kopf und schaut mir direkt ins Gesicht.

»Es war viel schlimmer, als ich mir das jemals hätte vorstellen können. Viel schlimmer, aber zugleich absolut nicht so, wie man denkt. Wie ich es mir vorgestellt hatte. Hast du dir je überlegt, wie es wäre, lebensgefährlich krank zu sein?«

Ich überlege. Lasse die Frage einsinken. Natürlich habe ich mir das schon vorgestellt. Mich gefragt, was aus Erik und Markus werden sollte, wenn ich nicht mehr da wäre. Ob Erik sich an mich erinnern würde. Mich vermissen. Als Stefan, mein erster Mann, gestorben war, habe ich mich nach dem Tod gesehnt. Ich dachte daran wie an einen Befreier, der mich retten würde, damit ich nicht weiter in einem Dasein existieren müsste, das nur aus Leere und Schmerz bestand. Ich nicke Aina bestätigend zu. Ich habe mir Krankheit und Tod vorgestellt.

»Ich auch. Vorher habe ich das getan. Und ich hatte eine ganz deutliche Vorstellung davon, wie ich sein würde, wenn ich krank wäre. Dass ich stark und mutig sein, dass ich um mein Leben kämpfen würde. Dass ich die Krankheit mit purer Willenskraft besiegen würde. Doch als es dann so weit war, war alles anders, *ich* war anders. Ich war klein und ängstlich und feige. Und mir ging auf, dass man Krebs nicht besiegen kann, indem man Fischölkapseln schluckt oder zum Yoga geht. Man kann nur still alles aushalten, was geschieht, und die Gefühle auf sich zukommen lassen. Sie da sein lassen. Sie erforschen. Sie ertragen.«

Sie fährt sich noch einmal mit der Hand durch die Haare, wickelt eine Strähne um einen Finger, wie sie das immer schon getan hat.

»Zellgifte. Du hast keine Ahnung, was die mit uns anstellen. Ich wusste, dass es schwer sein würde, aber wie schwer … Übelkeit, Erbrechen, Schmerzen …«

Plötzlich verstummt sie und richtet den Blick auf mich.

»Entschuldige. Ich plappere einfach drauflos. Ich wollte mich nicht mit dir treffen, um zu jammern, wirklich nicht. Aber ich will, dass du weißt, wie es war. Und warum es so gekommen ist, wie es eben gekommen ist, mit Stefan.«

Ein Windstoß packt meine Serviette, und sie fliegt über den Kiesweg und landet dann unter einem blattlosen Busch. Ich weiß, dass ich hinterherlaufen und sie aufheben müsste, aber ich bleibe sitzen. Ich habe so lange darauf gewartet, mit Aina sprechen zu können, aber zugleich bin ich ihr ausgewichen. Ich wollte reden und wollte es auch wieder nicht. Meine beste Freundin und mein verstorbener Mann hatten vor langer Zeit einmal hinter meinem Rücken ein Verhältnis. Als ich das erfuhr, war Stefan bereits tot, und ich konnte nur noch Aina bestrafen. Wir haben uns seit mehreren Jahren nicht gesehen, obwohl Aina sich bei mir gemeldet hat, als sie krank wurde. Ich löschte ihre Mails und leerte den Papierkorb, ehe ich es mir anders überlegen konnte. Dann passierte etwas, das mich dazu brachte, meine Meinung zu ändern.

»Und warum ist es so gekommen?«

Meine Stimme ist ausdruckslos. Ich denke daran, was geschehen ist. An einen Zorn, der so stark war, dass ich gern geschlagen, verletzt hätte. Ein Gefühl, von dem ich nicht gewusst hatte, dass es existierte, ehe ich von Ainas Verrat erfuhr. Aber jetzt gibt es nur noch Leere. Alles Böse, das ich Aina gewünscht habe, hat sie bereits getroffen, aber ich finde darin keine Befriedigung. Stattdessen tut sich in mir ein Abgrund an Sehnsucht auf, der unbedingt gefüllt werden will.

Ich blinzele und spüre die Sonnenwärme im Gesicht, höre das erregte Gespräch am Nachbartisch, über fehlende Vorschulplätze in Hägersten, und ich denke, es muss schön sein, sich über etwas so Klares und Abgegrenztes empören zu können, ein Thema, bei dem es so selbstverständlich wirkt, was richtig ist und was falsch.

»Es ist so gekommen, weil sehr viel passiert ist. Sehr viele unglückliche Umstände. Ich will mich nicht rausreden, Siri, was geschehen ist, war falsch, aber es ist möglich, zu verstehen, wodurch etwas ausgelöst wird.«

Ich nicke, zeige, dass ich zuhöre. Mein Herz hämmert und mir ist schlecht, aber ich bleibe sitzen. Ich weiß, dass ich zuhören muss, wenn es für Aina und mich eine Zukunft geben soll.

»Nachdem du … das Kind verloren hattest, warst du fast nicht ansprechbar.«

Aina sieht aus, als wollte sie um Entschuldigung bitten, als sie das sagt, als wollte sie deutlich machen, dass sie mir keinerlei Verantwortung für das Geschehene zuschreibt. Ich denke an das Kind, das Eriks Schwester oder Bruder war. An das Kind, das so schwer behindert war, dass es nicht leben konnte.

»Das ist so schwer mit dir, Siri, wenn es dir nicht gut geht. Du ziehst dich dann zurück und lässt dir von niemandem helfen. Und da fing Stefan an, stattdessen mit mir zu reden. Es war seltsam, ich wurde zu seiner Vertrauten. Er hat immer über dich gesprochen. Wie sehr er dich liebte. Wie schrecklich du ihm fehltest. Aber dennoch konnte er dich nicht erreichen. Er fühlte sich abgewiesen.«

»Stefan war also einsam und unglücklich, weil ich nicht da war. Schön. Aber welchen Grund hattest du?«

Ich höre, dass ich noch immer gleichgültig klinge.

»Keinen Grund, der mein Verhalten entschuldigt.« Sie schüttelt den Kopf, und die schlaffen Locken bewegen sich im Wind.

»Ich glaube, es war die Nähe. Wir kamen uns zu nahe. Trafen uns zu oft. Wir haben Intimität mit etwas anderem verwechselt, mit Begehren.«

Ich sehe Jimmy vor mir. Den Polizisten, mit dem ich zusammenarbeite. Ich denke daran, wie wir ungeplant in einer warmen Sommernacht bei ihm zu Hause gelandet sind. Das seltsame Gefühl, einem anderen als Markus so nah zu sein. Mein eigener Verrat. Ich weiß jetzt, wie leicht das passieren kann.

»Hast du ihn geliebt?«

Aina erwidert meinen Blick und schüttelt den Kopf.

»Ich hatte Stefan sehr gern. Aber nie auf diese Weise. Es war klar, dass es eine zufällige Affäre war. Mehr nicht.«

»Und Stefan? Hat er dich geliebt?«

Das ist die Frage, vor der ich mich am meisten gefürchtet habe. Wollte er mich verlassen?

»Es gab nur dich. Manchmal glaube ich, er hat sich nur mit mir getroffen, um Distanz zu dir zu bekommen. Das hat seine Selbstverachtung gesteigert und es ihm erleichtert, das zu tun, was er dann getan hat. Es hat seinen Entschluss gerechtfertigt, sich das Leben zu nehmen.«

Ich will Aina verstehen, aber zugleich ist es unbegreiflich. Es ist wie ein Rätsel, für das es keine Lösung gibt. Jede neue Erkenntnis gebiert neue Fragen.

»Aber du hattest doch immer eine Menge Männer, hättest jeden haben können. Warum Stefan? Warum *meinen Mann?«* Ich merke, wie mir Tränen in die Augen treten, und ich weiß nicht, was mich mehr empört, dass mein Mann mit Aina fremdgegangen ist oder dass meine beste Freundin mich betrogen hat.

»Ich weiß nicht. Ich weiß es wirklich nicht«, sagt Aina und wirkt plötzlich gequält. »Ich wünschte, ich könnte dir eine einfache Antwort geben. Sagen, dass ich ihn geliebt und dass ich gehofft habe, wir könnten zusammen sein, er und ich, auf Dauer.

Aber so war es nicht. Ich war nicht in Stefan verliebt, und das macht alles vielleicht noch schlimmer.«

Sie seufzt und bückt sich nach ihrer Tasche, sucht, und zieht eine Packung Zigaretten heraus. Sie nimmt eine, steckt sie an und macht einen langen Zug.

»Solltest du wirklich rauchen? Ich meine …«

Die Frage hängt zwischen uns in der Luft, und Aina fängt plötzlich an zu lachen.

»Nö. Sollte ich wohl nicht. Aber ab und zu habe ich das Gefühl, dass es auch egal sein kann. Allerdings nur ab und zu.«

Sie hält mir die Packung hin, und ich nehme mir zögernd eine Zigarette, die sie für mich anzündet. Es ist ein seltsames Gefühl, wir haben es früher Hunderte Male so gemacht, und jetzt machen wir es wieder. Unsere Bewegungen haben etwas Feierliches. Wie ein Eingeständnis, dass sich jetzt etwas verändert.

»Ich finde jedenfalls, du solltest nicht rauchen. Ich möchte dich gern behalten.«

Wir wissen beide, dass wir nicht über ihre Gesundheit reden. Ich will Aina in meinem Leben behalten, will ihre Freundin sein. Sie hat mir so gefehlt.

Aina wird still. Ihr Blick begegnet meinem, und ich ahne Erstaunen in ihrem Gesicht. Diese unverhohlene Verletzlichkeit. Eine einzelne Träne läuft über ihre Wange. Dann wendet sie sich von mir ab, zieht wieder an ihrer Zigarette.

»Verdammt, Siri. Es tut mir so furchtbar leid. Es gibt nicht viel in meinem Leben, was ich bereue, aber ich würde alles tun, um das ungeschehen zu machen. Wenn man glaubt, dass man sterben muss, begreift man, was im Leben wichtig ist. Ich weiß, das klingt wie ein Klischee, aber mir ist es so gegangen. Ich habe an dich gedacht. An meine Mutter, mit der ich seit zwanzig Jahren kaum noch geredet hatte. Ich dachte an alle Sommer, daran, wie oft wir bei deinem Haus auf den Felsen gelegen und uns gesonnt haben.

Das alles würde ich verlieren. Aber jetzt werde ich vielleicht leben, und ich will nicht, dass das hier zwischen uns steht. Ich will dich nicht verlieren.«

Sie sieht verzweifelt aus, und ich strecke langsam die Hand aus, berühre ihren Arm.

»Ist schon gut. Oder … nicht gut, aber ich kann damit leben.«

Ich schließe die Augen. Lausche Kinderlärm und Möwengeschrei. Die Eltern mit den kleinen Kindern haben den Nebentisch verlassen, und nun sitzen dort zwei ältere Frauen. Die eine hat eine Tüte mit dem Emblem von Liljevalchs. Ich höre, wie sie über eine gewisse Ulla tuscheln, die offenbar die Intelligenz nicht gerade mit Löffeln gefressen hat. Sie kichern wie zwei junge Mädchen, und ich frage mich, ob Aina und ich irgendwann in einer fernen Zukunft hier sitzen werden, vielleicht eine einzelne Zigarette rauchen, ein Rotweinglas in der Hand halten. Ich will nicht mehr auf dem herumreiten, was geschehen ist, ich will frei sein.

»Hast du gehört, dass Sven wieder arbeiten will? Er hat offenbar Sehnsucht nach uns.«

Aina grinst, und trotz des mageren Gesichtes und der dünnen Haare ist sie plötzlich die Alte.

»Im Ernst? Hast du mit ihm gesprochen?«

Ich staune. Aina, Sven und ich hatten einmal eine gemeinsame psychotherapeutische Praxis. Aina und ich waren die Jungen, die Unerfahrenen, und Sven der Senior, der seit fast dreißig Jahren als Psychotherapeut gearbeitet hatte. Das war eine Dynamik, die funktionierte. Sven fühlte sich wohl in seiner Expertenrolle, und wir hatten alle Hände voll damit zu tun, uns im Beruf zu etablieren. Wenn ich daran zurückdenke, kommt die Praxis mir vor wie ein Traum. Fast in Reichweite und doch so weit weg.

»Ich habe regelmäßig mit ihm gesprochen. Während der Chemo hat er mich immer wieder besucht. Hat meine Hand gehalten und mir versprochen, dass alles gut wird. Seine Mutter ist wohl an Brustkrebs gestorben.«

»Es fällt mir schwer, ihn mir sanft und tröstend vorzustellen. Er war immer so sachlich, niemals gefühlsbetont.«

Ich schüttele den Kopf und Aina lächelt.

»Es hat doch einen Grund gegeben, warum die Klienten ihn geliebt haben. Aber sicher. Ich war auch überrascht. Vielleicht hat das Leben als Vater kleiner Kinder ihn weich gemacht.«

»Und wie geht es ihm mit Windelwechseln und Fläschchengeben? Er ist ja nicht gerade ein Papatyp«, sage ich.

»Er ist phantastisch. Er ist noch immer mit Sanna verheiratet, und Hjalmar ist jetzt drei.«

Ich sehe Sanna vor mir. Fast dreißig Jahre jünger als Sven, stark und selbstständig und absolut integer. Nicht so viel anders als seine Exgattin, Birgitta. Wenn man vom Altersunterschied absieht.

»Aber warum will er wieder arbeiten? Er scheint doch seinen Traum zu leben.«

»Mit seinem Buch kommt er wohl nicht so richtig weiter. Und vielleicht fehlt ihm die intellektuelle Herausforderung. Dreijährige sind zwar wunderbar, aber vielleicht nicht so … *tiefsinnig.*«

Wir lachen gemeinsam. Behutsam und unsicher.

»Und was hat er vor? Wieder als Psychotherapeut zu arbeiten?«, frage ich.

»Er will eine neue Praxis aufmachen, mit dir und mir.«

Ich erstarre. Nichts hätte mich mehr überraschen können. Eine neue Praxis. Ich denke an meine Arbeit als Profilerin bei der Täterprofilgruppe der Polizei. Sie ist spannend und herausfordernd, aber auch abstoßend und schwer. Ich hatte früher nie an das Böse als Konzept geglaubt. Immer gedacht, dass es für alles eine rationale Erklärung gibt, dass man begreifen kann, warum Menschen tun, was sie eben tun. Das habe ich in meinem Beruf als Psychologin gelernt: das Unbegreifliche begreiflich machen. Jetzt bin ich mir nicht mehr sicher. Bei manchen Menschen gibt es etwas, das offenbar nur leer und abgrundtief ist, das sich nicht erklären oder verstehen lässt. Und diese Leere macht mir Angst. Ich will sie nicht betreten, denn ich habe das Gefühl, dass sie mich vernichten könnte. Svens Vorschlag kommt mir plötzlich vor wie ein Rettungsring. Etwas, das mich vor dem retten kann, was vielleicht das Böse ist. Zugleich zweifele ich, denn ich weiß nicht, ob sich die Zeit zurückdrehen lässt.

»Ich weiß nicht, was ich sagen soll. Das kommt so plötzlich.«

»Ich weiß. Und es hat sich ja vieles geändert, seit wir zuletzt zusammengearbeitet haben. Ich habe ihm gesagt, dass es nicht infrage kommt, dass die Lage anders ist, aber er will trotzdem, dass ich mit dir rede, Siri. Aber, äh …. Scheiß drauf. Soll er sich lieber wieder an sein Buch setzen.«

Ich sehe ihr an, dass sie mit meinem Zögern gerechnet hat und dass es sie nicht verletzt.

»Wir könnten uns vielleicht mit ihm treffen. Nur um zu reden.«

Ich bin von meinen eigenen Worten fast überrascht. Will ich das wirklich? Aber Reden ist ja noch keine Verpflichtung.

»Könntest du dir das vorstellen?« Aina runzelt die Stirn, als ob sie versucht, meinen Worten einen Sinn zu entlocken – ihr Gesicht erinnert mich an jemanden, der versucht, ein ganz besonders vertracktes Möbelstück von Ikea zusammenzubauen.

»Ja. Ein unverbindliches Treffen. Nennt man das nicht so?«

»Ich rede mit ihm. So schnell wie möglich. Ehe du es dir anders überlegst.«

Wir lachen wieder. Diesmal ein wenig natürlicher. Mit mehr Überzeugung und weniger Angst.

Älvsjö, im Süden von Stockholm

Olga erinnert sich an sie alle.

Die Gesichter tauchen vor ihrem inneren Auge auf:

Paul, der bei einem Unfall den Fuß verlor und darum kämpfte, wieder Fußball spielen zu können. Der kleine Hamid, der sechs Monate in ihrem Bett schlief, eng, ganz eng an sie geschmiegt, bis er es wagte, allein im Zimmer zum Wald hin zu schlafen. Und dann Erkki, der so ungeschickt war, dass er fast ihr gesamtes Porzellan zerschlug. Später stellte sich heraus, dass er an einer motorischen Entwicklungsstörung litt, aber auch dieses Problem hatte sich im Laufe der Zeit offenbar gelöst.

Ja, weckt mich mitten in der Nacht, und ich kann alle Namen laut aufsagen, sie alle vor mir sehen, ihre Gesichter und ihre kleinen Körper herbeirufen, denkt sie. Ich kann mich an ihre Stimmen erinnern und den Geruch schmutziger Kinderhaut wahrnehmen, das Gefühl, wenn der Kamm verfilzte Haarsträhnen auskämmt, und den lauten Protest, wenn spitze Nägel geschnitten werden sollen.

Es erfüllt sie mit einer tiefen Zufriedenheit, dass sie für diese vielen Kinder wirklich etwas ändern konnte. Dass sie da war und ihnen ein Zuhause anbieten konnte, wenn ihr Leben zu Bruch gegangen war und niemand sonst half.

Helfen ist eine Pflicht, aber auch ein Privileg – ein Geschenk, für das wir dankbar sein sollten.

Wir haben ihnen allen geholfen, denkt sie. Da bin ich mir sicher.

Bis jetzt jedenfalls.

Denn bei Nova-Li ist das anders. Sie scheint aus einem ganz anderen Holz geschnitzt zu sein als die anderen Kinder. Aus einem härteren, stummeren Material, mit dem Olga sich nicht auskennt. Sie denkt immer, dass sie einfach nur Zeit braucht – die Zeit wird das Harte, Verschlossene aufweichen und das Mädchen auf irgendeine Weise empfänglich machen für die Liebe, die sie doch anbieten.

Aber vielleicht irrt sie sich. Vielleicht gibt es Kinder, die einfach zu viel Elend durchgemacht haben. Die sich dermaßen verschlossen haben, dass der Panzer undurchdringlich geworden ist.

Vielleicht ist Nova-Li so ein Kind.

Sten setzt sich an den Esstisch, lehnt die Krücke an die Wand und nimmt die Kaffeetasse, die Olga ihm hinhält. Vor dem Fenster ist der Spielplatz zu sehen. Im schwachen Licht der Dämmerung sieht alles grau aus. Sogar das Herbstlaub, das am Kantstein zusammengeweht worden ist, ähnelt grauen, zerrissenen Papierstreifen. Die Rutsche und die Schaukeln zeichnen sich vor der Straßenlaterne bei der Garage als schwarze Silhouetten ab.

Olga gießt Milch in ihre Kaffeetasse, rührt vorsichtig mit einem Löffel um und setzt sich Sten gegenüber.

»Ich habe meine Brille im Schlafzimmer vergessen«, beginnt sie.

»Soll ich sie holen?«

»Nein, Unsinn. Mit deinem Fuß? Aber ich sehe sie nicht.«

Sten schlürft seinen Kaffee und späht ins Zwielicht hinaus.

»Sie sitzt auf der Schaukel.«

»*Immer noch?*«

»Ja.«

Olga seufzt tief und rückt die Kette mit dem Kreuz gerade, die Kette hat sie zur Konfirmation bekommen und trägt sie noch immer jeden Tag, auch jetzt, fünfzig Jahre später. Nicht nur, weil sie damit Zeugnis für ihren Glauben ablegt, sondern auch, weil die Kette auf irgendeine Weise eine Brücke zwischen Vergangenheit und Gegenwart darstellt. Zwischen ihrer Kindheit in einer Pastorenfamilie in Tierp im Norden von Uppsala – über die Zeit als Schwesternschülerin in Stockholm und die Arbeit im Sachs-ska-Kinderkrankenhaus – bis zu der Begegnung mit Sten an jenem Abend auf der Fähre nach Gotland und zu der Familie, die sie zusammen gegründet haben.

Das Kreuz ist ein Symbol für den Glauben und hat sie durch alle Lebenssituationen getragen. Das Kreuz ist Hoffnung und Trost, aber es hat sie auch – jedenfalls in jüngeren Jahren – ein wenig verängstigt. Denn Gott ist nicht nur gut, da ist sie sich ziemlich sicher. Gott kann dem Menschen in einem Augenblick alles nehmen, was er ihm vorher gegeben hat. Alles sorgsam Aufgebaute dem Erdboden gleichmachen.

Es gilt, nicht hochmütig zu werden. Niemals zu vergessen, für die Geschenke des Lebens dankbar zu sein.

»Was machen die anderen Kinder denn?«

»Die von Olssons klettern wie immer auf dem Baum herum«, sagt Sten und räuspert sich. »Ich muss mal mit ihnen darüber reden. Die Äste sind zu schwach, um darauf zu klettern. Eines Tages wird das ein böses Ende nehmen.«

Das Geräusch der Küchenuhr zerhackt die Stille und bohrt kleine, deutliche Löcher in die behutsame Ruhe der Küche.

»Weißt du«, sagt Olga. »Ich glaube, aus diesem Kind werde ich niemals schlau. Es spielt gar keine Rolle, was man tut, es ist irgendwie unmöglich, ihr … nahezukommen.«

Sten nickt und schlürft wieder seinen Kaffee.

»Sie ist unser zwanzigstes Pflegekind«, sagt er leise. »Man kann nicht …«

»Alle retten? Nein, das kann man vielleicht nicht. Aber keins von den anderen war so … *in sich verschlossen,* wenn du verstehst, was ich meine.«

»Lass ihr ein bisschen Zeit.«

»Das geht jetzt schon seit vier Monaten so.«

Sten gibt keine Antwort, sondern beugt sich vor, wie um besser zu sehen.

»Jetzt geht sie zu den anderen Kindern.«

Olga nickt.

»Gestern habe ich wieder Essen in ihrem Zimmer gefunden.«

»Essen?«

»Ja, weißt du nicht mehr, dass ich dir vorige Woche davon erzählt habe? Sie versteckt Essen in ihrem Zimmer.«

»Was denn für Essen?« Sten sieht sie an. Sein freundliches, rundes Gesicht strahlt Verwirrung aus. Die weißen Wimpern flattern um seine blassen Augen und erinnern sie an Insektenflügel.

»Gekochte Kartoffeln. Sie hatte sie unter das Bett gelegt. Hat wohl gedacht, ich würde sie da nicht finden.«

Sten schüttelt den Kopf. »*Kartoffeln?* Arme Kleine. Sie hat sicher gedacht, sonst würde sie nichts zu essen bekommen.«

»Bei uns ist ja wohl noch jedes Kind satt geworden.«

»Es geht hier nicht um uns. Das musst du doch begreifen?«

Olga nickt und starrt in ihre Kaffeetasse, wo nur noch ein brauner Rest den Boden bedeckt.

»Spielt sie jetzt mit den Kindern von Olssons?«

Sten schaut aus dem Fenster. Einzelne Blätter tanzen im Wind, und schwerer Regen fällt.

»Nein. Ich glaube, sie ist hinter dem Klettergerüst. Warst du übrigens böse auf sie, als du das Essen gefunden hast?«

Olga seufzt.

»Nein. Natürlich war ich nicht *böse.* Ich war nur … überrascht, wie immer bei Nova-Li. Ich begreife dieses Kind nicht. Und sie macht es einem ja auch nicht leichter, wenn sie die ganze Zeit so verschlossen ist. Aber ich habe ihr erklärt, dass es hier bei uns immer genug zu essen geben wird, und dass sie nichts mit in ihr Zimmer zu nehmen braucht, das schon.«

»Und was hat sie da gesagt?«

»Nichts natürlich.«

Olga verstummt und schüttelt langsam den Kopf. Eine Geste, die Resignation ausdrückt, aber auch eine gewisse Unzufriedenheit.

»Sollen wir sie vielleicht hereinrufen?«, fügt sie dann hinzu. »Es regnet.«

»Das wäre vielleicht das Beste«, sagt Sten und fährt sich mit der Hand durch die schütteren weißen Haare.

Olga erhebt sich und stellt die Kaffeetasse ins Spülbecken, das dabei ein blechernes Geräusch macht. Sie geht hinaus in die Diele und zieht Gummistiefel und Regenjacke an, dann öffnet sie die Haustür und lässt alle Herbstgerüche nach fauligem Laub und feuchter Erde herein.

Der Wind fährt in die Jacke, und Olga zieht den Reißverschluss hoch und streift die Kapuze über. Die Stiefel schwappen im Schlamm, und sie reißt schwarze Wunden in die Erde, als sie den kurzen Weg zum Spielplatz geht.

Auch in diesem Jahr haben sie den Rasen nicht in Ordnung bringen können – er sieht aus wie ein frischgepflügter Acker, mit einzelnen vertrockneten Unkrautbüscheln hier und da. Vielleicht wäre es besser, aufzugeben und die kleine rechteckige Fläche vor dem Reihenhaus mit Platten zu belegen, aber sie findet die Vorstellung, Erde mit Stein zu bedecken, entsetzlich – die Wachstumskraft der Erde einzusperren und das Grüne durch Zementscheiben zu ersetzen.

Die Kinder von Olssons sitzen gefährlich weit draußen auf den schwachen Ästen des Baumes, genau wie Sten gesagt hat. Sie hebt die Hand und geht weiter zum Klettergerüst. Der Sand macht die Schritte schwer. Sie verspürt einen Stich der Irritation, weil Nova-Li nicht begreift, dass sie ins Haus gehen muss, wenn es dunkel wird und anfängt zu regnen.

Olga biegt um die kleine Holzkonstruktion, die oben mit einem Netz aus orangen Stricken bedeckt ist, so dass die Kinder dort liegen und zum Himmel hochblicken oder sich durch die Maschen winden können wie kleine Würmer.

Nova-Li ist nicht dort.

»Nova!«, ruft sie, aber Wind und Regen schlucken ihre Stimme.

Sie geht zurück zu dem Baum und wendet sich an die drei Jungen, die oben auf dem Ast hocken.

»Habt ihr Nova gesehen?«

Oscar, der Älteste, der immer so gemein zu Perssons Katze ist, schüttelt langsam den Kopf.

»Nö. Ist sie nicht im Haus?«

»Wie meinst du das? Ist sie von hier weggegangen?«

»Keine Ahnung.«

Oscar schaut seine jüngeren Brüder an, die in einer einzigen synchronen Bewegung den Kopf schütteln.

»Aber habt ihr nicht gesehen, wohin sie gegangen ist? Sie kann doch nicht einfach verschwunden sein …«

»Wir haben hier gesessen …«

»Ich weiß schon, dass ihr die ganze Zeit auf dem Baum gesessen habt. Aber ihr müsst doch gesehen haben, wohin sie gegangen ist.«

Die Jungen geben keine Antwort, und Oscar sieht sich um.

»Vielleicht ist sie zum Parkplatz«, schlägt er vor.

»Zum Parkplatz. Was kann sie denn da gewollt haben?«

Oscar zuckt mit den Schultern.

»Da geht sie manchmal hin.«

Olga dreht sich um und läuft zum Parkplatz. Es ist noch dunkler geworden, und sie kann Steine und Senken auf dem Weg kaum erkennen. Der Regen stiehlt sich unter ihren Kragen und läuft am Hals entlang in den Pullover.

Eine Sekunde lang spürt sie, wie Zorn in ihr auflodert. Keine

Unruhe, sondern Zorn. Sie ist *böse* auf Nova-Li. Böse, weil das Mädchen niemals dankbar ist, ihr nie in die Augen schaut, weil es unmöglich ist, mit ihr zu reden oder sich auf sie zu verlassen.

Böse, weil sie das zwanzigste Kind ist.

Das Kind, das sie nicht retten können.

Zweige knacken, als sie durch das Wäldchen eilt. Feuchte Blätter schlagen ihr ins Gesicht. Sie stolpert über einen Stein, aber in letzter Sekunde kann sie noch einen Baumstamm packen und den Sturz vermeiden. Ihr Handgelenk tut weh, und sie bleibt stehen und massiert sich die Hand. Zupft sich die scharfen kleinen Rindenstücke von der Haut. Irgendwo hört sie, dass ein Auto den Motor anlässt und losfährt.

Wo zum Kuckuck treibt sie sich herum? Ein Kind kann doch nicht einfach so verschwinden, von einer Sekunde auf die andere? Denn sie haben sie doch fast die ganze Zeit gesehen. Haben von der Küche aus ihre Bewegungen im Auge behalten.

In dem Moment, in dem Olga den Parkplatz erreicht, sieht sie den ersten Blitz. Der blanke schwarze Asphalt spiegelt den grellen Lichtschein. Schickt kleine spitze Lichtpfeile los, die sie blenden.

Als sich ihre Augen wieder an die Dunkelheit gewöhnt haben, hält sie auf dem kleinen Parkplatz Ausschau. Der ist leer. Sie sieht nur den alten Lada von Familie Persson, dem die Hinterreifen fehlen und der mit einigen alten Ziegelsteinen gestützt wird.

Nova-Li ist verschwunden.

Polizeigebäude, Kungsholmen, Stockholmer Innenstadt

Jimmy ist der Erste, den ich sehe, als ich den Besprechungsraum betrete. Er sitzt zurückgelehnt in einem der schlichten Sessel aus Birkenholz, die Hände im Nacken verschränkt. Seine ganze Gestalt hat etwas Lässiges – der glattrasierte Schädel, die Tätowierung, die sich seinen Hals hochschlängelt, die entspannte Haltung – etwas, das auszudrücken scheint, dass ihm die Regeln und Konventionen, die im Polizeigebäude herrschen, ziemlich egal sind.

Aber vielleicht irre ich mich. Vielleicht bin ich nur beeinflusst von allem, was ich schon über ihn weiß. Und wenn ich ehrlich sein soll, ist das eigentlich zu viel. Ich weiß, wie er denkt und argumentiert, wie seine Stimme klingt, wenn er aufgeregt oder irritiert ist. Wie der Rest der Tätowierung aussieht und wie er liegt, wenn er schläft: auf dem Bauch, die Hände unter dem Kissen. Und ich weiß, wie sich sein Gesichtsausdruck verändert, wenn er mich langsam auszieht, und wie sich seine Hände auf meiner Haut anfühlen.

Kurz gesagt, alles, was man über einen Kollegen nicht wissen dürfte. Vor allem nicht, wenn man schon einen Lebensgefährten und ein kleines Kind hat. Außerdem weiß ich, wie weh Untreue tut.

Ich rede mir ein, dass das, was zwischen uns passiert ist, ein Versehen war. Es wird niemals wieder vorkommen. Und es lässt sich wirklich nicht damit vergleichen, was Stefan mir angetan hat, als er die Affäre mit Aina hatte.

Aber trotzdem.

»Siri«, sagt Jimmy und macht ein überraschtes Gesicht.

Er steht auf, kommt mit zwei kurzen Schritten auf mich zu und umarmt mich heftig. Ich erwidere die Umarmung vorsichtig und atme seinen Duft ein.

»Hallo«, sage ich und trete einen ungeschickten Schritt zurück.

»Alles in Ordnung?«

»Klar doch. Und bei dir?«

Er fährt sich mit der Hand über den Schädel, so wie er das immer macht, wie um sich davon zu überzeugen, dass er beim Rasieren keinen Fleck ausgelassen hat.

»Alles bestens. Wie war es denn bei dir?«

Ich hatte zwei Wochen frei und habe meine Schwester in Schonen besucht. Das habe ich jedenfalls gesagt. Die Reise nach Schonen hat nur vier Tage gedauert. In der restlichen Zeit habe ich vor allem zu Hause im Wohnzimmer vor mich hin gebrütet.

»Sehr gut. Erik hat Radfahren gelernt.«

Ich weiß nicht so genau warum, aber aus irgendeinem Grund kommt es mir wichtig vor, Erik zu erwähnen. Sozusagen zu betonen, dass ich eine Familie habe, ein Kind. Und vor allem nicht zu verraten, dass Markus und ich uns die ganze Zeit gestritten haben.

Er nickt und lächelt. Sein Blick ist unergründlich.

In diesem Moment höre ich vom Gang her Stimmen, und gleich darauf kommt Carin hereingefahren. Ein Knall ist zu hören, als der Rollstuhl in der Tür stecken bleibt. Carin flucht leise.

»*Verdammt.*«

Örjans Gesicht taucht hinter ihr auf. Seine Haare sind weniger geworden, seit ich ihn zuletzt gesehen habe, aber die Pilotenbrille mit dem schmalen Goldgestell, die mich an irgendeinen Fernsehkrimi aus den Siebzigerjahren erinnert, ist noch dieselbe.

»Soll ich dir helfen?«, fragt Örjan und sieht Carin an.

Ich ahne rote Flecken an Carins Hals, und ihre Stimme klingt verbissen, als sie antwortet.

»*Absolut nicht.* Ich muss nur schnell ...«

Sie fährt ein kleines Stück zurück, wendet und kommt dann hereingefahren.

»Siri«, sagt sie, und ihr Gesicht öffnet sich bei meinem Anblick zu einem strahlenden Lächeln. »Wie schön, dich wiederzusehen.«

Ich bücke mich und umarme sie. Ich habe Carin zuletzt gesehen, als ich sie im Krankenhaus besuchte und die Folgen ihrer Verletzung noch ungewiss waren. Alle hofften, dass sie die Herrschaft über ihre Beine zurückgewinnen würde, aber jetzt wissen wir, dass sie den Rest ihres Lebens im Rollstuhl verbringen wird. Ich frage mich, wie ihr zumute ist, wie sie alles schaffen will – das mit der Arbeit wird sicher gut gehen, wir sitzen ja doch meistens am Schreibtisch, aber sie ist Single und hat eine Tochter mit Down-Syndrom. Wie bewältigt sie das eigentlich?

»Wie geht denn alles?«, frage ich und nicke zum Rollstuhl hinüber.

»Naja. Geht schon. Wenn ich erst gelernt habe, mit diesem verflixten Ding umzugehen, dann ...«

Sie sieht ziemlich fit aus. Fit und unvorstellbar chic dafür, dass sie vor kurzem noch zwischen Leben und Tod geschwebt hat, mit einer tief im Rückenmark begrabenen Kugel. Die blonden Haare fallen in weichen Wellen über ihre Schultern. Ihre Arme sehen muskulöser aus als früher.

Carin hebt den Laptop von ihren Knien und stellt ihn vorsichtig auf den Tisch.

»Wollen wir?«, fragt sie kurz.

»Kommt Vijay?«, will Jimmy wissen, er stopft sich einen Priem unter die Oberlippe und stützt die Ellbogen auf den Tisch.

»Ja«, sagt Carin. »Aber er verspätet sich. Wir fangen jetzt an. Wir sind von der Stockholmer Polizei um Hilfe bei einer Ermittlung gebeten worden. Es geht um ein verschwundenes Kind.«

Sie zieht einen Plastikordner hervor und nimmt Unterlagen

und grobkörnige Ausdrucke von Fotos heraus. Dann legt sie vorsichtig das oberste Foto zwischen uns auf den Tisch. Es ist unscharf und zeigt ein dunkelhaariges Mädchen von vielleicht zehn, aber das ist schwer zu sagen. Das Mädchen lächelt mit geschlossenem Mund. Zwischen den Augenbrauen hat sie einen dunklen Fleck – er sieht aus wie ein Kastenzeichen.

»Nova-Li Persson«, sagt Carin. »Neun Jahre alt. Vor zehn Tagen aus ihrer Pflegefamilie in Älvsjö verschwunden. Sie war zu dem Spielplatz gegangen, der etwa fünfzig Meter vom Haus der Pflegeeltern entfernt liegt. Es war kurz nach sieben Uhr abends, also ziemlich dunkel. Aber die Pflegeeltern, Sten und Olga Petersen, saßen in der Küche, die auf den Spielplatz blickt, und behaupten, sie die ganze Zeit im Blick gehabt zu haben. Naja, fast die ganze Zeit jedenfalls. Denn plötzlich war sie verschwunden, und als Olga Petersen sie reinholen wollte, konnte sie sie nicht finden.«

»Irgendwelche Zeugen?«, fragt Jimmy.

»Es waren noch drei andere Kinder in der Nähe. Die waren dort offenbar auf einen Baum geklettert, haben aber angeblich nichts gesehen. Es war ziemlich schlechtes Wetter. Es goss, und dann kam ein Gewitter, deshalb waren nicht viele Leute unterwegs. Die Pflegemutter berichtete, dass sie gehört hat, wie ein Auto losfuhr, während sie nach Nova-Li suchte, aber wir wissen nicht, ob es da einen Zusammenhang mit dem Verschwinden gibt. Sie hat den Wagen auch nicht gesehen, das hilft uns also nicht sehr viel weiter. Am Abend und in der Nacht wurde die Umgebung von der Polizei durchkämmt, und am folgenden Tag hat auch *Missing People* den Wald hinter dem Reihenhausgelände durchsucht, wo die Pflegeeltern wohnen.«

Kälte breitet sich in meiner Brust aus. Bei der Vorstellung eines einsamen Kindes, das sich im Wald verirrt hat, wird mir schwindelig. Denn der schlimmste Albtraum aller Eltern ist auch meiner.

Erik.

Ich sehe ihn vor mir, wie er vergeblich zwischen den Bäumen in einem dunklen Wald nach mir und Markus sucht. Wie er über Wurzeln stolpert und hilflos zwischen Blaubeersträucher und Haarmützenmoos fällt. Und ich muss daran denken, was sie Kindern im Kindergarten beibringen – einen Baum zu umarmen.

Würde Erik das tun, wenn er sich verirrte? Würde er wirklich einen rauen Tannenstamm umarmen, statt nach uns zu suchen? Draußen auf Värmdö, wo wir wohnen, gibt es reichlich Wälder, und das Gelände ist unzugänglich. Meeresbuchten zerschneiden die Landschaft, wie mit einer gewaltigen Axt gehauen, und gefährlich steile Felsen stürzen ins kalte Meer. Es wäre für ein Kind leicht, dort zu verschwinden. Sich im Wald zu verirren oder im Meer zu ertrinken.

Eine einzige Sekunde, mehr ist dafür nicht nötig.

Carin legt noch ein Foto hin. Zuerst halte ich es für das Bild eines Teenagers. Blonde Haare hängen in Strähnen um das runde Gesicht, und die Unterlippe ist gepierct. Dicke Kajalstriche rahmen die hellen Augen ein.

»Sandra Persson«, sagt Carin. »Sie ist Nova-Lis biologische Mutter und stand zuerst unter Hauptverdacht. Sie ist achtundzwanzig Jahre alt und wohnt in Östberga. Nimmt allerlei Drogen und hat eine lange Geschichte psychischer Krankheiten. Die Ermittler bezeichnen sie als paranoid, sie glaubt offenbar, Polizei, Sozialamt und Gesundheitsbehörden hätten sich verbündet, um ihr das Leben schwer zu machen.«

»Warum ist Nova-Li in eine Pflegefamilie gegeben worden?«, frage ich, denn ich weiß, dass schwerwiegende Gründe vorliegen müssen, ehe ein Kind seinen biologischen Eltern weggenommen wird. Auch wenn die Eltern drogensüchtig sind oder an einer psychischen Krankheit leiden, passiert es nicht automatisch.

»Nova-Li ist nicht die Einzige«, sagt Carin leise. »Ihr jüngerer Bruder Liam, der sechs Jahre alt ist, wurde ebenfalls in einer Pflegefamilie untergebracht. In Trollbäcken. Den Kindern ist es vorher offenbar schon lange schlecht gegangen. Schule, Kindergarten und Nachbarn hatten sich in den vergangenen zwei Jahren mehrmals beim Sozialamt gemeldet. Die Kinder waren im Winter in verschlissene, dünne Sachen gekleidet, häufig hatten sie blaue Flecken und seltsame Verletzungen. Die Nachbarn konnten bezeugen, dass sie oft über längere Zeit in der Wohnung allein gelassen wurden. Manchmal für mehrere Tage.«

»Aber warum wurden die Geschwister bei verschiedenen Familien untergebracht?«, fragt Jimmy.

»Es war offenbar nicht möglich, Pflegeeltern zu finden, die beide nehmen konnten.«

»Du hast erwähnt, dass die Mutter unter Verdacht stand«, sagt Örjan und schiebt sich die Brille höher.

»Ja, sie galt sofort als Hauptverdächtige, und die Polizei hat sie noch am selben Abend aufgesucht und befragt. Sie wohnt zusammen mit ihrem Freund, Viktor Lans, fünfundzwanzig. Beide waren zu Hause und behaupten, rein gar nichts damit zu tun zu haben. Offenbar wurde die Mutter aggressiv und bedrohte unsere Kollegen während der Vernehmung. Sie behauptete, Nova-Lis Verschwinden sei Teil des gesellschaftlichen Komplotts gegen sie. Ja, ihr hört ja selbst …«

»Dieser Viktor, ihr Typ, was ist das denn für einer?«, fragt Jimmy.

»Arbeitslos. Lebt von der Stütze, aber die Kollegen haben den Verdacht, dass er dealt. Er hat offenbar Kontakt zu bekannten Kriminellen. Ansonsten wissen wir noch nicht so viel über ihn. Abgesehen davon, dass er und Sandra, also die Mutter, einen Hintergrund in der Weiße-Macht-Bewegung haben.«

Es wird still im Raum. Draußen fällt schwerer Regen, die Tropfen trommeln träge gegen die Fensterscheibe. Carin macht sich an ihren Unterlagen zu schaffen und fängt meinen Blick auf.

»Das ist also zehn Tage her. Die Kollegen haben die Mutter und ihren Freund beobachtet, aber nichts Auffälliges festgestellt. Deshalb werden nun auch andere Täter in Betracht gezogen. Ein Überblick über aktenkundige Kriminelle aus der Umgebung zeigt, dass in einem Umkreis von zehn Kilometern drei Männer leben, die wegen sexueller Vergehen an Kindern verurteilt worden sind oder unter Verdacht standen. Alle wurden vernommen, und jeder hat für den fraglichen Abend ein Alibi.«

Jimmy und Örjan nicken. Niemandem ist dieser Fall entgangen, die Medien berichten schon die ganze Woche darüber.

»Ich wusste nicht, dass sie in einer Pflegefamilie untergebracht war«, sagt Örjan.

»Nein. Wir wollten nicht zu viel bekanntgeben. Offenbar sind immerhin an die zwei Dutzend interessante Tipps eingegangen, und denen wird jetzt nachgegangen. Die Kollegen aus Stockholm haben uns um eine Stellungnahme gebeten, ob die Mutter eine potenzielle Täterin ist. Es wäre ja vorstellbar, dass sie Nova-Li gekidnappt hat und irgendwo versteckt.«

»Kann man überhaupt sein eigenes Kind kidnappen?«, frage ich.

Örjans Antwort kommt sofort, und dazu mit seiner üblichen Sicherheit.

»Selbstverständlich. Man kann ein Kind kidnappen, es seiner Freiheit berauben, oder eigenmächtig verhindern, dass es bei dem Elternteil oder der Person lebt, die vom Gericht dazu bestimmt worden ist. Und das kann mit lebenslänglich bestraft werden.«

Auf dem Gang sind Schritte zu hören, die Tür wird aufgerissen, und Vijays dunkles Gesicht schaut herein.

»Das ist ja vielleicht ein grauenhaftes Wetter«, sagt er, lacht und fährt sich mit der Hand durch die graumelierten schwarzen Haare.

Ich lächle und stehe auf, um ihm entgegenzugehen. Vijay ist mein bester Freund, abgesehen von Aina, bei der ich noch immer nicht so recht weiß, wie ich mich verhalten soll. Vijay ist der, der immer für mich da war – beruflich und privat.

Wir haben uns schon beim Studium kennengelernt, aber anders als ich ist er der akademischen Welt treugeblieben. Hat eine glanzvolle Karriere gemacht und war mit dreißig schon Professor. Und er hat mich dazu überredet, als Profilerin für die Polizei anzufangen. Wir zwei sind die Einzigen hier im Zimmer, die keinen polizeilichen Hintergrund haben. Die Einzigen, die nicht auf der Polizeihochschule waren und die vorgeschriebenen Hundejahre bei der Streife abgedient haben. Bis vor kurzem hatten wir noch einen Rechtsmediziner in der Profilergruppe, aber Juan Maria ist in Ruhestand getreten und mit seiner Frau auf unbestimmte Zeit auf Kreuzfahrt gegangen.

Vijay setzt sich neben Jimmy, hängt seine Lederjacke über den Stuhl und bindet seine schulterlangen Haare zu einem Pferdeschwanz zusammen. Dann bleibt sein Blick an dem Foto hängen.

»Das ist also die Verschwundene?«, fragt er und sieht Carin an.

Die nickt.

Vijay beugt sich vor, um besser sehen zu können. Mustert das zurückhaltende Mona-Lisa-Lächeln des Mädchens.

»Was hat sie da im Gesicht?«

»Weiß nicht. Vielleicht irgendein Muttermal«, sagt Carin.

»Ziemlich ungewöhnlich an der Stelle«, murmelt Örjan. »Aber sehr gut für uns, schließlich ist es ein überaus deutliches Kennzeichen.«

Carin sagt nichts dazu. Sie schaut aus dem Fenster. Die Fensterscheibe ist vom Regen gestreift, und das bleiche Tageslicht bringt die Tropfen zum Schimmern.

»Wir müssen uns beeilen«, sagt sie. »Siri und Örjan, ihr sprecht noch heute Abend mit den Pflegeeltern. Jeder Tag, an dem das Mädchen verschwunden ist, verringert die Wahrscheinlichkeit, sie noch lebend zu finden.«

Älvsjö, im Süden von Stockholm

Die Reihenhäuser aus roten Ziegeln im Bergtorpsstig sind offenbar in den Sechzigerjahren erbaut worden und vermitteln den Eindruck von geborgener, wohlhabender Mittelklasse. Die kleinen Gartenflecken vor den Häusern sind pedantisch ordentlich, und die neben dem Spielplatz geparkten Autos sehen gepflegt und neu aus. Bis auf einen alten, schrottreif wirkenden Lada.

Zwei Jungen von vielleicht fünf sitzen auf der Schaukel und reden laut miteinander, aber es ist unmöglich zu verstehen, was sie sagen. Sie ziehen ihre Gummistiefel vor und zurück durch den feuchten Sand und hinterlassen dabei tiefe, mit Wasser gefüllte Spuren.

Es ist schwer, sich vorzustellen, dass aus dieser Geborgenheit ausstrahlenden Volksheimidylle ein Kind verschwindet. Dass das Böse hinter den Kombis und sorgsam beschnittenen Buchsbaumhecken auf der Lauer liegen könnte. Aber so ist es wohl – das Böse hat kein Gesicht, keine leicht zu identifizierenden Züge oder Kennzeichen. Das Böse kann in einem roten Volvo mit Kindersitzen und bunten Aufklebern kommen oder als junger Vater mit Hipsterbart, der zwischen den immergrünen Pflanzen Unkraut ausrupft. Das Böse kann in der Verkäuferin im Supermarkt lauern oder in dem älteren Mann, der mit seinem Dackel an der Leine vorbeispaziert.

»Es ist das Haus ganz links«, sagt Örjan und geht los, ohne auf mich zu warten. Ich bleibe noch einige Sekunden stehen. Nehme die Stimmung in mich auf: die Kinder, die diesige Herbstluft, die nach verfaulendem Laub riecht, und Wolken, die über den Himmel jagen.

Örjan dreht sich zu mir um.

»*Kommst du?*«

Ich spüre Ungeduld in seiner Stimme und folge ihm. Er will die Sache offenbar so schnell wie möglich hinter sich bringen und nach Hause zu seinen geliebten Topfblumen fahren, die bei ihm dem, was für andere Familie ist, noch am nächsten kommen.

Örjan Bruse.

Wir arbeiten seit fast einem Jahr zusammen, aber noch immer weiß ich über ihn weniger als über alle anderen in der Gruppe. Es ist einfach nicht möglich, an ihn heranzukommen. Seine übertriebene Korrektheit, seine Detailversessenheit, seine durch und durch sichere Haltung und seine Fähigkeit, sich noch an die seltsamsten Einzelheiten zu erinnern.

Wenn er heutzutage Kind wäre, würde ihm sicher eine Diagnose gestellt werden, denke ich. Aber jetzt, bei der Arbeit, kann er Nutzen aus seinen besonderen Fähigkeiten ziehen. Er scheint den richtigen Platz in einer Welt gefunden zu haben, wo in ständig steigendem Maße Ansprüche an Konformität und die Art von sozialer Kompetenz gestellt werden, die man braucht, um sich – wenigstens oberflächlich – anzupassen.

Die Haustür wird noch während wir klingeln von einer Frau Mitte sechzig geöffnet. Sie hat offenbar drinnen in der Dunkelheit auf uns gewartet. Jetzt streckt sie einen sehnigen Arm in unsere Richtung aus.

»Hallo. Ich bin Olga.«

Die Frau erinnert mich vage an eine meiner Dozentinnen im Psychologiestudium. Es liegt irgendwie an dem umfangreichen Leib, der nicht so ganz zu den mageren Armen zu passen scheint. Oder vielleicht an dem bleichen, ein wenig unsicheren Gesicht und den dünnen, graugesprenkelten Haaren, die im Nacken zu einem sittsamen Knoten festgesteckt sind. Im Ausschnitt ihrer Bluse ahne ich etwas, das funkelt – ein Kreuz.

Wir stellen uns vor und hängen unsere Mäntel auf. Aus dem Inneren des Hauses sind schwere Schritte zu hören, und dann taucht ein weißhaariger Mann auf, der sich auf eine Krücke stützt.

»Ja, und das hier ist Sten«, sagt die Frau, als könne der Mann nicht sprechen.

Sten lächelt zaghaft, tritt dann näher und begrüßt uns. Sein Handschlag ist fest und verrät eine Stärke, die ihn längst verlassen hat, wie ich mir vorstelle.

»Ich dachte, wir könnten uns in den Salon setzen.«

Schweigend folgen wir Olga und Sten ins Wohnzimmer. Erinnerungen aus meiner Kindheit flattern vorüber, tauchen auf wie Vögel am Rand meines Bewusstseins.

Der »Salon«. Ich habe schon lange nicht mehr gehört, dass jemand sein Wohnzimmer als Salon bezeichnet hat. Meine Großeltern hatten einen Salon, eine Art gute Stube, die nur zu besonderen Gelegenheiten betreten wurde. Voller Ziergegenstände und mit einer überaus empfindlichen Vitrine, in der das »feine Service« aufbewahrt wurde. Wenn ich das richtig in Erinnerung habe, wurde es nie benutzt, stand nur hinter den Glastüren und sammelte Staub, so wie die Landschaftsmalereien an den Wänden und die Porzellankatzen im Bücherregal.

Im Wohnzimmer ist es dunkel. Olga bittet um Entschuldigung und schaltet den Kristallleuchter unter der Decke ein.

»Der Strom ist ja jetzt so teuer geworden«, sagt sie und schüttelt den Kopf.

Auf dem kleinen Glastisch stehen bereits Kaffeetassen und Plätzchen bereit. Örjan und ich setzen uns nebeneinander auf das gelbe Samtsofa. Olga versinkt in einem Sessel, Sten lehnt die Krücke an die Wand und hinkt zu dem anderen.

Hinter den Fenstern wird es jetzt dunkel, aber ich erkenne noch die Silhouetten der Tannen vor dem Himmel. Hohe Tannen von der Sorte, die für einen echten Wald charakteristisch ist.

Einen Wald voller Pilze und Felskuppen und Sümpfe und mit tausend Stellen, an denen Kinder sich verirren können.

Olga folgt meinem Blick.

»Ja, das ist der Älvsjö Wald«, sagt sie kurz. »Sie, also die Polizei mit ihren Hunden und diese Organisation … Missing People, glaube ich, haben ihn an dem Tag durchsucht, als … ja, an dem Tag, nachdem Nova verschwunden war. Aber ich kann mir kaum vorstellen, dass sie allein hingegangen ist. Sie hatte immer solche Angst vor dem Wald. Wollte nicht mal hin, wenn ich dabei war.«

»Ist der groß?«, fragt Örjan mit ausdrucksloser Miene und hat den Blick aufs Fenster gerichtet.

»Hundert Hektar«, antwortet Sten und streckt die Hand nach einem Plätzchen aus. »Dort, wo ich aufgewachsen bin, in Kristinehamn im Värmland, wäre das ja nichts, aber so nah bei Stockholm ist es ziemlich viel. Angeblich soll der Wald Naturschutzgebiet werden, und das ist vielleicht auch gut. Dann kann jedenfalls nicht alles zugebaut werden, wenn ich das richtig verstanden habe. Hier draußen wird viel zu viel gebaut. Als wir hergezogen sind, in den siebziger Jahren, waren wir noch richtig auf dem Land. Aber jetzt …«

Sten beschreibt mit der Hand einen Bogen.

Olga schenkt aus der geblümten Kanne Kaffee ein und erwidert meinen Blick.

»Ich habe nicht richtig begriffen, ob Sie von der Polizei sind oder … Die Frau, die angerufen hat, hat gesagt, Sie gehörten zu einer *besonderen* Gruppe.«

Sie betont das Wort »besonderen« auf eine Weise, die fast übertrieben respektvoll klingt. Ich kann mir ein Lächeln nicht verkneifen.

»Wir arbeiten für die Täterprofilgruppe der zentralen Kriminalpolizei«, erkläre ich. »Örjan ist Polizist und Kriminaltechniker, und ich bin Psychologin. Wir sind gebeten worden, uns die

Umstände von Novas Verschwinden näher anzusehen. Man kann sagen, dass wir als eine Art interne Beratergruppe für die zentrale Kriminalpolizei fungieren, wenn die eine psychologische Einschätzung braucht.«

»Ich verstehe«, sagt Olga und macht ein Gesicht, als sei das absolut nicht der Fall.

»Können Sie uns ein bisschen über Nova-Li erzählen?«, fragt Örjan und rückt seine Brille gerade.

Sten und Olga wechseln einen raschen Blick.

»Sie ist vor zwei Monaten zu uns gekommen«, sagt Olga und ihre Augen wandern zum Leuchter an der Decke. »Nova und ihr jüngerer Bruder Liam sollten in Pflegefamilien untergebracht werden, und wir wurden zuerst gefragt, ob wir beide nehmen könnten, aber …«

Olga schweigt kurz mit hilflosem Gesichtsausdruck und fügt dann hinzu: »Zwei kleine Kinder trauen wir uns nicht mehr zu. Wir sind nicht mehr jung, und dann ist da Stens Fuß und überhaupt … jedenfalls ist der Junge dann offenbar in Tyresö untergebracht worden.«

Abermals wechseln Sten und Olga einen Blick, als sei das eine wichtige Mitteilung, die aber nur sie beide verstehen können.

»Warum sind Sie Pflegeeltern geworden?«, frage ich. Eigentlich vor allem aus Neugier, denn Olga und Sten stehen meines Wissens nach nicht unter Verdacht.

Olgas Antwort kommt blitzschnell.

»Um zu helfen. Es gibt so viele Kinder, denen es schlecht geht, und uns war klar, dass wir helfen wollten und das auch konnten. Dass es unsere *Pflicht* war zu helfen. Und ich finde schon, dass wir das getan haben. Mit den allermeisten unserer Kinder ist alles gut gegangen. Zu vielen haben wir noch immer Kontakt, obwohl sie schon erwachsen sind und studiert haben und berufstätig sind. Ja, wir haben sogar schon *Pflegeenkelkinder.*«

Olga deutet ein Lächeln an.

»Und wie ist es mit Nova? Können Sie ihr helfen?«

Örjans Frage klingt unschuldig, aber Olga und Sten erstarren beide.

»Das ist schwer mit ihr«, beginnt Sten. »Es ist nicht leicht, Zugang zu ihr zu finden. Viele dieser Kinder bringen ja grauenhafte Erinnerungen und Erfahrungen mit, und ich weiß nicht genau, was Nova durchgemacht hat, abgesehen davon, dass ihre Mutter drogenabhängig ist und außerdem psychische Probleme hat.«

»In welcher Hinsicht ist es mit ihr schwerer als mit anderen Kindern?«, frage ich.

»Es ist sozusagen unmöglich, Kontakt zu ihr zu bekommen«, sagt Olga und schüttelt traurig den Kopf. »Wir hatten Kinder, die um sich geschlagen haben, Kinder, die trotzig waren, und Kinder, die kleine Engel waren, aber diese *Verschlossenheit*... Wenn man versucht, mit ihr zu sprechen, schaut sie in eine andere Richtung. Antwortet selten. Will keinerlei Körperkontakt, windet sich blitzschnell weg, wenn man versucht, sie zu umarmen. Als ob sie Angst hätte, ich könnte sie schlagen. Und für andere Kinder interessiert sie sich nicht, sie möchte vor allem allein in ihrem Zimmer sitzen.«

»Was macht sie dort?«, frage ich.

Olga schüttelt wieder den Kopf.

»Ich weiß es nicht so genau. Sie beschäftigt sich wohl mit ihrem iPad.«

»Können wir ihr Zimmer sehen?«, fragt Örjan.

»Natürlich«, sagt Olga. »Sten, bleib du hier.«

Sten gibt keine Antwort, aber er schließt für einen kurzen Moment die Augen, wie um diese ganze Szene auszusperren.

Das Zimmer ist hellgelb. Vor dem Fenster hängen geblümte Vorhänge, und das Bett steht an einer Wand. Neben dem Bett gibt es einen kleinen weißen Schreibtisch und einen Kleiderschrank. Auf dem Boden liegt ein blauer Flickenteppich. Es ist unpersönlich, aber tadellos sauber. Ein bisschen wie ein schlichtes Hotelzimmer oder ein Raum in einer Jugendherberge. Ich gehe zum Schreibtisch. Auf der Tischplatte liegen zwei Kittybücher, an der Ecke steht ein Behälter für Kugelschreiber. Ansonsten sehe ich keine persönlichen Habseligkeiten, die verraten könnten, dass hier eine Neunjährige wohnt.

»Wir haben ihr die Bücher gegeben, weil wir dachten, dass sie gern etwas lesen würde, wenn sie hier oben sitzt, aber meines Wissens hat sie die nicht angerührt«, sagt Olga leise, als habe sie Angst, jemand könne sie hören.

»Ist an dem fraglichen Tag etwas Besonderes passiert?«, frage ich. »Etwas, das sie aus irgendeinem Grund traurig oder wütend gemacht hat?«

Olga schüttelt den Kopf.

»Nein. Wirklich nicht. Es war ein ganz normaler Tag. Wir haben zusammen gegessen, und dann ging Nova zum Spielen nach draußen. Es war wohl kurz nach sieben. Sie saß da draußen auf der Schaukel.«

Olga geht zum Fenster und ich folge ihr. Draußen ahne ich im Licht der Straßenlaterne den Spielplatz mit Schaukeln, Sandkasten und Klettergerüst. Die Jungen, die vorhin auf der Schaukel saßen, sind verschwunden, und kein Mensch ist zu sehen.

Olga holt tief Luft.

»Sie saß da auf der Schaukel. Allein, wie immer. Die drei Kinder der Nachbarn waren auch draußen, aber sie sind auf den Baum dort geklettert. Und sie haben nicht gesehen, wohin Nova gegangen ist. Sten und ich saßen in der Küche und schauten hinaus. Im einen Moment war sie noch da, im nächsten …«

Olga erwidert meinen Blick. Ich ahne Tränen in den blassgrauen, leicht geröteten Augen.

»An dem Tag ist also nichts Ungewöhnliches passiert?«, fragt Örjan.

»Nein. Oder vielleicht doch. Ich habe am Vormittag mit ihr über etwas Bestimmtes gesprochen. Sie hatte in ihrem Zimmer nämlich Essen versteckt.«

»Essen versteckt?«

Örjan macht ein verwirrtes Gesicht.

Olga windet sich.

»Ja, und ich war wirklich nicht böse auf sie, aber ich habe ihr erklärt, dass wir das Essen in der Küche aufbewahren, und dass es zudem immer genug zu essen im Haus gibt. Dass sie nichts zu verstecken braucht, um sicher sein zu können, dass sie etwas zu essen bekommt. Aber ehrlich gesagt, kam sie mir kein bisschen verstört vor, als ich das gesagt hatte, ich kann mir also kaum vorstellen, dass sie deshalb durchgebrannt sein könnte. Meine Erfahrung ist, dass solche Kinder immer nach Grenzen schreien. Es ist sonst kein Problem für uns, Regeln aufzustellen.«

Örjan nickt und fragt:»Und Ihres Wissens hat sonst niemand … Außenstehendes an dem Tag Kontakt zu ihr aufgenommen?«

»Nein, das hätten wir bemerkt.«

»Hat sie etwas mitgenommen, als sie nach draußen gegangen ist? Ihr iPad zum Beispiel?«

»Nein«, sagt Olga und öffnet vorsichtig eine Schreibtischschublade, in der ich ein iPad der aktuellen Serie sehe.

»Ohne das hat sie fast keinen Schritt gemacht«, sagt Olga jetzt. »Deshalb glaube ich nicht, dass ihr Verschwinden geplant war.«

»Was glauben Sie denn, was geschehen ist?«, fragt Örjan auf seine sachliche Weise.

»Ich glaube … ich bin überzeugt, dass jemand sie mitgenommen hat. Ihre Mutter vielleicht. Sie wollte ja nicht, dass die Kinder in Pflegefamilien kamen. Ja, das ist leider oft so.«

»Wissen Sie, was für eine Beziehung Nova zu ihrer Mutter hat?«, frage ich.

Olga zuckt fast unmerklich zusammen.

»Sie spricht *nie* über ihre Mutter. *Nie.*«

Auf der Rückfahrt in die Stadt sitzen wir schweigend im Auto. Auf der E 4 herrscht reger Verkehr, und leichter Regen fällt.

Örjans Gesicht ist so ausdruckslos wie immer. Wenn ich hier mit Carin oder Jimmy oder jemand anderem aus der Gruppe säße, würden wir über unseren Besuch bei Novas Pflegefamilie diskutieren. Über das Unvorstellbare sprechen, dass ein Kind unter solchen Umständen aufgewachsen ist, dass es Lebensmittel verstecken muss, um etwas zu essen zu haben. Dass es in dem reichen Land Schweden Kinder gibt, die sich nicht satt essen können, weil die Eltern es nicht schaffen, sich um sie zu kümmern. Dass es Tausenden von Menschen wirklich so schlecht geht, dass sie die grundlegenden Bedürfnisse ihrer Kinder nicht befriedigen können.

Geborgenheit. Liebe. Jeden Tag zu essen. Saubere Kleider. Ein Bett zum Schlafen.

Mir wird schwindelig bei dieser Vorstellung, und wieder denke ich an Erik. An sein Zimmer zu Hause auf Värmdö, das voller Spielsachen und Bilderbücher und Zeichnungen ist.

»Ist dir aufgefallen, dass sie keine Bilder oder Ziergegenstände im Haus hatten?«, fragt Örjan. »Es war irgendwie so … karg.«

Ich nicke.

»Aber das braucht ja nicht zu bedeuten, dass etwas mit ihnen nicht stimmt.«

»Natürlich nicht. Aber die meisten Leute hängen sich doch etwas an die Wand. Kunst. Fotos. Plakate. Irgendwas. Es kam mir irgendwie vor wie eine Anstalt. Und dieses ganze Gerede darüber, dass sie ihr zwanzigstes Pflegekind ist und dass alle anderen sich so gut gemacht haben …«

»Sie haben vielleicht einfach nur Angst vor Kritik. Vor dem Vorwurf der Pflichtvergessenheit oder so was.«

»Pflichtvergessen kamen sie mir ja nicht direkt vor.«

Ich gebe keine Antwort, denn ich weiß, dass er recht hat. Olga und Sten wirkten eher übertrieben zuverlässig. Ordnungsliebend, gewissenhaft und unendlich langweilig. Aber verantwortungslos wirklich nicht.

»Was meinst du also?«, frage ich.

»Die Statistik lässt annehmen, dass sie aus freien Stücken weggelaufen ist, aber es gibt doch zu viel, was nicht stimmt. Sie hat ihr geliebtes iPad zurückgelassen und ist in der Dunkelheit verschwunden. Nein, ich würde eher darauf setzen, dass sie entführt oder irgendwohin gelockt worden ist. Vielleicht von ihrer Mutter oder jemand anderem, dem sie vertraut. Wir werden ja sehen, was ihre Lehrer morgen sagen.«

Ich nicke wortlos. Etwas an der Begegnung mit Nova-Lis Pflegeeltern hat mich seltsam kraftlos gemacht, all meine Energie scheint in diesem idyllischen Reihenhaus in Älvsjö zurückgeblieben zu sein, in dem gelben Zimmer mit den geblümten Vorhängen. Plötzlich überkommt mich eine lähmende Müdigkeit, die meinen ganzen Körper ausfüllt, bis in die Fingerspitzen und Zehen. Ich kann nur denken, dass ich nach Hause will. Nach Hause zu Markus und Erik und allem, was ich im Leben für selbstverständlich gehalten habe.

Mein Zuhause.

Meine Familie.

Die ich vielleicht fast schon verloren habe.

Stockholm, 1985

Der Junge sitzt auf einem Sofa in Gerds Wohnzimmer und versucht, sich auf das Video zu konzentrieren, das Gerd für ihn eingelegt hat. Mogli tanzt und singt zusammen mit Balu.

Gerd hat ein Videogerät. Das haben Mama und Papa nicht. Papa findet es unnötig, so viel Geld für etwas auszugeben, auf das man sehr gut verzichten kann.

Aber jetzt spielt das ja keine Rolle. Mama und Papa und Elsemarie brauchen kein Videogerät mehr.

Der Junge glaubt nicht, dass man in den Himmel kommt, wenn man stirbt. Er glaubt, dass man nur schläft und dann immer weiter schläft und schläft und schläft. Und falls man doch in den Himmel kommt, braucht man auf keinen Fall ein Videogerät. Da gibt es sicher jede Menge andere Dinge, die man machen kann.

Er denkt wieder an das Feuer.

Gelbrote Flammen schlugen durch das Dach, und er saß still im Schnee. Kalt und steif, ohne zu wissen, was er tun sollte. Es war, als ob sein Gehirn nicht mehr funktionierte, als ob in seinem Kopf alles stumm geworden wäre und er nur noch die Flammen ansehen konnte. Dann kam die Feuerwehr. Als er die ersten Sirenen hörte, wurde er ruhiger. Vielleicht würden die Feuerwehrleute seine Familie retten. Und vielleicht auch seinen Pandabären und seine Schlumpfsammlung.

Vielleicht.

Er durfte mit dem Rettungswagen ins Krankenhaus fahren, obwohl er gar nicht krank war, nur kalt und leer. Die Polizisten und eine gewisse Susanne, die vom Jugendamt kam, erzählten, seine Eltern seien tot. Das Feuer hatte Mama und Papa und Elsemarie aufgefressen.

Es war nicht das Krankenhaus, in dem Mama arbeitete. Mamas Krankenhaus hatte Aussicht auf einen See, und an der Felswand unterhalb des Krankenhausgebäudes gab es viele kleine Holzhäuser, fast wie Spielhütten. Mama hatte erzählt, die Grundstücke hießen Schrebergärten und seien da, damit die Menschen, die in der Stadt wohnten, sich ein paar Beete und so ein Häuschen zulegen könnten.

Aber dieses Krankenhaus war unendlich groß und aus grauem Beton gebaut. In der Umgebung standen hohe Häuser in allen möglichen Farben – rote, grüne und lila Hochhäuser.

Auf der Station hatte er ein eigenes Zimmer bekommen. Dort gab es ein Bett, das man höher und tiefer stellen konnte, wie man wollte, und mit einem Handgriff, der an einer Kette von der Decke hing. Man sollte sich selbst hochziehen können, wenn man den Griff packte. Der Junge kam nur mit Mühe hoch genug, und er konnte selbst aufstehen. Aber er stellte das Bett höher und niedriger. Es war lustig, wie auf einem Stuhl zu sitzen, oder die Füße in die Luft zu halten, und für eine Weile dachte er nicht an Mama, Papa oder Elsemarie. Aber während er spielte, schämte er sich dann.

Wie konnte er lachen, wo sie alle tot waren?

Eine Ärztin mit weißem Kittel und einem Stethoskop um den Hals kam herein und untersuchte ihn. Horchte ihm die Brust ab und befahl ihm, einige komische Bewegungen zu machen, er sollte sich mit den Fingern auf die Nase zeigen, und zwar ganz schnell. Sie leuchtete ihm mit einer kleinen Taschenlampe in die Augen und fragte ihn, wie er heiße und ob er wüsste, welcher Monat gerade sei.

Der Junge schielte zum Adventsleuchter im Fenster hinüber und überlegte, warum ihm eine so dumme Frage gestellt wurde.

Alle wussten doch wohl, dass bald Weihnachten war, und dass Weihnachten im Dezember kam. Aber die kleine Lampe gefiel ihm. Die Frau Doktor begriff offenbar, dass der Junge die Lampe schön fand, denn sie drückte sie ihm sofort in die Hand. Sie erklärte ihm, dass er von der Kälte und dem vielen Schnee total unterkühlt gewesen war und fast gestorben wäre.

Der Junge fragte sich, ob es Glück oder Unglück war, dass er nicht gestorben war, ob es nicht gerechter wäre, wenn er auch gestorben wäre. Er merkte, dass ihm die Tränen kamen, und er konzentrierte sich auf das Namensschild der Frau Doktor, auf dem stand, dass sie Ulla hieß. Er versuchte, nicht mehr an alles zu denken, was passiert war, sondern nur an die Buchstaben auf dem Namensschild.

Die Krankenschwestern von der Station kamen oft herein, um ihn zu umarmen oder ihm eine Geschichte vorzulesen. Eine Schwester hatte ihm einen kleinen Teddy geschenkt, der jetzt auf seinem Nachttisch saß. Der Teddy war hellgelb und hatte blanke Knopfaugen und sah lieb aus. Er taufte ihn Elsa, nach Elsemarie. Ab und zu versuchten die Krankenschwestern, ihn zu den anderen Kindern auf der Station zu holen, zum Spielen oder Fernsehen, aber dann drehte er sich nur um und schüttelte den Kopf.

Er wollte nicht mit anderen Kindern spielen. Er wollte allein sein.

Eines Abends, nachdem die Nachtschwester ihn zugedeckt und die Lampe ausgeknipst hatte, stand er wieder auf und schlich sich vorsichtig aus dem Zimmer. An einem langen Gang gab es allerlei Türen. Über jeder Tür war ein Nummernschild, vielleicht, damit man sich daran erinnern konnte, wo man wohnte. Sein Zimmer hieß »2«.

Der Junge horchte auf Geräusche und hörte leise Stimmen aus dem Stationszimmer. Er schlich sich an der Wand entlang. Dort standen Stühle und Holzbänke. Er sah zudem Kästen mit Plastikspielzeug in leuchtenden Farben und ein niedriges Bücherregal mit Bilderbüchern und Comicheften. Auf einem blanken Tisch mit einer viereckigen Decke lag eine vergessene Zeitung. Der Junge sah sich die erste Seite an und beugte sich über die Schlagzeile. »Drei Tote bei Hausbrand. Junge (7) durch ein Wunder gerettet.« Vorne auf der Zeitung war ein Bild eines brennenden Hauses. *Seines* brennenden Hauses. Der Junge knüllte die Zeitung zusammen und schleuderte sie in den Papierkorb neben dem Tisch. Er versuchte, nicht in diese Richtung zu blicken, und ging weiter geradeaus.

Er näherte sich langsam den gedämpften Stimmen und erreichte eine Tür mit einem Glasfenster. Er reckte sich und schaute hinein. Als Erstes sah er den Tisch. Der war groß und länglich und daran saßen mehrere Krankenschwestern, und die, die Frau Doktor war und Ulla hieß. Sie redeten und lachten. Auf dem Tisch standen Teller und Kaffeetassen und eine große Thermoskanne. Er wusste, dass es Thermoskanne hieß, denn seine Tagesmutter hatte genau so eine gehabt. Man drückte auf den Deckel, und dann kam aus einer Tülle schwarzer Kaffee.

Neben der Thermoskanne stand ein Brotkorb voller schöner gelber, glänzender Luziakuchen. Drei Kerzen brannten an einem Adventsleuchter. Der Junge wich zurück. Er merkte, dass sein Herz dermaßen loshämmerte, dass er nicht mehr richtig atmen konnte. Alles, woran er denken konnte, waren die weißen Kerzen und die Flammen, die auf irgendeine Weise lebendig waren.

Er sah sie, obwohl er die Augen zukniff, und er merkte, dass seine Wangen heiß wurden und er mit den Tränen ringen musste.

Der Junge rannte zurück in sein Zimmer, ließ sich auf das Bett fallen und zog sich die Decke über den Kopf. Warum hatten Mama und Papa und Elsemarie sterben müssen, während er lebte?

Vielleicht würde er auch sterben?

Als am nächsten Tag die Polizisten und die Frau vom Jugendamt kamen, saß er in seinem Bett und presste Elsa an sich. Schielte zu den Polizisten hinüber, um zu sehen, ob sie böse wirkten. Würden die ihn jetzt ins Gefängnis stecken, weil er seine Eltern und seine kleine Schwester umgebracht hatte?

Aber die Polizisten sahen nur traurig aus. Es war auch eine Polizistin dabei, eine Frau mit langen blonden Haaren, die als dicker Zopf über ihren Rücken hing. Der Zopf sah aus wie ein langes Hefebrot, das nur darauf wartete, aufgegessen zu werden. Das war ein komischer und blöder Gedanke, und er versuchte, ihn wegzuschieben und sich auf einen Punkt zwischen den Augen der Polizistin zu konzentrieren. Ihre Wimpern waren blau, und er fragte sich, wie das möglich war, ob sie die angemalt hatte, und wenn ja, wie man das machte. Ihre Augen waren ebenfalls blau. Nicht so klarblau wie die Wimpern, aber sie waren jedenfalls schön. Mitten im Blau ahnte er goldene Sprenkel.

Der Polizist war älter als die Frau. Älter als Papa. Vielleicht über vierzig. Er hatte braune Haare und eine Brille und einen Schnurrbart, der wie eine behaarte Schmetterlingslarve über den roten Lippen lag. Seine Augen waren blank, und er musste sich mehrmals die Nase putzen, während er mit dem Jungen redete.

»Du darfst dir keine Vorwürfe machen, Kleiner. Das war ein Unfall.«

Der Polizist räusperte sich und schniefte, während er dem Jungen eine Hand auf den Arm legte.

»Verstehst du, was Mats sagt?«

Die Frau, die Susanne hieß und vom Jugendamt kam, legte die Hände auf die Knie und sah ihn an, als suche sie nach einem Anzeichen dafür, dass er begriffen hatte, was der Polizist sagte.

Der Junge nickte und schaute Susannes Hände an, weil er ihr nicht ins Gesicht blicken wollte. Sie war schlank und hatte dunkle Haare und sah streng aus, und irgendwie hatte er Angst davor, dass sie in seinen Kopf schauen und begreifen könnte, dass der Polizist mit dem ekligen Schnurrbart sich irrte.

Dass alles seine Schuld war.

Die Frau vom Jugendamt erklärte ihm langsam und deutlich, dass er in eine Übergangsfamilie kommen würde. Eine Übergangsfamilie war eine, bei der man nur für kurze Zeit wohnte, bis man erfuhr, wo man danach hinkam. Der Junge dachte an ein Buch, das Mama ihm vorgelesen hatte. Es handelte von einem Jungen, der in einem Waisenhaus lebte, wo alle streng und gemein waren und die Kinder jeden Tag hart arbeiten mussten.

»Muss ich danach in ein Waisenhaus?«

Seine Stimme klang dünn, und die Frau vom Jugendamt musste sich vorbeugen, um zu hören, was er sagte. Sie horchte und antwortete dann mit ernster Miene: »Du musst nicht in ein Waisenhaus. Das war früher, dass man ins Waisenhaus musste, wenn man keine Eltern hatte. Heute kommt man in eine Familie. Dann wohnt man bei dieser Familie. Natürlich nur, wenn man keine Verwandten hat, bei denen man wohnen kann.«

Und so war er zu Gerd gekommen.

Gerd ist eine Übergangsfamilie. Das bedeutet, dass er nur eine Weile bei ihr wohnen darf. Was danach kommt, weiß er nicht so genau.

Gerd ist eine kleine magere Frau mit kurzgeschnittenen grauen Haaren, dünnen Armen und flacher Brust. Ihr ganzer Körper ist kantig, aber ihre Umarmungen sind trotzdem weich. Sie wohnt in einer Wohnung mitten in Stockholm. Wenn der Junge aus ihrem Fenster schaut, kann er überall hohe Häuser sehen, Häuser mit Hunderten von Fenstern.

Hinter fast jedem Fenster sieht er einen Weihnachtsstern oder einen elektrischen Leuchter. Unten auf der Straße fahren Autos und Busse langsam durch den Schneematsch. Er sieht keine anderen Kinder, nur Erwachsene, die da unten über den

Bürgersteig gehen. Ab und zu tritt Gerd neben ihn. Sie zeigt auf Kirchtürme und hohe Häuser, sagt ihm, wie die heißen. Gustav-Wasa-Kirche, Matteus Kirche, Bonnier-Haus. Ab und zu steckt sie sich eine Zigarette an und schaut schweigend aus dem Fenster. Sie drückt die Kippen immer ganz sorgfältig aus, und dafür ist er dankbar.

Gerd spielt mit ihm, sie spielen Läusespiel und Monopoly. Mama wollte nie Monopoly spielen, weil das so lange dauert, aber Gerd lacht nur und sagt, sie können ja jeden Tag ein bisschen spielen, statt alles auf einen Rutsch hinter sich zu bringen.

Bei Gerd zu Hause wohnen keine anderen Menschen. Gerd hat ihm erzählt, dass sie nie verheiratet war, keine eigenen Kinder hat und deshalb Übergangspflegekinder aufnimmt. Das ist ein langes und komisches Wort, aber Gerd erklärt, es bedeutet, dass man Kinder aufnimmt, die Hilfe brauchen, und dass man ihnen dann hilft, zu einer Familie zu ziehen, bei der sie lange bleiben können.

»Kann ich nicht bei dir bleiben?«

Der Junge hatte Gerd angesehen und gedacht, vielleicht wäre das möglich. Bei Gerd würde er es sicher gut haben.

»Darüber würde ich mich freuen. Aber ich bin zu alt, um mich richtig um dich kümmern zu können. Du musst bei Leuten wohnen, die für dich da sind, bis du erwachsen bist. Und nicht bei einer alten Oma wie mir.«

Gerd streichelte mit ihrer abgearbeiteten Hand seine Wange, aber er wandte sein Gesicht ab, weil er doch wusste, dass sie log. Natürlich wollte sie ihn nicht haben, wo er doch ein Mörder ist.

Jetzt sitzt er auf Gerds Sofa und betastet den glatten braunen Stoff, auf dem es sich so gut sitzt. Plüsch heißt er, hat Gerd gesagt. Sie sitzt neben ihm und redet über den Film. Über Moglis roten Lendenschurz und Shir Khans böse Pläne. Über die Früchte, die von den Bäumen hängen, und die lieben Wölfe, die sich um Mogli kümmern.

»Er ist ein Waisenkind, genau wie du. Und er hat ein schönes Zuhause bekommen.«

Gerd lächelt und zeigt ihre gelben Zähne.

Er kneift die Augen zu. Denkt, dass alles viel besser wäre, wenn er hierbleiben dürfte.

Als es an der Tür klingelt, steht Gerd vom Sofa auf.

»Jetzt musst du allein weitergucken. Das sind sie.«

Der Junge sagt nichts. Nickt nur und spürt, wie sich sein Magen zusammenkrampft, als ob ihm jemand eine Faust in den Bauch gerammt hätte.

Es klirrt in der Diele, als Gerd die Tür aufschließt, dann hört er Stimmen. Er erkennt die Stimme von Susanne vom Sozialamt und hört auch einen Mann, der mit heller Piepsstimme redet. Wie Papa früher, wenn er Witze gemacht und Comicfiguren nachgeahmt hat.

»Und hier haben wir ihn!«

Gerd kommt ins Wohnzimmer, und der Junge dreht sich um, steht auf und gibt schüchtern die Hand. Susanne vom Sozialamt sieht noch immer streng aus. Der Mann ist groß und hat ein bisschen Ähnlichkeit mit einem Gorilla. Er lächelt strahlend und streichelt den Kopf des Jungen, wie bei einem kleinen Kind. Der Mann heißt Adam, und der Junge findet das einen hässlichen, albernen Namen.

»Wir gehen so lange in die Küche«, sagt Gerd und sieht ihn mit dem lieben Blick an, den er so gern hat.

Er lässt die anderen erst einmal reden. Sieht sich den Film an, ohne wirklich hinzuschauen. Er findet es komisch, dass er hier vor einem Fernseher mit Video sitzt, was er bisher kaum je durfte, und dass er einen langen und schönen Film sehen kann, den er noch nicht kennt, und dass er den trotzdem nicht sehen will. Er will nur die anderen belauschen, die in Gerds Küche sitzen.

Der Junge schleicht sich an die Tür und drückt das Ohr dagegen. Zuerst kann er nur schwer verstehen, was die Erwachsenen dahinter sagen, aber dann wird es leiser und die Worte werden deutlicher.

»Wie sieht es mit Verwandtschaft aus?«

Er hört Gerds Stimme, hoch und ein bisschen kratzig.

Gerd sagt, dass das Kratzige von den Zigaretten kommt.

»Er hat einen Onkel, der viel jünger ist als der Vater, und dieser Onkel ist UN-Soldat. Er ist gerade auf Zypern stationiert. Wir haben mit ihm geredet, und er ist außer sich vor Kummer, aber er sagt, er habe im Moment keine Möglichkeit, ein Kind großzuziehen. Er ist durch seinen Vertrag gebunden und außerdem ist er erst vierundzwanzig.«

Der Junge begreift, dass der Mann von Onkel Fredde redet.

Fredde ist sehr lieb, witzig, wie ein Kumpel, gar nicht wie Papa. Aber Fredde ist fast nie zu Hause und sagt auch, dass er nie wieder in Schweden leben will. Der Junge begreift, dass Fredde sich nicht um ihn kümmern kann.

»Großeltern?« Gerd lässt nicht locker.

»Der Großvater väterlicherseits ist vor fast zehn Jahren nach einem Herzinfarkt gestorben. Die Großmutter lebt in einem Heim. Dem Onkel auf Zypern zufolge hat die Alte nicht alle Tassen im Schrank. Oder gar keine Tasse, wenn ich ihn wörtlich zitieren soll.«

Der Junge weiß, dass der Mann recht hat. Oma ist total komisch. Als sie zuletzt bei ihr zu Besuch waren, war sie davon überzeugt, der Junge sei ein Fremder, und sie forderte den Vater immer wieder auf, den frechen kleinen Dieb vor die Tür zu setzen. Er fand sie eklig, und jetzt freut er sich, weil sie sich nicht um ihn kümmern kann.

»Und mütterlicherseits?«

Noch immer reden nur Gerd und der Mann.

»Das ist kompliziert.« Der Mann seufzt tief und erzählt dann:

»Die Eltern und Geschwister der Mutter sind Zeugen Jehovas, und auch die Mutter war anfangs dabei. Als sie ihren späteren Mann kennengelernt hat, bekam sie immer größere Zweifel an ihrer Religion, und am Ende hat sie dann lieber ihren Freund geheiratet. Und er war also keiner … kein Zeuge Jehovas.«

»Aber dann hat sie doch Verwandte, die sich um den Jungen kümmern könnten?«

Er hört Gerds aufgeregte Stimme und dann das Geräusch eines Streichholzes, das über die Reibefläche schrappt. Er sieht vor sich, wie Gerd mit einer Zigarette zwischen den Fingern dasitzt, sie ansteckt und energisch daran zieht.

»Die Verwandten sind immer noch Zeugen Jehovas, und für sie gilt ein Mensch, der ihre Kirche verlassen hat, als tot. Es gibt keinen Kontakt. Briefe werden nicht beantwortet. Alle Brücken sind abgebrochen.«

Der Mann seufzt tief und fügt dann hinzu: »Ich habe mit dem Großvater gesprochen, und der hat erklärt, dass die Familie keinerlei Interesse daran hat, sich um den Jungen zu kümmern. Ich hatte das Gefühl, er fand, der Familie sei nur recht geschehen und der Brand sei die Strafe Gottes.«

Der Junge merkt, wie sich sein ganzer Körper in gekochte Spaghetti verwandelt. Arme und Beine wollen ihm nicht mehr gehorchen. Kann das wirklich stimmen? Dass Gott böse auf ihn ist?

Aber Gott gibt es doch nicht.

Er blinzelt und schaut auf den Boden hinunter. Versucht, den Blick auf seine schmalen weißen Füße unter den zu kurzen Jeans, die Gerd für ihn gekauft hat, zu richten. Seine Kleider sind alle neu, da alle alten im Feuer verschwunden sind. Alles ist neu, und noch immer fehlt so viel.

Dinge, die er niemals zurückbekommen kann.

»Und keine anderen Verwandten?«

Gerd klingt traurig und empört.

»Er ist ein wunderbarer Junge. Wirklich. Klug, lieb und hilfsbereit. Ist auch ein heller Kopf. Ich würde mich ja selbst um ihn kümmern, wenn ich nicht die schlimme Hüfte hätte und hoch in den Achtzigern sein werde, bis er erwachsen ist.«

»Er hat keine anderen Verwandten.«

Plötzlich hört er die Stimme von Susanne vom Sozialamt.

»Aber wir haben eine Pflegefamilie für ihn gefunden. Eine gute Familie. Ist das nicht phantastisch?«

Man kann hören, dass die Frau vom Sozialamt zufrieden ist. Der Junge überlegt, ob sie diese Familie wohl selbst gefunden hat, und wie man das macht. Klopft man überall an und fragt? Oder hängt man vielleicht Zettel an Bäume und Zaunpfosten?

»Es ist eine Bauernfamilie in der Nähe von Nyköping. Sie haben keine eigenen Kinder und möchten gern einen kleinen Jungen bei sich aufnehmen.«

»Können Sie ein bisschen mehr erzählen?«

Gerd klingt hoffnungsvoll, aber zugleich besorgt.

»Sie heißen Lasse und Irene Björk und sind Mitte vierzig. Haben einen Hof in einem Ort namens Bottna. Sie arbeiten auf dem Hof, aber Irene ist auch bei einem Pflegedienst angestellt. Es ist ein kleiner Hof, mit Feldern und Vieh. Sie haben Schafe, Ziegen und Hühner, und ich glaube, auch Kaninchen. Sie möchten ein Pflegekind, um etwas beizutragen, sagen sie.«

Susanne verstummt und scheint auf die Kommentare von Gerd und Adam zu warten.

»Ich hatte natürlich auch Kontakt mit dieser Familie«, sagt Adam. »Wir haben uns dort umgesehen und finden sie überaus passend. Wir hatten hier wirklich Glück. Gute Pflegefamilien wachsen nicht auf Bäumen.«

»Gibt es Kinder in der Nähe?«

»Ja, es gibt Kinder in den Häusern der Umgebung.«

Der Junge ist verwirrt. Ist es denn möglich, dass diese neue

Familie lieb ist? Dass Lasse und Irene ihn haben wollen und ihn gut behandeln werden? Kann es sein, dass es einen Ort gibt, der für ihn ein neues Zuhause wird?

Er kneift die Augen zusammen und faltet die Hände. Und obwohl er eigentlich nicht an Gott glaubt, betet er.

Betet darum, dass alles wieder gut wird.

Odenplan, Stockholmer Innenstadt

»Ich tue das doch deinetwegen.«

Markus ist wütend. Sein Gesicht ist ausdruckslos, verrät nichts, aber seine Stimme hat er nicht unter Kontrolle. Ich registriere die kleinen, verräterischen Unterschiede. Die Tonlage, die nur ein bisschen höher ist als sonst. Er spricht etwas schneller, und jedes Wort ist klarer artikuliert. Immer diese verbissene Beherrschung. Ich frage mich, ob sie das auf der Polizeischule lernen. Ihre Gefühle zu verbergen, keine Wut und keine Trauer zu zeigen. Sich dem gegenüber, was um sie herum passiert, einfach neutral zu verhalten. Ich erkenne mich selbst darin wieder. Vielleicht gibt es größere Ähnlichkeiten zwischen Psychologen und Polizisten, als man auf den ersten Blick annehmen würde.

»Das weiß ich ja auch zu schätzen.«

Genau wie Markus versuche ich, ruhig zu sein. Nicht zu zeigen, dass mich das Wissen darum, was auf dem Spiel steht, fast schon umwirft.

Ich schaue mich im Wartezimmer um. Die Praxis ist modern und frisch eingerichtet. Heller Holzboden, grüne Vorhänge. Lamino-Sessel. In einem gut gefüllten Zeitungsständer befinden sich Monatsmagazine über Mode und Einrichtung sowie Zeitschriften zum Thema Illustrierte Wissenschaft. Eine Kaffeemaschine und ein Wasserspender stehen in einer Ecke. Alles zeugt von Professionalität und Geld und sieht teuer aus.

Ich fühle mich unwohl in meiner Haut, habe mir sorgfältig eine Praxis ausgesucht, wo ich ganz sicher bin, niemanden vom Personal zu kennen, aber darauf verlassen kann ich mich nicht.

Markus sitzt auf der Sesselkante. Das sieht unbequem aus. Er weicht meinem Blick aus. Zieht stattdessen eine Zeitschrift aus dem Gestell. Er blättert darin, ohne auf die eingerichteten Wohnungen zu achten, die auf den Seiten zu sehen sind.

Ich lasse meine Gedanken wandern. Denke an das rote Backsteinhaus, das ich gestern besucht habe. An die ernste Frau mit dem goldenen Kreuz um den Hals. Den Mann mit der Krücke. Und die Leere, die das Mädchen mit den dunklen Haaren und dem seltsamen Muttermal zwischen den Augenbrauen hinterlassen hat. Nova-Li.

Ich frage mich, was passiert sein kann, ob sie sich im Wald, der so nah bei dem kleinen Reihenhausgebiet beginnt, verirrt hat oder ob sie wirklich von ihrer Mutter entführt worden ist. Ich bin abgehärteter, seit ich für die Polizei arbeite, aber ein Fall, bei dem es um Kinder geht, trifft mich bis ins Mark.

»Siri, Markus?«

Ich schaue zu dem Mann hoch, der vor mir steht. Er ist dunkel und trägt eine Brille und sieht überhaupt nicht aus wie das Klischee eines Psychologen. Eher wie ein Polizist. Breite Schultern und kurzgeschorene Haare. Ich schiele zu Markus hinüber, der erleichtert aussieht, als er aufsteht und den Mann begrüßt, der sich als Jesper vorstellt.

Wir gehen mit Jesper durch einen Gang voller gerahmter Schwarz-Weiß-Fotos und verschlossener Türen. Ganz hinten steht eine Tür offen, und ich folge Jesper und Markus in das Zimmer. Ein typischer Gesprächsraum. Ich habe in meiner Laufbahn als Psychologin schon etliche von der Sorte gesehen; drei Stühle um einen kleinen Tisch, an der einen Wand eine große weiße Tafel. Die obligatorische Kleenex-Schachtel.

Der einzige Unterschied ist, dass ich im Sessel der Klientin sitze und nicht in dem der Therapeutin. Markus und ich, nebeneinander in diesen Sesseln.

»Willkommen.«

Jesper lächelt und sieht uns beide an. Dann erklärt er ausführlich, wie er arbeitet. Es fällt mir schwer, mich darauf zu konzentrieren, was er über Paartherapie und Behandlungsplan sagt. Ich kenne das alles schon. Habe es selbst gesagt. Stattdessen werden meine Blicke von Markus angezogen. Ich mustere sein Gesicht, versuche, jeden Wechsel in seinem Mienenspiel zu registrieren. Ich weiß, dass er es schrecklich findet, hier zu sein. Er betrachtet es als Zugeständnis, aber vielleicht hofft er trotzdem, dass wir so unsere Beziehung retten können.

Es fällt mir selbst schwer zu begreifen, wie wir hier gelandet sind, in Jesper Lönnqvists Behandlungszimmer in der teuren Praxis. Dass ich in dieser unnatürlich heißen Nacht im Sommer mit Jimmy nach Hause gehen konnte. Wie leicht es war, die unsichtbare Grenze zu überschreiten. Alles wirkte so anders, roch anders, schmeckte anders. Und dann die große Leere. Nicht einmal ein Schuldgefühl.

Nur ein Nichts.

Der Schmerz kam erst später, als die Wirklichkeit mich einholte.

»Es liegt an Siri. Sie hat ...«

Markus unterbricht sich, überlegt.

»Sie ist fremdgegangen.«

Er beißt die Zähne zusammen, wie aus Angst, es könnten ganz unfreiwillig Wörter rausrutschen, die er nicht aussprechen will.

»Und deshalb seid ihr also hier?« Jesper sieht mich an.

Ich nicke. Nehme Anlauf.

»Das stimmt. Es ist einmal passiert. Es war wirklich nur ... einmal.«

Meine Entschuldigung klingt hilflos. Spielt es eine Rolle, ob ich einmal gevögelt habe oder zweimal? Es gibt doch keine Entschuldigung dafür, was ich getan habe.

»Und zwar mit ihrem Kollegen Jimmy. Der zufällig auch bei der Polizei ist, genau wie ich. Und der außerdem als der geilste Bock der Truppe gilt, der alles flachlegt, was bei drei nicht auf den Bäumen ist. Und genau den hat sich meine Lebensgefährtin zum Vögeln ausgesucht.«

Markus kann sich nicht beherrschen. Obwohl er noch immer im normalen Gesprächston redet, sind seine Worte hart und eiskalt.

»Und wie denkt ihr jetzt über eure Beziehung? Was wollt ihr?«

»Ich will, dass alles gut wird.«

Ich antworte rasch, schaffe es nicht, das richtig zu formulieren. Höre selbst, wie verzweifelt es klingt. Wie ein kleines Kind, das seine Eltern anfleht. Macht, dass alles wieder gut wird. Bitte!

Markus schweigt und Jesper sieht ihn an. Legt den Kopf ein wenig schräg und macht ein aufmunterndes Gesicht.

»Was denken Sie, Markus?«

»Was ich denke? Sie meinen, was ich *meine*?«

Markus muss einfach lachen. Das ist ein kleiner Scherz zwischen ihm und mir. Während der Rest der Bevölkerung etwas *denkt*, erklären die Psychologen, was sie *meinen*.

Jesper erwidert das Lachen.

»Okay. *Point taken*. Was meinen Sie?«

»Ich meine, dass Siri mich verraten hat. Sie hat mich verraten und sie hat Erik verraten.«

»Erik ist Ihr Sohn?«

»Er ist sechs Jahre alt.«

Ich weiß nicht, warum ich das sage. Als ob es einen Unterschied macht, ob Erik zwei, acht oder fünfzehn ist.

»Na gut.« Jesper nickt. »Sie fühlen sich verraten. Wie sehen Sie Ihre Beziehung nach dem, was passiert ist?«

»Ich weiß nicht.«

Markus weicht seinem Blick aus. Schaut an ihm vorbei und aus dem Fenster, wo sich eine bleiche Morgensonne zwischen den Häusern hervorgewagt hat.

»Sie hat eine Entscheidung getroffen«, sagt Markus. »Ich begreife nicht, warum. Wie zum Teufel konnte sie, so einfach … Sie hat sich entschlossen, für einen Fick alles aufs Spiel zu setzen. Verdammt. Wir hatten es doch gut. Wenn wir wenigstens eine gestörte Beziehung gehabt hätten. Dann wäre das ja irgendwie zu verstehen.«

Er schüttelt den Kopf, sein Blick klebt noch immer an irgendetwas in weiter Ferne, hinter der klaren, sauber geputzten Fensterscheibe. Ich wende mich ab. Will Markus' verbissenes Gesicht und Jespers teilnahmsvolle, ernste Miene nicht sehen. Ich finde das Machtverhältnis in dieser Konstellation grauenhaft. Markus hat in jedem Punkt recht. Ich bin in jedem Punkt im Unrecht. Es gibt nichts, was ich sagen oder tun könnte, um das, was geschehen ist, zu erklären oder zu entschuldigen, und deshalb fühle ich mich in die Ecke gedrängt. Elend, vernichtet und wütend zugleich.

Markus dreht sich in seinem Sessel plötzlich um und sieht mich an. Seine Augen sind schwarz.

»Wie konntest du nur, Siri? Wie eine *Scheißhure!*«

Seine Worte sind wie Ohrfeigen. Ich will aufspringen, das kleine Zimmer verlassen und auf den Gang hinausstürzen, hinaus in die Herbstsonne und auf die morgenleere Straße draußen.

Markus hat endlich die Beherrschung verloren. Er ist im Gesicht rot vor Wut und Abscheu. Seine Augen sind schwarz, nur Pupillen. Aller Zorn scheint in einem Feuerwerk aus Wut und Trauer aus ihm herauszubrechen.

Mein Mann. Markus. Ich liebe ihn. So einfach ist das. Ich liebe seine Wärme, seine Weichheit und seine brutale Ehrlichkeit. Ich liebe seine Jungenhaftigkeit, seinen Geruch nach Seife und Wasser und sonnenwarmer Haut. Seine selbstverständliche Schlichtheit. Alles, was ihn ausmacht. Ich liebe ihn und gerade jetzt, in diesem Augenblick, bin ich bereit, alles zu tun, um ihn nicht zu verlieren.

»Es hört sich an, als befänden Sie sich in einer wirklich schwierigen Situation.«

Jesper erwidert meinen Blick. Sieht ernst aus, aber nicht verurteilend. Und warum sollte er auch? Das ist nicht seine Aufgabe.

Markus wirkt jetzt ruhiger. Er hat seine Gefühle wieder im Griff.

»Aber trotzdem sind Sie heute hergekommen?«

Wieder Jesper. Den Kopf noch immer ein wenig schräg gelegt, den Blick intensiv, wenn er Markus sucht, versucht, ihn zu erreichen. Ich stelle fest, dass ich Jesper mag. Er ist klar und deutlich und hat eine natürliche Autorität, etwas, das unbedingt nötig ist, um Markus' Vertrauen zu gewinnen.

»Ich bin heute hergekommen, weil Siri wollte, dass ich heute herkomme. So einfach ist das.«

»Glauben Sie selbst, dass dabei etwas herauskommen kann? Können Sie irgendeinen Sinn darin sehen, dass Sie hergekommen sind?«

»Wir können das, was geschehen ist, doch nie im Leben wegdiskutieren.« Markus zuckt mit den Schultern. »So ist es eben. Aber natürlich, ich bin ja hier. Also mache ich wohl einen Versuch. Oder was?«

Jesper deutet ein Lächeln an.

»Das ist eine gute Ausgangsposition. Ich werde mehr über Ihre Beziehung wissen müssen, und ich werde mehr darüber wissen müssen, was zwischen Ihnen beiden geschehen ist, das ist eine Voraussetzung dafür, dass wir weiterkommen.«

»Sicher. Legen Sie los.«

Markus verschränkt die Arme über der Brust und sieht für einen Moment aus wie ein unerschütterlicher Türsteher.

»Wie lange sind Sie schon zusammen und wie haben Sie sich kennengelernt?«

Jesper wirkt ehrlich neugierig, und Markus und ich sehen einander an, unsicher, wer anfangen soll.

Zögernd erzählen wir. Ergänzen gegenseitig unsere Sätze. Ich schildere so genau wie ich kann, wie ich Markus kennengelernt habe, als er einen Todesfall in meiner Umgebung aufklären sollte. Und wie Wärme und Freundschaft in etwas anderes übergingen.

Liebe.

Zum ersten Mal seit Monaten reden wir wirklich miteinander. Wir erzählen von Erik, von unserer Familie. Unserem Zuhause. Allem, was wir gemeinsam haben. Und trotz Markus' mühsam erkämpfter Gleichgültigkeit sehe ich den Schmerz, der sich hinter dem Zorn versteckt. Ich denke an Aina und Stefan. Daran, wie weh es getan hat, als ich von ihrem Verhältnis erfuhr. Und ich verspüre Hilflosigkeit und Trauer, weil ich rein gar nichts tun kann, um das, was zwischen uns geschieht, zu beeinflussen.

Örjan erwartet mich wie verabredet am Odenplan. Sein glänzendschwarzer Volvo steht gleich vor dem Indiska.

»Alles in Ordnung?«, fragt er, als ich die Tür öffne und auf dem Beifahrersitz Platz nehme.

»Absolut. Ich war beim Zahnarzt«, lüge ich, denn Örjan ist wirklich der Letzte, mit dem ich über meine Eheprobleme diskutieren möchte.

Örjan schaltet die Stereoanlage ein, und wir hören den Musiksender Lugna Favoriter. Ich hätte lieber etwas anderes, sage aber nichts. Ehrlich gesagt bringe ich das nicht über mich. Nach dem Gespräch bei dem Therapeuten will ich nur noch nach Hause und ins Bett. Aber irgendwo gibt es ein verschwundenes Mädchen, ein Kind, das etwas Besseres verdient hat als eine müde Psychologin mit Liebeskummer.

Nieselregen fällt, als Örjan über Kungsholmen in Richtung E 4 fährt. Das monotone Geräusch der Scheibenwischer zerschneidet ein Lied von Whitney Houston.

Örjan schweigt. Mit der Zeit habe ich gelernt, dass Schweigen ihn nicht stört. Anders als die meisten anderen Menschen scheint er kein Kommunikationsbedürfnis zu verspüren, wenn er nichts Besonderes zu sagen hat. Gespräche sind Instrumente, um Information zu vermitteln, sonst nichts.

Wir passieren Liljeholmen und fahren nach Süden, in Richtung Älvsjö und zur Långbrodalschule, wo Nova-Li die dritte Klasse besucht. Die Schnellstraße erstreckt sich vor uns, schmutziggrau und blank wie ein frisch gefangener Aal.

»Hast du schon mit vielen Fällen von Verschwinden zu tun gehabt?«, frage ich in einem Versuch, ein Gespräch in Gang zu bringen.

Er wirft mir einen raschen Blick zu und schiebt sich die Brille mit dem Stahlgestell höher auf die Nase.

»Etliche.«

»Auch verschwundene Kinder?«

Örjan schweigt für einige Sekunden.

»Einige.«

Ich schiele hinüber zum Tacho, der noch immer achtzig Stundenkilometer zeigt – was hier das Tempolimit ist. Mir geht auf, dass Örjan niemals zu schnell fährt. Das liegt ihm einfach nicht, so wenig, wie zu plaudern, nur um auf einer Autofahrt die Stille zu überbrücken.

»Und wie ist das gelaufen? Mit den Kindern, meine ich. Habt ihr sie gefunden?«

Örjan nimmt die Ausfahrt nach Fruängen und Älvsjö und fährt an einem stillgelegten Freibad vorbei. Die Becken mit Blick auf die Schnellstraße starren leer gen Himmel, wie ein ausgeweidetes Tagebaugebiet.

»Die meisten, ja.«

»Und was war passiert?«

Örjan fährt vorbei an einer Tankstelle und biegt nach rechts in ein Wohngebiet ab.

»Die meisten waren durchgebrannt. Zwei Teenager hatten sich umgebracht.«

»Aber hat es auch welche gegeben, die ihr nicht gefunden habt?«

Örjan hält vor einer roten Ampel und erwidert meinen Blick.

»Ja, ein Junge. Er war neun. Wollte sich in einem Supermarkt ein Eis kaufen und kam nicht wieder heraus. Seine Mutter wartete vor dem Laden im Auto. Auf dem Film der Überwachungskamera konnte man sehen, dass einige Jungen von vielleicht fünfzehn mit dem Kleinen gesprochen haben. Wir haben uns alle Mühe gegeben, sie zu identifizieren, aber das ist uns nie gelungen.«

»Und den Jungen habt ihr nie gefunden?«

Die Ampel springt auf Grün um.

»Nein.«

»Großer Gott. Wie wird man damit fertig, wenn ein Kind so verschwindet?«

»Wird man nicht«, sagt Örjan so überzeugt, dass ich befürchte, seine Fähigkeit zur Empathie unterschätzt zu haben.

Die Silhouette der Långbrodalschule könnte aus einem Horrorfilm stammen. Ein spitzer Turm prangt auf dem rotbraunen Hauptgebäude, das aussieht wie um 1900 errichtet. Örjan hält an, und wir ziehen im Regen die Köpfe ein, als wir auf den Eingang zurennen.

Im Lehrerzimmer ist es warm und gemütlich. Mit hellblauem Stoff überzogene Polstermöbel stehen um einen kleinen Tisch, und im Hintergrund entdecke ich eine Teeküche. Ein Regal mit Zeitschriften zieht sich an der Wand entlang, den ganzen Weg von der Tür zur Teeküche.

Nicole van Hoet Svensson heißt uns willkommen und schlägt vor, dass wir uns ins Direktorat setzen, wo es etwas ruhiger ist. Wir folgen ihr über den Gang zu einem Büro, wo sie sich hinter den Schreibtisch setzt und auf die Besuchersessel zeigt.

»Schrecklich, das mit Nova.«

Nicole schiebt sich einige lange schwarze Haarsträhnen hinters Ohr. Sie ist Mitte dreißig, kräftig gebaut, und hat ein auffallend schönes Gesicht mit markanten Augenbrauen und leicht schrägstehende Augen. Sie sprich mit einem vagen Akzent, und ich tippe auf Niederländisch.

»Haben Sie schon irgendwelche Spuren?«

»Nicht viele«, sagt Örjan ausweichend. »Könnten Sie uns etwas über Nova erzählen? Was ist sie für ein Kind?«

Nicole lässt sich zurücksinken. Ihre lavendelblaue Bluse öffnet sich ein wenig und zeigt blasse Haut und den Rand eines Spitzen-BHs.

»Sie ist ja erst seit einigen Wochen bei uns. Ja, seit das Schuljahr angefangen hat, eben. Aber so allgemein habe ich den Eindruck, dass sie überaus reserviert ist. Vielleicht sogar ein bisschen ängstlich. Sie bleibt die meiste Zeit allein. Will nicht mit den anderen Kindern spielen und sagt im Unterricht nichts, wenn man ihr keine direkte Frage stellt. Aber ich bin ja über ihren Hintergrund informiert, deshalb dachte ich, das sei vielleicht kein Wunder. Und dass sie wohl nur ein bisschen Zeit braucht ...«

Nicole verstummt und schaut mich an. Ihre Augen sind blank, und sie blinzelt rasch, mehrere Male hintereinander, dann fährt sie sich mit der Zunge über die Lippen und fügt hinzu: »Werden Sie sie finden?«

»Fast alle Kinder, die verschwinden, tauchen wieder auf«, antwortet Örjan.

Nicole nickt langsam und spielt an einem Stapel Papiere herum, der vor ihr liegt.

»Hat Sie je mit Ihnen darüber gesprochen, was sie erlebt hat, ehe sie zu dieser Pflegefamilie gekommen ist?«, frage ich.

Nicole schüttelt den Kopf.

»Nie. Obwohl … sie hat ein Bild gezeichnet, auf das ich reagiert habe. Es war ein … ich glaube, es ist wohl besser, wenn Sie es mit eigenen Augen sehen. Können Sie mit ins Klassenzimmer kommen?«

Nicole steigt vor uns zwei Steintreppen hinauf und geht in einen Raum mit einer Zeichnung und der Nummer 3 B an der Tür. Reihen von leeren Tischen und Stühlen in einem dunklen Klassenzimmer. Nicole drückt auf den Schalter, und die Leuchtröhre erwacht knisternd zum Leben und wirft ihr kaltes Licht auf uns.

»Die Kinder sollten eine Familie zeichnen«, sagt Nicole und geht zu einer Wand.

Dort hängt eine farbenfrohe Zeichnung neben der anderen.

»Sie sollten also ihre Familie zeichnen?«, fragt Örjan.

»Nein, nicht ihre Familie. *Eine* Familie. Wir hatten eine Themenwoche und haben darüber gesprochen, dass Familien unterschiedlich aussehen. Dass sie zum Beispiel zwei Mamas oder zwei Papas haben können.«

Mein Blick bleibt an einem Bild von zwei Frauen haften, die einander an den Händen halten und einen Kinderwagen vor sich her schieben.

»Ja, wir beschäftigen uns hier durchaus mit LGBT-Fragen.«

Nicole deutet mit der Hand auf die Zeichnungen.

»Sind die nicht wunderbar?«

Ich nicke.

»Und Nova-Lis Zeichnung?«

»Hier«, sagt Nicole. Sie stemmt eine Hand in die Taille und zeigt mit der anderen auf eine Zeichnung.

Zuerst sehe ich nur eine ziemlich geschickt ausgeführte Kinderzeichnung einer Familie. Es sieht aus wie zwei Erwachsene und zwei Kinder. Sie sitzen an einem gedeckten Tisch in einem Haus, und im Hintergrund ahne ich einen Fernseher. An den Wänden hängen Bilder von Booten.

»Sehen Sie?«, fragt Nicole.

Ich schüttele den Kopf. Aber dann sehe ich es plötzlich: Hinter dem Fenster ist eine Gestalt zu sehen. Es ist ein Mann, und er scheint wütend zu sein. Sehr wütend. Er hat einen seltsamen Fleck am Hals, und in der Hand hält er ein Messer.

»Haben Sie Nova-Li darauf angesprochen?«

Ich zeige auf den Mann auf der Zeichnung.

Nicole nickt und verschränkt die Arme vor dem üppigen Busen.

»Sie sagte, das sei der andere Papa.«

»Der andere Papa?«, fragt Örjan.

Nicole nickt langsam.

»Ja, so hat sie es gesagt. Das ist der andere Papa.«

Polizeigebäude, Kungsholmen, Stockholm

Vijay knallt den dicken Papierstapel auf den Tisch. Der Stapel ist sicher dreißig Zentimeter hoch. Berichte von Kinder- und Erwachsenenpsychiatern mischen sich mit Akten des Sozialamts. Das Leben einer Achtundzwanzigjährigen, gewogen und gefasst in Wörter, Behördenentscheidungen, Diagnosen.

Sandra Persson, Nova-Lis Mutter.

»Wir dachten, wir könnten die Unterlagen über Sandra durchgehen und uns ein Bild von ihr machen. Ein Persönlichkeitsprofil entwickeln. Wir haben hier ziemlich viel Material, wie du siehst.«

Vijay hört sich ungewöhnlich förmlich an, als er mit der Hand über die Papiere streicht, und er macht ein ernstes Gesicht. Ich merke schon, dass dieser Fall ihm zu schaffen macht.

»Ist alles in Ordnung bei dir?«

»Bei mir ist nicht alles in Ordnung.« Er schüttelt den Kopf, und die graumelierten schwarzen Locken tanzen um seinen Kopf.

»Kennst du die Statistik, wenn es um verschwundene Kinder geht? In den meisten Fällen hat sich das Kind nur verirrt oder ist bei irgendwelchen Freunden und hat vergessen sich zu melden, oder ist vielleicht wütend und versteckt sich aus freien Stücken. Wenn nicht, dann ist das Wahrscheinlichste, dass ein Elternteil das Kind geholt hat. Aufgrund einer psychischen Krankheit. Wegen eines Streits um das Sorgerecht. Oder um es in ein anderes Land zu entführen.«

»Und in diesem Fall ist es wohl wahrscheinlich, dass die Mutter dahintersteckt, oder?«

Vijays fast verzweifelte Miene verwirrt mich. Ich war mir so sicher, dass es Nova-Lis Mutter aus irgendeinem Grund gelungen ist, Nova-Li aus der Pflegefamilie zu entführen, und das müsste doch eine bessere Alternative sein, als wenn eine völlig unbekannte Person sie mitgenommen hätte.

»Doch. Es kann die Mutter gewesen sein. Oder sonst jemand aus der Verwandtschaft. Aber wenn es nicht so ist... Wenn ein Kind von einem Pädophilen entführt wird, hat man ungefähr eine Stunde, um es zu retten. Rein statistisch gesehen. Dann ist es zu spät.«

Er seufzt und lässt sich auf einen abgenutzten gepolsterten Stahlrohrstuhl sinken, stützt die Ellbogen auf die verschrammte Platte des Konferenztischs und legt das Gesicht in die Hände. Die Luft in dem stickigen Zimmer kommt mir staubig und bewegungslos vor, als ob hier schon lange niemand mehr gesessen hätte. Vijay blinzelt und holt tief Luft. Alle Energie, alle Kraft und aller Wille, die er früher hatte, scheinen aus ihm herausgesaugt worden zu sein. Ich weiß, dass Vijay einen harten Sommer hinter sich hat. Eine polizeiliche Ermittlung hätte ihn fast das Leben gekostet. So etwas verändert einen Menschen, vielleicht für immer. Vijays sprudelnde Lebensfreude ist einer fast greifbaren Leere gewichen. Einem Nichts, das darauf wartet, gefüllt zu werden.

»Aber warum sollte es ein Pädophiler sein, ich meine... alles weist doch wohl auf die Mutter hin?«

Ich sehe zu dem Stapel von Unterlagen hin. Denke daran, was ich über Sandra Persson gehört habe.

»Das müssen wir eben herausfinden. Bitte sehr, fang an.«

Vijay hebt den halben Stapel hoch und reicht ihn mir. Er lächelt, und ich ahne irgendwo tief in den dunklen Augen sein altes Ich.

Die Berichte der Kinder- und Jugendpsychiatrie liegen ganz oben. Sandras erster Kontakt mit der Psychiatrie fällt auf ihren achten Geburtstag. Die Eltern brauchen Hilfe, weil sie mit ihrer

Tochter nicht fertigwerden. Sie hat heftige Wutausbrüche, schlägt um sich und zerbricht Gegenstände. Sie hat ihren kleinen Bruder dermaßen verprügelt, dass sie mit ihm ins Krankenhaus mussten. In der Schule ist sie dominant und jähzornig. Sie macht den anderen Kindern Angst und kann mit Autoritäten nicht umgehen. Ich blättere in den sorgfältig mit Maschine beschriebenen Seiten.

Sandra, Mutter und Vater beim Gespräch. Nur Sandra. Nur die Eltern. Eine Sozialarbeiterin, die versucht, zu Sandra durchzudringen, ohne Ergebnis.

Sandras Familie wirkt fast übertrieben normal und alltäglich. Die Mutter ist Rezeptionistin bei einer Arzneimittelfirma, der Vater Ingenieur in der Baubranche. Die Familie wohnt in einem Reihenhaus in Häggvik in Sollentuna. Der jüngere Brüder Isak hat keine Probleme mit Freunden oder Schule. Nur Sandra fällt auf. Wütend, gewalttätig und immer im Streit mit Freundinnen, Lehrern, Eltern und dem Dasein an sich.

Heute würde man Sandra fast sicher einer neuropsychiatrischen Untersuchung unterziehen, aber Mitte der neunziger Jahre kam das noch selten vor. Und doch bin ich nicht sicher, ob eine Kombination von Buchstaben Sandras Verhalten erklären könnte, es gibt noch etwas anderes, etwas Bedrohliches und Düsteres, das sich hinter den trockenen Berichten versteckt, als ob die Sozialarbeiterin nicht schreiben wollte, was sie wirklich sah, wenn sie Sandra vor sich hatte.

»Ich glaube, ich muss sie anrufen. Wenn ich sie ausfindig machen kann.«

Ich drehe mich zu Vijay um, der verdutzt von seinem Teil der Unterlagen aufblickt.

»Wen anrufen? Sandra Persson? Das ist vielleicht keine besonders gute Idee, ich meine …«

»Nicht Sandra. Die Sozialarbeiterin. Monica Hagelin. In Sollentuna.«

Ich schwenke den Bericht, wie um zu beweisen, dass hier etwas ist, das wichtig sein kann, ein Schlüssel zu Sandra, zu ihrer Persönlichkeit.

Vijay schüttelt den Kopf.

»Das ist doch fast zwanzig Jahre her, vielleicht ist sie längst im Ruhestand.«

»Es ist bloß … ich habe das Gefühl, dass sie in ihrem Bericht etwas verschweigt. Ich muss es jedenfalls versuchen.«

»Gut.«

Vijay nimmt seine Akte hoch und dreht sich demonstrativ von mir weg. Es kommt so selten vor, dass Vijay sauer ist, dass ich nicht einmal mehr weiß, wann ich das zuletzt erlebt habe. Ich beschließe, ihn in Ruhe zu lassen, öffne meinen Laptop und suche die Nummer der Kinder- und Jugendpsychiatrie von Sollentuna.

Als ich mir die Liste der Kontaktpersonen anschaue, sehe ich, dass Monica Hagelin wirklich noch immer dort arbeitet. Sie ist Abteilungsleiterin beim Notdienst. Ein echter Karrieresprung. Ein Foto zeigt eine Frau mit kurzen, rotgetönten Haaren und einer Brille mit dickem schwarzem Gestell. Sie sieht aus wie eine typische Angestellte im mittleren Dienst. Ich vermute, dass sie nicht leicht zu erreichen ist, aber ich wähle trotzdem die Nummer, die unter ihrem Foto steht.

»Monica Hagelin.« Ihre Stimme ist sanft und melodisch und verrät südschwedische Wurzeln.

Ich bin so verdutzt, weil sie sich sofort meldet, dass es mir zunächst die Sprache verschlägt. Dann räuspere ich mich und sage langsam meinen Spruch auf. Ich rufe von der Polizei an und habe Fragen zu einer Patientin, die vor fast zwanzig Jahren bei ihr war.

»Es tut mir leid«, sie lacht ein wenig. »Ich hatte im Laufe der Jahre Hunderte von Patientinnen. Zwanzig Jahre sind eine lange Zeit. Und wir haben hier keine alten Unterlagen. Die befinden sich in einem Archiv in Huddinge.«

»Können wir es wenigstens versuchen?«

Ich flehe und höre, wie verzweifelt ich klinge.

»Dieses Mädchen war acht Jahre alt und hieß Sandra Persson. Sie lebte mit ihren Eltern und einem jüngeren Bruder in einem Reihenhaus in Häggvik. Sie hat ihrem Bruder so brutal ins Gesicht geschlagen, dass er mit sieben Stichen genäht werden musste. Wissen Sie das noch?«

Monica ist verstummt. Scheint nachzudenken.

»Woher soll ich wissen, dass Sie wirklich von der Polizei sind?«

Sie hört sich plötzlich älter an, müder.

»Sie können die Polizei anrufen und sich meine Auskünfte bestätigen lassen, und dann rufen Sie mich wieder an.«

Ich beschreibe ihr den Prozess haargenau und lege dann auf. Vijay sitzt noch immer von mir abgewandt, in seine Unterlagen vertieft. Er besitzt ein phänomenales Konzentrationsvermögen, deshalb kann ich nicht sagen, ob er sich noch immer ärgert, weil ich unser Vorankommen aufhalte, oder ob er ganz einfach arbeitet.

Mein Telefon klingelt, und ich melde mich beim ersten Klingelton, gespannt und aufgeregt, weil ich nun hören werde, was Monica zu sagen hat.

»Sie wollen über Sandra Persson sprechen.«

Das ist eine Feststellung, keine Frage. Mehr sagt Monica nicht, sie behält die Kontrolle. Ich ahne, warum sie es zur Chefin gebracht hat.

»Sandra Persson taucht in einer Ermittlung auf«, sage ich. »Wir brauchen Informationen über ihre Kindheit und Jugend, um ihre Persönlichkeit zu begreifen.«

»Sie sind keine Polizistin.«

Noch eine Feststellung.

»Nein, ich bin Psychologin. Ich erarbeite Persönlichkeitsprofile, die bei den laufenden Ermittlungen weiterhelfen können.«

»Steht sie unter Verdacht, ein Verbrechen begangen zu haben?«

Ich sage die Wahrheit. Dass ich mich dazu nicht äußern darf.

»Es würde mich nicht überraschen«, sagt Monica nun. »Sandra war eine der gewalttätigsten Patientinnen, die ich jemals hatte. Man kam einfach nicht an sie heran, und ich war schon damals überzeugt, dass sie irgendwann Probleme bekommen würde. Ernsthafte Probleme.«

Sie klingt unsentimental und geradeheraus.

»Ich hatte mein Examen noch nicht lange, als ich Sandra und ihre Familie kennenlernte. Sie hätte mich ehrlich gesagt fast fertiggemacht. Ich habe mit dem Gedanken gespielt, mir einen anderen Beruf zu suchen. Zum Sozialamt zu gehen. In die Abteilung Betrug oder verweigerte Unterhaltszahlungen. Egal, was. Wenn es nur nichts mit Kindern zu tun hätte.«

»Können Sie mehr über sie erzählen? Wie war sie als Mensch?«

»Sie war verschlossen, gleichgültig und aggressiv, alles auf einmal. Hat ihre Aggressivität ausgelebt, um anderen Kindern ihren Willen aufzuzwingen. Hat ihren Bruder und ihre Eltern bedroht. Ihre Aggressivität war instrumental, wenn Sie verstehen, was ich meine. Sie hat sie eingesetzt, um ihre eigenen Ziele zu erreichen. Und sie hat niemals Empathie mit anderen Menschen gezeigt. Sie hat ihrem Bruder mehr oder weniger das Ohr abgebissen, meinte aber, er habe das verdient. Die Eltern hatten Angst vor ihr. Ihr Bruder ging ihr aus dem Weg. Sie war ein sehr seltsames Mädchen. Entschieden und dominant, es fiel ihr schwer, den Standpunkt anderer zu sehen. Wenn sie ihren Willen nicht bekam, brachen sofort ihre aggressiven Seiten durch. Der Zorn war ein Mittel, das sie anwandte, um ihre Umgebung zu manipulieren.«

»Gab es irgendwelche versöhnlichen Züge bei ihr? Etwas, das man leiden konnte?«

Ich verspüre einfach Sympathie für dieses einsame, jähzornige

Mädchen, und ich stelle mir vor, wie furchtbar isoliert sie gewesen sein muss.

»Die Familie hatte einen Hund. Ich glaube, ich weiß nicht mehr, welche Rasse… Ein Labrador vielleicht. Oder ein Golden Retriever…«

Sie verstummt und versucht offenbar, sich zu erinnern, dann sieht sie aber wohl ein, dass es eigentlich keine Rolle spielt.

»Egal wie, sie hat diesen Hund unendlich geliebt. Es war ihr Hund, und sie hat ihn überallhin mitgenommen. Es war eigentlich rührend, sie hat ihn auch zu den Therapiestunden mitgebracht, obwohl das eigentlich verboten war. Der Hund brachte also etwas bei ihr zum Ausdruck, was die Menschen nicht schafften. Ich weiß nicht, warum. Vielleicht, weil Hunde leichter zu verstehen sind.«

»Meinen Sie, sie würde heute eine Diagnose bekommen, jetzt, wo man ein wenig anders über Kinder und deren Schwierigkeiten denkt?«

»Ich weiß nicht. Vielleicht. Sie hatte wohl Anflüge von Asperger und ADHS, aber… da war noch etwas anderes. Etwas fast…« Sie zögert, unterbricht sich und scheint darüber nachzudenken, wie sie sich ausdrücken soll. »Fast Asoziales«, sagt sie dann. »Wenn ich ehrlich sein soll, fand ich sie ungeheuer unangenehm. Ich weiß, dass das grausam klingt, aber so war es. Ich habe mir lange überlegt, was aus ihr werden sollte, und ich muss sagen, besonders optimistisch war ich nicht.«

Sie seufzt leise und schweigt dann.

»Wie lange hatten Sie Kontakt zu der Familie?«

Ich sehe, dass Vijay aufgehört hat zu lesen und mich stattdessen neugierig ansieht.

»Ich glaube, sie kam zwei oder drei Jahre lang zu mir. In dieser Zeit wurde nichts besser. Sandra stand unter Verdacht, auf der Schultoilette einen Brand gelegt zu haben, aber niemand wusste, ob das wirklich stimmte. Sie wurde mit vielleicht zehn beim Ladendiebstahl erwischt. Das Seltsame war, dass sie Dinge einsteckte, für die sie absolut keine Verwendung hatte. Herrenbekleidung. Spielzeug für kleine Kinder. Schminke. Als ob sie das wegen der Spannung machte und nicht wegen der Sachen.«

Monica redet jetzt schneller. Vielleicht hat sie auf diesen Augenblick gewartet, darauf, ihr Wissen über dieses trotzige und seltsame Kind mit irgendjemandem teilen zu können.

»In der vierten oder fünften Klasse geriet sie mit einer Lehrerin aneinander«, erinnert sich Monica. »Ich weiß nicht mehr genau, was passiert war. Nur, dass Sandra fand, die Lehrerin sei ungerecht und mache sie für etwas verantwortlich, das sie nicht getan hatte. Sandra war außer sich vor Wut, die Lehrerin war schwanger und Sandra drohte, ihr so in den Bauch zu treten, dass das Baby sterben müsste. Das werde ich nie vergessen. Kurz darauf wurden die Reifen am Auto der Lehrerin aufgeschlitzt. Die Eltern waren sich sicher, dass es Sandra gewesen war. Und danach beschlossen sie umzuziehen. Ich glaube, sie sind aufs Land gezogen, irgendwo in die Gegend von Norrtälje. Sie waren einfach am Boden zerstört. Haben sich Vorwürfe gemacht, weil sie mit ihrer Tochter nicht fertigwurden, und saßen bei den Therapiestunden hier und weinten.«

Monica verstummt. Ich versuche, sie vor mir zu sehen. Eine Frau mittleren Alters, die normalerweise alles im Griff hat, aber plötzlich an ein Ereignis in der Vergangenheit erinnert wird, das sie nicht beeinflussen oder lenken konnte.

Ich bedanke mich und erkläre, dass ihre Auskünfte wichtig waren, dann beende ich das Gespräch. Ich bleibe mit dem Telefon in der Hand sitzen und denke darüber nach, was Monica gesagt hat. Aggressiv. Unangenehm. Rachsüchtig. Ein Mädchen, dem nichts auf der Welt wichtig war, nur ihr Hund.

»Hast du nicht vor, mir das jemals zu erzählen?«

Ich muss über Vijays Ungeduld einfach lächeln und fange an, die Geschichte von Sandra Perssons Kindheit zu erzählen. Als ich fertig bin, nickt er langsam.

»Genau! Dieses Verhalten hat sie in ihrem ganzen Leben nicht abgelegt. Dasselbe Thema kommt immer von Neuem, wird wieder und wieder abgespielt. Aggressivität, das Gefühl, ungerecht behandelt worden zu sein, die Unfähigkeit, die eigene Beteiligung an den Ereignissen in ihrer Umgebung zu sehen.«

Vijay wirft einen Blick auf seine Notizen.

»Sie hat in der Oberstufe mit Drogen angefangen. Amphetamin, Ecstasy, Cannabis. Sie war nicht wählerisch, hat genommen, was sie bekommen konnte. Sie ging eine Beziehung zu einem um einiges älteren Mann ein, der sich in der Drogenszene bewegte. Mit ihm zusammen kam sie in Kontakt zu Neonazigruppen, wo sie offenbar ziemlich aktiv war. Vermutlich gibt es bei der Sicherheitspolizei weitere Informationen über sie, aber dazu haben wir noch keinen Zugang. Jedenfalls ...«

Er räuspert sich und schaut wieder seine Notizen an.

»Im Juli 2006 wurde sie wegen Körperverletzung verurteilt. Sie hatte in der U-Bahn mit einem Mann Streit angefangen, ihm einen Kopfstoß versetzt, und sie hat ihn außerdem mit etlichen negativen Bezeichnungen für seine ethnische Herkunft beschimpft. Kurz darauf stand sie abermals vor Gericht, diesmal wegen Drogenbesitz. Inzwischen war sie bei ihren Eltern in Rimbo ausgezogen und wohnte in einer Wohnung in Visättra in Huddinge, die sie mit einer Freundin teilte. Irgendwann zu dieser Zeit lernte sie Nova-Lis Vater kennen und wurde schwanger. Die beiden zogen in eine Wohnung im Süden von Stockholm. Zunächst sah es aus, als ob Sandra sich beruhigt hätte, aber kurz nach Nova-Lis Geburt entwickelte sie eine Psychose. Sie hörte Stimmen und fühlte sich verfolgt. Suchte im Badezimmer nach Abhörvorrichtungen und glaubte, jemand wolle ihr Kind stehlen. Am Ende ließ Sandra sich zu einer Behandlung überreden, bekam Medikamente, und es ging ihr langsam besser.«

Vijay legt eine Pause ein und mustert mich forschend. Ich ahne Resignation in seinen Augen. Er fährt sich mit der Hand über die struppigen Haare und fügt dann hinzu: »Nach zwei Jahren bekam sie noch ein Kind, Nova-Lis kleinen Bruder Liam. Danach ging alles im alten Stil weiter. Alkohol. Psychische Krankheiten. Aggressivität und immer wieder das Gefühl, von der Welt ungerecht behandelt zu werden. Als die Beziehung zum Vater der Kinder in die Brüche ging, zeigte Sandra abermals Symptome von Paranoia und glaubte, die Menschen in ihrer Umgebung wollten ihr und ihren Kindern etwas antun, was dazu führte, dass sie die beiden nicht mehr in Kindergarten und Schule gehen ließ. Sie verhinderte auch Treffen mit dem biologischen Vater, der Großmutter und anderen Verwandten. Am Ende griff das Sozialamt ein und stellte die Kinder unter amtliche Vormundschaft, worauf Sandra total außer sich geriet. Sie führte dann so eine Art Kreuzzug gegen das Sozialamt von Älvsjö. Legte Widerspruch ein. Kam unangemeldet zu Besuch. Schrie und drohte. Wurde immer wieder angezeigt. Jetzt stehen ihr etliche Gerichtstermine bevor, wegen Bedrohung von Beamten im Dienst. Und sie wird deshalb natürlich einfahren.«

Vijay legt seine Notizen weg und sieht mich an.

»Sollten wir mit Sandras Eltern sprechen?«, frage ich.

»Der Vater ist 2007 bei einem Autounfall ums Leben gekommen. Danach ist die Mutter an die Costa del Sol übergesiedelt. Ich glaube, sie wohnt in einem Ort namens Nerja. Die Kollegen von der Ermittlung haben mit ihr telefoniert. Sie sagt, dass sie in den letzten sieben, acht Jahren so gut wie keinen Kontakt zu Sandra hatte.«

»Die arme Mutter. Die arme Sandra.«

Vijay nickt langsam.

»Also, Siri. Wie denkst du über Sandra? Kann sie ihr eigenes Kind entführt haben?«

Ich denke über Vijays Geschichte nach. Vergleiche sie mit den Informationen, die Monica Hagelin mir geliefert hat. Das Bild, das Unterlagen und Gespräche vermitteln, zeigt eine Frau voller Zorn, Paranoia und Selbstgerechtigkeit. Eine Frau, die glaubt, dass sie recht hat und alle anderen sich irren. Eine Frau, die wohl nicht zögern würde, ihr eigenes Kind zu entführen.

»Es hört sich wirklich an, als ob sie das getan haben könnte.«

Vijay nickt enthusiastisch.

»Ja, nicht wahr? Ein überzeugenderes Profil für einen Elternteil, der ein Kind kidnappt, kann man ja wohl kaum finden.«

Ich sehe ihn an und frage mich, warum die Lachfältchen um seine Augen wieder aufgetaucht sind. Er sieht belebt und erleichtert aus.

»Warum so zufrieden?«

»Weil eine verrückte Mutter besser ist als ein verrückter Pädophiler. Nicht, dass sie Nova-Li nicht auch etwas antun könnte. Das müssen wir mit in Betracht ziehen. Aber wenn ihre Mutter sie geholt hat, ist Nova-Li vermutlich noch am Leben. Wenn sie an einen Pädophilen geraten wäre, wäre sie aller Wahrscheinlichkeit nach bereits tot.«

Diesmal lächelt er so strahlend, dass ich alle seine kreideweißen Zähne sehe, und mir geht plötzlich auf, dass ich ihn sehr lange nicht mehr habe lachen sehen.

»Aber was machen wir jetzt?«, frage ich. »Carin Bericht erstatten und den Rest der Kripo überlassen?«

»Natürlich nicht.« Vijay erhebt sich und schiebt den Papierstapel zusammen. Sortiert die Akten auf seine typische ordnungsliebende Weise. Dann schaut er mich an.

»Wir fahren zu Sandra Persson nach Hause!«

Östberga, im Süden von Stockholm

Östberga besteht aus Reihen von schmutzig braunen Häusern mit einzelnen Außeneingängen, die sich eine sanfte Anhöhe hochziehen. Der Vorort liegt zwischen mehreren Autobahnen, die die Gegend in eine isolierte kleine Insel verwandeln, abgegrenzt und in gewisser Weise ihrem eingeschränkten, heruntergekommenen Schicksal preisgegeben.

Obwohl Östberga gleich außerhalb der alten Stadtgrenze liegt, war ich noch nie hier. Und vielleicht gibt es auch keinen Grund, herzukommen, wenn man niemanden besuchen will. Man findet hier keine Sehenswürdigkeiten oder interessante Galerien. Nur achtlos in der Gegend verteilte Wohnsilos.

Vijay fährt den schwarzen Toyota Prius, den er von der polizeilichen Fahrbereitschaft ausgeliehen hat, bis fast nach ganz oben auf die Anhöhe und parkt dann neben einem kleinen überwucherten Spielplatz mit Schaukeln und Sandkasten. Berberitzen und Fingerstrauch wachsen in dem kleinen Sandkasten und kämpfen mit allerlei Unkraut um Platz.

»Dort wohnt Sandra Persson mit ihrem Freund Viktor Lans.«

Vijay zeigt auf eine Tür im ersten Stock. Vor der Tür steht etwas, das aussieht wie eine alte Waschmaschine. Abgeschnittene Schläuche ragen aus dem verschlissenen Kunststoff hervor. Kein Mensch ist zu sehen.

»Was wissen wir über ihn?«

Mir geht auf, dass der Freund bisher kaum erwähnt worden ist.

»Dass er ein Dreckskerl ist.«

Vijay schneidet eine Grimasse, als ob er auf etwas ungeheuer Widerliches gebissen hätte.

»Na gut. Und weshalb?«

»Genau wie Sandra hat er Kontakt zu Neonazikreisen. Es ist vorbestraft wegen Körperverletzung und Volksverhetzung. Es besteht der Verdacht, dass er in allerlei Foren und Websites aktiv ist, die sich an ein, sagen wir, eher arisches Publikum wenden. Er ist zudem eines der tonangebenden Mitglieder der Nationaldemokraten, einer reinen Nazipartei.«

»Klingt ja nach einem reizenden Typen.«

Ich schaue zu der Tür im ersten Stock hoch und möchte am liebsten im Auto bleiben und warten, dann zurück nach Kungsholmen und zu meinem gefahrlosen Arbeitsplatz fahren. Aber Vijay ist schon ausgestiegen und kommt um das Auto herum, um meine Tür zu öffnen.

»Und jetzt hoch und los, Herzchen. Denk daran, dass es für mich viel schlimmer ist als für dich. Ich bin doch Kanake und außerdem schwul.«

Er grinst. Mit seinem gepflegten Bart und den langen Haaren sieht er eher aus wie ein Hipster denn ein Professor der Psychologie. Plötzlich treten seine indischen Züge stärker hervor. Ich ahne seine Verletzlichkeit, und in mir erwacht die Löwenmutter.

Wir gehen nebeneinander über den asphaltierten Weg, der zum Haus hochführt. Wir sagen beide nichts. Als wir uns dem Eingang nähern, kommt eine Frau aus dem Haus. Sie trägt einen Hijab und ein bodenlanges braunes Kleid. Ihr Gesicht ist von tief bronzefarbenem Ton und ihre Züge weisen auf nordafrikanische Herkunft hin. Sie weicht unserem Blick aus, murmelt aber leise »hallo«, während sie den Müllsack in festem Griff hält.

Vijay dreht sich zu ihr um und sagt etwas auf Arabisch. Da schaut sie uns an und wirkt jetzt freundlich interessiert. Vijay und die Frau unterhalten sich, und ich höre, dass der Name Sandra

Persson fällt. Die Frau sieht plötzlich wütend aus, redet schneller, dreht sich zum Haus um und zeigt auf den Außeneingang mit der kaputten Waschmaschine. Sie lässt den Müllsack in die grüne Plastiktonne fallen und geht dann auf die Haustür zu, die sie aufhält, um auch Vijay und mich eintreten zu lassen. Dann flüstert sie Vijay etwas zu, schaut mich skeptisch an und verschwindet im Treppenhaus.

»Arabisch? Du hast nie gesagt, dass du Arabisch sprichst.«

»Nö.«

Er lächelt kurz. Offenbar freut es ihn, dass er mich nach so vielen Jahren noch überraschen kann.

»Meine Eltern haben einige Jahre an der Universität in Tunis gearbeitet, ehe wir nach Schweden kamen«, sagt er zögernd. »Da habe ich ein bisschen Arabisch gelernt.«

»Und? Was sagt sie?«

»Sie sagt, dass Sandra Persson und ihr Typ in der Wohnung über ihr wohnen. Dass sie oft laute Musik hören, sich gegenseitig anschreien und aufeinander einschlagen. Sie glaubt, dass die beiden Alkohol trinken und vielleicht Drogen nehmen. Wenn sie ihnen auf der Treppe begegnet, beschimpfen die beiden sie als Sandaffe, und ihre Kinder, die zwei und vier Jahre alt sind, als Affenjungen. Sie hat Angst vor den beiden. Hat Angst, sie könnten ihr oder ihren Kindern etwas antun.«

»Ich würde auch Angst haben«, sage ich und spüre Sympathie für diese junge Frau.

Wir steigen schweigend die Treppe hoch, gehen dann weiter über den Außengang zu der braun gestrichenen Tür. Im Näherkommen hören wir lautes Hundegebell.

Vijay läutet und sofort wird die Tür von einer jungen Frau mit langen roten Haaren und einem kräftigen Ring zwischen den Nasenlöchern geöffnet. Sie trägt schwarze Leggings und ein verwaschenes graues T-Shirt und sieht verschlafen aus. Neben ihr versucht ein braunschwarzer Hund von der Sorte, die irgendwo im Namen ein »Bull« hat, sich auf uns zu stürzen, aber Sandra hält ihn am Halsband fest und reißt ihn zurück in die Diele.

»Ruhig, Tyson!«

Ihre Stimme klingt überraschend sanft, und der Hund hört ihr aufmerksam zu, ehe er in dem Raum verschwindet, der die Küche sein muss. Dort bleibt er stehen und trinkt aus einem Blechnapf, der durch die offene Tür zu sehen ist.

»Und wer seid ihr?«

Sie mustert uns abschätzig, scheint zu überlegen, in welche Schublade sie uns stecken soll: Zeugen Jehovas, Vertreter, Leute vom Mieterbund oder von irgendeiner Behörde.

»Wir kommen von der Polizei.«

Vijay reckt sich unwillkürlich, wie um unsere Autorität zu unterstreichen.

»Ihr seid keine Polizisten.«

Sie lächelt, ein kleines hämisches Lächeln.

»Wir sind keine Polizisten, aber wir kommen von der Polizei. Wir helfen, Nova-Lis Verschwinden aufzuklären.«

Vijay erwidert das Lächeln. Weiße Zähne in seinem sonnenbraunen Gesicht. Es ist fast unmöglich, seinem Charme zu widerstehen, aber Sandra schneidet nur eine Grimasse und reißt die Tür auf.

»Dann kommt mal rein.«

Sie dreht sich um und geht in die Diele. Wir folgen ihr und öffnen unsere Jacken, während Sandra an der Wand lehnt und uns mit gelangweilter Miene zusieht. Sie führt uns in eine weiß gestrichene Küche mit Blick auf den Außengang. Tyson hat sich in der Ecke in einen Korb gelegt. Er lässt uns nicht aus den Augen und scheint bereit, sich jeden Moment auf uns zu stürzen.

»Was wollt ihr? Wollt ihr etwa hier nach Nova-Li suchen? Ich hab den anderen Bullen schon gesagt, dass ich nichts mit ihrem Verschwinden zu tun habe.«

Sie lehnt jetzt am Spülbecken, und ihr Blick weicht unserem nicht aus. Ihre Augen sind von einem hellen Blassblau und sehen seltsam leblos aus.

»Haben Sie irgendeine Ahnung, was Nova-Li passiert sein könnte?«

Vijay erwidert ihren Blick und tritt in seine Berufsrolle ein, er versucht, engagiert und freundlich auszusehen. Er verwandelt sich in einen Psychologen.

»Was sind Sie eigentlich? Ein verdammter Sozialarbeiter, der noch dazu Neger ist. Politisch korrekt hoch drei, oder was?«

Sandra Persson mustert ihn verächtlich und wendet sich dann an mich.

»Ich würde lieber nicht mit Ihrem … Kollegen sprechen. Das sollten Sie auch so sehen. Wir müssen zusammenhalten. Bald sind wir eine Minderheit in unserem eigenen Land, und dann werden alle liberalen Landesverräter bereuen. Wir werden ja sehen, wie spannend sie den kulturellen Schmelztiegel finden, wenn ihre Kinder in die Koranschule gehen und ihre Frauen die Burka tragen müssen.«

Ihr Gesicht ist verbissen und jedes Wort scheint ihr Ernst zu sein. Ich wiederhole die Frage, die Vijay eben gestellt hat, aber ohne seine Verbindlichkeit.

»Haben Sie irgendeine Ahnung, was Nova-Li passiert sein könnte?«

»Ich habe absolut keine Ahnung.«

Sie schüttelt den Kopf, und die hellroten Haare tanzen um ihr Gesicht.

»Aber ich finde das alles sehr unangenehm. Zuerst holt sich das Sozialamt die Kinder, bloß weil die Schule einen Haufen Scheiße redet.«

Sie verstummt und sieht mich an, will sich davon überzeugen, dass ich zuhöre.

»Sie platzen hier mitten in der Nacht rein und nehmen Nova und Liam mit. Ich meine, wie gut kann das denn für die Kinder sein? Und Viktor und ich wissen ja sofort, dass es rein gar nichts damit zu tun hat, wie es den Kindern bei uns geht. Es geht doch bloß um politische Absichten. Sozialamt und Bullerei überwachen uns Nationaldemokraten. So ist es einfach. Führen geheime Listen über uns. Bespitzeln uns. Und holen sich auch unsere Kinder. Ich sage nur eins, die, die dahinterstecken, werden bezahlen, das könnt ihr mir glauben.«

Sie nimmt eine Tabaksdose von der Anrichte und stopft sich einen Priem unter die Oberlippe.

»Die Gesellschaft hat Ihnen also die Kinder weggenommen, aber wer hat Nova-Li jetzt geholt, was meinen Sie?«

»Die Sicherheitspolizei vielleicht, um uns in Verdacht zu bringen. Ich meine, Nova ist vielleicht nicht mal verschwunden. Es ist vielleicht eine Verschwörung, um mich und Viktor fertigzumachen. Viktor ist ein wichtiger Mann bei den Nationaldemokraten, er gehört zum Parteivorstand. Die wollen ihm schaden.«

Sie starrt mich an, und ich habe keine Ahnung, ob sie verrückt ist oder nur so tut. Aber ganz eindeutig ist es ihr total egal, was Nova-Li passiert sein kann. Es scheint sie viel mehr zu ärgern, dass ihr die Kinder überhaupt weggenommen wurden.

»Aber abgesehen von Polizei oder Sicherheitsbehörden, fallen Ihnen noch andere ein, die damit zu tun haben könnten?«

Ich versuche, neutral zu klingen, als hielte ich es für möglich, dass Polizei oder Säpo dahinterstecken.

»Die alte Kuh.«

»Die alte Kuh?«

»Novas und Liams Großmutter. Diese alte Kuh. Die hat mich noch nie leiden können. Glaubt, ich hätte ihr süßes Söhnchen ruiniert. Aber mal im Ernst. Der war doch schon ein Scheißdealer, als ich ihn noch gar nicht kannte. Und jetzt will sie das Sorgerecht! Aber hallo! Sie versucht mir meine Kinder wegzunehmen. Ich an eurer Stelle würde mal in das Dreckskaff fahren, wo sie wohnt.«

Vijay schweigt und starrt zu Boden. Ich selbst bin zur Türöffnung zurückgewichen. Sandra Perssons Zorn ist wie ein lebendes Wesen, das zwischen ihr und mir steht. Ich habe das Gefühl, dass es mich rückwärts treibt, mir den Atem verschlägt. Ich spüre plötzlich, dass ich hier weg muss, dass ich ersticke, wenn ich noch länger in dieser Wohnung bleibe. Ich berühre Vijay am Arm, er fängt meinen Blick auf und nickt fast unmerklich.

»Wir gehen jetzt. Aber ich bin Ihnen sehr dankbar. Wir werden uns die Großmutter der Kinder mal ansehen.«

Lächelnd strecke ich ihr die Hand hin, aber sie steht einfach nur vor dem Spülbecken und sagt nichts, schaut uns mit ihrem seltsam toten blauen Blick an, und ich ahne hinter den bewegungslosen Augen eine leichte Belustigung. Etwas an der Grenze zwischen Hohn und Verachtung.

In dem Moment, in dem wir uns umdrehen und gehen wollen, taucht in der Türöffnung ein hochgewachsener, muskulöser Mann auf. Seine Haare sind an den Seiten kurzgeschoren und oben etwas länger. An seinem Hals entdecke ich ein tätowiertes Hakenkreuz.

Viktor Lans.

Er grüßt ohne weitere Begeisterung und sucht Sandras Blick.

»Die sollten gerade gehen«, sagt Sandra.

Viktor grunzt eine Antwort und verschwindet in der Wohnung. Wir gehen hinaus und Sandra knallt die Tür zu.

»Wie gestört waren die jetzt?«, fragt Viktor.

Ich gebe keine Antwort, denn ich denke an etwas ganz anderes. Ich denke an den Besuch in Nova-Lis Schule und das Gespräch mit ihrer Lehrerin.

»Erinnerst du dich an die Zeichnung?«, frage ich. »Die, die

Nova-Lis Lehrerin uns gezeigt hat. Darauf war ein Mann mit einem Messer und einem Fleck am Hals. Er stand vor dem Fenster. Nova-Li hat ihn den ›anderen Papa‹ genannt.«

»Den anderen Papa«, wiederholt Vijay langsam. »Das muss Viktor Lans sein.«

Trollbäcken, Tyresö,
ein Vorort von Stockholm

Johanna hockt sich vor Liam und legt ihm vorsichtig die Hände auf die schmalen Schultern. Wie immer wandert sein Blick an ihr vorbei ins Leere, er versucht, sich loszureißen. Der dünne kleine Leib zittert vor Anstrengung, und sein sommersprossiges Gesicht wird rot.

»Liam«, sagt sie langsam. »Ich muss nur kurz telefonieren. Bleibst du hier vorn bei den anderen Kindern?«

Liam verdreht die Augen und windet sich aus ihrem Griff.

»Nix daha!«, schreit er, lacht laut und rennt auf die Gruppe aus kleinen Kindern zu, die soeben von einem Ausflug zurückkehrt.

Johanna spürt, wie ihre Irritation wächst, obwohl sie weiß, dass das nicht richtig ist. Sie ist Liams Betreuerin, und es geht nicht, dass sie böse auf ihn wird. Er ist erst sechs Jahre alt und hat zudem große Probleme mit Konzentration und Motorik – deshalb ist ihm ja eine Betreuerin zugeteilt worden. Aber ab und zu treibt er sie mit seinen ewigen Wutanfällen und seinen blödsinnigen Einfällen in den Wahnsinn.

Sie rennt hinter ihm her auf den Zaun zu.

»Liam. Bleib ja vorn! Du …?«

Er gibt keine Antwort. Klettert stattdessen auf eine Schaukel und packt eine Kette.

Johanna dreht sich um und geht auf das Haus zu. Sie schämt sich für ihre Wut und ihre Gereiztheit. Sie zieht Zigaretten und Mobiltelefon hervor und steigt auf den Felsen, wo die Kinder nicht hindürfen. Geht durch ein Tannenwäldchen und weiter auf die Felskuppe mit Blick über die Autobahn nach Stockholm.

Sie gibt sich Feuer, nimmt einen langen Zug und klickt Ioans Nummer an. Es ist neun Uhr morgens, und er müsste jetzt zu Hause sein. Er arbeitet nachts und hört um sieben Uhr morgens auf, doch ab und zu fährt er auf dem Heimweg noch ins Fitnessstudio.

Ioan meldet sich nicht. Johanna drückt ihre Zigarette aus und schaut auf die graudunstige Landschaft hinab. Der Horizont ist von den Kiefernwipfeln gezackt. Die Autos, die unten in Richtung Stadt fahren, reißen im Vorüberkommen altes Laub und Abfälle mit.

Die Sache mit Ioan ist nicht unkompliziert. Er ist nicht das, was ihre Mutter einen »anständigen jungen Mann« nennen würde. Sicher, es ist schön mit ihm, aber er hat ein Jahr wegen Drogenbesitzes gesessen. Und er ist gern high.

Sie übrigens auch.

Johanna stopft die Zigaretten in die Tasche und geht zurück zur Vorderseite der Schule.

Ab und zu denkt sie, dass Liam später so werden wird wie Ioan: trotzig, unzuverlässig. Und unwiderstehlich.

Plötzlich fällt ihr ein, was sie bei der Ausbildung gehört hat – dass man unbewusst Jungen gegenüber nachsichtiger ist, weshalb die dann zu hoffnungslosen Chauvis werden.

Johanna geht um das niedrige lachsrosa Holzgebäude herum und klettert über den Zaun. Nadja und Katryna sind mit den kleinen Kindern ins Haus gegangen, und nur die größeren halten sich noch auf dem Schulhof auf. Der Älteste von allen ist Liam mit seinen fast sieben Jahren. Er gilt nicht als schulreif und muss deshalb die Vorschule besuchen, obwohl er eigentlich mit sechs in die erste Klasse gehen sollte. Aber das scheint ihm nichts auszumachen. Seiner Mutter übrigens auch nicht. Aber die ist ja auch reichlich seltsam, das ist also kein Wunder.

»Liam!«, ruft Johanna und geht auf die Schaukeln zu.

Albin und Edwin liegen jeder unter einer Schaukel. Auf ihren Füßen lassen sie die schweren Gummireifen balancieren.

»Habt ihr Liam gesehen?«

Die Jungen drehen ihr die schmutzigen Gesichter zu.

»Nein«, sagt Albin, nachdem er eine Weile über diese Frage nachgedacht hat.

Ein leichter Nieselregen fällt jetzt, und Johanna zieht ihre Kapuze über. Geht weiter zu Agnes und Maya, die sich an irgendeinem Metallstück im Gras zu schaffen machen. Als Johanna bei ihnen ankommt, verstecken sie diesen Gegenstand eilig unter einem Eimer.

»Ich war das nicht«, sagt Maya.

Johanna hat keine Zeit, um nachzusehen, was sie da treiben. Sie muss Liam finden, der ganz bestimmt auf um einiges schlimmere Gedanken gekommen ist.

»Ich suche Liam, habt ihr ihn gesehen?«

»Der ist dahin gegangen«, sagt Agnes und zeigt mit einem erdverschmierten Finger auf den Zaun.

Johanna dreht sich um und läuft los, aber nun klingelt ihr Telefon. Sie zieht es hervor und wirft einen Blick aufs Display.

Ioan.

Diesmal muss er warten. Sie muss zuerst diesen Drecksbengel finden. Bestenfalls ist er mit Nadja und Katryna ins Haus geschlüpft, und dann ist das Problem aus der Welt.

Happy und Muhammed hängen am Zaun und kichern.

»Habt ihr Liam gesehen?«, fragt Johanna und steckt das Telefon wieder in die Tasche. Ihre Hände sich feucht und bleiben am Display kleben.

»Der ist mit dem Auto gefahren«, sagt Happy und mustert Johanna mit unergründlichem Blick.

»*Mit dem Auto?* Was denn für ein Auto?«

»Das war rot«, sagt Happy und springt energisch vom Zaun.

»Nein«, sagt Muhammed und springt ebenfalls herunter. »Das war blau.«

»War es nicht«, murmelt Happy und stemmt die Hände in die Seiten.

»Das war blau, blau, blau«, sagt Muhammed. »Bist du behindert oder was? Weißt du nicht, wie blau aussieht?«

Johanna packt Muhammed an der Schulter, ein wenig zu fest vielleicht.

»Beruhigt euch. Wer hat das Auto gefahren? War das Liams Mama?«

»Nein, das war eine andere Tante«, sagt Happy.

»Ach was«, sagt Muhammed. »Das war keine Tante, das war ein alter Kerl. Der hatte doch kurze Haare. Typisch alter Kerl. Das war ein alter Kerl!«

»Tante!«, schreit Happy.

»Alter Kerl«, erwidert Muhammed und versetzt Happy einen so harten Stoß, dass der gegen den Zaun fällt.

Etwas Kaltes und Scharfes ist in Johanna zum Leben erwacht. Sie späht hinaus in den diesigen Regen, den Hang hinab und zum Ort. Kein Mensch ist zu sehen. Die Straße liegt blank und leer vor ihr. Der Wind packt eine Plastiktüte, trägt sie in das Gebüsch hinter der Bushaltestelle.

Johanna spürt eine Hand auf ihrer Schulter und fährt herum. Hinter ihr steht Ulla, ihre Chefin.

»Was ist los?«, fragt Ulla und drückt kurz Johannas Arm. Ihre grauen Augen sehen besorgt aus.

Johanna öffnet den Mund und macht ihn wieder zu. Ihr Mund fühlt sich an wie ausgedörrt und rau wie Sandpapier.

»Liam. Er ist verschwunden!«

Nyköping, 1986

Das Haus ist gelb und groß. Eine Holztreppe führt hoch zu der grün gestrichenen Eingangstür. Irene reicht ihm die Hand und zieht ihn fast die Treppe hoch.

»Das hier ist Hof Söderberg. Willkommen.«

Sie lächelt und sieht stolz aus. Der Junge schaut sich um. Um das Haus herum gibt es nur verschneite Felder, eins neben dem anderen. Ganz in der Ferne, auf der anderen Seite der langen Zäune, erstreckt sich ein dünner Streifen aus nackten schwarzbraunen Bäumen.

Irene ist seinem Blick gefolgt.

»Hinter den Bäumen fließt ein Fluss. Im Sommer kann man dort baden.«

Der Junge schaut sie heimlich immer wieder an. Irene ist rund, fast wie ein Wasserball. Der Junge weiß, dass das kein netter Gedanke ist, aber so ist es eben. Sie trägt ein Kleid, das halb über die Beine reicht und unter dem zwei dicke Waden in einer roten Strumpfhose hervorschauen.

Der Junge ist von diesen Beinen fasziniert.

Er hat noch nie einen so dicken Menschen gesehen. Die Beine sind wie zwei robuste Kolosse, die den Rest des Körpers aufrecht halten. Irenes Gesicht ist rund und rötlich. Sie hat dunkle Haare, die ein bisschen verschwitzt aussehen und sich an Stirn und Schläfen locken. Ihre Augen sind zwischen den Fettwülsten kaum zu sehen. Sie sind klein und stechend und mustern ihn die ganze Zeit, als warteten sie darauf, dass er einen Fehler begeht. Der Junge weiß nicht, ob er Irene leiden mag. Er hat das Gefühl, dass sie versucht, nett zu *wirken.* Dass sie das gar nicht ist. Er beschließt, dass er sie wohl nicht leiden kann, Lasse aber netter ist. Lasse ist in der Küche und wartet mit dem Essen, hat Irene gesagt.

»Wir nehmen die große Tür eigentlich nur, wenn Besuch kommt. Es gibt noch einen Kücheneingang hinter dem Haus. Den kannst du dann benutzen. Wenn du richtig eingezogen bist.«

Irene geht vor, und der Junge folgt ihr in die Küche.

Die Küche ist groß. Riesengroß. Wie ein ganzer Saal. An jeder freien Stelle drängen sich Teigschüsseln und alte Plastikbehälter mit geöffneten Zucker- und Mehlpackungen. Im Fenster stehen Vasen mit getrockneten rosa Blumen und knallroten Holzwichteln nebeneinander. An einer verborgenen Stelle liegt ein ausgeblichenes Osterei, darüber hängt ein Kalender mit dem Bild einer Mittsommerstange. Es gibt einen normalen Herd, aber auch einen altmodischen schwarzen, und der Junge hört es darin knistern und knacken. Er weicht zurück, dreht dem Herd den Rücken zu. Er will das Feuer nicht sehen, will nicht hören, wie die Flammen das Holz verzehren.

Der Junge weiß nicht, was er sagen soll. Die Küche ist spannend, aber auch unheimlich. Mama hätte ihre Küche niemals so aussehen lassen. Papa hat gern gebacken und gekocht, aber danach hat er oft vergessen aufzuräumen, und dann hat Mama ihn mit vorwurfsvoller Stimme gerufen. Aber Papa hätte niemals ein Zimmer so zugerichtet wie diese Küche hier, und wenn er es versucht hätte, wäre Mama furchtbar böse geworden.

Irene hat seinen Blick bemerkt und lacht.

»Richtig, du. Es ist hier ein bisschen unordentlich, aber das ändert sich bestimmt, jetzt, wo du hier bist.«

Sie lächelt wieder, und er sieht, dass ihre Vorderzähne schief stehen und sozusagen übereinanderliegen. Er findet, dass sie trotz allem doch ein bisschen lieb aussieht, und plötzlich fühlt er sich etwas ruhiger.

»Sieh an! Da bist du!«

Lasse kommt aus einem Zimmer hinter der Küche hervor. Er ist klein und sieht irgendwie aus wie eine Maus. Grau und müde. Er schnauft ein bisschen beim Reden und sein Atem röchelt.

Lasse wühlt in seiner Tasche herum und zieht ein Plastikding heraus, steckt es in den Mund und drückt darauf. Er holt mehrere Male tief Luft und stopft das Plastikding dann wieder in seine weiten Jeans.

»Asthma«, erklärt Lasse. »Ich kann die Tiere nicht mehr vertragen.«

»Ist das wie eine Allergie?«

Der Junge fragt, ohne zu überlegen, aber Lasse lacht nur.

»Genauso ist es. Allergie gegen Tiere mit Fell und gegen Gras, das singt, und gegen Blumen, die blühen.«

Der Junge überlegt. Gras kann nicht singen. Bestimmt hat Lasse das erfunden, weil es schön klingt.

»Ich bin auch allergisch. Gegen Krustentiere. Wenn ich welche esse, muss ich kotzen.«

Er flüstert und die Wörter klingen erstickt, er hört selbst, dass man sie nicht richtig auseinanderhalten kann.

»Das ist doch kein Problem«, sagt Irene und strahlt. »Hier wirst du nicht oft Krustentiere bekommen.«

Sie gehen ins Esszimmer hinter der Küche, wo Lasse den Tisch mit Kaffee und Heißwecken gedeckt hat. Der Junge bekommt ein Glas roten Saft.

»Das ist mein selbst eingekochter Saft aus dem Sommer. Erdbeeren.«

Lasse schaut zufrieden seinen Saft an.

Der Junge trinkt einen Schluck Saft und probiert einen Heißwecken. Der ist knusprig, und Krümel bleiben ihm am Mund kleben und rieseln auf den Tisch. Er schaut sich im Zimmer um, das genauso mit Gegenständen vollgestopft ist wie die Küche.

Das Schönste ist ein Bild, das einen blonden Engel mit einem Schwert darstellt. Der Engel hebt das Schwert über einen anderen, düstereren und dunkleren Engel, der gemein aussieht. Der gemeine Engel kann jeden Moment in einen Abgrund stürzen, und der Junge fragt sich, was passieren wird, wer am Ende wohl gewinnt.

Irene sieht seinen Blick, sagt aber nichts. Tunkt nur ihren Heißwecken in den Kaffee und wischt sich Krümel vom Kinn.

Nach dem Kaffee steht sie auf.

»Jetzt hast du wohl Lust, dir dein Zimmer anzusehen?«

Der Junge nickt, er hat fast vergessen, dass er ein eigenes Zimmer bekommen wird, aber jetzt ist er doch neugierig. Ob das Zimmer wohl dem ähneln wird, das er zu Hause hat?

Das er zu Hause *hatte.*

Als er daran denkt, dass es sein Zimmer nicht mehr gibt, und dass alle seine Sachen verschwunden sind, ist er nicht mehr neugierig. Nur traurig.

»Komm schon, wir gehen jetzt die Treppe hoch.«

Lasse geht vorneweg, der Junge hinterher. Die Treppe ist steil, und er muss sich an dem abgenutzten Geländer festhalten, um nicht zu fallen.

Am Ende der Treppe gibt es einen kleinen Absatz mit Holzboden und Flickenteppich. Eine Tür steht offen und der Junge schaut hinein. Im Zimmer stehen ein Bett und ein Schreibtisch. Das Bett ist mit blendend weißer Bettwäsche bezogen, und der Junge möchte sich plötzlich nur noch hinlegen, unter diese weiß bezogene Decke kriechen. Am Fenster gibt es Vorhänge, die fast durchsichtig und mit gelben Rosen bedruckt sind. Sie sehen sommerlich aus, obwohl doch erst Januar ist. Vor dem Fenster steht ein hoher Baum mit verschneiten Zweigen.

»Das ist ein Birnbaum. Im Frühling kann man fein darauf herumklettern.«

Der Junge nickt und fragt sich, ob Lasse vielleicht mit ihm klettern will, obwohl er so klein und schmächtig aussieht und die ganze Zeit in dieses Plastikding atmen muss.

»Ich lass dich jetzt erst mal allein.«

Lasse nickt vor sich hin und stellt die Tasche des Jungen fast lautlos ab, ehe er ihm den Rücken zukehrt und das Zimmer verlässt.

Das Bett sieht einladend aus, und der Junge legt sich darauf. Es ist weich, mit einer Senke in der Mitte, und er muss an das verstellbare Krankenhausbett denken. Er wird sozusagen zusammengefaltet, als er nun hier liegt, als lägen Kopf und Füße höher als der Rest.

Jetzt, da er allein ist, kommen die Gedanken an Mama und Papa, und an Elsemarie. Daran, wie sehr sie ihm fehlen. Er weint jeden Tag, seit DAS passiert ist. Jeden Tag. Ab und zu vergisst er, was geschehen ist. Für kurze Zeit kann ihm dann etwas spannend oder witzig vorkommen. Aber dann ist das Grauenhafte wieder da. Die Traurigkeit und die Angst und noch etwas anderes, von dem er nicht weiß, was es ist, aber das in ihm den Wunsch weckt, vor allem wegzulaufen.

So weit wegzulaufen, wie er nur kann.

Jetzt schnieft er noch einmal, dann wischt er sich rasch mit dem Pulloverärmel die Nase ab. Irene und Lasse sollen nicht wissen, dass er traurig ist und weint. Sie werden sonst vielleicht böse auf ihn und glauben, dass er nicht bei ihnen sein will, und dann weiß er nicht, wohin er gehen soll. Also klettert er aus dem Bett, streicht die weiße Bettwäsche glatt und geht dann zu seiner neuen Reisetasche. Die ist voller Kleider und Gegenstände, die er und Gerd gekauft haben. Pullover, Hosen, Unterhosen und Socken. Alles sorgfältig zusammengefaltet. Ganz unten in der Tasche liegt ein Buch, »Mio mein Mio«, das hat er von Gerd bekommen. Da liegen auch fünf neue Schlümpfe und ein Sammelalbum. Ganz unten in der Tasche steckt der kleine Teddy, den er im Krankenhaus bekommen hat und der Elsa heißt.

Der Junge hat bei Gerd Weihnachten gefeiert. Zusammen sind sie an einen Ort gegangen, der Odenplan hieß, und haben sich eine schöne grüne Fichte ausgesucht. Danach haben sie die Fichte mit Kugeln und Girlanden geschmückt. Sie haben gelacht und die Luft in ihm fühlte sich leicht an. Als ob er jederzeit wegfliegen könnte, zur Decke hoch und durch das Fenster, wie ein großer Ballon, der die Gestalt eines Jungen hat. Als er die Geschenke sieht, die er von Gerd bekommen hat, wird ihm überall warm. Er weiß, dass es auf dieser Welt einen Menschen gibt, dem er wirklich wichtig ist.

Sorgfältig und vorsichtig legt er seine Kleider in eine Kommode, die vor der einen Wand steht. Es ist schwer, die Schublade herauszuziehen, und er muss sich gewaltig anstrengen, als er den Griff anfasst. Irgendwer hat die Schublade mit Wachspapier ausgelegt. Ganz unten liegen allerlei Comics: Donald Duck, Pellefant und Das Phantom. Er hebt sie hoch und blättert darin. Pellefant und Donald mag er. Das Phantom kann er eigentlich nicht leiden, aber das verrät er nicht, da die harten Jungs in seiner Klasse es alle lesen.

Unter den Heften liegt ein Zeichenblock, den er neugierig herausnimmt und öffnet. Darin wimmelt es nur so von Pferden: braune Pferde, weiße Pferde und schwarze Pferde. Kleine Fohlen und große wilde Pferde mit fliegender Mähne. Ab und zu ist neben den Pferden ein Mädchen mit einem Reithelm auf dem Kopf und etwas in der Hand gezeichnet, das er für eine Reitgerte hält. Ganz unten in der rechten Ecke jeder Zeichnung steht ein Name. »Helena«. Wieder und wieder: Helena. Helena. Helena.

Die Pferde verschwinden als Motiv, und jemand hat mit Füller etwas geschrieben. Einen Brief, in eleganter, fast erwachsener Schrift:

Hallo Mama! Bitte, komm und hol mich nach Hause. Lase und Irehne sind nicht liep. Ich muss jeden Tag in der Scheune arbeiten. Wenn ich nicht will, wirt Irehne böhse und schlägt mir ins Gesicht. Ich will nach Hause. Bitte, Mama. Gruß, Helena.

Restaurant Pelikan, Stockholm

»Unglaublich, wie groß er geworden ist«, sagt Aina und legt das Bild von Erik zurück auf den Tisch.

Ihre kurzen aschblonden Locken fallen ihr ins Gesicht.

Ich trinke einen Schluck Bier und nicke. Schaue mich in dem dunklen Lokal um. Düstere Holztäfelung, verschlissene Stühle. Die übliche Klientel aus trendigen Südstadtbewohnern und durstigen Stammgästen.

Das Pelikan ist »unsere Kneipe«. Aina und ich haben dauernd hier gesessen, als wir unsere Praxis am Medborgarplats noch hatten. Jetzt kann ich mich nicht erinnern, wann ich zuletzt hier war. Alles kommt mir seltsam bekannt und zugleich weit weg vor, wie etwas aus einem Traum.

»Ich möchte ihn sehen«, sagt Aina und lächelt zaghaft.

»Das wirst du auch«, sage ich und denke an Erik. An all den Eigensinn und den Trotz, die in seinem kleinen Körper wohnen. An meine Liebe zu ihm, von der ich nicht einmal gewusst hatte, dass ich dazu fähig bin.

Ich frage mich, wie Aina das mit einer Familie sieht – sie hat immer gesagt, dass sie absolut keine Kinder will. Ich habe keine Probleme damit, das zu akzeptieren, aber ganz verstehen kann ich sie nicht. Wenn ich mir vorstelle, mich gegen Erik zu entscheiden, krampft sich alles in mir zusammen.

»Markus würde dich sicher auch gern treffen«, sage ich und trinke wieder einen Schluck Lightbier. Dann lasse ich die Finger über die Maserung der Tischplatte wandern, der Generationen von Gästen eine glatte Oberfläche verpasst haben.

»Ich ihn auch. Wenn du das wagst, natürlich nur«, sagt Aina kichernd und trinkt den letzten Schluck Rotwein.

Ich weiß, dass das ein Witz sein sollte, aber mir wird ganz kalt. Bilder von Aina und Stefan tauchen vor meinem inneren Auge auf, lachend, beim Sex. Bilder, die stechen und brennen.

Ich lasse meinen Blick zu dem karierten Boden weiterwandern.

»Ach, entschuldige«, kichert Aina und knallt ihr Weinglas auf den Tisch.

»Findest du das vielleicht komisch?«

»Nein, aber …«

»Du findest diese Vorstellung vielleicht prickelnd … dass du auch noch Markus verführen könntest?«

Aina setzt sich ganz gerade und macht ein verärgertes Gesicht.

»Jetzt hör doch auf. Natürlich nicht. Das war ein Witz. Ein saublöder Witz, aber eben doch nur ein Witz. Ich bitte um Entschuldigung für meinen gestörten Sinn für Humor. Okay?«

Ich winde mich.

»Nein. Das ist wirklich nicht okay. Ich begreife nicht, wie du auch nur auf so einen Gedanken kommen kannst, nach allem, was du getan hast.«

Ainas Augen sehen blank aus, und sie spielt nervös an ihrem Weinglas herum.

»Aber Siri … natürlich würde ich niemals … ich begreife nicht, wie du das auch nur denken kannst.«

»Wirklich nicht?«

Etwas Gemeines erwacht in mir zum Leben. Etwas, das Aina um jeden Preis verletzen will.

»Genau das hast du doch mit Stefan gemacht«, sage ich und starre sie an. »Du hast ihn hinter meinem Rücken verführt. Warum sollte ich also nicht glauben, dass es wieder passieren kann?«

Ainas heller Blick irrt ruhelos durch das Lokal.

»Ich weiß nicht, was ich machen soll«, sagt sie schließlich. »Ich habe schon hundertmal um Verzeihung gebeten. Ich kann nicht mehr, verstehst du? Ich schaffe das nicht mehr.«

»Ach was, aber ich soll es schaffen?«

Ich springe so plötzlich auf, dass mein Stuhl rückwärts umkippt.

Die Gäste an den Nachbartischen verstummen. Neugierige Blicke folgen mir, als ich meine Handtasche vom Boden aufhebe. Im selben Moment piepst mein Telefon, und ich hole es hervor.

»Ich muss los. Dringende Besprechung.«

Ohne ein weiteres Wort stürze ich aus dem Lokal, und die Tränen brennen hinter meinen Augenlidern.

Polizeipräsidium, Kungsholmen, Stockholm

Carins Blick schweift in die Runde, wie um festzustellen, ob wir überhaupt genug sind.

»Danke, dass ihr gekommen seid. Ich weiß, es ist spät, und ich nehme an, dass die meisten von euch schon zu Hause waren. Aber es ist etwas passiert. Nova-Lis kleiner Bruder Liam ist gegen drei Uhr heute Nachmittag aus seiner Vorschule verschwunden. Ja, es hat eine Weile gedauert, bis das Personal sein Verschwinden gemeldet hat, da sie zuerst glaubten, der Junge sei von seinen Pflegeeltern geholt worden. Aber so war es nicht. Eine nicht identifizierte Person hat Liam in einem Wagen mitgenommen, was von zwei Kindern bezeugt wird. Leider können sie weder Auto noch Täter deutlich beschreiben. Viele Spuren haben wir also nicht.«

Im Zimmer wird es totenstill. Wir waren alle total unvorbereitet auf diese Mitteilung, und ich begreife, dass die Ermittlung in diesem Augenblick ihre Richtung geändert hat.

»Das muss einfach die Mutter gewesen sein«, sagt Jimmy nach einigen Sekunden.

»Sie wird gerade vernommen«, sagt Carin, »hat offenbar einen Stuhl zertrümmert und die Vernehmungsleiterin als Negerfotze bezeichnet. Aber sie hat ein Alibi. Sie war gegen drei Uhr bei ihrem Sachbearbeiter auf dem Arbeitsamt, und der Sachbearbeiter hat das auch bestätigt.«

»Sie hat sicher irgendwen um Hilfe gebeten«, sagt Jimmy. »Ihren Typen zum Beispiel. Diesen Viktor Lans. Der scheint ja total verrückt zu sein.«

»Viktor Lans hat ein Fitness-Studio in Östberga besucht. Das wird vom Personal bestätigt. Aber er hat es schon gegen zwei verlassen, er könnte also um drei in Tyresö gewesen sein.«

»Die Wahrscheinlichkeit, dass es gar keinen Bezug zur Familie gibt, ist sicher winzig klein«, sagt Örjan und wischt sich einige Krümel von seinem tadellos gebügelten Hemd.

»Es gibt noch einen … Umstand, der dafür spricht, dass jemand aus der Familie mit der Sache zu tun hat. Der Junge ist offenbar aus freien Stücken in das Auto eingestiegen. Was ja darauf hinweisen kann, dass er die Person kannte, die den Wagen fuhr.«

»Oder dass er hineingelockt worden ist«, meint Jimmy. »Er ist doch erst sechs. Keine Ahnung, aber der Täter hatte vielleicht ein Hundebaby oder Süßigkeiten bei sich. Oder ein iPad.«

»Egal wie«, sagt nun Carin, »muss, wer auch immer die Kinder entführt hat, gewusst haben, wo sie untergebracht waren, und diese Information war nur einem kleinen Personenkreis zugänglich. Der Familie und dem Sozialamt.«

»Und allen, mit denen sie möglicherweise geredet haben«, fügt Örjan hinzu.

Carin zuckt kurz mit den Schultern.

»Das ist unser derzeitiger Ermittlungsstand. Ich glaube, euch ist allen klar, was diese Information bedeutet. Wir haben zwei Entführungen am Hals, und wir können mit heftiger Aufmerksamkeit rechnen. Intern und in den Medien. Wir haben viel zu tun. Örjan, du musst mit den Leuten von der Spurensicherung sprechen, die bei der Vorschule waren.«

Örjan nickt und notiert etwas auf seinem Block.

Carin schaut Jimmy an und sagt: »Jimmy, du redest mit der Ermittlungsgruppe. Stell zusammen, was sie haben, und bring uns dann morgen auf den neuesten Stand.«

»Japp«, sagt Jimmy und zieht die Lederjacke an, die er über die Stuhllehne gehängt hatte.

»Siri und Vijay. Ihr sprecht morgen mit den Leuten vom Sozialamt. Die Ermittler haben sie natürlich schon befragt, aber ihr sollt euch eine Vorstellung davon machen, wie es den Kindern bei ihrer biologischen Mutter gegangen ist und wieso sie da weggeholt wurden. Es schadet sicher auch nicht zu fragen, wer gewusst hat, wo die Kinder jetzt sind. Und dann besucht bitte die Großmutter der Kinder. Sie wohnt in der Nähe von Vingåker, im Sörmland. Offenbar hat sie zweimal das Sorgerecht für die Kinder beantragt, und das macht sie für die Ermittlungen interessant.«

Ich fange Vijays Blick auf. Ernst und dunkel ruht er auf mir, und ich ahne, was er denkt.

Liam ist sechs.

Genau wie Erik.

Als ich nach Värmdö zurückkomme, ist es schon nach zehn. Der Gedanke an Liam und Nova-Li will mich nicht loslassen. Zwei Kinder, Geschwister, die innerhalb einer Woche entführt werden. Das kann kein Zufall sein.

Oder?

Ich halte vor dem Pfad, der durch den Wald zum Haus führt. Ein kalter Herbstwind fegt durch die Baumkronen. Der Wald ist gefüllt mit gedämpften Geräuschen, als ob sich in der Dunkelheit um mich herum tausend Wesen regen. Es knackt und knallt und knistert, als ich den kurzen Weg zu unserem kleinen Haus gehe.

Ein schwacher Lichtschein dringt aus dem Fenster, malt goldene Streifen auf das feuchte Moos, und ein leichter, aber deutlicher Rauchgeruch schwebt zwischen den Baumstämmen und verrät, dass Markus im offenen Kamin ein Feuer gemacht hat.

Die Dornen der Rosensträucher verfangen sich in meinen Haaren und kratzen meinen Hals auf, als ich die Haustür aufschließe und in die Wärme der Diele schlüpfe.

Das Feuer ist zusammengefallen, aber die verkohlten Reste

glühen noch immer in der Dunkelheit. Markus sitzt in derselben zusammengekauerten Haltung im Sessel vor dem Kamin wie heute Morgen, als ich gegangen bin.

Ich schleiche mich hinter ihn, lege ihm vorsichtig die Hände auf die Schultern. Er zuckt bei meiner Berührung zusammen, sagt aber nichts.

Die Wärme des Feuers strahlt mir ins Gesicht, und ich denke, vor einem Jahr hätten wir jetzt zusammen vor dem Kamin gesessen. Hätten Tee getrunken und geredet, vielleicht darüber, dass Erik zum Zahnarzt muss oder dass der Steg schon wieder eine Reparatur braucht. Ich staune darüber, wie rasch das Gefühl von Normalität einem gefühlsmäßigen Stellungskrieg weichen konnte, bei dem wir beide nicht bereit sind, Kompromisse zu schließen oder der anderen Seite entgegenzukommen.

»Wir haben einen seltsamen Fall«, beginne ich.

»Ach.«

Das Feuer zischt und spiegelt sich im Fenster.

»Zwei Kinder, Geschwister, sind aus ihren Pflegefamilien verschwunden.«

Markus versinkt nur noch tiefer im Sessel.

»Sind sie durchgebrannt?«

»Das glauben wir nicht. Sie sind nicht gleichzeitig verschwunden, und sie sind erst sechs und neun Jahre alt, sie können sich also kaum zum Weglaufen verabredet haben. Wir glauben, dass jemand sie entführt hat.«

Markus schweigt eine Weile. Dann sagt er leise: »Sicher die Eltern. Fast immer sind das die Eltern.«

»Ja. Vermutlich.«

Ich hebe die Hände von seinen Schultern, und sein Körper entspannt sich. Als sei er erleichtert darüber, dass ich ihn nicht länger berühre.

»Du?«, frage ich.

»Mhm.«

»Ich will, dass wir das hier schaffen.«

Er gibt keine Antwort, setzt sich aber anders hin, und die Zeitung rutscht von seinen Knien auf den Boden.

»Was soll ich darauf antworten?«, fragt er leise.

»Dass du auch kämpfen willst, natürlich. Dass du nicht einfach aufgibst.«

»Du hast doch aufgegeben. Glaubst du nicht, dass ich auch schon mal andere attraktiv fand? Glaubst du nicht, dass ich auch mit anderen schlafen könnte, wenn ich wollte?«

»Das weiß ich nicht. Ist das so? Findest du andere attraktiv, meine ich?«

Markus sagt nichts. Ich trete einen kleinen Schritt vor, damit ich sein Gesicht im goldenen Feuerschein sehen kann. Er hat die Zähne fest zusammengebissen und den Blick auf den Holzkorb links neben dem Kamin gerichtet. Er hat die Fäuste geballt, wie um einen unsichtbaren Gegenstand zu zerquetschen.

»Findest du jemand anderen attraktiv?«, frage ich noch einmal.

Eine kleine Bewegung in seinem Gesicht fängt meinen Blick ein. Sein Mund verzieht sich für eine Sekunde zu einem höhnischen Lächeln. Dann ist dieser Ausdruck verschwunden und er sieht ebenso wütend aus wie vorher.

»Kann schon sein.«

»Aber … ist das dein Ernst? Gibt es eine andere?«

Er erwidert meinen Blick zum ersten Mal bei diesem Gespräch, und sein Gesicht zeigt Schmerz und Triumph zugleich. Er erinnert mich an ein kleines Kind, das eine Katze am Schwanz ziehen will und Angst davor hat, es aber zugleich befriedigend findet.

»Es gibt da eine Kollegin …«, beginnt Markus.

»Eine Kollegin? Aber warum zum Teufel hast du mir nichts davon gesagt?«

Der Zorn schlägt über mir zusammen, so unbeherrschbar und so eiskalt wie draußen das Meer. Dann kommt die Erkenntnis: Das hier hat er geplant. Er will es erzählen, weil er weiß, dass es mir wehtut.

Markus will mir wehtun.

Auf irgendeine Weise macht mir das größere Angst als die Tatsache, dass es eine andere gibt. Ich hätte nie gedacht, dass Markus mich verletzen will.

»Warum hätte ich das erzählen sollen? Es ist ja nichts passiert«, sagt er leise.

»Wieso denn nicht? Du bist in eine andere verliebt. Oder willst nur mit ihr vögeln? Egal. Findest du, dass das nicht zählt?«

»Ja. Das finde ich. Denn ich kann mich *beherrschen.* Im Unterschied zu dir. Das ist doch das Einzige, was uns von den Tieren unterscheidet. Oder?«

Das war es, denke ich. Abermals hat er seine moralische Überlegenheit klargestellt. Ein verantwortungsbewusster Mensch, der zwar saugeil auf seine Kollegin ist, aber es sich nicht gestattet, mit ihr ins Bett zu fallen.

»Wie edel von dir«, sage ich und höre selbst, dass die Verbitterung meine Stimme brechen lässt wie einen trockenen toten Zweig.

Markus schaut stumm ins Feuer.

Odenplan, Stockholmer Innenstadt

Jesper schiebt mir vorsichtig die Kleenex-Schachtel zu, und ich greife mir eine Handvoll. Weine, putze mir die Nase und wünsche mich weit weg von dem unpersönlichen Sprechzimmer und meinem freundlichen Therapeuten.

Ich bin seit zehn Minuten hier, habe aber noch kein einziges Wort herausgebracht. Alles, was kommt, sind Tränen und Rotz, eine salzige Flut aus Kummer und Wut, die sich offenbar nicht aufhalten lässt.

Aber Jesper hat Geduld. Sitzt nur stumm da und wartet auf mich. Einige Male nimmt er die Brille ab und massiert sich die Schläfen. Ich denke, dass es sicher auch für ihn ein langer Tag war, dass ich bestimmt nicht die einzige Patientin bin, die schon hier in diesem Sessel gesessen und geweint hat.

»Wollen Sie erzählen?«, fragt er endlich.

Ich nicke und versuche, mich zusammenzureißen, aber es tut zu weh. Die Worte finden nicht hinaus. Stattdessen bleiben sie stecken, sitzen wie Steine in meinem Hals fest und pressen noch mehr Tränen heraus.

»Markus ... hat ... eine ... andere«, bringe ich am Ende zustande.

Zehn Minuten darauf habe ich unser Gespräch vor dem Kamin vom Vorabend geschildert. Über die Kollegin, die er »attraktiv« findet, und dass die Erkenntnis, dass er das erzählt hat, um mir wehzutun, viel schlimmer ist als alles andere.

»Warum ist das so, was meinen Sie?«, fragt Jesper freundlich und legt den Kopf schräg. Das sieht irgendwie witzig aus. Diese

Geste enthält so viel Empathie und Behutsamkeit, wirkt fast feminin, und das bildet einen Kontrast zu den scharf gezeichneten Zügen und dem muskulösen Körper.

»Weil… wenn man so weit gekommen ist, dass man sich gegenseitig wehtun will, die Beziehung sich vielleicht nicht mehr reparieren lässt.«

»Und was passiert dann?«

»Wie meinen Sie das? Dann ist doch Schluss. Dann brauchen wir ja wohl nicht mehr herzukommen und für siebenhundert Kronen die Stunde mit Ihnen zu reden.«

»Und was wäre das für ein Gefühl?«

Ich winde mich. Putze mir noch einmal mit einem Papiertuch die Nase und lasse es auf den Tisch fallen. Sich auf den klebrigen Berg aus Kummer und Verletztheit legen.

»Wie ein verdammtes Versagen. Als ob… ich weiß nicht. Als wäre das Leben zu Ende, nehme ich an.«

»Warum das?«

»*Warum das?* Weil ich mir nie etwas anderes gewünscht habe als eine Familie. Weil unser Sohn als verdammtes Scheidungskind aufwachsen wird. Weil sich mein erster Mann das Leben genommen hat und weil sich der zweite offenbar einfach so in eine Kollegin verliebt hat. Und weil er das ganz in Ordnung findet, so lange man nicht *vögelt*!«

»Geht es Ihnen eher um die Beziehung zu Markus oder darum, die Familie zusammenzuhalten?«, fragt Jesper.

Seine Stimme ist ganz bewusst ruhig, aber die Worte bohren sich trotzdem tief in mich hinein. Fressen sich in meine Brust und legen sich wie ein harter Reifen um das Zwerchfell. Das Atmen fällt mir schwer, ich schließe die Augen und lasse den Tränen abermals freien Lauf.

»Die Familie«, sage ich. »Die Familie ist das Wichtigste.«

Als ich zum Polizeipräsidium komme, hat sich der Himmel mit dunklen Wolken bezogen. Es sieht aus, als ob schwarzer Samt die Welt bedeckt – schwarzer Samt, der hier und da von kleinen, deutlichen Lichtpunkten durchbohrt wird.

In all diesen Häusern wohnen Familien, denke ich. Familien, die tausendfach unterschiedlich aussehen und vor ebenso vielen wechselnden Herausforderungen stehen. Vielleicht ist es vermessen von mir zu glauben, dass meine und Markus' Beziehung so anders und so wichtig ist. Dass Eriks Zukunft daran hängt, ob wir zusammenbleiben.

Ich denke daran, worüber Jesper und ich während der letzten halben Stunde meines Termins gesprochen haben. Als ich mit dem Weinen aufgehört und eine Art Distanz zu meinem Zusammenbruch gewonnen hatte.

Ich erzählte, wie ich Markus kennengelernt habe, und wie unsere Beziehung mir langsam den Glauben an das Leben zurückgab. Wie sie mein Inneres auftaute, das nach Stefans Tod erstarrt und unzugänglich gewesen war. Und wie dann Erik kam und plötzlich ein so selbstverständlicher Teil meines Lebens wurde.

Ein Kind. Das größte Geschenk von allen.

Meine Angst dreht sich darum, dieses Geschenk zu ruinieren – das ist mir jetzt klar. Das Schönste und Vollkommenste in meinem Leben zu zerstören und zu besudeln.

Nyköping, 1986

Bei Lasse und Irene sind alle Tage gleich. Um sechs Uhr steht der Junge auf und frühstückt. Irene stellt ihm Brot und Milch hin, damit klar ist, was er essen soll. Irene und Lasse liegen dann noch im Bett, und er weiß nicht so genau, wann sie aufstehen. Wenn der Junge gegessen hat, geht er in den Stall und füttert die Tiere: Ziegen, Hühner und Kaninchen. Dann kehrt er in das große Haus zurück, wäscht sich und nimmt an der Wegkreuzung den Bus zur Schule.

Er geht gern zur Schule. Sein Lehrer heißt Björn und spielt ein witziges Instrument namens Scheitholz. Björn ist lieb, und ab und zu hat der Junge das Gefühl, dass Björn zu ihm besonders lieb ist. In der Schule braucht er keine Tiere zu füttern, Schnee zu schippen oder aufzuräumen. Er braucht nur ruhig auf seinem Platz zu sitzen und zu lesen oder zu rechnen. Der Junge ist gut in der Schule und wird von Björn oft gelobt.

Er hat auch Freunde. Einen Jungen, der Markko heißt und der Größte in der Klasse ist und beim Armdrücken alle anderen besiegt. Er lässt den Jungen immer mitspielen und sucht sich richtig witzige Spiele aus, wie auf Händen unter der Brücke über den kleinen Bach herzugehen, der jetzt im Frühling wild schäumt, oder im Wald hinter der Schule Räuber und Gendarm zu spielen. Wenn der Junge mit Markko zusammen ist, vergisst er alles Schlimme, das passiert ist. Und alles Schlimme, das noch passiert. Denkt nicht daran, wie sehr er Irene und vielleicht auch Lasse hasst.

In der Schule gibt es auch Esme.

Sie hat so einen seltsamen Namen, weil ihr Vater aus England kommt. Esme hat lange dunkelrote Haare, die in dicken Zöpfen auf ihren Rücken hängen. Sie ist fast so wild wie Markko und läuft fast so gut wie der Junge unter der kleinen Brücke durch. Esmes rote Haarwürste tanzen über ihren Rücken, und der Junge würde so gern die Hand danach ausstrecken und sie berühren, damit er weiß, wie sie sich anfühlen. Er glaubt, dass Esme ihn gern hat, denn sie lacht immer über das, was er sagt, und will immer in seiner Gruppe sein, wenn sie Räuber und Gendarm spielen. Markko scheint das egal zu sein. Er grinst nur und lässt Esme bestimmen.

Die schlimmste Zeit des ganzen Tages ist, wenn er aus der Schule nach Hause muss. Er darf nie zu Markko nach Hause gehen, weil er auf dem Hof arbeiten muss. Er nimmt gleich nach der letzten Stunde den Bus. Dann muss er wieder in die Scheune, und ab und zu muss er auch kochen, allerdings nicht an jedem Tag in der Woche.

Lasse schläft meistens, wenn der Junge nach Hause kommt, und Irene liegt fast immer ausgestreckt auf dem rosa Cordsofa und liest Zeitung. Ab und zu ruft sie ihn und zeigt ihm etwas, das sie in der Zeitung gelesen hat. Es kann sich um jemanden handeln, der ermordet worden ist, oder um ein Mysterium, das nicht erklärt werden kann. Oft hat sie neben sich ein Glas mit etwas stehen, das sie »Cocktail« nennt. Einmal hat sie es ihm zum Probieren hingehalten, aber da hätte er fast gekotzt. Es war scharf und schmeckte widerlich.

Wenn Irene ihn satt hat, jagt sie ihn in die Scheune, wo er die Tiere noch einmal füttern muss. Außerdem muss er die Ziegen- und Kaninchenställe sauber machen und bei den Hühnern die Eier holen. Er hat furchtbare Angst vor den Hühnern. Sie versuchen, ihm in die Hände zu picken, wenn er die Eier wegnimmt. Einmal, als er noch lernte, die Arbeiten in der Scheune zu erledigen, vor einigen Monaten, hat ihm ein wütendes Huhn in den

Finger gehackt. Irene, die auch dabei war, sah, wie er ungeschickt nach dem Ei griff, das ihm aus der Hand rutschte, auf den Rand des Hühnerstalls knallte und zerbrach. Danach schlug sie ihn zum ersten Mal. Es war ein harter Schlag und traf seine Wange mit solcher Wucht, dass er in das schmutzige Heu fiel.

Seither gibt er sich alle Mühe, kein Ei fallen zu lassen, auch wenn die Hühner nach ihm picken.

Wenn er in der Scheune fertig ist, wird gegessen. Irene ist eine gute Köchin. Und es gibt viel zu essen. Gebackenes Hähnchen. Frikadellen. Pfannkuchen. Irene scheint sich zu freuen, wenn er alles gern isst, und gibt ihm immer noch ein wenig mehr.

Und nur dann scheint sie ihn zu mögen.

Lasse isst nicht mehr viel. Meistens stochert er im Essen herum und macht sich dann lieber ein Butterbrot. Irene schimpft ihn aus, aber er scheint sie nicht zu hören. Er schaut aus dem Fenster, teilt mit, dass die Leute aus Stockholm, denen das Sommerhaus hinter dem Zaun gehört, offenbar über das Wochenende zu Besuch sind, oder dass der Zaun um die Schafshürde repariert werden muss, jetzt, wo Erikssons Schafe bald auf die Sommerweide kommen.

Nach dem Essen ist der Junge müde. Bei Lasse und Irene wird spät gegessen, und nach der Schule und der vielen Arbeit kann er sich kaum wach halten. Er weiß, dass er eigentlich Hausaufgaben machen müsste, aber er bringt es nicht über sich. Die Müdigkeit ist wie eine große schwarze Decke, die jemand über ihn wirft und die er nicht weghaben mag. Aber er muss den Tisch abräumen und den Abwasch erledigen, und dann sieht Irene nach, ob alles sauber ist. Sie sieht sich Glas und Geschirr genau an. Hält jedes Stück vor die grelle weiße Küchenlampe und sucht nach Fehlern. Das können Fingerabdrücke auf dem Glas sein oder Essensreste an den Tellern. Wenn Irene einen Fehler findet, setzt es manchmal eine Ohrfeige.

Ehe der Junge zu Lasse und Irene kam, brauchte er zu Hause

nur sein Zimmer aufzuräumen, und auch das nur einmal in der Woche.

Wenn Irene dann endlich zufrieden ist, darf er schlafen gehen. In seinem Zimmer ist es still und kühl, und endlich ist er allein. Ab und zu hört er Lasse und Irene da unten reden. Vor allem hört er Irenes Stimme, aber wenn Lasse einen Cocktail trinkt, redet er mehr und lauter, und dann machen sie manchmal die ganze Nacht durch.

Aber das stört den Jungen nicht. Er schläft trotzdem ein. Schläft tief und traumlos unter der schweren schwarzen Decke.

Älvsjö, im Süden von Stockholm

»Uns blieb einfach nichts anderes übrig, als die Kinder aus der Familie zu holen.«

Jacob Rosenberg, der Sachbearbeiter beim Sozialamt, der für die Unterbringung von Liam und Nova-Li zuständig war, spielt an seinem Kugelschreiber herum und erwidert meinen Blick. Er ist Mitte dreißig und sieht so typisch schwedisch und normal aus, dass ich nicht weiß, ob ich ihn erkennen würde, wenn er mir morgen im Bus begegnete. Kurze hellbraune, leicht gelockte Haare. Engstehende blaue Augen und ein Dreitagebart, der möglicherweise ein wenig älter ist, denn einige Haare ragen ein paar Zentimeter hervor, wie einsame Bäume auf einer Felskuppe.

Das Zimmer in der Familienabteilung des Sozialamtes strahlt Autorität aus, aber auch Wärme. Bunte Zeichnungen hängen an der Wand hinter Jacobs Schreibtisch. Ganz unten in dem überfüllten Bücherregal ahne ich eine Plastikschachtel mit Legosteinen, und in einem Becher auf dem Tisch stehen Filzstifte in allen Farben des Regenbogens.

»Können Sie erzählen?«, fragt Vijay, öffnet seine abgenutzte Ledertasche und zieht sein Notizbuch heraus.

»Ja …«, sagt Jacob zögernd. »Ich weiß nicht so recht, wo ich anfangen soll. Die Mutter, also Sandra Persson, hat seit vielen Jahren Drogenprobleme und ist zudem psychisch krank. Sie leidet an irgendeiner Art Schizophrenie, was dazu beigetragen hat, dass die Zusammenarbeit mit ihr zeitweise sehr schwer war. Sie glaubte, wir hätten uns mit der Polizei und anderen Behörden verbündet, um ihr Leben zu ruinieren. Und dann war da noch ihr Freund …«

Jacob legt eine Pause ein, und seine hellen Augen schauen zur Decke hoch, wo dünne Staubfäden im Luftzug des Ventilators beben, wie Seegras in der Strömung.

»Viktor Soundso…«, sagt Jacob und runzelt die Stirn. »Ein verdammt unangenehmer Typ, wenn ich ehrlich sein soll. Halb kriminell. Aktiv in irgendeiner rassistischen Gruppe. Nationaldemokraten heißen die, glaube ich.«

»Die Kinder wurden also weggenommen, weil die Mutter psychische Probleme hatte und Drogen nahm«, murmelt Vijay und macht sich eine Notiz in seinem abgegriffenen Notizblock, den ich aus dem Materiallager der Polizei kenne.

»Nein. Ganz so einfach war das nicht«, fällt Jacob ihm ins Wort und setzt sich gerade. »Es müssen schon triftigere Gründe vorliegen. Es gab mehrere belegte Fälle von Vernachlässigung, die der Grund waren, warum wir die Kinder dann aufgrund von Paragraph 2 des Gesetzes über das Wohlergehen von Kindern in unsere Obhut nehmen konnten. Warten Sie mal…«

Er dreht sich zu seinem Computer um und fängt an, auf der Tastatur herumzutippen.

»Hier. Im vergangenen Frühling sind die Kinder mehrmals ohne Jacken in die Schule gekommen. Die Lehrer bemerkten seltsame Wunden, die dann von Ärzten bezeugt wurden. Blaue Flecken, Brandwunden der Sorte, die entstehen, wenn man eine brennende Zigarette auf der Haut ausdrückt. Ja, Sie haben vielleicht den Fleck zwischen Nova-Lis Augenbrauen gesehen. Das ist kein Muttermal, falls Sie das gedacht haben, sondern eine Brandwunde.«

Meine Brust schnürt sich zusammen, und ich kann nur mit Mühe atmen. Es fällt mir schwer zu begreifen, was Jacob Rosenberg da sagt.

»Soll das heißen, dass die Mutter oder ihr Freund Nova-Li im Gesicht mit einer Zigarette verbrannt haben?«, frage ich.

Jacob erwidert meinen Blick und nickt. Dann streckt er die Hand nach seiner Tabaksdose aus, öffnet sie und stopft sich einen Priem unter die Oberlippe.

»Aber das ist doch … entsetzlich!«

»Kindesmisshandlung. Kommt in den besten Familien vor«, sagt Jacob leise. Dann wirft er wieder einen Blick auf den Bildschirm und fügt hinzu: »Im Mai wurde Liam zweimal der Arm ausgekugelt. Und im Juni wurde die Polizei gegen drei Uhr morgens von einem der Nachbarn der Familie aus Östberga angerufen. Die Mutter war offenbar wütend auf die Kinder gewesen, hatte sie hinausgeworfen und die Tür abgeschlossen. Die Kinder standen auf dem Außengang, im Freien also, und kamen nicht in die Wohnung. Als die Polizei klingelte, machte die Frau nicht auf. Am Ende brachen sie die Tür auf und fanden die Frau und ihren Freund auf dem Wohnzimmerboden. Die beiden schliefen und standen offenbar unter Drogeneinfluss. Danach wurden die Kinder sofort in unsere Obhut genommen, bis die Ermittlungen abgeschlossen waren.«

»Oh, Scheiße«, sage ich.

Das rutscht einfach nur so aus mir heraus. Es ist schwer zu verstehen, dass es Kinder gibt, die in unserem reichen und offenbar so sozialen Land ein solches Leben führen. Dass hinter der polierten Fassade der Zivilisation eine Parallelwelt existiert, wie Eiterbeulen unter der Haut.

Jacob nickt zustimmend.

»Leider ist das durchaus kein Einzelfall. Ungefähr zwanzigtausend Kinder befinden sich derzeit mit Unterstützung des Jugendamtes in Pflegefamilien, ein Viertel davon gegen den Willen der Eltern. Wenn die Eltern zustimmen, werden die Kinder aufgrund des Gesetzes über soziale Dienste untergebracht.«

Ich schiele zu den Kinderzeichnungen hinüber, die hinter Jacob an der Wand hängen.

»Es muss schön sein, einen Beruf zu haben, bei dem man wirklich etwas verändern kann.«

Jacob sieht mich an und ich ahne in seinem Gesicht ein Lächeln, aber ich bin mir nicht sicher, ob er sich freut oder ob er sich über meine Bemerkung lustig macht.

»Ich merke jeden Tag, dass ich nicht genug schaffe«, sagt er. »Es kann furchtbar frustrierend sein, nicht die nötige Hilfe bieten zu können. Ab und zu würde man diese Kinder am liebsten mit nach Hause nehmen, wenn Sie verstehen, was ich meine.«

»Ich glaube, ich verstehe das sehr gut. Finden Sie es richtig, Kinder anderswo unterzubringen?«

Jacob ist diese Frage sichtlich unangenehm.

»Ja und nein. Ich meine, es ist ja nicht immer so, dass in den Pflegefamilien alles gut läuft. Vor einigen Jahren gab es einen Bericht... Vernachlässigungsreport, nennen wir den. Damals waren fast tausend Kinder interviewt worden, die zwischen 1920 und 1980, glaube ich, in Pflegefamilien gegeben worden waren. Das ist keine aufmunternde Lektüre. Misshandlung, sexuelle Übergriffe... Ich habe den Bericht hier irgendwo liegen.«

Jacob erhebt sich und sucht zwischen Ordnern und Papieren in einem Bücherregal.

»Hier ist er. Sie können ihn mitnehmen, wir haben mehrere Kopien. Lesen Sie selbst, dann verstehen Sie, was ich meine.«

Ich nehme den Bericht und nicke zum Dank.

»Gute Pflegefamilien sind schwer zu finden«, sagt Jacob. »Es ist nicht mehr so wie vor zwanzig, dreißig Jahren, als sich die Menschen noch in gesellschaftlichen Fragen engagierten und wirklich helfen wollten. Jetzt sind alle so *individualistisch.* Das Einzige, was zu zählen scheint, ist, seine Träume zu verwirklichen, Geld zu verdienen und sein Gewicht zu halten.«

Jacobs Blick wandert aus dem Fenster und er sieht plötzlich traurig aus.

»Was glauben Sie, was mit Nova-Li und Liam passiert ist?«, frage ich vorsichtig.

»Ich weiß es nicht. Aber es würde mich nicht überraschen, wenn die Mutter sie geholt hätte. Sie zeigte keinerlei Einsicht bezüglich ihrer Unfähigkeit, auch nur die grundlegendsten Bedürfnisse der Kinder zu erfüllen, und sie glaubte, dass wir ihr Steine in den Weg legten. Vielleicht war es auch die Großmutter der Kinder. Sie hat ja mehrmals um das Sorgerecht ersucht. Ich glaube, sie wohnt in Vingåker. Ich bin ihr einmal begegnet, und sie wirkte durchaus vernünftig.« Ich sehe Jacob Rosenberg an und denke, dass ich so viele Fragen habe, so vieles nicht verstehe. Wie Menschen ihre Kinder mit Zigaretten verbrennen, zum Beispiel. Oder wie man seine Kinder mitten in der Nacht aussperren und sich auf den Boden legen und irgendetwas einwerfen kann. Wie solche Dinge geschehen können, ohne dass die Gesellschaft schon viel früher eingreift, und warum brave Bürger wie zum Beispiel ich darauf warten, dass die Gesellschaft eingreift.

»Wer außer der Familie hat noch gewusst, wo die Kinder untergebracht waren?«, fragt Vijay.

»Sonst niemand. Außer uns hier im Sozialamt natürlich.«

»Und wer hier wusste es?«

Jacob zuckt mit den Schultern.

»Keine Ahnung, aber alles steht ja in unseren Registern. Sie sollten vielleicht mit Janne sprechen.«

»Janne?«, fragt Vijay.

»Ja, Jan Halldin. Unser IT-Crack.«

Jan Halldin hat schüttere graue, im Nacken zu einem Pferdeschwanz gebundene Haare und trägt ein Metallica-T-Shirt. Er ist fast schon ausgemergelt, und seine Haut hat eine nikotingelbe Färbung, die ihn auf undefinierbare Weise krank aussehen lässt. Sein Händedruck kommt mir entsprechend knochig vor.

Wir sitzen in einem winzigen Büro mit Blick auf einen regennassen Parkplatz. Der Regen löst langsam die Beete am Rand des Parkplatzes auf, spült die Erde in großen Brocken am Asphalt entlang.

An der Wand hinter Jans Sessel befindet sich ein mit Papieren, Ordnern und Drucksachen vollgestopftes Regal. Auf dem Computer sitzt ein Affe aus braunem Plüsch mit einer rosa Halsbinde. Er sieht alt und abgegriffen aus und hier und dort quillt das Material, mit dem er ausgestopft ist, hervor wie ein aufgehender Hefeteig.

»Sie möchten etwas über die verschwundenen Kinder wissen?«, fragt Jan Halldin, dann trinkt er einen Schluck Kaffee aus einem Pappbecher und schiebt sich einen finnischen Keks zwischen die dünnen bläulichen Lippen.

»Wir möchten wissen, wer gewusst hat, wo sie untergebracht waren.«

Jan wischt einige Krümel vom Metallica-Aufdruck auf seinem T-Shirt und nickt.

»Die Familie hat es natürlich gewusst. Und alle vom Sozialamt haben Zugang zum Register.«

»Wie viele sind das?«

Jan Halldin zuckt mit den mageren Schultern.

»Weiß nicht so recht. Hunderte, nehme ich an. Alle, die in Stockholm bei den Sozialbehörden arbeiten. Da fragen Sie lieber die Chefs.«

Vijays dunkle Augen begegnen meinen für einen Moment und mir ist klar, dass er enttäuscht ist.

»Es haben also Hunderte von Personen gewusst, wo die Kinder waren?«, frage ich.

»Das nicht«, sagt Jan rasch und nimmt noch einen Keks aus der roten Plastikdose. »Natürlich nicht. Ich habe gesagt, Hunderte von Personen könnten im Register nachsehen, wo die Kinder untergebracht waren. Aber außer denen, die sich hier im Haus mit dem Fall befassen, haben das nur drei Personen getan.«

»Sie können also sehen, wer die Unterlagen gelesen hat?«

»Natürlich«, sagt Jan und starrt mich an, als ob er an meiner Intelligenz zweifle.

»Könnten Sie uns wohl sagen, wer das war?«, fragt Vijay.

»Ich habe die Namen schon für Sie ausgedruckt.«

Jan beugt sich zur Seite und zieht einen Zettel aus seiner Jeanstasche.

Vijay und ich lesen schweigend.

»Laura Giacometti?«, fragt Vijay.

»Sie ist die Leiterin des Sozialamtes in Vingåker«, sagt Jan Halldin. »Da wohnt offenbar die Großmutter der Kinder. Vielleicht wollte sie deshalb die Akten einsehen. Um zu erfahren, wie es den Kindern geht, meine ich.«

»Die Großmutter wusste vielleicht auch, wo die Kinder waren?«

Wieder zuckt Jan Halldin mit den Schultern.

»Das weiß ich wirklich nicht. Ich kann nur sehen, wer sich ins Register eingeloggt hat. Aber die Großmutter hätte es wohl ohnehin gewusst. Sie gehört ja zur Familie. Fragen Sie lieber Jacob.«

Vijay und ich sehen uns abermals die von Jan ausgedruckte Liste an.

»Und Anders Thungren?«, frage ich.

»Arbeitet beim Sozialamt in Tyresö. Und nein, ich habe keine verdammte Ahnung, warum er die Akten der Kinder lesen wollte.«

Jan Halldin verstummt und stopft sich noch einen Keks in den Mund.

»Und wer ist diese dritte Person … Unid?«, fragt Vijay.

»Unbekannt. Unidentified. Das bedeutet in der Praxis, dass jemand sich ins System eingehackt und sich die Akten der Kinder angesehen hat.«

»Kann man feststellen, wer das war?«, frage ich.

Jan Halldin seufzt und verdreht die Augen.

»Warum glauben alle immer, dass ich alles weiß? Sehe ich vielleicht aus wie ein verdammter Jesus?«

Ich denke, dass er das wirklich tut, mit seinem ausgemergelten Leib und den langen Haaren, sage aber nichts.

»Nö«, Jan seufzt noch einmal. »Glaubt das bloß nicht. Solche Informationen lassen sich nicht beschaffen. Schon gar nicht mit meinen begrenzten Mitteln. Vor einem Jahr haben wir hier zu dritt den IT-Support gemacht. Jetzt bin nur noch ich übrig. Ihr könnt schon verdammt froh sein, dass ich diese Liste für euch erstellt habe.«

Irgendwo außerhalb von Stockholm

Sie wagt nicht, es zu glauben. Wagt nicht richtig, das Gefühl von Freiheit auszukosten, das in ihr aufschäumt.

Freiheit.

Aber wenn sie gewagt hätte, den Gedanken zu Ende zu denken, die Konsequenzen dieses Unerhörten an sich heranzulassen. Dann würde sie denken: *Tero.*

Sie wäre bereit, auf alles im Leben zu verzichten, nur nicht auf ihn. Vorher war sie sich nicht so sicher gewesen. Es gab Augenblicke, in denen sie sich gefragt hatte, ob sie wirklich zueinander passten. Ob sie seine Launen aushalten könnte. Seine Schlamperei. Die ungewaschenen Unterhosen auf dem Badezimmerboden. Die Internetpornos, bei denen sie ihn erwischt hatte.

Aber jetzt ist sie sicher. Vielleicht ist daran dieser verdammte Irre schuld.

Sie schaut sich um.

Der Wald ist dunkel, aber voller Geräusche. Raschelnde, gurgelnde und kratzende Geräusche. Nieselregen fällt und es tropft von den Zweigen. Eiskalte Tropfen treffen ihren Kopf, laufen weiter unter den Kragen des hässlichen Kleides und weiter zwischen ihre Brüste.

Aber sie friert jetzt nicht mehr. Und die nackten Füße haben alles Gefühl verloren. Sie scheinen den Weg zwischen Moosflächen und über Steine ganz allein zu finden. Wie die Zugvögel im Herbst wissen, wohin sie fliegen müssen – sie finden einfach die richtige Richtung, auch wenn niemand weiß, wie.

Sie erreicht eine kleine Lichtung und bleibt stehen. Die Wolken sind auseinandergetrieben worden und bleicher Mondschein färbt das hohe Gras und die umgestürzten Baumstämme silbern. Sie kann irgendwo Verkehrsrauschen hören und bleibt stehen. Lauscht aufmerksam, um die Richtung zu ermitteln.

Verkehrsrauschen bedeutet eine Straße und Autos. Menschen auf dem Weg zu ihren Familien oder Freunden.

Normale Menschen. Solche, die sie mitnehmen und ihr von IHM weghelfen würden. Solche, die am Freitagabend vor dem Fernseher Rioja trinken und zweieinhalbmal pro Woche Sex haben. Die die Juniormannschaft im Fußball trainieren und niemals auf die Idee kommen würden, im Wald eine Joggerin zu kidnappen.

Aber zugleich.

Solche, die zusehen können, wie eine Frau – schreiend und um sich tretend – in ein Auto gezerrt wird, und die dennoch wegschauen, weil es nicht in ihr Weltbild passt, weil es nicht dem entspricht, was sie über das Leben und die Menschen zu wissen glauben.

Wenn sie an jenen Abend zurückdenkt, möchte sie nur weinen. Es war ein ganz normaler Donnerstag. Sie hatte früh Feierabend gemacht und war schon gegen drei zu Hause. Hatte Nelson gefüttert, ein wenig Joghurt mit Müsli gegessen und vor ihrer Lieblings-Soap die Laufschuhe zugebunden. Vielleicht hatte sie voller Mitleid und Verachtung gedacht, die Frauen in der Soap hätten nun wirklich keine echten Probleme. Seien lächerlich und erbärmlich zugleich, und sie hatte sich nicht entscheiden können, welches Gefühl stärker war.

Bei ihr war das anders. Sie hatte *echte* Probleme. Sie und Tero hatten *echte* Probleme.

Wie oft hatte sie schon ergebnislos eine künstliche Befruchtung vornehmen lassen? Und drei ebenso erfolglose IVF-Versuche. Ihr Körper schien einfach kein Kind beherbergen zu wollen, er warf jede Zelle hinaus, die versuchte, sich in ihrem Inneren häuslich niederzulassen. Ihr Körper hatte seinen eigenen Willen und war so verdammt unkooperativ, dass sie sich manchmal einfach nur noch hinlegen und sterben wollte. Jeden Monat geschah dasselbe. Die vorsichtige, zaghafte Hoffnung, die geweckt wurde. Teros zurückhaltende Freude, wenn sie sagte, sie sei im Rückstand. Nur einige Tage, aber trotzdem. Es musste doch etwas bedeuten, oder?

Dann die Enttäuschung. Die Finsternis. Die Hoffnungslosigkeit. Sie hatte das Gefühl gehabt, in der Hölle zu sein.

Aber damals war sie ja noch nicht wirklich in die Hölle gekommen. Damals hatte dieser Irre sie noch nicht in seinen stinkenden Keller gesperrt.

Seltsam, wie sich die Perspektive so schnell verschieben kann. Ihr Schmerz über die Kinderlosigkeit wirkte plötzlich so unendlich fern und belanglos.

Als sie an jenem Abend nach Hause gelaufen war, hatte gerade die Dämmerung eingesetzt, aber das erschien ihr nicht als Problem. Die Strecke hinter dem Rathaus von Huddinge war beleuchtet und sie hatte niemals Angst, wenn sie mit Nelson unterwegs war. Aber der schwarze Labrador kam jetzt langsam in die Jahre. Hatte Probleme mit der linken Hüfte, und seine sonst so fröhlichen Sprünge waren einem zögerlichen Hinken gewichen.

Als sie die kleine Lichtung hinter dem Einkaufszentrum erreicht hatten, hatte Nelson so gebellt wie immer, wenn er hörte, dass ein Mensch oder ein Tier näher kamen. Sie und Tero scherzten immer, er sei die zuverlässigste Türklingel, die sie überhaupt haben könnten. Keine lebende Seele kam in die Nähe des Hauses, ohne dass Nelson wie besessen losbellte.

Sie hatte in die Dunkelheit hinausgestarrt, ohne etwas anderes zu sehen als die Umrisse der Nadelbäume vor dem dunkler werdenden Himmel und in der Ferne die schwachen Lichter des Parkplatzes.

Vielleicht wäre ja nichts passiert, wenn sie nicht so verdammt neugierig gewesen wäre.

Denn irgendwo zwischen Blaubeersträuchern und Farnwedeln auf der Lichtung ahnte sie etwas Weißes. Vorsichtig näherte sie sich diesem Gegenstand, und Nelson lief bellend neben ihr her. Als sie näher kam, sah sie, dass es sich um einen Strumpf handelte. Um einen Strumpf am Fuß eines Mannes, der mit dem Gesicht im Moos auf dem Boden lag.

Sie lief hin, ging neben dem Mann in die Hocke und legte ihm eine Hand auf die Schulter.

»Hallo. Brauchen Sie Hilfe?«

Zuerst hatte er sich nicht gerührt, nur dort gelegen, bewegungslos wie eine Leiche. Dann hatten seine Augen aufgeleuchtet, und er hatte sich blitzschnell umgedreht. Etwas Metallisches hatte in dem trüben bläulichen Licht aufgeleuchtet und ein Geräusch wie ein Reißverschluss, der hochgezogen wird, war zu hören gewesen, als die Hand des Mannes Nelson traf.

Sie hatte mehrere Sekunden gebraucht, um zu begreifen, dass der Gegenstand ein Messer war, und dass das Geräusch von Nelsons aufgeschlitztem Magen stammte.

Klebriges Heidekraut. Feuchtes Moos. Scharfe Steine. Glatte Wurzeln, die aus ihrem Griff rutschten und zurück im schwarzen Boden verschwanden.

Sie konnte sich an nicht viel mehr erinnern, als dass er sie über den Boden geschleift hatte. Vielleicht hatte sie sich gewehrt. Vielleicht nicht. Aber sie hatte nach Nelson gerufen. Hatte wieder und wieder seinen Namen geschrien, als ob sie ihn durch pure Willenskraft von den Toten auferwecken könnte.

Vorsichtig geht sie jetzt über die Lichtung in Richtung der Straße, von der sie weiß, dass sie da irgendwo im Norden verläuft.

In Richtung Freiheit.

Die Füße finden den Weg, Das glitschige braungraue Gras wickelt sich um ihre Beine wie Seegras, versucht, sie festzuhalten. Einige Male versinkt sie bis zu den Knöcheln im Schlamm und staunt darüber, dass ihre Füße stumm bleiben, dass sie nichts spürt. Einmal wäre sie fast gestolpert, aber in letzter Sekunde kann sie einen morschen umgestürzten Baumstamm packen. Der zerbröselt unter ihrem Zugriff, aber sie kommt wieder ins Gleichgewicht.

Wenn sie wieder zu Hause ist.

Diese Vorstellung kommt ihr verboten und gefährlich vor. Als bringe sie sich allein durch diesen Gedanken in Gefahr. Als ob ER sie hören könnte.

Wenn sie wieder zu Hause ist, werden sie und Tero das Wohnzimmer fertig einrichten. Es ist nicht groß, aber vom Fenster aus hat man einen schönen Blick auf den kleinen Park, und in die tiefe Fensternische kann man Blumen stellen.

Und dann das Zimmer hinter der Küche. Das Mädchenzimmer. Das *Kinderzimmer.* Die Adoptionsvermittlung hat gesagt, dass es jetzt nicht mehr lange dauert.

Irgendwo hinter sich hört sie ein knackendes Geräusch. Es ist ein dumpfer Laut, als ob ein schweres Tier einen Zweig zertreten hat. Ein Hirsch oder … Sie will diesen Gedanken nicht zu Ende führen. Drückt sich stattdessen gegen einen groben Baumstamm und versucht, ruhig und lautlos zu atmen. Denkt, wenn sie sich nur ausreichend konzentriert, sich fest an die Baumrinde drückt, dann wird sie vielleicht zu einem Teil des großen Baumes. Dann kann er sie vielleicht beschützen.

Ein leichter Wind lässt die Blätter der Baumkrone über ihr rascheln. Wolkenfetzen jagen über den schwarzen Himmel, packen den Mond und löschen ihn in Sekundenschnelle aus, als hätten sie eine brennende Kerze ausgeblasen.

Sie läuft weiter durch den Wald, so leise sie kann. Aber ihre

Füße sind taub und gefühllos, sie zerbrechen kleine Zweige und stoßen gegen Steine, ohne dass sie das verhindern könnte.

Und es ist kalt.

Verdammt kalt.

Sie trägt nur ein dünnes Kleid aus irgendeinem synthetischen Stoff, der schon nach zehn Minuten nach Schweiß stinkt.

Sie bleibt wieder stehen. Lauscht.

Die Verkehrsgeräusche sind jetzt deutlicher zu hören. Einzelne Autos fahren durch die Nacht. Aber sie hört auch etwas anderes. Es klingt wie Wellen, die gegen Felsen schlagen. Und dann der scharfe Knall, als irgendwo hinter ihr in der Dunkelheit ein Zweig bricht.

Sie wird schneller. Läuft durch tiefes Moos und Blaubeergestrüpp. Zweige peitschen gegen ihren Leib. Spinnweben bleiben an ihrem Gesicht hängen. Ein Zweig reißt eine tiefe Schramme in ihre Wange.

Die Straße kann jetzt nicht mehr weit weg sein. Sie hört sie deutlich.

Aber sie hört auch noch etwas anderes.

Schritte.

Sie wird noch schneller, obwohl ihre Beine sich anfühlen wie Stöcke. Es ist ihr egal, ob sie sich aufschrammt, es ist ihr egal, ob ER sie vielleicht hören kann. Sie kann jetzt nur noch an die Straße denken, die es dort irgendwo vor ihr in der Dunkelheit gibt. Die Straße, die sie aus dieser Hölle wegbringen wird, nach Hause zu Tero und dem Kinderzimmer.

Dann sieht sie die erste Straßenbeleuchtung. Ein bleiches Licht stiehlt sich zwischen den breiten Baumstämmen hindurch und leuchtet wie in den Wald gefallene Mondscherben.

In ihrer Brust brennt es, und ihre Beine wirken seltsam unzuverlässig, als ob sie jede Sekunde unter ihr nachgeben könnten, aber nun hat sie die Straße erreicht. Die zieht sich drei, vier Meter unterhalb ihres Standortes dahin. Ohne zu zögern klettert sie los. Der Hang ist kalt und glatt und mehrmals stürzt sie fast ab. Als sie aufschaut, sieht sie eine dunkle Gestalt, die sich vor dem Himmel abzeichnet.

Er hat sie gefunden.

Sie klettert weiter nach unten. Findet in den Rhythmus.

Hand. Fuß. Fuß. Hand.

Nicht nach unten blicken. Nicht nach oben blicken. Nur den Körper zum Gehorsam zwingen, trotz der Schmerzen in der Brust und der Angst, die sie wie mit spitzen Pfeilen durchbohrt.

Hand. Fuß. Fuß. Hand.

Plötzlich verliert sie das Gleichgewicht. Der Stein, an dem sie sich mit der linken Hand festhält. Löst sich und sie fällt hilflos rückwärts in Richtung Straße. Es ist kein tiefer Sturz – sie war nur noch einige Meter hoch, aber der Schmerz ist unvorstellbar. Sie landet auf der Schulter und hört das Knacken von Knochen, die brechen wie Knäckebrot.

Einen Moment lang ist sie wie gelähmt, hört nichts und sieht nichts. Sie nimmt nur den Schmerz wahr, der die Herrschaft über ihren Körper ergreift, der durch ihren Arm und weiter in ihre Hand pulsiert. Dann ist das Adrenalin zur Stelle und sie gewinnt die Kontrolle über ihren Körper zurück. Ein rascher Blick den Hang hinauf verrät, dass ER sie fast eingeholt hat.

Sie versucht, aufzustehen, kann aber nicht den Arm heben, um sich abzustützen. Stattdessen rollt sie sich auf die andere Seite und kommt mühsam in die Hocke. Auf ihrer rechten Seite verschwindet die Straße in einem tiefen Wald, und auf ihrer linken Seite zeichnet sich eine Brücke hoch über dem Wasser ab. Am Ende der Brücke ahnt sie einen Schwarm aus Lichtpunkten wie Leuchtkäfer.

Ein Ort.

Sie läuft in der Sekunde in Richtung auf die Brücke zu, als ER mit einem dumpfen Aufprall hinter ihr auf dem Asphalt landet.

Die Brücke ist länger, als sie angenommen hat. Sie hat das Gefühl, überhaupt nicht voranzukommen, mitten in der Nacht auf einem Laufband zu stehen. Aber dann wird der Boden unter ihr eben und ihr ist klar, dass sie den höchsten Punkt erreicht haben muss.

Sie muss sich einfach nach ihrem Verfolger umsehen. Und sowie sie sieht, dass ER sie fast eingeholt hat, fällt sie hilflos vornüber und landet auf der verletzten Schulter. Der Schmerz explodiert ein weiteres Mal in ihr und die Umgebung versinkt im Nebel. Die Gedanken verschwinden, wirbeln von ihr fort wie Laub im Wind, obwohl sie versucht, sie festzuhalten, nicht die Kontrolle zu verlieren. Eine Sekunde lang glaubt sie, dort liegen bleiben zu müssen, aber dann kann sie sich auf alle viere aufrichten.

Er ist jetzt nah, sehr nah. Nur noch zwanzig Meter trennen sie. Zwanzig Meter nasser Asphalt und feuchter Kies.

Niemals wird sie ihm davonlaufen können.

Ja, so ist das.

Sie kann ihm ganz einfach nicht davonlaufen.

Sie misst das Brückengeländer mit Blicken ab und klettert dann darauf. Das Metall ist nass und kalt unter ihr und sie sieht tief unten das unruhige schwarze Wasser. Es scheint sich ihr entgegenzustrecken wie ein gewaltiger Schlund, der sie verschlingen will.

Oder vielleicht eine Umarmung, in die sie fliehen kann?

Dieser Gedanke wirkt beängstigend und verlockend zugleich.

Vorsichtig richtet sie sich auf dem schmalen Geländer auf. Balanciert mit dem Rücken zum Abgrund und erwidert seinen Blick.

Er ist stehen geblieben, vielleicht fünf Meter von ihr entfernt. In dem trüben Licht kann sie sehen, wie sich sein Brustkorb hebt und senkt. Die Arme hängen an seiner Seite nach unten und er hat offenbar die Fäuste geballt.

»Wenn du näher kommst, dann springe ich«, sagt sie mit fester Stimme.

Und erkennt zu ihrer Überraschung, dass ihr das wirklich ernst ist.

Vannala, westliches Vingåker

»Ja, man kann nicht behaupten, dass sie sich besonders um die Kinder gekümmert hätte«, sagt Yvonne Hedman, die Großmutter von Nova-Li und Liam, in klangvollem Finnlandschwedisch, und wirft den Kopf in den Nacken.

Jimmy und ich sitzen in einem kleinen Klinkerhaus in Vannala bei Vingåker. Vijay musste überraschend bei einer Tagung in der Nähe von Stockholm auf einem Kriminologenkongress einen Vortrag über Sexualverbrechen halten, deshalb bin ich mit Jimmy hergefahren.

Vielleicht nicht die ideale Lösung. Ich fühle mich bei Jimmy nicht ganz wohl in meiner Haut, aber mir blieb nichts anderes übrig. Ich kann ja schlecht zu Carin gehen und erklären, dass ich nicht mit Jimmy allein sein will.

Das Haus ist klein und erinnert mich vage an das meiner Großeltern. Abgenutzte weinrote Ledersessel. Echte Teppiche, die vermutlich alles andere als echt sind, und Landschaftsmalereien mit Gebirgsmotiven an den Wänden. Im Bücherregal liegen keine Bücher, dort stapeln sich Bilder von Kindern und Hunden, Fotoalben und Stapel von abgegriffenen Illustrierten.

»Ich habe mich mein ganzes Leben lang abgeplagt, seit ich Anfang der siebziger Jahre aus Tammerfors nach Schweden gekommen bin. Von irgendwelchen finanziellen Hilfen war damals auch keine Rede. Und als ich dann meinen Manne kennengelernt hatte, sind wir hergezogen …«

Yvonne macht eine vage Handbewegung und ihr Blick wandert zum Fenster. Die dünnen grauen Haare kleben an ihrer

Kopfhaut und die schmalen runzligen Lippen sind so fest zusammengedrückt, dass der Mund aussieht wie ein Axthieb in einem Baumstamm. Vor dem Fenster ahne ich im Nebel die Umrisse von Wohnblocks. »Klein-Bagdad« hat Jimmy Vannala genannt. Offenbar sind viele Flüchtlinge aus dem Irak hergekommen, weshalb die Einheimischen diese Bezeichnung geprägt haben.

»Fünf Kinder hatten wir, mein Manne und ich«, sagt jetzt Yvonne und faltet die geäderten Hände auf ihren Knien. »Und ich habe in Vollzeit als Krankenschwester in Katrineholm gearbeitet. Niemand hat uns je unterstützt. Und Geld haben wir auch nicht bekommen. Aber mit den Kindern ist alles gut gegangen. Ja, nur mit Basse nicht.«

»Basse?«, fragt Jimmy und fährt sich nach Art glatzköpfiger Männer über den kahlen Schädel.

»Ja. Sebastian, der Vater von Nova-Li und Liam«, erklärt Yvonne und fängt meinen Blick auf. »Ja, ich weiß nicht, was wir bei dem falsch gemacht haben. Aber es muss doch etwas gewesen sein, denn das Problem war von Anfang an da. Ärger in der Schule. Hat geschwänzt und ist nach Katrineholm gefahren, um in den Läden zu klauen. Sein Großvater und ich haben versucht, ihm ins Gewissen zu reden, aber es war wie verhext. Ihm war nicht klarzumachen, was zu seinem Besten wäre.«

»Und was hat Ihr Mann gemacht, Ihr Manne?«, frage ich.

»Manne ist gestorben, als Basse neun war«, sagt Yvonne, trinkt den letzten Schluck Kaffee und stellt die Tasse geräuschvoll auf den Tisch.

Ihr Gesicht verrät keinerlei Empfindung.

»Wollen Sie noch mehr oder kann ich abräumen?«, fragt sie.

»Danke, es ist gut so«, sagt Jimmy und lächelt.

»Ist gut so«, wiederhole ich.

»Sicher? Sie sind doch den ganzen Weg aus Stockholm gekommen. Und ich habe gebacken und …«

Jimmy erwidert meinen Blick mit gequälter Miene.

»Na gut«, sagt er. »Noch einen Schluck Kaffee nehme ich gern. Und noch eins von diesen ... äh ...«

Er zeigt auf die Kuchenschüssel auf dem Tisch.

»Geleetörtchen«, sagt Yvonne und nickt.

Dann strahlt sie, und ich kann mir vorstellen, dass sie einmal schön gewesen ist, bis die vielen Kinder und die Arbeit im Krankenhaus ihr Schwung und jugendliche Energie nahmen.

Jimmy nickt vage und nimmt sich sogar noch zwei Stücke Gebäck. Ich denke, dass er großes Lob für seine Anstrengung verdient hat. Meines Wissens isst Jimmy nie Kuchen, nur Gemüse und Thunfisch. und zwischen seinen häufigen Besuchen im Fitnessstudio nimmt er Proteindrinks. Vielleicht ab und zu mal eine Cola. Sein Körper scheint sein großes Lebensprojekt zu sein. Jeder Muskel eine Herausforderung, mit der er fertigwerden muss.

»Wie oft sehen Sie denn die Kinder?«, fragt Jimmy und stopft sich mit konzentrierter Miene ein Geleetörtchen in den Mund.

»Naja, nicht so oft, wie es mir lieb wäre«, sagt Yvonne langsam und streicht sich mit einem knochigen Finger eine dünne graue Haarsträhne aus dem Gesicht. »Dieses Frauenzimmer gibt sich doch alle Mühe, das zu verhindern. Was für eine Frechheit, finden Sie nicht? Wir sind doch eine Familie. Und die Familie ist schließlich das Wichtigste, was man hat.«

Yvonne schüttelt den Kopf und sieht Jimmy hilfesuchend an. Er nickt zustimmend.

»Warum meinen Sie, dass Sandra sich nicht gut genug um die Kinder kümmert? Denn Sie haben doch das Sorgerecht für die Kinder beantragt.«

Yvonne nickt und seufzt.

»Zweimal. Basse wusste genau, was sie für eine ist, aber er hat es nicht geschafft, sich um die Kinder zu kümmern. Wir haben oft darüber gesprochen. In dieser Hinsicht stehen wir uns nahe.

Und Basse erkennt seine eigenen Grenzen. Dass die Sache mit den Drogen ihn und Sandra als Eltern ungeeignet machte. Denn als er mit den Drogen angefangen hat, brach alles zusammen, wie ein Kartenhaus oder wie diese neuen Pfuschhäuser unten am Wasser. Wo die Leute aus Stockholm wohnen.«

Yvonne seufzt noch einmal, diesmal tiefer, und schenkt uns Kaffee nach.

»Was ist damals passiert?«, frage ich so vorsichtig, wie ich kann.

»Sandra und Basse haben alles verkommen lassen, so war das, sie haben alles verkommen lassen und sich nicht um die Kinder gekümmert. Das war eine Sünde und Schande, denn an den Kindern war nichts auszusetzen, ehe dieses Frauenzimmer sie kaputt gemacht hat. Sie hätte keine Kinder haben dürfen. So einfach ist das. Gewisse Leute sind als Eltern eben ungeeignet. Sie hat zu tief ins Glas geschaut, hat Drogen genommen und meinen Basse verdorben. Und dann war da ja diese …« Yvonne legt eine Pause ein und hebt die Hände, wie etwas vor sich in der Luft zu packen.

»Sie ist Rassistin«, sagt sie dann nach einem gewissen Zögern verbissen. »Und ich will gern sagen, dass ich als Erste zugebe, dass wir zu viele Zuwanderer haben. Man kann ja nicht mehr einkaufen, ohne …. Arabisch oder was das sein mag reden zu müssen. Und anpassen wollen die sich auch nicht. Aber bei Sandra war das etwas anderes. Sie hat immer über die arische Rasse geredet. Darüber, dass wir ausgerottet werden, wenn wir uns nicht zusammentun und zurückschlagen. Ich hatte Angst, sie könnte die Kinder mit diesem Gerede verderben. Das war nicht gesund. Aber das Sozialamt hat ja nicht auf mich gehört, wie immer. Ich habe angerufen und geschrieben und geklagt, aber nichts ist passiert. Inzwischen hatten sich Basse und Sandra schon getrennt. Und Basse war in einer Klinik bei Kristinehamn und konnte nicht eingreifen. War eingesperrt wie ein Goldfisch im Glas. Und die Kinder waren mit diesem verrückten Frauenzimmer allein. Waren ihren Launen ausgeliefert. Nein, den Kindern wäre es hier besser gegangen. Dann wäre das alles nicht passiert. Aber sie fanden mich zu alt. Und dann sagten sie, die Kinder müssten weiter in Stockholm wohnen, um nicht den Kontakt zu ihrer Mutter zu verlieren.«

Yvonne schnaubt.

»Was glauben Sie, was mit den Kindern passiert ist?«, fragt Jimmy.

Yvonne wird ganz still und schließt für einen Moment die Augen. Dann schaut sie in ihre Kaffeetasse, als ob die Antwort auf ihre Frage irgendwo dort versteckt wäre. Alles, was wir hören, sind das Ticken der Küchenuhr und das Brummen, mit dem sich der Kühlschrank einschaltet.

»Natürlich hat sie die Kinder geholt. Sie war doch immer so empört darüber, dass das Sozialamt die Kinder in seine Obhut genommen hat. Basse hat damit jedenfalls nichts zu tun. Er war in der Klinik, als Nova-Li und Liam verschwunden sind. Und jetzt ist er außer sich vor Sorge. Macht sich Vorwürfe, weil das passiert ist. Ich habe ihm gesagt, dass er sich nicht schuldig fühlen darf. Dass er sein Leben in den Griff bekommen muss, damit er sich um die Kinder kümmern kann. Aber ...«

Yvonnes Stimme versagt und sie ringt die Hände.

»Und wenn Sandra Persson die Kinder nun nicht geholt hat, haben Sie eine Vorstellung, wer es dann gewesen sein könnte?«

Yvonne schüttelt langsam den Kopf und kneift die Lippen zu einem schmalen, blutleeren Strich zusammen.

»Natürlich war es das Frauenzimmer«, sagt sie noch einmal.

Sie erwidert meinen Blick.

»Denn an die Alternative will man ja nicht einmal denken.«

Nyköping, 1986

Der Junge ist allein in der Scheune. Draußen regnet es. Harte schwere Tropfen prasseln auf das Blechdach. Es klingt fast wie Musik. Der Regen bringt allen Schnee zum Verschwinden und lässt nur noch Eisflecken auf Kiesweg und Scheunenaufgang übrig. Lasse muss einen Stock mit Spitzen unter der Zwinge benutzen, wenn er aus dem Haus gehen will.

In der Scheune ist es warm.

Der Junge hat sich an die vielen starken Gerüche gewöhnt. Reagiert nicht mehr auf den stechenden Gestank von Ammoniak und altem Stroh. Heute soll er die Kaninchenställe ausmisten. Die stehen neben- und aufeinander, wie Häuser mit drei Stockwerken. Er hebt die Kaninchen aus den obersten Käfigen und setzt sie in einen großen Kasten, der früher Hühnerfutter enthielt. Dann schaufelt er das alte Heu aus den Käfigen und wirft es auf die Schubkarre. Er legt neues Stroh in die Käfige und füllt Wasser und Futter nach, danach setzt er die Kaninchen wieder hinein, streichelt ihre Ohren und füttert sie ein wenig mit der Hand.

Ein Kaninchen nimmt das Futter gern an. Die kleine Nase bewegt sich schnüffelnd und fast zitternd auf und ab. Seine Ohren stehen nicht aufrecht wie bei den anderen, sie hängen am Kopf nach unten. Das liegt daran, dass es ein Widderkaninchen ist, das hat der Junge von Lasse gelernt. Die meisten Kaninchen haben ein bisschen Angst vor ihm, dieses hier aber nicht. Es ist der Liebling des Jungen, und der Junge hat ihn Kalle getauft, nach einem Schmusetier, das er einmal hatte und das das Feuer verzehrt hat.

Als er Kalle in den Käfig gesetzt hat, macht er bei den anderen

Kaninchen weiter. Es gibt noch mehr Widderkaninchen, aber auch andere Rassen: schwarze mit weißen Tupfen und ein großes weißes mit roten Augen. Der Junge überlegt sich nicht mehr, was er hier tut, er entfernt nur feuchtes Stroh und Kot aus den Käfigen. Legt frisches Stroh hinein, füllt Futter und Wasser nach und denkt an die Schule. An Esme, die gestern seine Hand genommen und gefragt hat, ob er mit ihr gehen wolle. Der Junge war zuerst unsicher. Wie hat sie das überhaupt gemeint? Wohin sollen sie denn gehen? Er musste Markko fragen, der zuerst einen Pfiff ausstieß und dann anfing zu erklären. Dass man zusammen ist, wenn man miteinander geht.

»Was bedeutet das? Müssen wir danach dann immer zusammen sein?« Der Junge fühlte sich unsicher. Er wusste nicht, ob er in alle Ewigkeit mit Esme zusammen sein wollte.

Markko hatte schallend gelacht.

»Bist du behindert, oder was? Müssen wir dich ins Irrenhaus stecken?«

Er lachte laut über seinen eigenen Witz.

»Man kann doch nach einer Weile Schluss machen. Oder vielleicht nach einem Tag. Wie ich mit Jenny.«

»Aber war sie da nicht traurig?«

Der Junge hat immer schreckliche Angst davor, irgendwen traurig zu machen. Er weiß nicht so recht, woran das liegt, vielleicht kommt es von all dem Schrecklichen, das er angerichtet hat. Er hat schließlich seine Familie umgebracht. Das ist ein unverzeihliches Verbrechen. Vermutlich das schlimmste, das man begehen kann.

Er denkt an alle Frauen von Sozialamt und Jugendfürsorge, die ihm gesagt haben, es sei nicht seine Schuld gewesen. Aber er weiß, dass sie lügen. Wenn es nicht seine Schuld war, wessen Schuld war es denn dann? Er wird traurig, wenn er an seine Eltern und Elsemarie denkt. Sie fehlen ihm so sehr, dass es wehtut. Abends kommt es noch immer vor, dass er in seinem Bett liegt und vor Sehnsucht weint. Er weint still unter der Decke, damit Irene und Lasse es nicht hören. Er will seinen Kummer für sich behalten, will nicht mit den Frauen vom Sozialamt darüber reden.

»Meinst du, ich soll Ja sagen?«

Er dreht sich zu Markko um, dem die Frage unangenehm zu sein scheint und der nur an seinem tragbaren Nintendospiel herumfingert. Markko schweigt sehr lange, dann nickt er.

»Natürlich sollst du das. Esme ist total nett und lustig und lieb. Du bist blöd, wenn du das nicht tust.«

Der Junge hat das Gefühl, dass Markko eigentlich in Esme verliebt ist, aber er sagt nichts. Nickt nur und beschließt, ja zu sagen.

Und jetzt geht er mit Esme. Sie kichern jedes Mal, wenn ihre Blicke sich treffen, und sein Magen kribbelt, wenn er sie ansieht.

Das ist ein gutes Gefühl.

Wenn der Junge mit den Kaninchen fertig ist, soll er mit den Ziegen weitermachen. Die Ziegen mag er auch. Sie sind frech und scheinen mit ihm herumtoben zu wollen. Es gibt drei Ziegen. Zwei weiße und eine schwarze. Lasse nennt sie die drei Böcke Brause und erklärt, dass Ziegen eine große Hilfe sind, da sie im Sommer den Garten von Unkraut und hohem Gras befreien und zudem gute Milch geben, aus der man Käse herstellen kann.

Als er sich den Ziegen nähert, fangen die an zu meckern und ihm entgegenzulaufen. Sie heben die Köpfe über die Türen ihrer Boxen und schauen ihn aus ihren Ziegenaugen an. Er will gerade in die Box klettern, als er hört, wie das Scheunentor geöffnet wird. Es ist schwer und träge, und von dem quietschenden Geräusch bekommt er eine Gänsehaut.

»Hallo!«

Das ist Irenes Stimme. Er wüsste gern, wie sie heute gelaunt ist, ob sie fröhlich ist oder böse. Das scheinen die beiden Gefühle zu sein, zwischen denen Irene hin und her wechselt.

»Hallo.«

Er antwortet und versucht, neutral zu klingen. Weder froh noch traurig, nur neutral.

»Ah, wie gut, dass du hier bist. Gerade dich habe ich gesucht.«

Irene sieht zufrieden aus. Er denkt an eine Redensart, die er vor langer Zeit einmal gehört hat: »Wie eine Katze, die eine Maus gefangen hat.« So sieht Irene aus. Als wäre er die Maus, und als wollte sie ihn verschlingen. Er kann sehen, wie sie sich die Lippen leckt, nachdem sie ihn gefressen hat. Dieses Bild ist unangenehm und er versucht, es sich aus dem Kopf zu schlagen, indem er einen Punkt an der Wand hinter dem Hühnerstall anstarrt.

»Ich dachte, du könntest heute etwas Neues lernen. Die Arbeit auf einem Hof besteht schließlich aus vielen unterschiedlichen Aufgaben, und bisher hast du dich ja vor allem mit Ausmisten hier drinnen beschäftigt.«

Sie legt eine Pause ein und schaut sich um, dann fügt sie hinzu: »Und das machst du wirklich gut. Die Kaninchenställe sehen jetzt ganz anders aus. Absolut gute Arbeit!«

»Du weißt, dass wir allerlei Tiere haben.«

»Ja.«

Er nickt und schaut sich um. Er hört die Hühner gackern und sieht Kaninchen und Ziegen. Das sind viele Tiere. Und im Sommer kommen dann noch Schafe dazu. Das hat Lasse gesagt.

»Und hast du dir schon mal überlegt, wozu wir diese Tiere haben?«

Der Junge gibt keine Antwort, er schüttelt nur den Kopf und starrt auf den Boden. Er weiß nicht so recht, was Irene meint, und hofft, dass sie ihm bald einen Hinweis liefern wird.

»In der Stadt hat man Tiere ja zur Gesellschaft«, sagt Irene. Sie schnaubt ein wenig und schüttelt so heftig den Kopf, dass ihre Dauerwellen tanzen.

»Aber auf einem Bauernhof hat man Tiere, damit sie sich nützlich machen, auf irgendeine Weise. Welchen Nutzen haben wir zum Beispiel von den Hühnern?«

Der Junge überlegt und antwortet dann: »Wir bekommen Eier von ihnen.«

»Genau.«

Irene sieht zufrieden aus. Als ob der Junge soeben eine ungeheuer schwere Frage beantwortet hätte, obwohl doch das kleinste Kindergartenkind weiß, dass man von Hühnern Eier bekommt.

»Und wie ist das mit unseren Ziegen?«

Jetzt sieht sie erwartungsvoll aus. Die kleinen braunen Pfefferkornaugen glitzern in ihrem Gesicht.

»Wir bekommen Milch von ihnen, und aus der Milch können wir Käse machen.«

»Ganz recht. Du bist wirklich nicht auf den Kopf gefallen.«

Sie lacht heftig, und ihre Gesichtszüge ertrinken fast in den vielen Wülsten.

»Aber wozu haben wir die Kaninchen?«

Sie lacht wieder, aber er ahnt etwas Gemeines hinter der munteren Stimme.

Der Junge überlegt. Er hat keine Ahnung, wozu sie Kaninchen haben. Vielleicht züchten sie Kaninchen? Kann es sein, dass im Sommer Familien herkommen und sich Kaninchen kaufen?

Irene will sich ausschütten vor Lachen.

»Kaninchenzucht, du meine Güte. Viel Arbeit für nichts. Für Kaninchen bekommt man nicht besonders viel Geld. Nein, du. Mach noch einen Versuch.«

Er überlegt, weiß aber nicht, was er antworten soll. Er hat wirklich keine Ahnung, wozu man Kaninchen haben könnte. Vielleicht können Kaninchen etwas, wovon er keine Ahnung hat. Mäuse jagen oder den anderen Tieren Gesellschaft leisten. Ihm ist sofort klar, dass das dumme Gedanken sind, und deshalb sagt er nichts. Zuckt nur mit den Schultern.

Irene sieht plötzlich verärgert aus.

»Du bist wirklich ein richtiger Dummkopf.«

Sie gibt ihm einen Klaps auf den Kopf, dann packt sie ihn an den Schultern, und ihre kleinen Pfefferkuchenaugen bohren sich in seine.

»Wir *essen* die Kaninchen, verstehst du. Wir *essen* sie auf.«

Der Junge merkt, dass ihm schlecht wird, und er schaut unglücklich zu den an der Scheunenwand aufgetürmten Kaninchenkäfigen hinüber. Er will keine Kaninchen essen. Das wäre Mord. Und er wäre ein Kannibale.

»Aber mein Lieber.« Irene seufzt, tief und aufgesetzt, als ob sie ihm endgültig zeigen wollte, wie dumm er ist.

»Du isst doch gern Kaninchen. Das hast du ja erst gestern gemacht. Das war der Kumpel von diesem da.« Sie zeigt auf das weiße Kaninchen mit den roten Augen, und plötzlich dreht sich die ganze Welt. Er könnte kotzen und ist verängstigt und wütend zugleich.

»Ich hab es gestern aus der Tiefkühltruhe genommen. Wir haben es gleich vor Weihnachten geschlachtet, weißt du, ehe du gekommen bist. Aber jetzt ist die Truhe fast leer, und deshalb dachte ich, wir können ein neues schlachten. Und ich fände es gut, wenn du lerntest, wie man das macht.«

Der Junge sieht Irene an. Jetzt sieht sie nur gemein aus, sie versucht nicht einmal, das zu verbergen. Sie wischt sich mit ihren Wurstfingern den Schweiß von der Stirn und er merkt, wie Panik in ihm aufsteigt. Er hat nicht vor, eines der Kaninchen zu ermorden.

Das hat er nicht vor.

»Du sollst doch ein richtiger Bauernjunge werden, und da darf man sich nicht anstellen. Das musst du ja wohl einsehen.«

Der Junge wirft sich zur Seite, weiß, dass er hier wegmuss. Aus der Scheune mit ihren vielen Geräuschen und Gerüchen fliehen.

Den Kiesweg hinunter in die blaue Aprildämmerung laufen, bis zu der Hauptstraße, und dann noch viel, viel weiter. Aber Irene ist schnell. Viel schneller als so eine dicke Frau es sein dürfte. Sie tritt vor, packt seinen Nacken und verpasst ihm dann auf jeder Seite eine schallende Ohrfeige. Das tut weh, so weh, dass ihm die Tränen in die Augen treten.

»Jetzt hörst du mir mal zu, du kleiner wertloser Drecksbengel. Entweder hilfst du mir jetzt beim Schlachten, oder ich bringe jedes einzelne von ihnen um. Verstehst du?«

Der Gestank von Irenes fiesem Cocktail schlägt ihm entgegen. Er macht noch einen Fluchtversuch, reißt und zerrt, um sich aus ihrem Griff zu befreien, aber Irene stößt ihn gegen die harte Mauer. Er schlägt mit dem Kopf dagegen.

Die Kaninchen sitzen still in ihren Käfigen. Ihnen ist das Geschrei egal. Kauen nur auf ihrem Futter herum und rümpfen ihre rosa Näschen. Irene geht zu den Käfigen und öffnet einen der obersten. Kalles Käfig. Sie packt seine langen Ohren und zieht ihn heraus. Kalle ist ein großes, kräftiges Kaninchen, aber Irene hat Übung. Sie presst nur seine Hinterpfoten zusammen, so dass er nicht mehr um sich treten kann, dann trägt sie ihn zu einem Hackklotz, der in einer Ecke der Scheune steht.

Der Junge geht langsam hinterher.

Von seinem Kopf rinnt Blut auf den Hals und weiter unter seinen Pullover. Er wagt keinen weiteren Fluchtversuch, denn er hat Angst, Irene könnte ihn furchtbar verprügeln, wenn er nicht gehorcht. Das Gefühl, nichts machen zu können, obwohl er das doch will, kennt er, es war genau dasselbe Gefühl, als das Haus gebrannt hat und Mama und Papa und Elsemarie gestorben sind. Er kann Kalle nicht retten, so gern er das auch möchte.

»Komm her.«

Irene ruft ihn mit fast militärischer Stimme. Das ist ein Befehl. Der Junge geht langsam zum Hackklotz. Versucht, sein Gehirn von Gedanken und Gefühlen zu leeren, versucht, sie verschwinden zu lassen, wie Luft. Er stellt sich vor, wie er in die Luft hochfliegt und durch das Dach und weiter hinaus in den Abend. Fort an einen Ort, an dem er allein sein kann. Wo er schlafen kann.

»Halt das Kaninchen!«

Irene packt seine Hände und drückt sie auf Kalle hinunter. Zeigt ihm, wie er den Kaninchenkörper festhalten soll, sodass Kalle keine Möglichkeit hat, wegzulaufen.

»Jetzt hältst du es fest. Ist das klar? Wenn du loslässt, könnte ich dir die Finger abhacken, und davon hat niemand etwas. Das kannst du mir glauben. Dann müssen wir die Finger in eine Büchse legen und nach Nyköping ins Krankenhaus fahren.«

Der Junge hält Kalle in festem Griff. Er spürt, wie das Herz des Kaninchens schlägt, und wie es immer schneller wird, als ob Kalle sich gewaltige Mühe gäbe. Hinter den Augenlidern des Jungen brennt es, und er strengt sich gewaltig an, um nicht zu weinen. Aber die Tränen scheinen ihn auszutricksen und eine andere Richtung einzuschlagen, und er merkt, wie plötzlich seine Nase läuft, und dann kommen die Tränen eben doch.

Irene sagt zuerst nichts. Schaut ihn nur mit ernster Miene an und schüttelt langsam den Kopf.

»Was sollen wir nur mit dir machen, kleiner Mann? Du taugst offenbar zu gar nichts. Deine eigene Familie abfackeln, das kannst du. Aber ein Kaninchen zu schlachten, dazu bist du dir zu fein. Eine richtige kleine Zimperliese, das bist du.«

Dann hebt sie die Axt, und der Junge schaut weg. Er hält den Kaninchenkörper so fest, wie er nur kann, und denkt, dass sie die Wahrheit gesagt hat.

Er taugt zu nichts, zu rein gar nichts. Er kneift die Augen zusammen und fängt an, in Gedanken zu zählen. Er kommt nur bis zwei, dann fällt die Axt. Er spürt den Windhauch und den plötzlichen schrecklichen Schmerz im Zeigefinger. Weiße und blaue Blitze jagen vor seinen Augen hin und her. Langsam öffnet er die Augen. Auf dem Hackklotz liegt der Kaninchenkörper, den er noch immer festhält, als ob er ihm noch immer weglaufen könnte. Hellrotes Blut läuft über das Fell. Als er auf den schmutzigen Boden hinunterschaut, sieht er als Erstes die Ohren, die samtweichen braunen Kaninchenohren, die er so oft gestreichelt hat. Und dann sieht er Kalles Kopf, er liegt im alten Heu und Staub, als wäre er einfach nur ein Stück Abfall.

Kalles eines Auge ist noch immer geöffnet, und er scheint den Jungen anzusehen, traurig und vorwurfsvoll. Als stimme er Irene darin zu, dass der Junge zu gar nichts tauge. Er kann ja nicht einmal ein Kaninchen retten.

Neben dem Kaninchenkopf liegt etwas Kleines, Weißes. Es dauert einige Sekunden, bis er begreift, dass es seine Fingerspitze ist, dort, neben Kalles Kopf. Aus der Ferne hört er Irenes Stimme, die jetzt schrill und ängstlich klingt: »Was hast du nun wieder angerichtet, du Unglückswurm? Hab ich dir nicht gesagt, dass du das Kaninchen festhalten sollst? Hab ich dir das nicht gesagt?«

Der Junge kehrt Irene und dem, was von Kalle noch übrig ist, den Rücken zu. Er beugt sich vor, stützt seinen Oberkörper, indem er die Hände auf die Knie legt, und kotzt auf den schmutzigen Scheunenboden.

Restaurant Kvarnen,
Tjärhovsgatan, Stockholm

Aina und Sven heben die Biergläser in einer geradezu simultanen Bewegung, während ich noch nicht einmal die Jacke abgelegt habe. Unser Gespräch mit der Großmutter von Nova-Li und Liam hat sich in meinem Bewusstsein festgesetzt und lässt mich nicht los. Etwas an dieser verhärmten Frau hat mich zutiefst berührt. Etwas an der Stärke, die sie so offensichtlich besaß, trotz – oder vielleicht wegen – ihres harten Lebens. Und es ist so tragisch, dass sie den Kindern nicht helfen konnte, obwohl sie es wirklich versucht hat.

Manchen Menschen kann einfach nicht geholfen werden, denke ich. Sandra Persson zum Beispiel. Aber das mit den Kindern ist etwas anderes. Sie haben ihr Leid nicht selbst gewählt, ihre Möglichkeiten sind noch immer unbegrenzt. Es gibt keinen Grund, warum sie nicht heranwachsen und ein ganz phantastisches Leben haben könnten, obwohl sie das Pech hatten, an Eltern zu geraten, die sich um ihre Bedürfnisse nicht kümmern konnten. Ihr Leiden und ihr Verschwinden sind ein Versagen der Gesellschaft.

Und die Gesellschaft, das sind doch wir.

Ainas helle Augen begegnen meinen. Unser letztes Treffen war nicht gerade ein Erfolg, aber seither haben wir uns SMS geschickt. Haben das Kriegsbeil begraben, jedenfalls bis auf weiteres.

»Wie geht es dir denn, Siri?«, fragt Sven und trinkt noch einen Schluck Bier.

Seine warme dunkle Stimme klingt besorgt, und ich erkenne, wie sehr er mir gefehlt hat. Auch Ainas unbekümmertes Geplapper über Feste und Svens etwas hochgestochene Besserwisserei haben mir gefehlt. Das gilt sogar für die langen Besprechungen, die wir immer hatten, unsere ewigen Zankereien über die Finanzen. Darüber, wer eigentlich das meiste von den Fixkosten bezahlen müsste und ob es sich lohnen könnte, in ein Computersystem für unsere Patientenakten zu investieren.

»Ich arbeite an einem Fall«, fange ich an. »Zwei Kinder, die in Pflegefamilien untergebracht worden waren, Geschwister, sind verschwunden, und wir wissen nicht, wohin.«

Sven nickt langsam und stellt behutsam sein Bier ab. Er setzt die mitfühlende Therapeutenmiene auf, die er so gut beherrscht.

»Die Eltern?«, fragt er.

»Vielleicht. Das wissen wir nicht. Und ich darf eigentlich nicht darüber reden. Aber dieser Fall … er trifft mich irgendwie ins Mark.«

»Wie alt sind die Kinder«, fragt Aina und blickt zu einem Tisch mit Männern hinüber, die bestimmt zehn Jahre jünger sind als sie. Ihr Blick bleibt an einem dunklen Typen mit Rastalocken und zerfetztem T-Shirt hängen.

»Das Mädchen ist neun. Der Junge sechs.«

»Wie Erik«, stellt Sven blitzschnell fest.

Ich nicke und muss einfach lachen.

»Ja, ich weiß. Stell dir vor, das wäre meine Familie. Und Erik wäre verschwunden. Aber das ist noch nicht alles. Die Kinder sind von ihrer Mutter über einen längeren Zeitraum hinweg misshandelt worden. Es ist so verdammt unheimlich, dass so etwas Lehrern, Sozialamt und Polizei entgehen kann. Oder nicht?«

»Nicht alles ist so, wie es aussieht«, sagt Sven. »Auch Familien mit perfekter Fassade können Probleme haben. Das weißt du doch auch, Siri.«

Ich nicke. Denke, dass ich das sehr viel besser weiß, als er sich vorstellen kann. Dass meine eigene Familie gerade wegen meiner

Untreue zerrissen wird und dass ich offenbar nichts tun kann, um das zu verhindern.

Ich merke, dass mein Schweigen für die beiden unangenehm ist. Sven rutscht auf seinem Stuhl herum und dreht sich dann zu Aina um.

»Und wie geht es dir?«

Aina lacht.

»Gut. Angeblich bin ich geheilt. Aber wie es heißt, kann man erst nach fünf Jahren sicher sein. Ich komme mir ein bisschen vor wie Schrödingers Katze, die tot und lebendig zugleich ist, ehe die Klappe geöffnet wird.«

Aina lächelt noch breiter, aber ihre Augen bleiben diesmal ernst.

»Das muss hart sein«, sagt Sven.

»Ach was. Wir sind alle nur um Haaresbreite vom Tod entfernt. Dir kann schon morgen ein Flugzeug auf den Kopf fallen. Man darf nicht die ganze Zeit daran denken. Sonst wird man verrückt.«

»Hm«, macht Sven.

Aina stellt ihr Glas hin und erwidert meinen Blick.

»Sven und ich haben ein bisschen geredet«, sagt sie.

Ich nicke, denn ich weiß ja schon, worauf sie hinauswill.

Sie fügt hinzu: »Darüber, dass es schön wäre, die Praxis wieder zu eröffnen. Ich weiß, dass du zögerst, Siri, aber mir hat es jedenfalls gefehlt. Zusammen zu arbeiten, meine ich.«

Das Letzte sagt sie leise, und dabei schaut sie mich flehend an.

»Ich persönlich habe es verdammt satt, immer zu Hause zu sitzen«, sagt Sven nachdrücklich. »Ich würde die Praxis gern wieder aufmachen.«

Die Männer am Nebentisch erheben sich und gehen auf den Ausgang zu, aber Aina schaut mich an, scheint den Jungen mit den Rastalocken vergessen zu haben.

»Was ist aus dem Buch geworden, das du schreiben wolltest?«, frage ich.

Sven lässt sich zurücksinken und schaut zu den Deckengemälden hoch.

»Das Scheißbuch, ja. Ich bin an einen Punkt gekommen, wo ich mich davon gehetzt fühlte. Wie von einem Gespenst. Ich hatte dauernd ein schlechtes Gewissen, weil ich es nicht beenden konnte. Kaum setzte ich mich vor den Computer, schon war Schluss. Ich starrte stundenlang den Bildschirm an … ohne dass auch nur ein Wort gekommen wäre. Und wenn eins kam, dann war es nur …«

»Scheiß?«, fragt Aina.

»Ja, allerdings«, sagt Sven. »Am Ende kam ich mir total unzulänglich vor. Als ob mir gar nichts mehr gelingen könnte. Nö. Ich sehne mich danach, etwas zu tun, das ich kann. Etwas, worin ich gut bin. Wie, wieder als Therapeut zu arbeiten.«

»Wie Freud gesagt hat …«, setze ich an.

»Arbeit und Liebe«, fügt Aina hinzu. »Was alle Menschen brauchen, damit es ihnen gut geht. Und ich habe wunderbare Räumlichkeiten gefunden. In der Fjällgata. Drei kleine Zimmer mit Kochnische. Das wäre echt perfekt.«

Ich muss einfach lachen, als ich die hoffnungsvollen Blicke der beiden sehe. Ihre Begeisterung ist rührend, aber ich weiß nicht, ob ich neu anfangen kann. Es ist so viel passiert. Im Guten wie im Schlechten sind wir nicht mehr die Menschen, die wir einmal waren.

Als ob er meine Gedanken gelesen hätte, sagt Sven: »Vieles hat sich verändert, aber nicht notwendigerweise zum Schlechteren. Es würde anders werden. Vielleicht sogar besser.«

Rinkeby, im Norden von Stockholm

Adeela malt sich den Nagel des kleinen Fingers mit türkisfarbenem Nagellack an und scrollt dabei mit der linken Hand durch den Feed auf Facebook. Nicht, dass ihre Freundinnen noch dort wären, aber sie schaut doch einmal im Monat nach. Aus den Lautsprechern tönt Wu-Tang Clan. Eine bleiche Herbstsonne stiehlt sich durch die Maschen der mit der Maschine gestrickten Spitzengardinen und verteilt glitzernde Sonnenfunken auf der Tischplatte.

Es wird an die Tür geklopft.

»Was machst du? Mama sagt, du sollst kommen und beim Kochen helfen, wenn du mit Physik fertig bist.«

Adeela dreht die Anlage lauter. »Shame On A Nigga« wird ins Zimmer gepumpt. Die Bässe treffen sie wie Faustschläge gegen die Brust.

Die Tür wird geöffnet und Husniya kommt, steckt den Kopf herein. Eine rosa Kaugummiblase quillt aus ihrem Mund, platzt und legt sich wie eine dünne Schicht feuchter Seide über ihre Lippen.

»Mama sagt …«

»Ich mache Physik«, sagt Adeela und dreht ihr den Rücken zu.

»Tust du nicht. Du lackierst dir die Nägel.«

Husniya knallt die Tür zu und die Spitzengardinen flattern. Die Lichtpunkte auf dem Schreibtisch bewegen sich in Wellen über ihre Hände, und zugleich hört sie aus der Ferne Husniyas empörte Stimme. Dann Mamas: ruhiger, dunkler. Vielleicht auch resigniert. Es ist schwer, das bei der lauten Musik zu unterscheiden.

Seit Adeela in der Schule richtig gut geworden ist, hat sie erkannt, dass Hausaufgaben die beste und vielleicht einzige Entschuldigung dafür sind, zu Hause nicht zu helfen. Als ihre Eltern von der Schule zu einer »Einzelbesprechung« gebeten wurden, bei der ihnen erklärt wurde, Adeela sei »außergewöhnlich lernbegabt« und es sei wichtig, »ihr Zeit zu lassen und sie beim Lernen zu unterstützen«, hatte sie fast freie Hand bekommen, sich ihre Zeit einzuteilen. Obwohl die Eltern es nie erwähnen, weiß sie, dass die beiden hoffen, sie werde Zahnmedizin studieren, wie Onkel Ahmed.

Sie ist sich da nicht so sicher. Vielleicht will sie Zahnärztin werden. Vielleicht Bloggerin. Vielleicht etwas anderes. Etwas, das mehr Geld bringt.

Adeela scrollt weiter durch Bilder und Postings. Physik hatte sie schon am Vortag fertig, aber sie hat den ganzen Vormittag in ihrem Zimmer verbracht unter dem Vorwand, für den Test nächste Woche büffeln zu müssen.

Aus irgendeinem unerklärlichen Grund bleibt sie bei einem Bild hängen, das Shirin kommentiert hat. Das Bild, auf dem eine Frau neben einem Kind Brötchen bäckt, scheint alt zu sein. Die Kleidung der Frau erinnert an Mamas alte Fotos von einem Besuch bei den Tanten in Kairo zu Beginn der achtziger Jahre.

Das Kind, das mit ernster Miene in die Kamera schaut, kommt ihr seltsam bekannt vor.

Adeela sieht sich das Bild an und vergrößert es. Der ernste Blick des Mädchens begegnet ihrem. Die dunklen Haare sind hochgesteckt und zwischen den Augenbrauen ist ein großer schwarzer Fleck zu sehen. Als ob jemand ihr einen rußverschmierten Finger ins Gesicht gedrückt hätte.

Wo hat sie dieses Mädchen schon einmal gesehen?

Adeela sucht in ihrer Erinnerung und greift zudem nach der Flasche mit dem Versiegelungsgel und schüttelt sie, bis die kleine

Metallkugel darin wie eine Flipperkugel gegen die Glaswände stößt.

Vielleicht ist das die Schwester irgendeiner Freundin? Nein, das wüsste sie doch.

Dann fällt es ihr ein.

Odenplan, Stockholmer Innenstadt

»Ich habe ihr gesagt, dass daraus nichts wird. Dass ich in einer Beziehung bin und dass ich … nicht kann.«

Markus senkt den Blick und fährt sich mit den Handflächen über die abgenutzten Jeans.

Jesper dreht sich zu mir.

»Und wie denken Sie darüber, Siri?«

Ich bin wie erstarrt. Weiß nicht, was ich antworten soll. Mir ist klar, dass ich mich darüber freuen sollte, dass aus dieser kleinen Romanze nichts Physisches geworden ist, aber etwas stimmt da nicht. Ich kann mich nicht von dem Gefühl befreien, dass es nur so eine Erfindung von ihm ist, durch die ich mich moralisch unterlegen fühlen soll. Weil ich nicht widerstanden habe. Weil ich mich *dafür* entschieden habe, mit meinem Kollegen zu vögeln.

»Ich nehme an, das ist gut«, sage ich.

»Du *nimmst es an?*«, fragt Markus.

»Wenn niemals etwas passiert ist, warum war es dir dann so verdammt wichtig, es mir und Jesper zu erzählen? Ich habe ein bisschen das Gefühl, dass du mich bestrafen willst. *Noch einmal*«, füge ich nach einer kurzen Pause hinzu.

Markus' Gesicht verhärtet sich, und ich kann seiner Haltung ansehen, wie wütend er ist. Sein ganzer Körper spannt sich an und er ballt die Fäuste auf seinen Knien. Der blasse Hals wird rot.

»Du bist so verdammt egozentrisch, weißt du das?«, fragt er mit aufgesetzter Ruhe, die seine Wut nur unzureichend versteckt. »Du glaubst, dass es immer nur um dich geht, darum, was du tust, meinst und fühlst. Für mich war das hier wichtig. Das, was ich für Helene empfunden habe, und die Tatsache, dass ich mich entschieden habe, nichts mit ihr anzufangen, beides waren große, wichtige und verdammt *wirkliche* Ereignisse. Und wenn ich ehrlich sein soll, dann habe ich nicht deinetwegen Nein gesagt, Siri. Das nun wirklich nicht …«

Markus verstummt, und er sinkt ein wenig in sich zusammen. Als ob der Zorn plötzlich einem anderen Gefühl gewichen wäre. Resignation vielleicht. Danach fängt er an zu zittern, und Tränen laufen über seine Wangen.

In all den Jahren, in denen wir uns nun kennen, habe ich Markus noch nie weinen sehen. Nicht weil er gefühllos wäre, sondern weil es ihm eigentlich immer gut geht. Nur sehr wenig kann Markus aus dem Gleichgewicht bringen, aber ich gehöre offenbar dazu.

Jesper beugt sich vor und schiebt Markus mit geübter Handbewegung die Kleenexschachtel hin.

»Lassen Sie sich Zeit«, sagt Jesper. »Aber ich habe eine Frage. Sie haben gesagt, Ihre Entscheidung habe nicht so viel mit Siri zu tun gehabt. Womit hatte sie dann zu tun?«

Markus putzt sich die Nase und holt tief Luft. Lässt seinen Blick zur Decke wandern.

»Mit der Familie, nehme ich an. Die ist wohl irgendwie mehr wert als ihre Bestandteile. Ich, Siri und Erik. Zusammen haben wir etwas … Wertvolles aufgebaut. Ich will wirklich zusammen weitermachen, auch wenn ich verdammt wütend auf Siri bin.«

»Und wenn ich sage, dass diese Wut sich legen wird?«, fragt Jesper. »Nicht, dass Zorn und Schmerz verschwinden werden, aber dass Sie lernen können, weiterzugehen, und dass ihr euch dann wieder begegnen könnt. Vielleicht sogar stärker werdet.«

Markus stößt ein kurzes, heiseres Lachen aus, das genau verrät, wie er das sieht.

»Das setzt ja wohl voraus, dass *sie* um Entschuldigung bittet. Und ich glaube kaum, dass sie das tun wird.«

»Hallo! Ich bin hier! Und ich habe schon hundertmal gesagt, dass es mir leidtut. Dass es ein Fehler war, der niemals hätte passieren dürfen.«

»Aber du meinst das nicht«, sagt Markus, und wieder hat er diesen gemeinen, fast bösartigen Gesichtsausdruck.

»Warum glauben Sie, dass Siri nicht meint, was sie sagt?«, fragt Jesper und schielt fast unmerklich auf die Uhr.

»Weil … weil …«

Mein Telefon klingelt. Das Telefon, das während der Therapiestunden immer ausgeschaltet sein soll.

»Entschuldigt«, sage ich, wühle in meiner Handtasche und drücke Carins Anruf weg.

»Weiter«, sagt Jesper an Markus gewandt.

»Weil ich den Eindruck habe, dass ich und Erik ihr verdammt gleichgültig sind.«

Eine kalte Hand presst mein Herz zusammen. Warum zieht er Erik da mit rein? Ich würde für Erik einfach alles tun, und das weiß Markus sehr gut.

Wieder klingelt mein Telefon.

Wieder bitte ich um Entschuldigung. Als ich das Telefon aus der Tasche ziehe, um es auszuschalten, sehe ich die Mitteilung.

Komm so schnell du kannst. Es ist etwas passiert. Treffen um 3. Gruß, Carin.

Ich stelle das Telefon auf lautlos und lege es in die Tasche. Schiele zur Uhr hinüber. Nur noch wenige Minuten. Wir sind so gut wie fertig. Müssen nur noch den nächsten Termin verabreden.

»Ich muss los«, sage ich. »Es ist etwas passiert.«

Markus' Blick aus geröteten Augen begegnet meinem. Er nickt langsam und lässt sich im Sessel zurücksinken. Seine sommerhellen Haare kleben an seiner Stirn, und er atmet schwer, als habe er gerade eine Joggingrunde beendet.

»Genau das meine ich«, sagt er, ohne mich aus den Augen zu lassen.

Nyköping, 1986

Es ist Montagmorgen. Vor dem Fenster des Klassenzimmers ist der Himmel blau und hoch. Der Junge sieht Vögel über den Himmel segeln und wünscht sich, er wäre einer von ihnen, auf dem Weg in die weite, weite Ferne. Er war zwei Wochen zu Hause, und seine Hand ist noch immer dick verbunden. Irene wechselt den Verband alle zwei Tage und passt genau auf, dass er die Hand sauber hält. Er darf nicht in die Scheune gehen, da die Hand *infiziert* sein kann. Er ist sich nicht ganz sicher, was infiziert bedeutet, aber er weiß, dass es jedenfalls nichts Gutes ist. Vielleicht wird der restliche Finger auch noch abfallen, wenn ihm so etwas passiert.

Während er zu Hause war, hat der Frühling begonnen.

Die Bäume sind jetzt grün, und die Büsche auf dem Schulhof haben gelbe Blüten. Ein Tretroller liegt vergessen auf dem Asphalt, und der Junge denkt, dass er den in der Pause ausprobieren will. Dann schaut er sich den dicken Verband an seiner linken Hand an und denkt, dass das nicht gehen wird, im Moment jedenfalls nicht.

Gleich nach dem Unglück hat Irene seine Hand in ein Küchenhandtuch gewickelt und ihn auf die Rückbank von ihrem und Lasses Saab gesetzt. Die Fingerspitze hatte sie in der Scheune vergessen. Auf der Fahrt nach Nyköping wiederholte Irene immer wieder ihre Erklärung für den Jungen.

»Du hast mit einer Axt gespielt. Du hast versucht, Holz zu hacken, und dabei hast du deinen Finger getroffen. Verstehst du?«

Sie brüllte ihn an, und er hatte solche Angst, dass er nur nicken konnte. In Irenes Stimme lag auch Angst. Der Junge konnte nicht so ganz verstehen, warum. Wovor sollte Irene sich denn fürchten? Was passiert war, war doch seine eigene Schuld. Ihm liefen die Tränen über die Wangen, aber er versuchte nicht einmal, das zu verbergen. Er weinte um Kalle. Er weinte um Mama und Papa und Elsemarie. Er weinte, weil er allein war, und weil es keinen einzigen Menschen gab, dem er wichtig war.

Und er weinte, weil alles, was passiert war, seine eigene Schuld war.

Im Krankenhaus wurde seine Hand von einem Doktor betäubt, und dann wurde die Wunde genäht. Der Finger sah komisch aus, viel kürzer als sonst und ohne Nagel.

Er hörte, wie der Doktor mit Irene sprach. Wie er erklärte, der Junge stehe unter Schock, habe ziemlich viel Blut verloren und müsse über Nacht zur Beobachtung im Krankenhaus bleiben. Irene sagte nichts, sie nickte nur. Der Doktor sah aus, als ob sie ihm leidtäte.

»Zuhause ist es eben gefährlich.«

»Wie meinen Sie das?«

Irenes Gesicht war fast weiß, als hätte sie sich verletzt, nicht der Junge. Der Junge dachte, Irene stehe vielleicht auch unter Schock, genau wie er.

»Die allermeisten Unfälle geschehen zu Hause. Oft kommen Kinder her, die von einem Baum im Garten gefallen sind oder sich die Finger in der Tür geklemmt oder Waschpulver gegessen haben. Das ist so schnell passiert, wenn man gerade mal in die andere Richtung blickt.«

»Wir haben ihm doch gesagt, dass er nicht mit dem Werkzeug spielen darf. Das weiß er doch.«

Irene schniefte.

»Sicher. Aber Jungen in dem Alter … die hören ja nicht immer so genau zu.«

Der Doktor lachte ein bisschen, und der Junge hätte gern

gewusst, warum. War es komisch, dass ihm der Finger abgehackt worden war? Irene schienen die Worte des Doktors jedenfalls zu erleichtern. Sie suchte ihre Sachen zusammen und erklärte dem Jungen, sie müsse nach Hause und sich um die Tiere kümmern, und sie werde ihn dann am nächsten Tag holen. Dann umarmte sie ihn und küsste ihn auf die Wange, während sie ihm ins Ohr flüsterte: »Vergiss nicht, was wir ausgemacht haben. Du hast mit einer Axt gespielt. Vergiss das nicht. Sonst schlachte ich auch alle anderen Kaninchen.«

»Wie geht es dir?«

Björn beugt sich über seinen Tisch. Er runzelt die Stirn und sieht ernst und besorgt aus. Der Junge starrt in sein Heft. Eigentlich rechnet er gern, aber an diesem Tag schafft er nichts. Auf dem Papier in seinem Heft gibt es nur Sterne, Spiralen und anderes Gekritzel. Er hat plötzlich Angst. Was, wenn Björn böse auf ihn wird, weil er in der Stunde rein gar nichts gemacht hat?

»Ich bin … ein bisschen …«

Er zögert, weiß nicht, was er sagen soll. Er will das sagen, was Björn hören will, so, wie er gelernt hat, das bei Lasse und Irene zu tun.

»Tut dir etwas weh?«

Björn fährt sich mit der Hand durch die kurzen Locken und schaut die linke Hand des Jungen an. Der Junge schüttelt nur den Kopf. Hier weiß er genau, was er sagen soll. Ihm tut wirklich nichts mehr weh. Das liegt vielleicht an den Tabletten, die Irene ihm jeden Tag gibt, das weiß er nicht.

»Kannst du nach der Stunde noch einen Moment bleiben? Ich glaube, wir sollten mal miteinander reden. Aber du brauchst keine Angst zu haben, du hast nichts angestellt.«

Björn sieht lieb aus, und er runzelt jetzt auch nicht mehr besorgt die Stirn. Jetzt sieht er aus wie immer.

Esme und Markko waren nach dem Unglück unglaublich lieb zu ihm. Esme hat ihm eine Karte geschickt, als er zu Hause bleiben musste. Darauf war eine muntere Hummel zu sehen, die mit gebrochenem Flügel in einem Krankenbett lag. Über der Hummel stand »Besser dich!«, und hinten auf die Karte hatte Esme mit rotem Stift ein Herz gemalt und den Namen des Jungen hineingeschrieben.

Markko und seine Mama waren bei Lasse und Irene vorbeigekommen und hatten eine große Tüte Süßigkeiten und viele Comics für ihn abgegeben. Der Junge hatte gestaunt, weil Irene ihm die Geschenke gegeben hatte. Manchmal findet er es fast schön, dass er verletzt ist, denn jetzt hat er es bei Lasse und Irene zu Hause so viel besser.

Als die anderen Kinder das Klassenzimmer verlassen haben, zieht Björn sich einen Stuhl heran und setzt sich dem Jungen gegenüber. Er sieht riesig aus auf dem kleinen Stuhl.

Björn sieht ihn mit ernster Miene an.

»Ich werde dir jetzt einige Fragen stellen, und es ist sehr wichtig, dass du ehrlich antwortest. Ich bin nicht böse auf dich, und du hast nichts angestellt, aber du musst jetzt die Wahrheit sagen. Okay?«

Der Junge nickt und versucht, nicht zu zeigen, wie sehr er sich fürchtet.

»Was ist mit deinem Finger passiert?«

»Das war ein Unfall.«

»Aber was ist passiert?«

Der Junge wendet sich ab. Er schafft es nicht, in Björns freundliches Gesicht zu blicken und die Augenbrauen zu sehen, die wieder zu Vogelflügeln geworden sind. Er will nur weglaufen, hinaus zu Esme und Markko.

»Ich wollte Holz hacken.«

Er spricht leise. Denkt daran, was Björn gesagt hat. Dass er nicht lügen soll.

»Was ist passiert? *In Wirklichkeit?«*

Der Junge fängt an zu weinen. Tränen laufen ihm langsam über die Wangen. Früher hat er nie geweint, aber seit dem Unglück kommen die Tränen jeden Tag und er kann nichts tun, um sie aufzuhalten. Björn nimmt die gesunde Hand des Jungen und drückt sie.

»Du hast nichts angestellt und dir wird nichts passieren, aber ich kenne dich jetzt ziemlich gut und ich glaube nicht, dass es so passiert ist.«

»Das war meine Schuld. Wenn ich Kalle richtig festgehalten hätte, wäre das nicht passiert.«

»Kalle festgehalten? Wer ist Kalle?«

Björn macht ein verdutztes Gesicht.

»Irene wollte mein Kaninchen schlachten, und ich sollte es festhalten, und dann konnte ich es kaum festhalten und da hat Irene Kalles Kopf und meinen Finger abgehackt. Aber das war meine Schuld. *Meine Schuld.«*

»Irene wollte dein Kaninchen schlachten? Und du solltest dabei sein?«

Björn klingt empört, fast wie Mama sich anhören konnte, wenn sie über die Kinder auf ihrer Station im Krankenhaus sprach.

»Ja. Deshalb ist es meine Schuld. Und Kalle ist gestorben und ich konnte nichts machen. Ich konnte ihn nicht retten. Ich konnte ja auch Mama und Papa nicht retten. Oder Elsemarie. Auch das ist meine Schuld.«

Björn schiebt den Tisch zur Seite und nimmt den Jungen in die Arme. Wiegt ihn wie ein kleines Kind. Streichelt ihm vorsichtig den Kopf.

»Aber, aber. Nichts davon ist deine Schuld. Verstehst du? Nichts ist deine Schuld. Was passiert ist, war nicht deinetwegen. Du bist doch noch ein Kind.«

Der Junge denkt, dass es schön ist auf Björns Knien. Niemand hat ihn umarmt, seit er von Gerd wegmusste. Er hält sich an Björn fest, ganz fest, und macht die Augen zu.

»Ich kann dir eins versprechen.«

Der Junge schaut zu Björn auf und hofft, dass es etwas Gutes ist.

»Ich kann versprechen, wenn du die Wahrheit sagst, so, wie du sie mir gesagt hast, dann brauchst du nie wieder zurück zu Lasse und Irene.«

Polizeipräsidium, Kungsholmen, Stockholm

Carin scheint sich mit dem Rollstuhl angefreundet zu haben, denn er gleitet geschmeidig über die Türschwelle und ins Zimmer. Gleichzeitig macht sie eine Drehung und landet an ihrem Platz vor dem Tisch.

Alle sind zur Stelle. Vijay sitzt schweigend neben mir. Örjan und Jimmy reden leise auf der anderen Seite des Tisches über irgendetwas.

»Danke, dass ihr so kurzfristig gekommen seid«, sagt Carin, zieht ein Foto aus dem Stapel von Papieren und legt es auf den Tisch. »Eine Siebzehnjährige aus Rinkeby, Adeela Ali, hat auf Facebook ein Bild von Nova-Li Persson gefunden und sie erkannt. Sie hat unser Info-Telefon angerufen und wir konnten das Mädchen identifizieren.«

Ich beuge mich vor, um das Bild anzusehen. Örjan und Jimmy auf der anderen Seite des Tisches springen auf und tun es mir nach.

Das Bild zeigt eine Frau, die an einem Tisch sitzt und irgendwelche Brötchen bäckt. Sie trägt ein türkisfarbenes Kleid mit breiten Schultern. An ihren Ohren hängen große kirschrote Plastikohrringe. Die braunen Haare, die aussehen wie heftig toupiert und ihren Kopf wie eine Löwenmähne umgeben, erinnern mich an irgendeinen Rockstar aus meiner Kindheit. Neben ihr schaut ein dunkelhaariges Mädchen in die Kamera. Der Fleck zwischen den Augenbrauen ist unverkennbar.

»Nova-Li«, sagt Jimmy atemlos.

Carin nickt und fügt hinzu: »Ihre Mutter ist sich sicher. Das Sozialamt auch.«

»Aber … aber das Bild sieht doch aus wie dreißig Jahre alt«, sagt Örjan. »Das muss ein Irrtum sein.«

»Die Bildanalytiker sehen es sich gerade genauer an, aber sie halten das Bild mit größter Wahrscheinlichkeit für neu.«

Örjan schüttelt den Kopf. Nimmt die Brille ab und setzt sie wieder auf. Ich habe das Gefühl, dass es ihm geradezu schlecht davon wird, dass er das Bild auf dem Tisch nicht mit seiner Vorstellung der Wirklichkeit in Übereinstimmung bringen kann. Als ob der Anachronismus in seinem geordneten Inneren irgendeine Art Dissonanz verursacht.

Das Bild ist in einem nichtssagenden Zimmer mit weißen Wänden aufgenommen worden. Im Hintergrund ahnen wir ein Bücherregal und einige Bilder. An einem großen Tisch sitzen die Frau und das Kind, und neben der Frau liegt eine Tonbandkassette ohne Hülle.

»Wer ist diese Bäckerin?«, fragt Vijay.

»Das wissen wir noch nicht«, sagt Carin. »Aber das Bild stammt aus einem Forum namens familjedax.se. Jemand hat es danach kopiert und bei Facebook eingestellt. Diese Person wird gerade befragt. Offensichtlich fand sie das Bild einfach lustig und hat es deshalb gepostet. Unser IT-Forensiker hat es bis zu jemandem auf familjedax.se zurückverfolgen können …«

Carin blättert in ihren Papieren.

»Hier ist es«, sagt sie. »›Einsamer Vater‹ nennt er oder sie sich. Leider ließ sich dieser Benutzername nicht zu einer Person oder einem Computer zurückverfolgen, aber die Techniker glauben, dass sich der Benutzer in Schweden befindet. Sie meinen zudem, dass diese Person offenbar genug Ahnung von IT hat, um ihre Spuren im Netz zu verwischen. Aber das können heutzutage ja viele, und es gibt spezielle Programme, die man herunterladen kann, wenn man anonym bleiben will. Sie haben noch zwei Fotos gefunden, die derselbe Nutzer eingestellt hat.«

Carin legt zwei weitere Bilder auf den Tisch. Das eine zeigt eine Schüssel mit fertiggebackenen Brötchen, das andere ein Mädchen, das auf dem Boden sitzt und zeichnet. Die dunklen Haare des Mädchens, die ihr wie ein Vorhang über das Gesicht fallen, machen es schwer, sie zu erkennen, aber das Foto scheint im selben Zimmer aufgenommen worden zu sein.

»Nova-Li?«, fragt Jimmy.

»Die Techniker glauben es.«

»Du hast gesagt, die Bilder stammen aus einem Forum«, sagt Vijay. »Hat dieser ›einsame Vater‹ auch irgendetwas dazu geschrieben?«

»Nein«, sagt Carin. »Er oder sie hat einfach die Bilder gepostet. Danach haben andere Kommentare abgegeben, aber wir haben nichts Verwendbares gefunden. Nur eine Menge Likes und fröhliche Sprüche wie ›leckere Brötchen‹ und ›geiler Retrolook‹. Ja, ihr wisst schon …«

»Hm«, sagt Örjan und klingt noch immer skeptisch. »Hilft uns die Einrichtung auf irgendeine Weise weiter?«

»Die Techniker sehen sich die gerade an«, sagt Carin. »Aber wir haben nichts Besonderes entdeckt. Wir warten ab, was die Kollegen finden. Die Bildqualität ist ja auch nicht so toll, es ist ziemlich dunkel, aber wir werden sehen, was sie herausbekommen.«

»Es sieht arrangiert aus«, sagt Vijay. »Als ob jemand sie ganz bewusst so ausstaffiert und an diesen Tisch gesetzt hat.«

Carin nickt.

»Genau«, sagt sie. »Und wir werden feststellen, warum. Aber jetzt wissen wir immerhin, dass Nova-Li noch am Leben war, als das Bild gemacht wurde.«

»Wie können wir so sicher sein, dass das Bild nach ihrem Verschwinden gemacht worden ist und nicht vorher?«, fragt Örjan.

»Zum einen haben Nova-Lis Eltern, Pflegeeltern und Lehrer es gesehen, und sie sagen, sie haben keine Ahnung, wann es aufgenommen worden ist, wer die Frau sein kann oder wo die beiden sich aufhalten. Und zum anderen …«

Carin schiebt den Rollstuhl ein wenig vor, um ein weiteres Bild auf dem Tisch erreichen zu können, das, auf dem das Mädchen auf dem Boden sitzt und zeichnet.

»Hier«, sagt sie. »Seht euch ihren Fuß an!«

Ein blauroter Bluterguss zieht sich über den Fuß, und am Knöchel sitzt etwas, das ein Pflaster sein könnte.

»Nova-Li ist am Tag vor ihrem Verschwinden mit dem Fahrrad umgekippt und hat sich am rechten Fuß verletzt. Nichts Schlimmes. Aber ihre Pflegeeltern haben ein Pflaster draufgeklebt. Die Verletzung auf dem Foto ist neu, so neu, dass wir den Schluss ziehen können, dass es einige Tage nach ihrem Verschwinden aufgenommen worden sein muss.«

Carin nickt zu der Zeitschiene hinüber, die neben dem Whiteboard an der Wand hängt.

»Ich nehme an, dass das eine gute Nachricht ist«, sagt Örjan. »Ich meine, dann ist sie immerhin am Leben. Oder war es, als das Bild gemacht wurde.«

Das Letzte fügt er mit leiserer Stimme hinzu, als ob wir nur dadurch, dass wir das Undenkbare aussprechen, Nova-Li in Gefahr bringen könnten.

»Gibt es auf den Bildern irgendeinen Hinweis darauf, dass ihr kleiner Bruder auch da ist?«, fragt Örjan.

»Nein«, sagt Carin. »Aber Liam ist doch eine Woche nach Nova-Li verschwunden. Und wenn die Verletzung an ihrem Fuß zwei oder drei Tage alt ist, was der Rechtsmediziner glaubt, dann war er da ja noch bei seiner Pflegefamilie.«

»Und die Pädophilenspur?«, fragt Jimmy. »Gibt es irgendeinen Hinweis darauf, dass sie misshandelt wurde?«

»Auf den Bildern jedenfalls nicht«, sagt Carin. »Aber das

schließt ja nicht aus, dass sie von einem Pädophilen entführt worden ist. Die Ermittlung spricht gerade mit aktenkundigen Pädophilen in der Südstadt und zeigt Bilder herum, um zu fragen, ob jemand das Zimmer oder die Frau erkennt.«

Vijay fährt mit dem Finger über das Bild, als könne er durch die Berührung eine Spur finden. Sein Gesicht ist verbissen und schwer zu deuten. Ich kann nicht erkennen, ob er peinlich berührt ist oder nur nachdenklich.

»Ich denke daran, was wir über die Mutter wissen«, sagt er. »Sandra Persson ist eine ziemlich unangenehme Person und passt fast zu gut zu dem Profil einer Person, die ein Kind aus einer Pflegefamilie entführen würde. Psychische Probleme, aggressives Verhalten, Drogensucht. Bringt der Gesellschaft eine gewaltige Verachtung entgegen und ist noch dazu paranoid. Was ist mit der Möglichkeit, dass sie bei der Entführung der Kinder Hilfe hatte und die beiden irgendwo versteckt? Ich meine, es könnten doch einige ihrer Kumpels von der Weißen Macht sein. Untersuchen wir das auch?«

Carin nickt und sagt: »Die Kollegen befragen gerade alle ihre Bekannten und zeigen ihnen die Bilder. Wenn die Frau auf dem Foto aus diesen Kreisen kommt, dann haben wir, glaube ich, gute Aussichten auf einen Treffer. Auch militante Rassisten bleiben gern auf gutem Fuß mit der Polizei und entführen keine Kinder. Aber wer weiß …«

Sie verstummt und erwidert meinen Blick. Selbst wenn sie es nicht sagt, so ahne ich doch, wie sie über diesen Fall denkt. Sie ist auch Mutter und hat eine kleine Tochter in Nova-Lis Alter.

»Was machen wir jetzt?«, fragt Jimmy und schiebt sich einen Priem unter die Oberlippe.

Sein Blick ruht auf mir, und ich wende mich ab. Frage mich zum vielleicht ersten Mal, was es für Markus für ein Gefühl sein muss, dass ich Jimmy jeden Tag bei der Arbeit begegne.

»Die Ermittler versuchen als Erstes, die Frau zu identifizieren«, sagt Carin.

»Und wir?«, frage ich.

»Wir müssen aufgrund dieses Materials das Profil aktualisieren. Der Täter will offenbar dokumentieren, was er mit dem Mädchen macht. Und das Bild ist vermutlich arrangiert. Was sagt uns das über den Täter? Außerdem hat er die Bilder ins Internet gestellt. Warum? Was will er damit erreichen?«

»Das Motiv«, sage ich. »Wir brauchen das Motiv.«

»Das Motiv ist nur ein Genussmittel für die Oberschicht«, zitiert Örjan einen bekannten Fernsehprofessor.

»Und für Profiler«, fügt Vijay hinzu.

Värmdö bei Stockholm

Markus sitzt wie immer in seinem Sessel vor dem Kamin, und ich dahinter auf dem Sofa, mit einer dicken Decke über den Beinen. Wir reden zwar nicht miteinander, aber die Stimmung war schon lange nicht mehr so entspannt. Vielleicht, weil ich einfach keinen Streit mehr ertrage.

Draußen jagt der Wind um das Haus, und einzelne Regentropfen schlagen gegen das Fenster.

Ich lege die Zeitung weg und greife zu meinem Notizbuch und dem Ordner mit Unterlagen der Ermittlungsgruppe. Ein dicker Papierstapel, mit einem Gummiband umwickelt, fällt auf den Boden. Ich bücke mich und hebe ihn auf. »Untersuchung über Vernachlässigung«, steht auf der Vorderseite. Für einige Sekunden frage ich mich, was das sein kann, dann weiß ich es wieder. Das ist der Bericht, den mir Jacob Rosenberg gegeben hat, der Sozialarbeiter, der für Nova-Li und Liam zuständig war.

Ich fange an, in dem dicken Stapel zu blättern, überfliege die Zusammenfassung. Vernachlässigungen werden eingeteilt in »Übergriffe« und »Versäumnisse«. Die Übergriffe gliedern sich wiederum in etliche Unterkategorien, unter anderem »physische Gewalt mit Verletzungen« und »sonstige physische Gewalt«, »schädliche Ausnutzung zu Arbeiten« und »sexuelle Übergriffe«.

Fast neunhundert Interviews sind mit Personen geführt worden, die zwischen 1920 und 1980 geboren wurden, und alle berichten von Vernachlässigung. Alles wird ordentlich und methodisch präsentiert und sieht aus wie die Aufstellungen und Abhandlungen, die ich während meines Studiums gelesen habe. Die exakte akademische Klassifizierung von in Pflege gegebenen Kindern ruft eine leichte Übelkeit in mir hervor. Die klinische Beschreibung eines Themas, das sich doch gar nicht beschreiben lässt. Übergriffe, die jeglichem Verstand trotzen.

Ich blättere weiter und bleibe bei den Fallbeschreibungen hängen. Lese über Jungen, die in den fünfziger Jahren in der Kindersiedlung Skå untergebracht und dort Opfer sexueller Übergriffe wurden. Als der Skandal öffentlich wurde, hatte sich das Personal damit verteidigt, die Kinder »projizierten« ihre eigene latente Homosexualität auf sie, in Skå habe eine »sexuell aufgeladene Atmosphäre« geherrscht und die Jungen hätten selbst die Initiative zu »Homosex« ergriffen. Einer der angeklagten Lehrer wurde schließlich zu achtzehn Monaten Haft verurteilt, weil er in mehr als hundert Fällen »zwei minderjährige Knaben zur Unzucht verleitet« hatte.

Mir läuft es kalt den Rücken hinunter und ich wickele die Decke fester um mich. Ich schaue zu Markus hinüber, der nichtsahnend vor dem Kamin sitzt und liest, und denke, dass es so viel Elend auf der Welt gibt, Elend, von dem wir nicht einmal etwas ahnen.

Ich blättere weiter. Lese die Geschichte von »Per«, der bei Pflegeeltern mit einer Nerzzucht untergebracht wurde. Einen ganzen Winter lang musste er Nerze füttern, Nerze töten und entlaufene Nerze jagen, obwohl er eigentlich zur Schule hätte gehen sollen. Die einzigen Unterbrechungen der Arbeit gab es, wenn die leiblichen Töchter der Pflegefamilie seine Hilfe beim Plattenspieler brauchten.

Ein Bericht folgt auf den anderen. Erniedrigung, physische Gewalt und sexuelle Übergriffe, die oft jahrelang andauerten.

Und mitten in allem Elend, mitten in diesen grauenhaften Aussagen, staune ich darüber, wie viele Kinder erzählen, dass sie sich danach sehnten und davon träumten, zu ihren leiblichen Eltern zurückkehren zu dürfen, egal, wie dysfunktional die auch sein mochten.

Ich lege die Berichte weg und hole tief Luft. Denke, dass ich Jacob Rosenberg verstehe, wenn er sagt, dass es nicht immer die beste Lösung ist, Kinder aus ihren Familien zu holen.

In diesem Moment höre ich ein Geräusch aus Eriks Zimmer.

Erik hat wieder eine Ohrenentzündung und er schlief schon, als ich nach Hause kam. Ich schleiche zu seiner Tür, öffne sie und lausche seinen ruhigen, regelmäßigen Atemzügen.

Dann schließe ich die Tür vorsichtig und gehe ins Wohnzimmer zurück. Die Bodenbretter sind kalt, und um meine Füße streicht ein kalter Wind, als ob zwischen meinen Beinen ein unsichtbares kleines Tier hindurchgehuscht wäre. Draußen ist der Wind stärker geworden und die Zweige peitschen gegen das Fenster. Im Wohnzimmer knistert das Feuer im Kamin. Markus dreht sich im Sessel zu mir um.

»Wie ging es ihm, als du ihn ins Bett gebracht hast?«, frage ich.

»Er hatte achtunddreißig fünf«, sagt Markus. »Schien in Ordnung zu sein.«

Ich gehe auf die Wärme des Kamins zu und setze mich in den Sessel neben seinem. Erik hat zum vierten Mal in drei Monaten eine Ohrenentzündung und der Kinderarzt redet schon von einer Operation.

»Machst du dir Sorgen?«, frage ich.

Er zögert einige Sekunden zu lange mit seiner Antwort.

»Nein, aber … es ist doch schlimm für Erik. Und er hat diesen Monat schon vier Tage gefehlt.«

»Wir sollten es vielleicht mit der Operation versuchen.«

»Ja.«

»Der Arzt sagt, dass …«

»Ich finde nur die Vorstellung, ihn operieren zu lassen, schrecklich«, fällt Markus mir ins Wort. »Ich weiß noch, wie mir im Krankenhaus von Lycksele die Mandeln rausgenommen wurden. Das war scheußlich.«

»Ich glaube, das hier ist ein kleinerer Eingriff. Es tut danach nicht weh. Das hat jedenfalls der Arzt gesagt, als wir zuletzt dort waren.«

Wir schweigen. Ich schließe die Augen. Die Wärme aus dem Kamin strahlt mir entgegen, und ich habe das Gefühl, an einem Sommertag in der Sonne zu liegen.

»Möchtest du eine Tasse Tee?«, fragt Markus.

Ich drehe mich überrascht zu ihm. Wir haben einander schon so lange keine solche Fürsorge mehr erwiesen, dass ich fast vergessen habe, was das für ein Gefühl ist.

»Gern.«

Markus verschwindet in der Küche, und ich höre, wie das Wasser läuft und der Kessel auf den Herd gesetzt wird. Die dunklen Fensterscheiben sind streifig vom Regen, und ich kann fast sehen, wie die kalte Herbstluft durch die undichten Rahmen hereinweht. Wir hatten die Fenster im Sommer erneuern lassen wollen, aber anderes kam dazwischen.

Meine Affäre mit Jimmy zum Beispiel.

Markus kommt herein und stellt zwei Tassen dampfend heißen Tee auf den kleinen Tisch zwischen den Sesseln.

»Danke.«

Er nickt unmerklich und schaut in die Flammen.

»Ich habe nachgedacht«, sagt er.

»Ich auch.«

»Darüber, dass ich weitermachen will«, fügt er hinzu, noch immer, ohne meinen Blick zu erwidern.

Das Feuer lässt seine Haut glühen, kleine Schweißtropfen glitzern auf seiner Stirn, und plötzlich glaube ich, ihn so zu sehen, wie er früher war. Damals, als wir alles hatten, was wir brauchten, das aber nicht begriffen. Ehe alles so verdammt schwarz wurde.

»Ich auch«, sage ich und ahne etwas, das sich in meiner Brust rührt. Ein Gefühl, das zum Leben erweckt wird, eine brüchige und unzuverlässige Hoffnung, dass sich unsere Beziehung vielleicht trotz allem reparieren lässt. Dass das hier nicht das Ende ist.

Ein Windstoß lässt das Fenster klirren, und kalte Luft strömt herein.

»Scheißfenster«, murmelt Markus. »Die hätten wir im Sommer machen lassen müssen.«

»Ich weiß.«

Im vergangenen Winter haben wir Geschirrtücher vor die undichtesten Fenster gelegt. Das war nicht besonders wirkungsvoll. Wir mussten fast den ganzen Winter hindurch mit dicken Socken an den Füßen schlafen.

»Es gibt solche Leisten, die man kaufen kann ...«

Markus erhebt sich und legt zwei Holzscheite in den Kamin.

»Stimmt. Die müssen wir uns mal ansehen.«

Das ist seine Art zu sagen, dass er jetzt keine Lust hat, darüber nachzudenken, und ich beschließe, das Thema ruhen zu lassen. Denke, dass wir viel wichtigere Dinge zu besprechen haben als Fensterrahmen.

In diesem Moment vibriert das Telefon in meiner Hosentasche. Ich ziehe es heraus und schaue aufs Display. Und von allen möglichen Anrufern ist es der am wenigsten passende.

Jimmy.

Ich weiß, dass ich das Gespräch nicht wegdrücken darf. Wir befinden uns mitten in einer Ermittlung und es kann wichtig sein. Ich will aber nicht mit Jimmy sprechen, wenn Markus im Zimmer ist. Doch das Zimmer zu verlassen wäre noch seltsamer, das begreife sogar ich.

Ich melde mich.

»Die Frau auf dem Bild ist identifiziert«, sagt Jimmy. »Es ist eine gewisse Kajsa Rantanen, neunundzwanzig, aus Huddinge. Und stell dir vor, sie ist selbst seit zwei Monaten verschwunden. Viel länger als Nova-Li also. Die Kollegen von der Ermittlung fahren jetzt zu ihrem Mann und wir kommen mit. Wir haben keine Zeit zu verlieren. Wenn sie das Mädchen hat, dann weiß ihr Mann vielleicht, wo sie sind.«

»Moment mal. Wer soll mitkommen?«

»Du und ich. Befehl von Carin. Vijay hat zu tun und Carin will unbedingt, dass jemand von den Psychos dabei ist. Ich hole dich in fünf Minuten ab. Kannst du auf die Straße rauskommen und auf mich warten?«

Ich sehe Markus an. Sein Blick ist noch immer aufs Feuer gerichtet und seine Miene unergründlich.

»Wir haben eigentlich zu tun …«, fange ich an.

»Das hier ist wichtig.«

Die Verärgerung in Jimmys Stimme ist nicht zu überhören.

»Schon klar. Aber Erik ist krank. Und …«

»In fünf Minuten?«

Markus erwidert meinen Blick und nickt langsam.

»Okay«, sage ich. »Aber danach muss ich nach Hause. Heute kann ich keine Nachtschicht einschieben.«

Huddinge, im Süden von Stockholm

Ich laufe in der Dunkelheit durch den Wald. Ziehe im Regen den Kopf ein und die Jacke enger um mich, damit mir nicht so kalt wird.

Jimmys Wagen steht auf der Landstraße, als ich ankomme. Ich öffne die Tür und lasse mich auf den kalten Sitz fallen. Ein schwacher Duft nach Aftershave und Leder füllt das Auto. Jimmy trägt einen Kapuzenpullover und Jeans, wie immer. Er lächelt breit, aber auch ein bisschen unsicher. Unser Verhältnis ist seltsam undefiniert, auch wenn ich klargestellt habe, dass sich das, was passiert ist, niemals wiederholen darf.

Wie er das sieht, weiß ich nicht.

»Die Frau auf dem Foto mit Nova-Li ist also verschwunden?«

Jimmy nickt.

»Kajsa Rantanen. Hat ihrem Mann einen Kuss gegeben, ist in den Wald gegangen, um zehn Kilometer zu laufen, und ist nie zurückgekehrt. Der Hund wurde später tot hinter einem Supermarkt gefunden. Jemand hatte ihm den Bauch mit einem spitzen Gegenstand aufgeschlitzt.«

»Der arme Hund. Der arme Mann.«

»Der Mann stand anfangs sogar unter Verdacht. Sie hatten Probleme in ihrer Beziehung. Hatten Schluss gemacht und waren dann doch wieder zusammen. Tja, du weißt ja, wie das läuft …«

Wir schweigen eine Weile. Jimmy dreht die Musik lauter und die dunkle Landschaft jagt in beunruhigend hohem Tempo an uns vorbei. Endlose Einkaufszentren, Wohngebiete und Vororte säumen die regenblanke Schnellstraße nach Stockholm. Irgendwo sehe ich Blaulicht in der Nacht. Es verschwindet und der Regen wird stärker. Prasselt auf die Windschutzscheibe.

»Da braucht man die Scheißkarre wenigstens nicht zu waschen«, murmelt Jimmy und stellt die Scheibenwischer auf höchste Leistung.

»Mhmm«, antworte ich und lege die Hände auf mein Knie, ich weiß nicht so recht, worüber wir sprechen sollen. Ich weiß nur, dass ich nicht über das sprechen will, was im Sommer passiert ist.

Jimmy räuspert sich.

»Wie geht es dir eigentlich, Siri? Du wirkst so … abwesend, irgendwie.«

»Mir geht's gut«, lüge ich. »Sehr gut.«

Als wir das kleine Reihenhaus mit Klinkerfassade in Huddinge erreichen, warten davor die Kollegen von der Ermittlung schon in einem blauen Audi. Wir setzen uns auf die Rückbank, um dem Regen zu entgehen.

»Peter Minjas«, sagt ein Mann Mitte vierzig und drückt meine Hand so fest, dass ich nach Luft schnappe.

Er hat rote Haare, ist relativ kräftig gebaut und trägt eine Brille von der Sorte, die die Augen vergrößert und ihnen ein insektenartiges Aussehen gibt. Sein jüngerer Kollege stellt sich als Abbe vor und nickt uns mit kurzem Lächeln zu. Seine Zähne sehen wegen der dunklen Haut fast unnatürlich weiß aus.

»Wir stellen die Fragen«, sagt Peter. »Aber ihr dürft euch gern einschalten, wenn ihr etwas Besonderes wissen wollt. Der Mann steht ja nicht unter Verdacht, da macht es nichts aus, wenn wir zwischendurch mal den Faden verlieren. Wir wollen ihn ja nicht zu einem Geständnis bringen, sondern versuchen, mehr über Kajsa und darüber, wo sie sich aufhalten könnte, zu erfahren. Hoffentlich führt uns das dann zu den Kindern.«

Wir lassen den Wagen stehen und gehen zum Haus. Neben der Haustür liegt ein umgewehtes Rad. Abbe hebt es auf und lehnt es vorsichtig gegen die Hausmauer, während Peter auf die Klingel drückt.

Im Haus ertönt ein schrilles Signal, und ich höre Schritte. Die Tür wird von einem blonden Mann Mitte dreißig geöffnet. Er trägt einen Trainingsanzug, hat sich ein Handtuch über die Schultern gelegt und seine Haare sind feucht, als sei er gerade erst nach Hause gekommen.

»Tero Rantanen«, sagt er und macht die Tür für uns weiter auf.

Die Diele ist hell, und an den Wänden hängen Schwarz-Weiß-Fotos von Tero und Kajsa. Ich sehe Strände, Segelboote und Skihänge. Auf einem Gestell neben der Tür stehen ordentlich aufgereihte Schuhe. Tero scheint in seinem Haus auf Ordnung zu achten.

»Sie waren aber schnell hier«, sagt Tero. »Ein Glück, dass ich nicht länger im Fitness-Studio geblieben bin.«

Er führt uns in die Küche. In einem langen Regal, das sich an der Wand entlangzieht, stehen Keramiktassen und Teller, glasiert in dunklen Blau- und Terrakottatönen.

»Kajsa macht Keramik«, sagt Tero, als er meinen Blick bemerkt, lässt sich auf einen der weißen Myranstühle sinken und wischt sich mit dem Handtuch die Stirn ab.

»Die sind schön«, sage ich.

»Entschuldigen Sie«, sagt Tero. »Ich hab es nicht mehr geschafft zu duschen. Bin gerade erst zur Tür hereingekommen.«

»Das macht nichts«, sagt Peter. »Wir sind ja froh, dass Sie sich gleich heute Abend Zeit für uns genommen haben.«

Tero sieht uns an.

»Zeit«, sagt er. »Das ist wohl alles, was ich jetzt habe.«

Ich ahne den Schmerz in seiner Stimme.

»Ich wusste nicht, dass Sie so zahlreich kommen würden«, sagt er. »Kann ich Ihnen etwas anbieten? Tee, Kaffee … Plätzchen habe ich auch, glaube ich.«

»Das ist nicht nötig«, sagt Peter. »Wir bleiben nicht so lange. Wie ich Ihnen schon am Telefon gesagt habe, ist im Internet ein Foto von Kajsa aufgetaucht. Da wir Sie tagsüber nicht erreichen konnten, ist Kajsa auf dem Bild von ihren Kolleginnen von der Vorschule identifiziert worden, aber wir möchten Sie natürlich ebenfalls bitten, einen Blick darauf zu werfen.«

Tero nickt und macht ein nervöses Gesicht.

Ich frage mich, was es für ein Gefühl sein mag, wenn die Partnerin spurlos verschwindet. Wie lebt man weiter, wenn die, die man liebt, die Joggingschuhe anzieht, losläuft und niemals zurückkommt? Geht man am nächsten Tag ganz normal zur Arbeit oder bleibt man zu Hause? Kann man überhaupt akzeptieren, dass das Leben weitergeht, wenn man keine Antwort auf seine vielen Fragen bekommt?

»Ich war tagsüber in Helsingfors«, murmelt Tero und macht ein schuldbewusstes Gesicht.

»Sie brauchen nichts zu erklären«, sagt Peter gelassen und fixiert Tero mit seinen Insektenaugen. »Sie stehen nicht unter Verdacht.«

Tero nickt, sieht aber nicht überzeugt aus.

Abbe zieht eine A 3-Kopie des Fotos hervor, das ich schon so gut kenne. Legt es mitten auf die glänzend saubere Tischplatte. Tero erstarrt für eine Sekunde. Erhebt sich dann und beugt sich über den Tisch, um besser sehen zu können.

»Was zum Teufel ist das da?«

»Ist das nicht Kajsa?«, fragt Abbe und blickt von seinem Notizblock auf.

»Doch. Aber sie sieht … das ist … sind Sie sicher, dass es kein altes Bild ist?«

»Sieht sie anders aus?«, fragt Peter.

»Ich … die Haare. Sie hat glatte Haare. Oder *platte*, wenn Sie so wollen. Das da sieht doch unmöglich aus. Und die Kleider. Als ob sie verkleidet wäre. Und abgemagert. Ich meine, Kajsa läuft viel. Sie ist gut in Form, aber hier … sieht sie doch *krank* aus.«

»Wir sind uns ziemlich sicher, dass das Bild neu ist«, sagt Peter. »Und wenn ich Sie richtig verstanden habe, dann bedeutet das, dass sie stark abgenommen und ihre Frisur verändert hat, seit Sie sie zuletzt gesehen haben.«

Tero nickt schweigend, und ich ahne das Entsetzen in seinen Augen, kann es im Zimmer fast spüren. Diese schleichende Erkenntnis, dass etwas Unbegreifliches und Unwiderrufliches geschehen ist. Dass die alte Kajsa, die er bestimmt geliebt hat, verschwunden und durch die magere Frau auf dem Foto ersetzt worden ist.

»Warum *bäckt* sie? Kajsa hat nie gebacken.«

Er erwidert meinen Blick und sieht nur noch verwirrt aus. Als ob es jetzt das Wichtigste wäre zu erfahren, warum seine Frau auf dem Foto die Hände voller Hefeteig hat.

Peter sagt: »Kennen Sie das Mädchen neben Kajsa?«

Tero hebt das Foto hoch und lässt sich wieder auf den Stuhl sinken. Betrachtet es sorgfältig.

»Nein. Habe ich noch nie gesehen.«

»Sind Sie sicher?«

»So sicher, wie das überhaupt nur möglich ist. Wer ist sie?«

»Sie heißt Nova-Li Persson, ist neun Jahre alt und vor zwei Wochen aus ihrer Pflegefamilie in Älvsjö verschwunden. Ihr kleiner Bruder Liam ist ebenfalls verschwunden, auf den Bildern aber nicht zu sehen.«

Abbe zieht ein Foto von Liam hervor und legt es neben das andere.

»Kennen Sie ihn?«, fragt er.

»Nein.«

»Und die Namen, Nova-Li und Liam Persson, haben Sie die schon mal gehört?«

»Nie.«

Teros Stimme ist nur noch ein Flüstern.

»Sie haben in Östberga gewohnt, im Süden von Stockholm …«

»Ich weiß, wo Östberga liegt«, fällt Tero ihm mit scharfer Stimme ins Wort.

Alle schweigen für einen Moment, und Abbes dunkle Augen fangen Peters Blick auf.

»Kennen Sie sich dort aus?«, fragt Peter. »Haben Sie oder Ihre Frau dort Bekannte?«

»Absolut nicht.«

»Die Mutter der Kinder heißt Sandra Persson und ihr Lebensgefährte Viktor Lans. Sind Sie sicher, dass …«

»Nein«, unterbricht ihn Tero. »Wir kennen da niemanden. Und diese Kinder habe ich noch nie gesehen. Großer Gott … was ist das bloß? Irgendein verdammt kranker Scherz?«

Teros Stimme versagt und seine Hände zittern dermaßen, dass ihm das Bild fast herunterfällt.

»Würden Sie noch einmal hinschauen?«

Tero sieht sich das Bild noch einmal an und legt es dann auf den Tisch.

»Nein. Aber das könnte doch so ungefähr überall sein. Oder? Das ist doch nur … ein Zimmer. Ein Zimmer in irgendeinem Haus. In irgendeinem beliebigen Scheißhaus.«

»Nichts daran kommt Ihnen bekannt vor? Die Möbel, die Bilder?«

Tero schüttelt den Kopf und verschränkt die Arme vor der Brust, offenbar ist ihm die Situation unangenehm.

»Es tut mir leid, dass wir das fragen müssen«, sagt Peter. »Aber Sie und Kajsa haben schon länger versucht, Kinder zu bekommen?«

Tero sieht ihn an.

»Wieso?«

»Wie hat sie sich dabei gefühlt? Es muss einer Beziehung doch zusetzen, eine Behandlung zur künstlichen Befruchtung und dann das Adoptionsverfahren durchmachen zu müssen.«

»Natürlich. Wir haben ja sogar zwei Monate vor Kajsas Verschwinden Schluss gemacht. Das habe ich doch schon erzählt. Aber wir haben es geschafft. Und als Kajsa verschwunden ist, hatten wir gerade eine positive Nachricht von der Adoptionsvermittlung erhalten. Es ging ihr gut. Mir auch. Es ging *uns* gut. Ich begreife nicht, warum Sie das jetzt wieder aufwühlen müssen.«

»Würden Sie sagen, dass Kajsa psychisch stabil ist?«

Tero erstarrt und sein Gesicht verdüstert sich.

»Worauf wollen Sie hinaus?«

Peter holt tief Luft und erwidert Teros Blick.

»Eine der Möglichkeiten, die wir in Betracht ziehen müssen, ist, dass Kajsa Nova-Li und vielleicht auch deren kleinen Bruder Liam entführt hat. Ich behaupte nicht, dass es so ist, aber wir müssen jeder Möglichkeit nachgehen. Deshalb sollen Sie uns erzählen, ob Kajsa irgendwelche psychischen Probleme hatte.«

»Haben Sie komplett den Verstand verloren? Soll Kajsa weggelaufen sein und ihren eigenen Hund getötet haben, um dann zwei Kinder zu kidnappen? Das ist doch … das ist …«

Tero schluchzt auf und zittert am ganzen Leib.

»Es tut mir leid«, sagt Peter. »Aber wir müssen diese Frage stellen.«

»Sie würde … sie könnte niemals …«

Abbe holt ihm ein Stück Küchenpapier und Tero putzt sich laut hörbar die Nase.

Als ich nach Hause komme, schleiche ich mich als Erstes wieder in Eriks Zimmer. Das Geräusch seines regelmäßigen Atems hat eine seltsam beruhigende Wirkung auf mich. Ich gehe in die Hocke, bohre die Nase in seinen Nacken und spüre, wie die Wärme der weichen Haut mir entgegenstrahlt. Ich hole tief Luft und werde von Dankbarkeit dafür erfüllt, dass mein Kind hier liegt, geborgen in seinem Bett. Und dass ich noch immer eine Familie habe, zu der ich nach Hause kommen kann.

Lännersta, südwestlich von Stockholm

»Leg dich in den Wind«, brüllt Rune vom Großsegel her.

»Tu ich doch«, schreit Maj-Britt zurück, unsicher, ob Rune sie hört. Der Wind dröhnt ihr in den Ohren und die stahlgrauen Wellenkämme haben schäumende weiße Kronen. Eiskaltes Wasser schlägt über die Reling und spritzt ihr ins Gesicht.

»Tust du nicht«, brüllt Rune. »Das da ist hoch am Wind. Ich kann das Segel nicht reffen, wenn du nicht voll in den Wind steuerst.«

»Dann mach es doch selbst«, sagt sie nach achtern gewendet und zieht das Ruder zu sich, in dem Wissen, dass er sie sowieso nicht hört.

Das hier war eine richtig schlechte Idee. Sie hätten das Boot schon vor einem Monat für den Winter auflegen sollen. Mindestens. Jetzt wird es genau wie im Vorjahr.

Das Boot hält gegen den Wind, wird langsamer und die Segel flattern und schlagen wie wütende Tiere. Rune fängt an, das Großsegel zu reffen. Es sackt um den Baum zusammen und er sieht zum ersten Mal auf dem ganzen Törn zufrieden aus. Er winkt Maj-Britt zu und kommt mit selbstsicheren Schritten nach achtern. Die Schwimmweste spannt über seinem Bauch und sieht aus, als könnte sie jeden Moment platzen.

»Du brauchst nur daran zu denken, dass du voll in den Wind steuern musst, mein Herz«, sagt er und springt neben ihr in die Plicht.

»Ich will nicht mehr«, sagt Maj-Britt. Sie lässt demonstrativ das Steuer los und verschränkt die Arme über dem üppigen Busen.

Rune schnappt sich das Steuer.

»Was zum Teufel?«

»Ich hab doch gesagt, dass ich nicht mehr will. Ich will das Boot verkaufen und für das Geld eine Wohnung in Spanien anschaffen. Ich hasse diese Segelei. Und das sage ich dir seit zwanzig Jahren, aber du hörst ja nie zu.«

»Du wirst dich schon beruhigen, wenn wir wieder im Hafen sind, mein Herz.«

Maj-Britt merkt, wie ihre Wut wächst, und aus irgendeinem Grund ärgert sie sich am meisten darüber, dass er sie »mein Herz« nennt. Sie steht auf, spürt, wie das Boot unter ihr schaukelt und der Wind an ihrer Segeljacke reißt.

»Setz dich«, faucht Rune.

Maj-Britt bleibt trotzig stehen. Aber als eine Welle sie fast umwirft, setzt sie sich widerwillig wieder hin und schaut zum Hafen hinüber. An Land bei den Anlegern liegen die umgedrehten Boote wie tote Insekten nebeneinander. Der Mastkran steht still an seinem Platz neben dem Bootshaus, streckt seinen einsamen Arm in den dunklen Himmel. Niemand ist bei diesem Unwetter verrückt genug rauszufahren. Niemand außer Rune.

Der schüttelt den Kopf und flucht laut, vermutlich über ihre Dummheit. In diesem Moment ist ein dumpfer Knall zu hören, als ob das Boot gegen etwas gestoßen wäre. Es kann keine Untiefe sein, aber vielleicht ein Baumstamm oder irgendein treibender Abfall.

»Was zum Henker …«, sagt Rune, beugt sich gefährlich weit über die Reling und hält in dem schäumenden Wasser Ausschau.

»Was ist los?«, fragt Maj-Britt und wird plötzlich von einem anderen Gefühl erfüllt. Angst.

Was, wenn der Rumpf beschädigt ist. Wenn schwarzes Wasser unten hereinströmt und sie an Land schwimmen müssen. Was, wenn das Boot ein Leck hat und sie daran schuld ist? Sie hat das

Steuer losgelassen und sich wie so oft wie ein Kind benommen. Wie ein verantwortungsloses trotziges Kind.

»Das ist…«

Runes Stimme verschwindet im Wind und er sieht sie mit einer Miene an, in der sich Entsetzen und Überraschung mischen.

Langsam erhebt sie sich. Macht einen Schritt vorwärts, packt die Reling und beugt sich hinaus.

In dem schwarzen Wasser treibt ein Mensch. Das Gesicht ist nach unten gedreht. Ein Kleid oder vielleicht ein Pullover ist hochgetrieben worden, hat sich wie ein Wulst unter die Arme gelegt und zeigt eine durchscheinende Unterhose an dem mageren Leib. Die Haare wogen um den Kopf wie Seegras, und die Haut sieht unnatürlich bleich und durchsichtig aus, als sei der Körper aus Wachs. Um die Hände treibt etwas. Dünne Handschuhe oder vielleicht Haut, die sich gelöst hat. Maj-Britt ist sich nicht sicher.

Sie packt die Reling fester, als sie sich vorbeugt und ins Meer kotzt.

Stockholm, 1986

Es ist Oktober. Die Bäume draußen haben alles Laub verloren und die Blätter liegen in Haufen auf dem Bürgersteig. Der Junge kommt gerade aus der Schule. Der neuen Schule. Er ist weit weg von Lasse und Irene gezogen und hat Esme und Markko zurückgelassen. Aber er denkt jeden Tag an seine alten Freunde. An Markkos Lachen und Esmes rote Locken.

In seiner neuen Schule hat er auch Freunde, Johan und Jonas. Sie sind Zwillinge und ähneln sich wie ein Ei dem anderen: dunkle Haare, Sommersprossen, blaue Augen und eine Lücke zwischen den Zähnen. Der Junge findet die beiden nett und lustig, aber ab und zu ist es seltsam, dass sie zwei und einander doch so ähnlich sind. Es kommt vor, dass er nicht weiß, mit welchem von beiden er gerade redet.

Der Junge springt durch die Laubhaufen und tritt die Blätter hoch in die Luft. Die feuchte, kalte Herbstluft dringt durch seine halb offene Jacke und fröstelnd zieht er den Reißverschluss hoch. Er ist auf dem Weg zu Kristina und Håkan. Auf dem Weg nach Hause. Aber es ist schon seltsam, dass das Haus von Kristina und Håkan sein Zuhause ist. Sie sagen, es sei das Zuhause des Jungen, aber er kommt sich noch vor wie ein Gast. Kristina und Håkan wollen, dass er sie Kicki und Håkan nennt, aber das muss er noch üben.

Kicki und Håkan.

Die Namen passen gut zusammen.

Er wohnt wieder in Stockholm, und das ist schön. Er will nie wieder aufs Land. Der Junge versucht, nicht an alles zu denken, was passiert ist, aber immer, wenn er seine Hände ansieht, sieht er auch den Zeigefinger, dem das letzte Glied fehlt. Johan und Jonas haben gefragt, warum er da keine Fingerspitze hat, und er hat gelogen, hat gesagt, er habe da, wo er vorher gewohnt hat, einen Unfall gehabt.

Der Junge geht durch die schmalen Straßen, in denen überall kleine Holzhäuser stehen. Kicki und Håkan wohnen auch in so einem Haus. Ihres ist weiß, und im Garten gibt es zwei große Apfelbäume und eine Schaukel. Kicki ist Tagesmutter, und jeden Morgen kommen vier kleine Kinder und bleiben bei ihnen zu Hause. Der Junge versucht, den kleinen Kindern aus dem Weg zu gehen, weil sie ihn an Elsemarie erinnern. Aber heute ist ihm das egal. Heute ist ein besonderer Tag – heute wird der Junge acht Jahre alt.

Er ist total nervös. Am Morgen haben Kicki und Håkan ihn mit Frühstück und einem Geschenk geweckt. Er bekam einen großen Legodrachen, und Kicki hat ihm versprochen, dass es nach der Schule noch mehr Geschenke geben wird.

Er läuft die Treppe hoch und reißt die Haustür auf. Zwei von den kleinen Kindern sind noch da. Sie rufen seinen Namen, kommen auf ihn zu und wollen umarmt werden. Der Junge versucht sie abzuschütteln, und geht zu Kicki in die Küche, dicht gefolgt von den beiden Kleinen.

Kicki beugt sich über den Küchentisch. Sie hat die blonden Haare zu einem Pferdeschwanz gebunden und in ihrem Mundwinkel hängt eine Zigarette. Sie verziert eine Sahnetorte, verteilt grüne und blaue Weintrauben zu einem schönen Muster, richtet sich dann auf und sieht sich das Ergebnis an. Sie entdeckt den Jungen, strahlt ihn an und drückt die Zigarette im Aschenbecher aus, der neben ihr auf dem Spülbecken steht.

»Da bist du ja! Ich bin noch mit der Torte beschäftigt. Die ist supergut geworden!«

»Die ist total schön.«

Er meint das wirklich. Die Torte ist hübsch, mit ihrem komplizierten Muster und den acht im Kreis aufgestellten Kerzen. Mitten auf die Torte hat Kicki mit Sahne seinen Namen gespritzt.

»Danke, Schnuffel.« Wieder lacht Kicki. »Jetzt kann sie hier stehen bleiben, und nach dem Essen schneiden wir sie an. Dann gibt es auch noch mehr Geschenke.«

Der Junge nickt. Er würde die Torte ja am liebsten sofort probieren, aber ab und zu muss man eben warten, deshalb geht er erst einmal in sein Zimmer. Das Zimmer ist frisch gestrichen und hat weiße Wände und hellblaue Blumen fast ganz oben unter der Decke. Håkan sagt, das sei eine Borte. Er hat ein schönes neues Bett und einen Schreibtisch, an dem er seine Hausaufgaben machen kann. Auf dem Boden liegt ein weißer Flauschteppich, genau wie die Decke, die Elsemarie als Baby in ihrem Kinderwagen hatte.

Der Junge findet sein Zimmer schön. Er findet es schön, dass es hell und freundlich ist und noch immer ein bisschen nach Farbe riecht. Er weiß, dass er Glück gehabt hat, weil er nicht mehr bei Lasse und Irene wohnen muss. Er hat Glück gehabt, weil er hier sein darf, bei Kicki und Håkan.

Durch die geschlossene Tür hört der Junge, dass die beiden Kleinen von ihren Eltern geholt werden. Dann hört er, dass Håkan zur Tür hereinkommt und nach Kicki und dem Jungen ruft.

Und dann hört er Herman.

Herman ist der Sohn von Kicki und Håkan. Er ist fünfzehn Jahre alt, fast doppelt so alt wie der Junge, aber sie gehen auf dieselbe Schule. Herman geht in die neunte Klasse. Er ist groß, stark und hat sandfarbene Haare, die ihm bis auf die Schultern fallen. Der Junge hat Angst vor Herman. Er weiß eigentlich nicht so genau, warum. Herman ist fast immer nett zu ihm, aber trotzdem gibt es etwas an ihm, das dem Jungen Angst macht. Vielleicht liegt es daran, wie Herman ihn ansieht, wenn er glaubt, dass der Junge es nicht merkt. Er scheint dann zu überlegen, was der Junge eigentlich für einer ist. Als wolle er ihm den Kopf abschrauben und nachschauen, wie es da drin aussieht, um aus ihm schlau zu werden.

»Kommt jetzt mal alle her.«

Kicki hat sie gerufen. Der Junge steht vom Boden auf, wo er angefangen hat, den Legodrachen zusammenzubauen, und geht in die Küche. Kicki hat mit gutem Geschirr, Kerzen und einem rotweiß karierten Decke gedeckt. Auf dem Tisch steht ein Topf mit Spaghetti und auf dem Herd eine Bratpfanne voller Hackfleischsoße, das ist das Lieblingsessen des Jungen.

Håkan kommt in die Küche. Er riecht auf diese besondere Weise, wie immer dann, wenn er von der Arbeit kommt. Håkan arbeitet in einer Autowerkstatt und sagt, dass die Gerüche von dort sich in Haaren und Kleidung festsetzen. Der Junge riecht das alles gern.

Håkan umarmt ihn rasch und klopft ihm auf die Schulter. Dann lässt er sich auf seinen Platz am Tisch sinken. Er sieht müde aus. Der Junge weiß, dass Håkan sehr früh zur Arbeit muss und sich abends nur selten wach halten kann.

»Herman!«

Kicki ruft laut und energisch.

»Komm schon!«

Herman brüllt zurück und klingt wütend. Nur einige Sekunden danach ist er da, lässt sich auf seinen Stuhl fallen und will seinen Teller mit Spaghetti füllen.

»Du hast aber nicht Geburtstag.« Kicki klingt irritiert. »Zuerst nimmt sich ja wohl das Geburtstagskind.«

»Entschuldigung. Hatte ich nicht dran gedacht.«

Herman zuckt mit den Schultern und fängt an zu essen. Dann schaut er den Jungen an und lächelt fast unmerklich.

Es ist Freitag, und Kicki und Håkan trinken roten Wein. Das tun sie fast nur freitags und samstags. Der Junge findet das schön. Er denkt an Irenes Cocktails und daran, wie gemein sie wurde, wenn sie die getrunken hatte.

»Moment«, sagt Kicki nach einer Weile. »Jetzt muss ich draußen kurz was erledigen.«

Sie lächelt und zieht Håkan am Arm. Die beiden verschwinden aus der Küche und er hört, wie sie die steile Kellertreppe hinuntergehen.

»Möchtest du einen Schluck?«

Herman hält ihm ein Rotweinglas hin und der Junge schüttelt den Kopf. Kinder dürfen keinen Alkohol trinken. Das weiß er. Kinder *dürfen* keinen Alkohol trinken.

»Dann nicht. Dein Pech.«

Herman hebt das Glas an den Mund, trinkt alles, schluckt noch den kleinsten Tropfen in einem einzigen Zug. Dann nimmt er die Flasche und füllt das Glas wieder neu.

»Die haben doch keine Ahnung, wie viel sie schon getrunken haben.«

Herman grinst, und der Junge sieht, dass seine Lippen von dem Wein blau gefärbt sind.

»Du sagst ja nicht gerade viel, du.«

Herman sieht ihn neugierig an. Der Junge zuckt mit den Schultern. Weiß, dass Herman recht hat. Er sagt wirklich sehr wenig.

»Bist du immer so schweigsam?«

Der Junge nickt und merkt, dass er rot wird. Es ist schwer, mit Herman zu reden, der so groß und stark ist. Obwohl er seit einigen Monaten bei Kicki und Håkan wohnt, hat er noch fast kein Wort zu Herman gesagt.

»Gut, dass du den Mund halten kannst. Manchmal muss man ein Geheimnis für sich behalten können. Kannst du das?«

»Ja.« Er flüstert die Antwort nur, schaut dann Herman in die

Augen und wiederholt das Wort mit lauterer Stimme. Herman soll begreifen, dass er wirklich meint, was er sagt. Er kann ein Geheimnis bewahren. Das kann er sogar sehr gut.

»Gut.« Herman nickt. »Ich schau nachher bei dir rein, wenn die anderen schlafen. Dann bekommst du ein ganz besonderes Geburtstagsgeschenk von mir.«

Der Junge hat wieder dieses prickelnde Gefühl. Ein Geburtstagsgeschenk von Herman.

Plötzlich hört er Kicki und Håkan zurückkommen. Sie singen wieder »Hoch soll er leben«, und als sie die Küche betreten, bringen sie ein riesiges Paket mit.

»Herzlichen Glückwunsch zum Geburtstag. Für dich von uns!«

Der Junge springt auf und geht auf das in blau-weiß gestreiftes Papier gewickelte Paket zu. Er fängt langsam an, das Papier zu entfernen, obwohl er es am liebsten einfach wegreißen würde.

Der Junge muss dabei einfach an seinen vorigen Geburtstag denken. Er sieht Mama, Papa und Elsemarie vor sich. Wie sie alle eine grüne Marzipantorte essen. Elsemaries Händchen, mit rosa lackierten Nägeln, die vorsichtig und methodisch alles Marzipan von der Torte pflücken. Die Erinnerung tut so weh, dass er plötzlich kaum noch atmen kann.

Sieben Jahre war er damals alt. Zwei Monate, ehe das Schreckliche passierte.

Im Paket steckt ein großer Karton, und jetzt kann er sich nicht mehr beherrschen, er reißt die braune Wellpappe herunter. Drinnen liegt ein ganz neuer Snowracer-Schlitten. Der Junge fährt mit der Hand über die grauen Metallrohre und den blauen Sattel. So einen Schlitten hat er sich schon immer gewünscht, anstelle des kindischen blauen Pulkaschlittens, der auf dem Hang in dem Wäldchen so unendlich langsam war.

Einen Snowracer, wie die großen Kinder ihn haben.

Aber plötzlich muss der Junge an den Morgen denken, an dem

er sein Haus angezündet hat. An den Morgen, an dem Mama, Papa und Elsemarie gestorben sind. Er denkt an den vielen Schnee auf dem Grundstück, den Schnee, der Haufen bildete, und ihm geht auf, dass der Winter nie mehr dasselbe bedeuten wird wie früher. Der Winter wird nicht mehr Schlittenfahren, Schlittschuhlaufen und heißen Kakao bedeuten. Der Winter wird die Zeit sein, in der seine Familie gestorben ist.

Das Bett ist weich und auf den Bettbezug ist Superman gedruckt. Der Junge findet das Bild von Superman schön, auf dem er mit geballter Faust durch die Luft fliegt. Superman hat auch keine Eltern, aber er ist trotzdem ein Superheld, der Menschen in Not rettet. Vielleicht kann der Junge auch ein Superheld werden, wenn er groß ist.

Er sitzt im Bett und wartet auf Herman und das ganz besondere Geschenk, und er fragt sich, was das wohl sein kann. Ein Spielzeug vielleicht? Er hofft, dass es ein Spielzeug ist. Er weiß nicht so recht, welches, aber das ist eigentlich nicht so wichtig. Das Wichtige ist, dass es ein Spielzeug ist und dass Herman es ihm schenkt.

Er schaut auf die Armbanduhr, die fast elf zeigt. Es ist eine Donald-Duck-Uhr, und die Zeiger sind Donalds Arme. Sie bewegen sich unendlich langsam über das weiße Zifferblatt. Es ist ganz still im Haus, und er glaubt, dass Kicki und Håkan schlafen gegangen sind. Sie gehen fast immer so früh schlafen. Håkan sagt, er und Kicki seien Morgenmenschen. Das bedeutet, dass man lieber früh aufsteht, anders als Nachtmenschen, die am liebsten den ganzen Tag verschlafen würden. Das hat Håkan ihm erklärt, und der Junge hat begriffen, dass es besser ist, Morgenmensch zu sein als Nachtmensch, auch wenn Håkan das so nicht gesagt hat.

Es wird an seine Tür geklopft, und Herman schlüpft durch den Türspalt, ohne auf Antwort zu warten. Er lächelt den Jungen strahlend an, stellt eine Tüte auf den Boden und nimmt etwas heraus.

»Schau mal, jetzt bekommst du etwas richtig Tolles.«

Herman versteckt beide Hände hinter seinem Rücken.

»Bitte sehr, kleiner Bruder. Denn du bist ja fast mein kleiner Bruder. Welche Hand willst du haben?«

Der Junge zögert. Es kommt ihm seltsam und ein bisschen feierlich vor. Er hat eine Pflegemama und einen Pflegepapa, und jetzt hat er außerdem noch einen Pflegebruder. In ihm fühlt sich alles weich und glatt an.

»Komm schon. Worauf wartest du?«

Herman grinst, und dabei sieht der Junge etwas Braunes unter seiner Oberlippe.

»Okay.«

Er lächelt verlegen und tippt Hermans rechten Arm an. Herman zieht die Hand hervor und öffnet sie langsam. Darin liegt ein Rennauto. Der Junge ist überrascht und auch ein bisschen enttäuscht. Ein Rennauto kommt ihm ein bisschen … kindlich vor, aber er weiß auch, dass er so nicht denken darf, das wäre doch undankbar. Also lächelt er wieder und murmelt leise »danke«.

»Also. Das ist noch nicht das ganze Geschenk. Das ist ein Teil von einem Geschenk. Aber wenn du den Rest haben willst, musst du etwas für mich tun. Tust du das?«

»Okay«, sagt der Junge zögernd und fühlt sich unsicher.

Herman macht ein ernstes Gesicht.

»Dieses Auto kommt von meiner Rennbahn. Das ist eine sehr schöne Rennbahn, die ich zu Weihnachten bekommen habe, als ich ungefähr so alt war wie du. Wenn du mir einen Gefallen tust, wird dir die ganze Rennbahn gehören.«

Eine Rennbahn.

Der Junge ist ganz stumm. Eine Rennbahn ist mehr, als er sich jemals erhoffen konnte. Natürlich wünscht er sich eine Rennbahn. Er schaut das Auto in seiner Hand an und stellt sich vor, wie es über eine schwarze, wie eine 8 geformte Straße fährt.

»Es gibt noch drei Autos.« Herman hebt drei Finger. »Ein grünes, ein rotes und ein schwarzes. Was ist deine Lieblingsfarbe?«

»Blau.« Der Junge hält das blaue Rennauto hoch und lächelt. »Blau ist meine Lieblingsfarbe.«

»Was für ein Glück! Und jetzt müssen wir anstoßen. Du hast ja schließlich Geburtstag.«

Herman wühlt in seiner Tüte und zieht eine Flasche heraus. Die Flasche hat ein blaues Etikett mit einer gelborangen Sonne. Auf dem Etikett steht »Marinella«.

»Prost, Bruderherz! Herzlichen Glückwunsch zum Geburtstag.« Herman nimmt einen großen Schluck und hält die Flasche dann dem Jungen hin, der sie verständnislos ansieht.

»Trink. Das schmeckt gut. Es ist ein bisschen stark, aber nicht so gefährlich. Komm schon. Du bist doch jetzt ein großer Junge.«

Herman scheint den Jungen ein bisschen kindisch zu finden, und der Junge wird rot. Er hält sich die Flasche an den Mund und nimmt einen großen Schluck. Die Flüssigkeit ist stark und süß und schmeckt widerlich, aber der Junge traut sich nicht zu sagen, dass sie ihm nicht schmeckt.

»Bravo! Du kannst es ja doch!«

Herman nimmt die Flasche, trinkt und reicht sie dann wieder dem Jungen.

Sie bleiben lange schweigend auf dem Bett sitzen. Herman reicht ihm ab und zu die Flasche, und dann redet er über Eishockeyspieler, Mädchen und Filme für Erwachsene. Der Junge ist müde und ihm ist heiß, er kann seine Gedanken nicht mehr richtig im Griff behalten.

»Aber jetzt müssen wir darüber reden, wobei du mir helfen sollst.« Herman macht ein ernstes Gesicht. »Willst du mir helfen?«

Der Junge nickt rasch und versucht, überzeugend auszusehen.

Natürlich will er Herman helfen. Herman, der fast sein Bruder ist und ihm außerdem etwas Schönes geschenkt hat.

»Ich bin doch dein Bruder, könnte man sagen«, erklärt Herman.

Der Junge nickt und ist froh. Wiederholt das in Gedanken. Wieder und wieder. Mein Bruder. Herman ist mein Bruder.

»Es gibt Dinge, die nur Brüder zusammen machen. Sachen, die ein Geheimnis sein müssen. Du darfst niemals irgendwem davon erzählen. Verstehst du?«

Er hört Hermans Stimme, aber die scheint von ganz weither zu kommen.

»Ich verspreche es.«

Seine Stimme klingt belegt und komisch.

»Gut so, Bruderherz!«

Herman steht auf und öffnet seine Hose. Der Junge sieht ihn verständnislos an. Dann zieht Herman Jeans und Unterhose aus. Der Junge kneift die Augen zu und überlegt, ob er schon eingeschlafen und in einen Albtraum geraten ist. Er will nicht hier sein. Will nicht auf dem Bett mit dem schönen Supermanbezug sitzen und einen nackten Herman vor sich haben. Er will nicht. Das hier ist fies und falsch.

»Das hier machen alle Brüder miteinander. Verstehst du?«

Herman kommt näher, packt die Haare des Jungen und reißt dessen Gesicht nach oben. Er starrt ihn aus seltsam glasigen Augen an.

Der Junge hat Angst. Er will Herman nicht ansehen. Er will diese gemeinen Augen nicht sehen, die so ganz anders sind als sonst. Also starrt er seine Finger und den Boden und das Bild über dem Schreibtisch an, auf dem ein Hundebaby zu sehen ist.

»Verstehst du? Du musst schwören, dass du es keinem Menschen sagst!«

Herman redet jetzt schneller und presst das Gesicht des Jungen an seinen nackten Leib.

»Ich schwöre, dass ich nichts sagen werde!«

Der Junge flüstert das ganz leise und hinter seinen Augenlidern brennen die Tränen.

»Gut, dass du das begreifst. Denn wenn du den Mund nicht hältst, dann sorge ich dafür, dass du hier wegmusst, zurück zu dieser Familie auf den Bauernhof.«

Polizeipräsidium, Kungsholmen, Stockholm

»Carin ist bei der Rechtsmedizin in Solna«, sagt Vijay. »Wir sollen das durchgehen, was wir bisher haben.«

Vijay geht zur Wand, an der die Bilder von Nova-Li, Liam und deren Eltern und Angehörigen befestigt sind. Gleich darunter hängen die Vergrößerungen der im Netz gefundenen Fotos von Nova-Li und Kajsa Rantanen zusammen mit Notizen. Auf das Whiteboard ist sorgfältig eine Zeitschiene gezeichnet, wichtige Ereignisse sind angekreuzt.

Vijay sieht plötzlich ein wenig unsicher aus.

»Fang noch mal von vorne an«, sagt Jimmy.

»Na gut«, sagt Vijay. »Nova-Li verschwindet am Mittwoch aus der Pflegefamilie in Älvsjö.«

Er zeigt auf das erste Kreuz in der Zeitschiene, erwidert meinen Blick und fügt hinzu: »Niemand hat gesehen, wohin sie gegangen ist, aber ihre Pflegemutter, die nach ihr gesucht hat, sagt aus, dass sie gehört hat, wie in der Nähe ein Auto losgefahren ist. Ob das etwas mit dem Verschwinden der Kleinen zu tun hat, wissen wir nicht. Die Organisation Missing People und die Polizei haben in der folgenden Nacht und am nächsten Tag die Umgebung sowie den in der Nähe gelegenen Älvsjö Wald durchsucht, was aber nichts erbracht hat. Der Verdacht richtete sich zuerst gegen die Mutter, Sandra Persson, die eine lange Geschichte von psychischen Problemen hat und die zudem alles tut, um den Behörden Steine in den Weg zu legen. Wir wissen aber, dass Sandra und ihr Lebensgefährte Viktor Lans für den fraglichen Abend ein Alibi haben. Sie waren bei einem Treffen der lokalen Nazipartei, was ihre Parteigenossen bestätigen. Eine andere Möglichkeit, die wir in Betracht gezogen haben, ist, dass das Mädchen von einem Pädophilen entführt worden ist. Ein Durchgang der bekannten Sexualverbrecher der Gegend hat in einem Radius von zehn Kilometern drei Männer ergeben, die wegen Sexualvergehen gegen Kinder vorbestraft sind oder unter Verdacht standen. Einer hielt sich zum fraglichen Zeitpunkt in Thailand auf, und auch die beiden anderen konnten als Täter ausgeschlossen werden.«

Vijay dreht sich wieder zu der Zeitschiene um und zeigt auf das nächste Kreuz.

»Genau eine Woche später verschwindet der jüngere Bruder, Liam, der ebenfalls in einer Pflegefamilie untergebracht ist, aus seiner Vorschule in Tyresö. Zwei andere Kinder berichten, dass er in ein Auto eingestiegen ist, danach aber weichen die Darstellungen voneinander ab. Ein Kind sagt, dass eine Frau am Steuer saß, das andere behauptet, dass es ein Mann war. Auch über die Farbe des Wagens können sie sich nicht einigen. Der Verdacht gegen die Familie wird nun stärker, da nur ein begrenzter Personenkreis überhaupt wusste, wo die Kinder untergebracht waren. Eine Möglichkeit ist, dass jemand die Kinder im Auftrag der Mutter entführt hat, und dass sie irgendwo versteckt werden. Die Kollegen von der Ermittlung haben mit Freunden und Bekannten der Familie gesprochen, aber viel ist dabei nicht herausgekommen. Diese Leute waren nicht sonderlich … kooperativ. Wir haben auch mit der Großmutter gesprochen, Yvonne Hedman, die bei Vingåker im Sörmland wohnt. Sie hat das Sorgerecht für die Kinder beantragt und außerdem gewusst, wo sie untergebracht waren. Sie hat kein Alibi für den aktuellen Zeitraum, aber es besteht kein Grund zu der Annahme, dass sie in die Sache verwickelt ist, abgesehen davon, dass sie sich um die Kinder kümmern wollte und deren Mutter offenbar verabscheut. Der Vater der Kinder, Sebastian Hedman, Basse genannt, war in einer Entzugsklinik in Värmland, als die Kinder entführt wurden, das hat das Personal bestätigt, und deshalb kann er nicht der Täter sein.«

Vijay schiebt die Hand in die Tasche seiner verwaschenen Jeans und sieht uns an.

»Und dann hat eine Sechzehnjährige in Rinkeby, Adeela Ali, die Bilder im Internet gefunden. Sie erkannte Nova-Li von den Zeitungsfotos und hat sich an unser Info-Telefon gewandt. Die Angehörigen haben die Identität des Mädchens bestätigt, und am nächsten Tag konnte einer unserer Mitarbeiter die Frau auf dem Bild als Kajsa Rantanen identifizieren, Vorschullehrerin aus Huddinge. Sie ist vor zwei Monaten bei einer Joggingrunde verschwunden. Damals wurde ihr Hund tot im Wald aufgefunden, offenbar war er erstochen worden. Kajsa ist verheiratet mit Tero Rantanen, Betriebswirt, angestellt bei der Nordea-Bank. Das Paar hatte Eheprobleme und ihr Mann stand zuerst unter Verdacht, etwas mit ihrem Verschwinden zu tun zu haben, aber er konnte ziemlich früh aus den Ermittlungen ausgeschlossen werden, da er zum Zeitpunkt von Kajsas Verschwinden in einer Telefonkonferenz saß.«

Vijay verstummt und schaut zur Leuchtröhre unter der Decke hoch, als wisse er nicht so recht, wie er weitermachen soll.

»Ihr habt mit ihrem Mann gesprochen?«, fragt Örjan und sieht Jimmy an.

Vijay geht zum Tisch zurück und setzt sich neben mich.

»Ja«, sagt Jimmy. »Gestern. Das hier ist für ihn natürlich schrecklich. Zuerst verschwindet seine Frau, dann wird er verdächtigt. Und jetzt steht sie unter Verdacht, die Kinder entführt zu haben.«

»Das stimmt nicht«, sagt Örjan. »Sie kann nicht gewusst haben, wo die untergebracht waren. Nur ein begrenzter Personenkreis war darüber informiert. Die Familie der Kinder und die Sozialbehörden. Und soviel wir wissen, bestand keinerlei Verbindung zwischen Kajsa und der Familie oder dem Sozialamt.«

»Moment mal«, sagt Vijay. »Als wir mit dem Sachbearbeiter vom Sozialamt gesprochen haben, der für die Kinder zuständig ist, haben wir uns auch mit einem IT-Mann dort unterhalten. Er hat erwähnt, dass irgendwelche Außenstehenden sich die Akten der Kinder angesehen haben. Sollten wir nicht versuchen herauszufinden, wer das gewesen sein kann?«

»Die IT-Jungs arbeiten daran«, sagt Jimmy und öffnet mit lautem Zischen eine Dose Cola.

Alle im Raum verstummen und sehen einander an. Die Frustration ist fast greifbar. Das Gefühl, dass wir etwas Wichtiges übersehen haben, etwas, das vor unseren Augen liegt, ist überdeutlich.

»Wie weit sind wir mit dem psychologischen Profil gekommen?«, fragt Jimmy und dreht sich zu mir um.

»Anfangs wies alles auf die Mutter hin«, sage ich. »Sie passte perfekt zu dem Profil einer Person, die ihre Kinder entführen könnte. Psychisch labil, aggressiv, zeitweise psychotisch. Bringt der Gesellschaft tiefe Verachtung entgegen und hat paranoide Wahnvorstellungen über Polizei und Sozialamt.«

Meine Stimme versagt.

»Aber die Sache mit Kajsa Rantanen«, fügt Vijay hinzu. »Die ändert alles. Wenn die Mutter mit der Sache zu tun hat, dann muss sie in irgendeiner Verbindung zu Kajsa stehen oder diese aus irgendeinem Grund ebenfalls entführt haben. Aber eine solche Verbindung haben wir nicht gefunden. Und wenn Kajsa andererseits selbst die Entführerin ist, muss sie gewusst haben, wo die Kinder untergebracht waren. Und das wirkt überaus unwahrscheinlich, auch wenn es natürlich nicht unmöglich ist.«

Ich drehe mich zu Jimmy um.

»Weißt du, wie es bei den Ermittlungen läuft? Die sollten doch überprüfen, ob jemand von den Angehörigen der Kinder oder Kajsas den Raum auf den Bildern erkennt.«

Jimmy nickt, trinkt einen großen Schluck Cola und rülpst leise.

»Nö. Die haben bislang nichts gefunden. Aber die Bildanalytiker sind noch nicht fertig. Wir müssen wohl abwarten.«

Örjans Mobiltelefon klingelt.

»Hallo.«

Sein Blick wandert suchend um den Tisch herum. Huscht zwischen uns hin und her, während er zuhört.

»Bist du sicher? Okay. Ja, wir sind alle hier.«

Ich kann sehen, wie sich sein Gesichtsausdruck verändert.

»Ja, wir kommen sofort«, sagt er dann, drückt das Gespräch weg und legt das Telefon vor sich auf den Tisch.

Alles verstummt. Zu hören sind nur noch der Regen, der gegen die Fensterscheibe trommelt, und das Summen des Ventilationssystems.

»Das war Carin«, sagt Örjan langsam. »Kajsa Rantanen ist tot. Wir fahren zur Rechtsmedizin.«

Bergshamra, nördlich von Stockholm

Elin überlegt eine Weile. Liest den Text noch einmal durch und drückt dann auf »Veröffentlichen«. Einige Sekunden später flimmert es auf dem Bildschirm und der fertige Blog erscheint.

Sie betreibt den Blog »Mein sogenanntes Leben« seit einem halben Jahr, und er ist einwandfrei das Beste, was sie je gemacht hat. Sie versucht, jeden Tag einen Beitrag zu schreiben, aber manchmal geht es nicht. Manchmal verschwinden die Tage, ohne dass sie etwas Sinnvolles geschafft hätte. An manchen Tagen stellt sie nur ein Bild ein. Wie am Vortag, als sie Signes Hund fotografiert hat. Einen müden alten Labrador, der so dick ist, dass er mit dem Fahrstuhl zum Gassigehen gebracht werden muss.

Signe ist eine von ihren Klientinnen. Seit Beginn ihrer Ausbildung bei »In guten Händen« hat sie viele alte Menschen kennengelernt. Die Arbeit gefällt ihr wirklich gut. Sie trinkt mit den alten Herrschaften Kaffee, hilft ihnen beim Saubermachen und geht mit ihnen Einkaufen. Anfangs hat sie immer mit Leena zusammengearbeitet, aber jetzt darf sie die Klienten allein besuchen. Das einzige Problem ist, dass sie keinen Führerschein hat, deshalb kann sie nur zu denen gehen, die sie mit dem Fahrrad erreichen kann.

Gerade Signe ist etwas Besonderes. Elin und die alte Dame haben ihre eigene Beziehung und sitzen deshalb immer extra lange beim Kaffee. Dann greift Signe zu den dicken, abgegriffenen Fotoalben und fängt an, über ihr Leben zu erzählen. Über die Kindheit in Småland und ihren Mann, der an einer Lungenentzündung gestorben ist, als ihre Tochter noch klein war. Über die Jahre, in denen sie niemals Geld hatte und zwei Jobs annehmen musste, um sich und Siv versorgen zu können.

Wenn Elin auf Siv zu sprechen kommt, wird sie immer schweigsam, als tue es weh, über die Tochter zu sprechen, obwohl Elin doch weiß, dass Siv am Leben ist und es ihr gut geht. Sie hat drei eigene Kinder und ein neu gebautes Haus in Bålsta.

Einmal hat Elin gefragt, ob Siv oft zu Besuch kommt, aber da knallte Signe das Fotoalbum zu und sagte, sie sei müde und wolle sich jetzt hinlegen.

Elin fragte sich, was schlimmer ist. Alt und krank zu werden oder einsam zu sein.

Elin kennt sich mit Einsamkeit aus, aber das hat sie Signe nicht gesagt.

Das war allerdings, als sie den Blog noch nicht hatte. Jetzt hat sie mehr Freunde, als sie zählen kann, und das Phantastische ist, je offener sie über ihre eigenen Herausforderungen, Erfahrungen und Träume spricht, umso mehr Rückmeldungen bekommt sie. Dieses Gerede, dass es im Internet von Mobbern nur so wimmelt, ist offenbar gewaltig übertrieben.

Der Computer lässt ein Pling hören.

Anja96 hat den Beitrag schon kommentiert.

Wunderbare Elin, drücke Däumchen, dass du den Job behalten darfst, wenn die Probezeit vorüber ist. <3 <3.

Sekunden später noch ein Pling.

Toller fetter Wauwau. ☺

Fährst du den im Kinderwagen, oder was???,
schreibt Toyboy4U.

Elin lächelt und antwortet:

> Nö. Is sauschwer. Könnte den nie in einen Wagen heben. ☺

Noch ein Pling und jemand, den sie nicht kennt, kommentiert:

> Du bist so wunderbar, dass du den vielen alten Leuten hilfst! Ich wünschte, ich könnte das auch tun, aber ich muss mich ja um zwei wahnsinnig süße (und anstrengende) Kinder kümmern.

Elin überlegt eine Weile. Antwortet dann:

> Glückspilz. Ich liebe Kinder!

Sofort kommt die Antwort.

> Weiß ich. Ich meine, ich hab doch deinen Blog gelesen und überhaupt. Finde dich wunderbar. Wäre nett, sich mal IRL zu sehen. ☺

In ihrem Magen kribbelt es, ein unbekanntes, aber wunderbares Gefühl breitet sich in ihrem Körper aus. Eine Art Wärme, als ob die Sonne sie von innen anstrahlte, obwohl draußen der Regen niederprasselt.

Elin blinzelt und starrt die Signatur an.

Einsamer Vater.

Rechtsmedizinische Abteilung,
Karolinska-Krankenhaus, Solna

Örjan beugt sich vor und schaut sich interessiert den bleichen Leichnam an, der auf dem rostfreien Obduktionstisch liegt. In seinem Blick liegen weder Angst noch Widerwille, nur klinische Neugier.

Die Frau ist mager, fast schon ausgemergelt. Der Y-förmige Schnitt über Brust und Bauch ist mit dickem Faden zugenäht worden.

Vom Gang her sind Stimmen zu hören, und Carin kommt hereingefahren, gefolgt von einem Mann in grüner Kleidung und Plastikschürze.

»Hallo«, sagt Carin und fährt bis an den Rand des Obduktionstischs.

Ich sehe, dass sie nur mit Müh und Not über die Tischkante schauen kann, aber das scheint ihr nichts auszumachen.

»Das hier ist Göran Olsson, Rechtsmediziner«, sagt sie.

Der Mann hinter Carin ist Mitte fünfzig, groß und mager, und er hat einen Ring im linken Ohr. In den dünnen, nach hinten gekämmten Haaren hat der Kamm tiefe Spuren hinterlassen.

»'n Abend«, sagt Göran, lächelt strahlend und zeigt eine regelmäßige, aber gelbe Zahnreihe. Unter seiner Oberlippe lugt ein Priem hervor.

Wir reichen ihm alle nacheinander die Hand.

»Der Leichnam wurde gestern gegen drei Uhr von zwei Seglern vor Lännersta gefunden«, sagt Carin. »Die wollten ihr Boot für den Winter in den Hafen bringen und sind eigentlich mitten in sie hineingefahren. Görans Kollegen hier bei der Rechtsmedizin haben sehr bald auf Kajsa getippt, da alle aufgefundenen Toten mit dem Vermisstenregister abgeglichen werden und der Leichnam eine von Kajsas Angehörigen beschriebene Tätowierung aufweist.«

»Diese da?«, fragt Örjan und zeigt auf Kajsas Fußknöchel.

»Ja«, sagt Carin.

»Was steht da?«, fragt Vijay.

»This too shall pass«, sagt Carin.

»Wie passend«, meint Örjan.

Carin schaut ihn strafend an und wendet sich dann an Göran.

»Erzählst du uns, was du weißt?«

Göran nickt.

»Die Frau ist jetzt also identifiziert als Kajsa Rantanen, neunundzwanzig. Einssiebzig groß, wiegt neunundvierzig Kilo, mit anderen Worten, stark untergewichtig. Wenn ihr mal herschaut …«

Göran streift Handschuhe über und fasst den einen Oberarm der Frau.

»… dann seht ihr ziemlich viel lose Haut. Das kann daran liegen, dass sie in kurzer Zeit stark abgenommen hat. Ansonsten scheint sie gesund gewesen zu sein. Sie weist allerdings etliche neue Verletzungen auf, die gerade verheilten oder schon verheilt waren.«

Göran streckt die Hand nach einem Notizblock neben den Füßen der Frau aus und fängt an, darin zu blättern.

»Drei Rippenbrüche, ziemlich weit ausgeheilt. Ein relativ frischer Bruch im Handgelenk, ich vermute, der ist zwischen drei bis vier Wochen alt, und ein ganz frischer Schlüsselbeinbruch. Ansonsten hat sie Blutergüsse am Rumpf und frische Schürfwunden an den Händen. Die Nägel sind abgebrochen.«

Göran hebt die dünnen bleichen Arme hoch, um das zu demonstrieren, und ich merke, wie die Übelkeit in Wellen über mir hereinbricht. Das hier ist nicht die erste Obduktion, bei der ich dabei bin – daran liegt es nicht. Der Leichnam stinkt auch nicht besonders. Was diese Reaktion hervorruft, ist wohl eher die Erkenntnis, dass Kajsa offenbar hungern musste und misshandelt wurde.

Ich sehe wieder den bleichen Leichnam an. Die Frau, die auf dem Obduktionstisch liegt, hat überhaupt keine Ähnlichkeit mit der Kajsa, die ich von den Fotos an der Wand im Reihenhaus in Huddinge kenne. Mit der scheinbar frohen und starken Frau, die mühelos zehn Kilometer lief und sich darauf freute, ihr Adoptivkind nach Hause holen zu dürfen.

Ich denke an Teros Verzweiflung, als er die Bilder aus dem Internet sah, wie er am ganzen Leib zitterte, und ich frage mich, ob er es schon weiß. Ob er bereits darüber informiert wurde, dass seine Frau tot im Wasser gefunden wurde.

»Die inneren Organe sind gesund, ohne besondere Befunde«, sagt Göran, ohne auf meine Reaktion zu achten. »Der Magen war … leer, was darauf hinweist, dass sie seit mindestens zwei Tagen nichts mehr gegessen hatte. Wahrscheinliche Todesursache ist Ertrinken. Sie hat zudem hinten am Rumpf Rötungen und subkutane Blutungen, was bedeuten kann, dass sie aus ziemlicher Höhe ins Wasser gestürzt ist. Abschließend kann ich noch sagen, dass wir in einigen Tagen die Ergebnisse aus der Toxikologie haben werden. Dann wissen wir, ob sie Drogen im Leib hatte.«

Er verstummt und sieht uns an. Lächelt und hebt die langen Arme.

»Fragen?«

»Diese Verletzungen, die du erwähnt hast«, sagt Jimmy. »Was glaubst du, woher sie die hat?«

»Schwer zu sagen. Die Brüche an Rippen und Schlüsselbein können von einem Sturz oder von einer Misshandlung stammen, oder sogar von einem Autounfall. Die Fraktur im Handgelenk ist eine typische Sturzverletzung. Also, man fällt und stützt sich ab und… ja, ihr wisst schon. Die Verletzungen an den Händen weisen darauf hin, dass sie unmittelbar vor ihrem Tod etwas getan hat, gegraben hat oder geklettert ist, wobei sie sich die Fingernägel abgebrochen hat.«

»Hat sie ältere Verletzungen?«, fragt Vijay.

»Älter als zwölf Wochen?«, fragt Göran zurück.

»Genau.«

»Dafür gibt es keine Anzeichen.«

Nach dem Besuch in der Rechtsmedizin fährt Vijay mich mit seinem Auto nach Hause, das alt ist und nach Hund riecht. Ich weiß nur, dass sein Verflossener einen Schäferhund namens Barbra hatte, nach Barbra Streisand, aber ich frage lieber nicht, ob der Geruch noch von Barbra stammt.

Es ist ein wunder Punkt.

Vijay ist immer sehr verstört, wenn er über Olle spricht – seine große Liebe, die ihn für einen anderen verlassen hat. Und auf alle meine Beteuerungen, dass es in Stockholm von attraktiven, ledigen Schwulen doch nur so wimmelt, reagiert er nur mit Schnauben und der Behauptung, ich sei nicht empathiefähig und sexfixiert.

»Ich glaube, irgendwer hat sie alle drei geholt«, sagt Vijay. »Erst die Frau und dann die Kinder. Eins nach dem anderen.«

»Carin scheint noch immer zu glauben, dass möglicherweise Kajsa die Kinder entführt hat. Und dann ist es doch…«

»Verdammt eilig. Ja, das weiß ich. Aber woher könnte sie denn die vielen Verletzungen haben, wenn sie aus eigenem Antrieb gehandelt hat?«

»Vielleicht war sie psychisch krank. Menschen mit psychischen Krankheiten passieren oft die seltsamsten Unfälle. Das weißt du doch.«

»Ja, und ich nehme an, das könnte erklären, warum sie nichts gegessen hat und auf den Bildern so seltsam aussah. Aber vieles ergibt hier einfach keinen Sinn. Und ihr Mann hat doch gesagt, dass es ihr sehr gut ging.«

»Vielleicht hat er gelogen. Es wird doch so viel gelogen. Da sie auf ein Adoptivkind warteten, hätte er uns vielleicht nicht von möglichen psychischen Problemen erzählt.«

Vijay nickt und schaut wortlos hinaus in die Dunkelheit.

Als ich nach Hause komme, schläft Erik. Das Haus sieht frisch geputzt aus und riecht nach Seife. Im Wohnzimmer knistert ein Feuer und Markus sitzt mit dem Laptop auf den Knien im Sessel.

Ich ziehe die Schuhe aus, gehe ins Wohnzimmer und lege ihm vorsichtig die Hand auf die Schulter.

Er nimmt meine Hand und mich erfüllt ein gutes Gefühl. Eine Welle aus Wärme rollt durch meinen Körper, unerwartete Freude. Gleich darauf lässt er meine Hand los und dreht sich zu mir um. Er sieht froh aus. Froh und friedlich.

»Hallo, du«, sagt er.

»Selber hallo.«

Wir schweigen eine Weile. Nur das Knistern des Kamins ist zu hören. Am Ende muss ich kichern. Ich kann nicht dagegen an, aber etwas an dieser plötzlichen Spannung zwischen uns ist einfach komisch.

Markus lächelt.

»Was?«

»Ach … nichts.«

Aus Eriks Zimmer kommt ein Geräusch, und das löst die Spannung zwischen uns.

»Wie geht es ihm?«, frage ich.

»Eigentlich gut, siebenunddreißig acht vor dem Einschlafen.«

»Schön. Und was machst du da?«

Markus runzelt die Stirn.

»Schreibe einen Bericht. Saulangweilig. Aber ich hab was zu essen gemacht. Hast du Hunger?«

»Was ist das denn hier? Eine Charmeoffensive?«

»Das hier ist nur der Anfang…«

An diesem Abend lieben wir uns. Es ist das erste Mal seit langem, und meinen Befürchtungen zum Trotz kommt es mir gar nicht seltsam vor. Tatsache ist, dass es wie das Natürlichste auf der Welt wirkt.

Wie nach Hause zu kommen.

Zum Knistern des Feuers schlafe ich in Markus' Arm ein.

Stockholm, 1990

Der Junge sitzt im Klassenzimmer und malt Kreise ins Matheheft. Eigentlich müsste er dividieren, aber er kann sich nicht auf die Zahlen konzentrieren, die er teilen soll. Es ist ihm egal, wie viele Äpfel die sechs Kinder bekommen, wenn die Lehrerin sechsunddreißig hat. Er denkt an Herman.

Gestern Abend war Herman wieder in seinem Zimmer. Kicki und Håkan waren im Theater und der Junge mit seinem Pflegebruder allein. Herman besteht darauf, dass der Junge ihn Bruder nennt. Er sagt, sie seien genau wie richtige Brüder. Der Junge denkt, wenn das stimmt, dann tun ihm alle leid, die einen Bruder haben. Aber er glaubt, dass Herman lügt. Als er klein war, wusste er das nicht, aber jetzt weiß er es. Er weiß, dass das, was Herman von ihm verlangt, nicht richtig ist.

Das Problem ist nur, dass er nicht weiß, was er dagegen tun soll. Gegen das Unaussprechliche und Scheußliche, das schon bald vier Jahre so geht.

Anfangs hat er alles getan, was Herman wollte, obwohl er es nicht schön fand. Herman gab ihm jedes Mal ein Rennauto und dann die ganze Rennbahn. Die steht unbenutzt unter dem Bett des Jungen. Ab und zu hat er das Gefühl, dass alles, was passiert ist, alles Schreckliche, seine Schuld ist. Wenn er die Spielsachen abgelehnt hätte, wäre es nicht passiert. So gesehen hat er es sich selbst zuzuschreiben. Es ist auch dieses Gefühl, das Gefühl, etwas Schreckliches getan zu haben, etwas Unverzeihliches, weshalb er nicht wagt, Kicki und Håkan davon zu erzählen. Er hat oft daran gedacht, was Herman ihm angedroht hat. Dass er an einen schrecklichen Ort geschickt würde. Das Schlimmste ist, dass er ahnt, dass Herman recht hat. Er würde weggeschickt, vielleicht sogar zurück zu Lasse und Irene, und das wäre schlimmer als das Leben, das er jetzt hat.

»Aber was machst du denn da?«

Gunnel steht neben ihm und schaut in sein Heft. Statt die Fragen über Gustav Vasa zu beantworten, hat der Junge zuerst Kreise und Sterne gezeichnet, und danach ein Strichmännchen, das seinen Strichpimmel in den Mund eines anderen, kleineren Strichmännchens steckt. Vom Gesicht des kleineren Strichmännchens fallen Bleistifttränen über die Seite.

»Entschuldigung.«

Die Wangen des Jungen werden schamrot. Er reißt schnell die Seite aus dem Heft und knüllt sie zu einem winzigen Ball zusammen, den er dann in seine Jeanstasche stopft.

»Ich möchte nach der Stunde mit dir reden.«

Gunnel geht weiter, bleibt bei Jenny stehen, die wie immer Hilfe braucht. Gunnel sieht den Jungen nicht an, tut so, als wäre nichts passiert. Er sitzt ganz still auf seinem Platz, schaut aus dem Fenster auf den asphaltierten Schulhof tief unten und auf die hohen Fichten, die den Asphalt mit ihren Wurzeln aufreißen. Er wünscht sich, durch das Fenster verschwinden, an der Klinkerwand nach unten klettern zu können wie Spiderman.

Die Stunde vergeht langsam und doch zu schnell. Der Junge hat furchtbare Angst davor, was Gunnel sagen wird und was sie Kicki und Håkan erzählen wird. Der Junge braucht eine gute Erklärung. Eine, die klingt wie die Wahrheit.

Als zum Ende der Stunde geläutet wird, laufen die anderen Kinder nach draußen. Johan und Jonas bleiben bei seinem Platz stehen und versuchen, ihn zum Hallenhockey zu überreden, aber er schüttelt den Kopf und sagt, dass er nachkommen wird.

»Du kannst dir denken, warum ich mit dir reden möchte?«

Gunnel hat die letzten Kinder aus dem Raum gescheucht, die Tür geschlossen und sich neben den Jungen auf einen Stuhl gesetzt. Er ist froh darüber, dass sie ihm nicht gegenübersitzt, denn er glaubt nicht, dass er lügen könnte, wenn er ihr direkt in die Augen schauen müsste. Jetzt kann er aus dem Augenwinkel zu ihr hinüberschielen.

Gunnel hat braune Haare mit grauen Strähnen, und sie trägt immer einen Pferdeschwanz. Auf ihrer Nasenspitze sitzt eine dünne Nickelbrille, die sie ständig wieder nach oben schiebt. Heute trägt sie ein rotes Sweatshirt und Jeans. Sie sieht lieb aus, und sie ist lieb. Der Junge ist eigentlich gut in der Schule und wird immer ermutigt und gelobt, aber Gunnel ist auch lieb, wenn es schlecht läuft. Dann fragt sie, wie das passiert ist und was man daraus lernen kann. Der Junge hat Gunnel sehr gern und möchte ihr eigentlich alles erzählen, was zu Hause passiert, aber er traut sich nicht. Und was würde sie auch tun können?

»Kannst du mir was über die Zeichnung erzählen?«

Der Junge schüttelt den Kopf.

»Aber ich habe sie gesehen. Ich weiß, was sie dargestellt hat.«

Der Junge kneift die Augen zusammen und überlegt. Er hofft, dass ihm bald ein Einfall kommt, ein guter Gedanke, der ihm hilft.

»Ich hab das von einem Bild abgezeichnet.«

»Von einem Bild?«

Gunnel sieht misstrauisch aus, als wüsste sie, dass der Junge sehr gute Gründe hat, nichts darüber zu sagen, was sie gesehen hat.

»Ich habe ein Bild gesehen, als ich auf der Toilette war, in …«

Er überlegt, versucht verzweifelt, sich an einen Ort zu erinnern, wo er gewesen ist und wo es so ein Bild geben könnte.

»Das war in … in …«

Gunnel wirkt immer besorgter.

»Geht es dir nicht gut?« Sie streckt eine sonnenbraune Hand mit kurzen, abgenagten Nägeln aus und legt ihm die Hand auf die Stirn, so, wie seine Mama das vor unendlich langer Zeit gemacht hat.

»Das war in der Turnhalle, auf der Toilette.«

Der Junge hat einmal an der gefliesten Wand der Toilette neben dem Umkleideraum einen gezeichneten Pimmel gesehen. Er weiß, dass das, was er sagt, die Wahrheit sein könnte. Jemand könnte dort so eine fiese Zeichnung hingeschmiert haben.

»Da hatte jemand was gezeichnet. Wie auf dem Bild. Einen Jungen und ein Mädchen, oder so.«

Er wird rot und starrt vor sich hin.

»Ein Bild, sagst du? In der Toilette neben der Jungenumkleide?«

Er nickte. Diesmal schnell.

»Genau. Ich weiß nicht so recht, warum ich das abgezeichnet habe.«

»Das weißt du nicht?«

»Nein, oder vielleicht. Doch. Weil das ein bisschen spannend ist und so. Aber das darfst du Kicki und Håkan nicht sagen. Die wären stocksauer. Versprich mir das!«

Er hört selbst, wie ängstlich seine Stimme klingt.

Gunnel gibt keine Antwort. Sie wechselt das Thema.

»Ist zu Hause alles gut?«

Sie schaut ihm jetzt ins Gesicht und scheint genau zu wissen, was er denkt. Der Junge weiß nicht, was er sagen soll. Fast alles ist doch gut.

Bis auf Herman.

Kicki und Håkan sind lieb und kommen ihm fast vor wie richtige Eltern. Er hat ein schönes Zimmer, ein blaues Fahrrad und sogar einen Amiga-Computer. Er ist ein guter Fußballspieler und hat zwei beste Freunde. Er geht gern zur Schule und liebt seine Lehrerin. Alles wäre gut, wenn nur das Schreckliche nicht wäre.

Wenn Herman nicht wäre.

»Alles ist gut.«

Er verstummt, dann holt er tief Luft.

»Es ist nur wegen Herman. Der ist mein Pflegebruder.«

Gunnel macht ein überraschtes Gesicht.

»Was ist denn mit Herman?«

Der Junge wendet sich ab. Fragt sich, was passieren kann, wenn er die Wahrheit sagt. Denkt an alles, was er verlieren wird.

»Er ist gemein zu mir und so. Sagt, ich bin ein Babyarsch und kann nicht Fußball spielen. Aber das kann ich doch.«

Gunnel lacht laut.

»Ich kenne Herman. Der ist doch früher auch hier zur Schule gegangen. Der kann wirklich ziemlich fies sein. Da verstehe ich, dass du es ganz schön schwer haben kannst mit so einem Bruder.«

Der Junge staunt, weil Gunnel lacht. Und wie kann sie behaupten, Herman zu kennen? Sie hat keine Ahnung, wie Herman *wirklich* ist. Das hat kein Mensch, nur er.

»Soll ich mal mit Kicki und Håkan über Herman reden?«

Er schüttelt den Kopf. Das will er auf keinen Fall.

»Na gut. Dann machen wir das so. Ich erzähle Kicki und Håkan nichts von deiner Zeichnung, aber du musst mir versprechen, mit ihnen zu reden, wenn Herman gemein zu dir ist. Schaffst du das?«

»Versprochen.« Er nickt ernsthaft und macht gleichzeitig hinter seinem Rücken ein Lügenkreuz.

Polizeipräsidium, Kungsholmen, Stockholm

»Ich heiße Bella«, sagt die junge Frau mit rosa Haaren und Ring in der Nase und schaut sich in dem kleinen Besprechungsraum um. Sie erwidert ganz kurz meinen Blick und scheint sich dann auf Jimmy zu konzentrieren.

»Ich bin Bildanalytikerin und arbeite bei der Bild- und Tongruppe des SLK. Ich bin zusammen mit den IT-Forensikern die Fotos durchgegangen. Gestern spätabends haben wir auf familjedax.se ein neues Bild gefunden, auch das hat der ›Einsame Vater‹ eingestellt. Die Person, die das Bild eingestellt hat, hat es nicht kommentiert, aber jedenfalls sind Nova-Li und Liam darauf zu sehen. Wir konnten dieses Bild noch nicht detailliert analysieren, deshalb kommt es jetzt am Schluss. Wir fangen mit den beiden Fotos an, die ihr schon gesehen habt.«

Wir schweigen, während sie ihren Mac an den Projektor anschließt. Jimmy erwidert meinen Blick und hebt unmerklich die Augenbrauen.

Bella streicht ihr Pepitakleid mit dem mädchenhaften Kragen und dem ausgestellten Rock glatt. Dann öffnet sie die Datei. Vor uns auf der Leinwand erscheint das Bild von Kajsa Rantanen und Nova-Li.

»Also«, sagt sie und tritt einen Schritt zurück, damit wir besser sehen können. »Das erste Bild ist relativ neu. Das wissen wir durch technische Funde, aber sie haben auch eine Zeitung im Bücherregal gefunden …«

Bella klickt zum nächsten Bild weiter und ein Detail aus dem Bücherregal taucht auf.

»Es ist vielleicht nicht leicht zu sehen, aber das ist *Dagens Nyheter* vom 10. November. Das Bild ist also höchstens zwei Wochen alt, kann aber natürlich auch später gemacht worden sein. Mit größter Wahrscheinlichkeit wurde es mit einem Mobiltelefon aufgenommen, zum Beispiel einem iPhone. Außerdem wurde eine Art Filter darübergelegt, ihr wisst schon, wie man das mit einer App machen kann. Der Filter ist leicht gelblich und lässt das Foto älter wirken. Ungefähr wie ein vergilbtes Polaroidbild. Und das, zusammen mit den Kleidern und der Frisur der Frau, hat euch denken lassen, dass das Bild alt aussieht.«

»Du hast erwähnt, dass ihr die Zeitung im Bücherregal identifiziert habt«, sagt Jimmy. »Kann man auch sehen, was für Bücher da stehen?«

»Ja«, sagt Bella und klickt durch einige Bilder. »Wir haben eine Liste von Büchern und Gegenständen im Regal zusammengestellt.«

Eine sorgfältig angeordnete Liste taucht auf der Leinwand auf.

»Es gibt alles Mögliche«, sagt Bella. »Schwedische Krimiklassiker wie Sjöwall und Wahlöö, schwedische Arbeiterliteratur von Ivar Lo-Johansson und Moberg. Es gibt auch mehrere Bücher von Sven Lindqvist, *Lateinamerika. Ein Kontinent wird geplündert*, *Tagebuch eines verheirateten Mannes* und *Tagebuch eines Liebhabers* zum Beispiel.«

»*Der stumme Frühling* von Rachel Carson«, sagt Vijay.

»Ja?«

Bella zupft wieder an ihrem Kleid und sieht ein wenig unsicher aus.

»Diese Titel, die du da aufgezählt hast, sind Bücher, die ein wenig linksorientierte, umweltbewusste, nicht mehr ganz junge oder ältere Männer lesen könnten«, sagt Vijay.

»Verallgemeinerst du hier nicht ein bisschen?«, fragt Carin.

»Vielleicht. Aber dennoch. Schaut mal hier weiter unten auf

der Liste. *Rache ist ein süßes Wort, Blutsbande* und *Mistrals Tochter, Aila und der Clan der Bären …* das ist andererseits ja nicht gerade tiefschürfende Lektüre.«

»Man kann doch wohl unterschiedliche Bücher lesen«, sagt Jimmy und macht ein ungeduldiges Gesicht, als ob er nicht einsehen kann, wozu Vijays literarische Betrachtungen gut sein sollen.

»Natürlich«, sagt Vijay. »So sehen Bücherregale eben aus. Eine seltsame Mischung von Stilen und Titeln. So hat jedenfalls mein Bücherregal ausgesehen, als ich jung war. Mein Vater hat fast nur Fachliteratur gelesen und meine Mutter Lyrik und Klassiker.«

Mir kommt ein Gedanke.

»Genau das ist es vielleicht«, sage ich. »Das Bücherregal gehört vielleicht einer Familie. Einem Mann und einer Frau.«

Ich sehe Vijays Blick.

»Zum Beispiel«, füge ich hinzu.

»Wir wissen ja nicht einmal, ob das bei dem Täter zu Hause ist«, sagt Carin sachlich und nickt Bella auffordernd zu.

Bella geht alle Details der Fotos durch, Möbel, Kleidung, Ziergegenstände. Dann wechselt sie das Bild und wiederholt dieses Vorgehen mit dem Bild von der auf dem Fußboden zeichnenden Nova-Li.

Jimmy verdreht die Augen, als Bella Bücher und Einrichtungsgegenstände aufzählt.

»Du hast gesagt, dass es ein neues Bild gibt.«

»Ja«, sagt Bella.

»Kriegen wir das dann irgendwann auch mal zu sehen?«

Bella scheint sich gar nicht wohl in ihrer Haut zu fühlen und sieht mich an. Ich nicke ihr zu, und sie klickt weiter. Ein Bild aus demselben Zimmer erscheint auf der Leinwand. Nova-Li und Liam sitzen an dem großen Tisch und sind offenbar total versunken in ein Wirrwarr aus bunten Stäbchen.

»Mikado«, sagt Örjan.

»Genau«, sagt Bella. »Das Bild ist im selben Zimmer aufgenommen worden, wenn auch aus einem anderen Winkel. Hier kann man auch am rechten Bildrand ein Fenster erkennen. Wie ihr seht, ist das Fenster klein und hoch oben, unter der Decke, und deshalb nehmen wir an, dass sie sich in irgendeiner Form von Souterrain befinden. Die Kinder sind anders gekleidet und das Licht ist anders.«

»Ist dieses Bild an einem anderen Tag aufgenommen worden?«, fragt Vijay.

»Das ist möglich. Aber jedenfalls war es zu einem anderen Zeitpunkt, bei Tageslicht. Wir arbeiten also weiter mit diesen Bildern. Und ich möchte euch noch etwas zeigen.«

Bella tritt vor die Leinwand und zeigt auf einen Spiegel an der Wand.

»Ein Spiegel«, sagt Örjan.

Jimmy lacht.

»No shit, du solltest zur Polizei gehen.«

»Wenn wir den Spiegel vergrößern …« Bella geht zurück zum Computer und klickt das nächste Bild heran. Die rosa Haare fallen ihr ins Gesicht.

Ein grauer grobkörniger Brei ist zu sehen, in der Mitte gibt es zwei deutliche Striche.

»Ach was? Sieht aus wie mein Fernsehschirm«, sagt Billy und klopft ungeduldig mit der Tabaksdose auf den Tisch.

»Das Spiegelbild zeigt das Fenster«, sagt Bella leise. »Das Graue, das ist der Himmel. Und die Striche … wir sind uns ziemlich sicher, dass es Sendemasten sind. Die Masten von Nacka, genauer gesagt.«

Bergshamra, nördlich von Stockholm

Die Mitteilung auf dem Bildschirm ist noch immer vorhanden, als Elin die Augen öffnet. Sie beißt sich auf die Lippe und merkt, dass sich das Lächeln wie ein scheues Tier durch ihre Brust und hinauf in ihr Gesicht stiehlt.

Sie schließt die Augen wieder.

Und öffnet sie.

Es stimmt also.

Bin in 30 bei dir.

Sie hatte noch nie in ihrem Leben ein Date. Jedenfalls kein richtiges. Auf dem Gymnasium gab es einen Jungen, Johan, der gefiel ihr gut. Und sie küssten sich auch einmal, auf einem Fest bei Linn, aber mehr war nicht passiert. Johan hatte versucht, ihre Brust zu berühren, aber sie war ausgewichen, aus Angst, irgendwer könnte die enge Kammer hinter der Küche betreten. Und sie hatte wirklich keine Lust, Hure genannt zu werden, wie Sofi, die schon mit mehreren Jungen an der Schule geschlafen hatte.

Der Kuss hatte nach Gin und Cola geschmeckt.

Gin und Cola und vielleicht ein bisschen Spucke.

Elin schneidet bei dieser Erinnerung eine Grimasse. Diesmal wird es anders werden, das weiß sie mit einer unerschütterlichen Sicherheit, deren Ursprung ihr nicht so recht klar ist, aber vielleicht läuft es eben so. Wenn es richtig ist, spürt man es im ganzen Körper. *Mit* dem ganzen Körper. So, wie man auch spürt, wenn man krank oder glücklich oder einsam ist.

Der Computer lässt ein Pling hören und »Einsamer Vater« schreibt:

Nicht die Tasche vergessen und Telefon und Laptop mitnehmen <3 <3.

Sie lässt sich vor den Computer sinken und schreibt:

Schon gepackt ☺

Er antwortet fast sofort:

Vor deiner Tür. Komm runter! Kussssss

Sie schaut sich im Zimmer um. Die Sporttasche steht auf dem Bett. Sie hat genau das getan, was er gesagt hat: ein paar Kleidungsstücke, Toilettensachen und ein paar Bücher eingepackt, für den Fall, dass sie sich langweilt.

Aber natürlich wird sie sich nicht langweilen. Und sie bleibt ja nur über das Wochenende, wann soll sie da eigentlich lesen? Außerdem: die Zeit, die sie gemeinsam verbringen, will sie nutzen, um ihn kennenzulernen. Denn obwohl sie die ganze Woche lang gemailt und Bilder geschickt haben, ist ihr schon klar, dass sie einander nicht richtig kennen.

Nicht so jedenfalls, wie man das tut, wenn man sich IRL trifft.

Elin zieht ihre Jacke an und hängt sich die Tasche über die Schulter. Sie steckt das Mobiltelefon in die Jackentasche und schaut sich um: zu dem Bett mit der Rüschendecke und den bunten Kissen, zu den Stofftieren, die sich im Regal über dem Schreibtisch drängen. Zu den Kleidern, die sorgfältig zusammengefaltet auf dem Hocker vor dem Kleiderschrank liegen. Zu allem, was sie ausmacht und doch wieder nicht. Denn sie hatte immer das Gefühl, dass etwas fehlte. Und erst jetzt weiß sie, was das war.

Müsste sie Mama anrufen und ihr erzählen, dass sie übers Wochenende wegfährt?

Nein, er hat ja geschrieben, es wäre besser, es noch niemandem zu erzählen. Dass man doch erst ein bisschen Zeit braucht, um in einer Beziehung richtig anzukommen.

In einer Beziehung.

Elin lächelt wieder, als sie aus dem Schlafzimmer, durch die Diele und hinaus ins Treppenhaus geht. Sie schließt sorgfältig die Tür ab, oberes Schloss und unteres Schloss, wie ihr Betreuer Milos es ihr beigebracht hat.

Zwei Schlösser bedeuten, dass man doppelt so sicher ist. Und Elin weiß, dass Sicherheit wichtig ist.

Unten auf der Straße sieht sie den Wagen sofort. Erst, als er die Tür öffnet, fällt ihr ein, was sie vergessen hat.

Den Laptop.

»Hallo«, sagt er und sieht froh aus. »Hast du alles?«

Sie zögert für einen Moment und spürt, wie der kalte Herbstwind in ihre Wangen zwickt. Sie überlegt, ob sie ihm sagen soll, dass sie den Laptop vergessen hat, noch schnell hinauflaufen und ihn holen kann, aber sie beschließt, darauf zu pfeifen.

»Ja, ich habe alles«, sagt sie und setzt sich neben ihn.

Restaurant Pelikan, Blekingegatan, Stockholm

Aina zieht die Strickmütze und die dicken Handschuhe aus. Sie sieht magerer aus als beim letzten Mal, aber ich beschließe, kein Wort darüber zu verlieren.

»Hast du dich schon entschieden?«, fragt sie und lächelt strahlend, während sie sich mir gegenüber niederlässt.

»Ich weiß nicht.«

Das ist eine ehrliche Antwort. Es wäre schon witzig, die Praxis wieder zum Leben zu erwecken, aber die Angst davor, was passieren kann, wenn ich wieder mit Aina zusammenarbeite, hält mich zurück. Mir wird zu meiner Überraschung klar, dass ich mich nicht vor ihr fürchte, sondern eher vor mir selbst. Ich verlasse mich ganz einfach nicht darauf, dass ich meine Gefühle kontrollieren kann. Mein Mann hat mich mit ihr betrogen, und obwohl ich mir einzureden versuche, dass ich darüber hinweg bin, weiß ich nicht, ob das stimmt.

»Wieso weißt du das nicht?«

»Ich arbeite auch gern für die Polizei.«

Aina verdreht die Augen und putzt sich die Nase mit einer alten Papierserviette, die aussieht, als wäre sie schon zu lange in Gebrauch. Danach knüllt sie die Serviette zu einem kleinen Ball zusammen und lässt sie in ihre sackartige Tasche fallen.

»Du hast doch gesagt, dass es dir zu sehr zusetzt. Die viele Gewalt und der ganze Dreck. Und dass du außerdem abends und am Wochenende arbeiten musst…«

»Das schon, aber…«

Mein Blick irrt durch das Lokal, zwischen den vielen unterschiedlichen Menschen herum, die an den anderen Tischen leise Gespräche führen. Ich habe Söder immer gemocht, weil es so unkonventionell ist. Aber vielleicht ist es ja nur auf eine andere Weise konventionell.

»Es liegt an mir, ja?«

Ainas Blick hält meinen fest und wie immer kann ich nicht lügen, wenn sie mich unter Druck setzt.

»Ja. Oder nein. Es liegt an mir. Ich weiß nicht, ob es mir gelingen würde, freundlich und professionell zu sein. Ab und zu bin ich immer noch so verdammt wütend auf dich.«

Aina lächelt noch strahlender.

»Und warum wäre das so schrecklich? Ich kann damit umgehen. Wir können das klären.«

Ich merke, dass ich ebenfalls lächle.

»Vielleicht«, sage ich.

»Yes!«, schreit Aina. »Das muss gefeiert werden. Ich gebe einen Wein aus!«

Ehe ich darauf antworten kann, läuft sie schon zu einem Kellner, der sich über einen Tisch voller Gäste beugt.

Draußen ist es dunkel geworden, und durch das riesige vielfach unterteilte Fenster kann ich sehen, wie sich die Rücklichter der Autos in der blanken Fahrbahn spiegeln. Das Unwetter geht noch eine Weile so weiter und es kommt mir behaglich und geborgen vor, hier im Pelikan zu sitzen, mit den rustikalen Möbeln, der gedämpften Beleuchtung und dem konstanten Stimmengewirr im Hintergrund.

Aina kommt zurück, stellt zwei Gläser Wein auf den Tisch und setzt sich wieder. Sie sieht zufrieden aus, fast triumphierend, als ob sie sich genau das hier vorgenommen hätte.

»Ich habe nichts versprochen«, sage ich.

»Das weiß ich«, erwidert sie und sieht plötzlich ernst aus. »Aber wir können doch trotzdem feiern?«

»Sicher«, sage ich und hebe mein Glas.

Aina trinkt einen großen Schluck und wischt sich mit dem Pulloverärmel über den Mund.

»Wie läuft es denn jetzt mit dir und Markus?«

»Besser. Ich weiß gar nicht so genau, weshalb, aber er scheint mich nicht mehr zu hassen.«

»Und wie ist dir zumute?«

»Ich habe ihn nie gehasst, falls du das meinen solltest. Ich war nur … verantwortungslos.«

»Menschen machen Fehler«, sagt Aina. »Du darfst dich jetzt nicht so verdammt hart verurteilen.«

Ich denke, dass ich auch Aina ziemlich hart verurteilt habe, aber das sage ich nicht.

Wir schweigen eine Weile. Als der Kellner kommt, bestellen wir Frikadellen, wie immer.

»Dieser Fall, von dem ich erzählt habe«, sage ich. »Der, an dem ich arbeite …«

»Die verschwundenen Geschwister?«

»Der hat mir klargemacht, dass es vielen Kindern schlecht geht, und wie wichtig für Kinder eine stabile Familie ist. Ich will nicht, dass Erik ein Scheidungskind wird.«

»Wie ich?«, fragt Aina.

Ich lächle vorsichtig.

»So war das nicht gemeint.«

»Ich weiß, wie es gemeint war. Ist schon gut.«

Ich füge hinzu: »Und wenn ich sage, dass ich Markus nie gehasst habe, dann stimmt das auch, aber … ich habe meine Einstellung zu unserer Familie geändert. Habe begriffen, wie wichtig die ist, nicht zuletzt für Erik.«

Aina mustert mich mit unergründlicher Miene.

»Ich wollte nie Kinder«, sagt sie dann. »Und jetzt, nach der langen Behandlung, kann ich auch keine mehr bekommen.«

»Vielleicht willst du keine Kinder, weil du keine bekommen kannst«, deute ich vorsichtig an. »Aber selbst wenn du nicht schwanger werden kannst, könntest du doch adoptieren.«

»Ich verabscheue Kinder«, sagt Aina wütend. »Ich will keine. Hab nie welche gewollt.«

»Aber … was ist mit einer Familie? Willst du denn keine Familie?«

In Ainas Gesicht ahne ich Schmerz und eine Verletzlichkeit, die sie nur selten zeigt. Vorsichtig nimmt sie meine Hand und erwidert meinen Blick.

»Aber hast du das noch immer nicht begriffen, du Dussel? Ihr seid doch meine Familie. Du und Vijay und Sven.«

Stockholm, 1990

Kicki hat im Esszimmer die hellblauen Teller mit dem Möwenmuster aufgedeckt. Schöne Weingläser aus Kristall stehen auf der weißen Leinendecke neben dem schweren Silberbesteck.

»Möchtest du die Kerzen anzünden?«

Sie gibt dem Jungen ein Feuerzeug, und er nimmt es zögernd entgegen. Er hasst Feuer, Kerzen, brennende Zigaretten. Sie erinnern ihn immer an die orangefarbenen Flammen, die bei ihm zu Hause hinter den Fensterscheiben getanzt haben. Feuer, das er angezündet hatte. Aber er sagt nichts, nimmt nur das rote Plastikfeuerzeug, dreht das Rädchen und zündet dann gewissenhaft die apricotfarbenen Kerzen in den silbernen Leuchtern an.

»Kommen die denn nie? Herman wollte Tina doch nur vom Bus abholen.«

Kicki schaut zu der alten Uhr an der Esszimmerwand hoch. Dann lächelt sie den Jungen strahlend an und fährt sich mit den Fingern durch ihre kurzen Haare mit den getönten Strähnchen. Sie streicht ihre hellblaue Bluse glatt und schiebt die Ärmel hoch.

»Bist du nicht neugierig auf Tina? Ich jedenfalls schon.«

Der Junge brummt etwas und nickt. Auch er ist neugierig auf Tina. Sie ist Hermans Freundin. Seine erste richtige Freundin. Kicki hat Tina schon kennengelernt, aber nur im Vorübergehen. Der Junge hat sie noch nie gesehen. Aber jetzt kommt Tina zum Essen, damit alle einander kennenlernen, und Kicki rennt zwischen Esszimmer und Küche hin und her. Bringt Kochtöpfe, Schüsseln und eine Weinflasche.

Herman und Tina sind beide achtzehn und dürfen Wein trinken. Für den Jungen hat Kicki Apfelsaft hingestellt. Håkan steht draußen auf dem Balkon und raucht. Die Küche ist Kickis Revier, sagt er immer. Er hat aber versprochen, nach dem Essen abzuräumen und zu spülen.

»Jetzt kommen sie!«

Håkan beugt sich über das Balkongeländer und winkt Herman und Tina zu, die Hand in Hand die Straße entlangkommen. Der Junge tritt hinter Håkan und winkt ebenfalls.

Herman ist groß und blond und hat eine Menge Muskeln, weil er so oft ins Fitness-Studio geht. Als der Junge ihn sieht, denkt er, dass Herman lieb aussieht. Muntere blaue Augen und ein Grübchen in der einen Wange, wenn er lächelt. Es ist seltsam, dass einer, der so lieb aussieht, so gemein sein kann. Tina ist reizend. Sie hat braune Locken und eine Menge Sommersprossen und einen kurvenreichen Körper. Sie lächelt und schaut dem Jungen in die Augen, und er denkt, wenn er groß ist, dann will er auch mit einer wie Tina zusammen sein.

Es wird ein lustiges Essen. Håkan ist in Superstimmung und erzählt von damals, als er zur See gefahren ist, in den sechziger Jahren. Kicki stellt Tina viele Fragen, was sie für Interessen hat, ob sie gern zur Schule geht und was sie nach dem Abitur machen will. Tina lacht ein bisschen und antwortet, dass sie das noch nicht richtig weiß, aber dass sie wohl Betriebswirtschaft studieren will, genau wie Herman.

»Du willst Betriebswirtschaft studieren?«

Kicki schaut Herman an und macht ein überraschtes Gesicht.

»Ja, nach dem Militär. Wenn ich einen Studienplatz kriege, meine ich.«

Herman sieht plötzlich verlegen aus.

»Den kriegst du bestimmt. Mit deinen Noten.«

Kicki sieht stolz aus und Håkan hebt sein Glas.

»Aus unserer Familie hat noch niemand studiert. Niemand hat auch nur Abitur gemacht. Ich bin so stolz auf dich, Junge.« Håkans Augen sind blank, und er sieht aus, als ob er gleichzeitig lachen und weinen möchte.

»Immer mit der Ruhe, Papa. Noch ist es nicht so weit. Das dauert noch ein paar Jahre.«

Herman schaut Tina an, verdreht die Augen, und Tina kichert los. Aber Herman hebt trotzdem sein Glas und alle stoßen auf ihn und Tina an.

Der Junge kommt sich plötzlich ganz leicht vor. Als ob in ihm etwas vibriert. Er hat noch nie daran gedacht, dass Herman nur noch ein Jahr zur Schule gehen muss. Dass er dann zum Militär geht und dann vielleicht für immer von zu Hause ausziehen wird. Es dauert jetzt nicht mehr lange, dann wird Herman weg sein und der Junge frei.

»Und du? Was willst du machen, wenn du groß bist?«

Tina dreht sich zu ihm um und macht ein neugieriges Gesicht. Der Junge wird fast rot, als sie ihn mit ihren schokoladenbraunen Augen ansieht.

Er weiß zuerst nicht, was er antworten soll. Er hat noch nie so weit gedacht.

»Aber etwas musst du dir doch schon überlegt haben?«

Sie sieht jetzt fast neckend aus, und der Junge merkt, dass Herman sie überrascht mustert, als könne er nicht begreifen, warum Tina ihre Zeit mit seinem kleinen Pflegebruder vergeudet.

»Ich will Superheld werden.«

Er kichert, als er das sagt, denn er weiß, es klingt dumm und kindisch, aber er weiß auch, dass es stimmt, obwohl niemand sonst an ihn glaubt.

Alle lachen und Håkan hebt wieder sein Glas: »Superheld, das ist doch ein verdammt guter Beruf. Darauf trinken wir!«

Spät an diesem Abend wird der Junge davon geweckt, dass seine Tür quietscht. Er spürt, wie sich sein Magen zusammenkrampft, denn er weiß, wer da kommt. Nur einer kommt um diese Zeit zu ihm. Er hatte gehofft, dass Herman ihn an diesem Abend in Ruhe lassen würde, weil es so ein schöner Abend war, mit Tina.

»Hallo, Bruderherz!«

Herman stellt sich mit dem Rücken zur Tür hin.

»Hallo.«

Der Junge hat gelernt, dass er antworten muss, wenn Herman ihn begrüßt. Weil Herman sonst böse wird.

»Ich dachte, du fühlst dich vielleicht ein bisschen einsam, und da ist mir eingefallen, dass wir vielleicht ein neues Spiel spielen können. Du spielst doch so gern.«

Der Junge kneift die Augen zusammen. In seinem Bauch spürt er Feuer und Eis zugleich und würde sich am liebsten übergeben.

»Und ich dachte, wir könnten das hier ausprobieren.«

Herman hebt eine große klobige Kamera hoch. Der Junge weiß genau, was das ist, eine Polaroid. So eine, wie Johan und Jonas haben. Man kann damit Fotos machen, und die kommen dann fertig aus der Kamera heraus.

»Weißt du, was das ist?«

»Eine Kamera.«

»Genau. Und ich dachte, wir könnten doch mal Bilder machen. Das ist doch lustig.«

Der Junge sagt nichts. Starrt nur die Wand an.

»Mach jetzt kein saures Gesicht. Das wird lustig, Bruderherz. Du kannst schon mal deinen niedlichen kleinen Schlafanzug ausziehen.«

Es hat gar keinen Zweck, Herman aufhalten zu wollen. Besser ist es, den Mund zu halten und zu gehorchen, denn dann ist das Scheußliche viel schneller vorbei.

Er streift den Schlafanzug ab und hört die Kamera klicken.

Versucht, nicht daran zu denken, was passiert. Sagt stattdessen in Gedanken das Einmaleins auf.

»So ist es richtig.«

Hermans Stimme klingt rau und gepresst und der Junge hört, dass er immer weiter knipst, während er zugleich sagt, was der Junge auf den Bildern machen soll. Irgendwie kommt dem das noch schlimmer vor als alles andere, was Herman bisher gemacht hat, denn jetzt gibt es plötzlich einen Beweis dafür, dass es passiert ist. Die Bilder machen alles wirklich.

»Und jetzt sehen wir uns die Bilder an!«

Herman hält die Bilder hoch wie einen Fächer.

»Komm, setz dich neben mich.«

Der Junge setzt sich neben Herman auf die Bettkante. Er starrt die Bilder an, die sich langsam vor dem weißen Hintergrund abzeichnen, und er denkt, dass er Herman hasst, dass Herman sterben soll.

Aber Herman hat seine Hose aufgeknöpft und schaut den Jungen an.

»Du weißt, was du zu tun hast. Also fang an.«

Herman riecht nach Wein und scheint böse zu sein. Er redet lauter als sonst.

Als der Junge gerade den Kopf senkt, wird die Tür geöffnet.

»Herman? Bist du hier …«

Kickis Stimme versagt, und sie beendet den Satz nicht.

Herman springt auf und zieht dabei Unterhose und Hose hoch. Die Fotos fallen um seine Füße herum zu Boden. Sein Gesicht ist starr und die Augen groß und der Junge begreift, dass Herman Angst hat. Echte Angst.

»Aber Herman? Was machst du da?«

Kicki sieht Herman an, scheint aber nicht zu begreifen, was sie sieht oder was gerade passiert.

»Was ist hier los?«

Håkan steht in der Tür. Er trägt nur eine Unterhose, sein dicker Bauch hängt über den Hosenbund und auf den Oberarmen hat er blaue Tätowierungen. Er sieht den Jungen an, der sich unter der Tagesdecke verkrochen hat, und dann Herman, der mit offener Hose und weißem Gesicht mitten im Zimmer steht. So stehen sie lange da, oder vielleicht dauert es auch nur einige Sekunden, bis Håkan sich bückt und die Polaroidfotos vom Boden aufhebt.

»Was zum Teufel hast du getan, Herman?«

Håkan hält Herman die Bilder vor die Augen.

»Du verdammtes perverses Schwein!«

Håkan hebt den Arm und schlägt Herman mit der flachen Hand ins Gesicht. Dann fängt er langsam und methodisch an, die Fotos in kleine Fetzen zu zerreißen.

Polizeipräsidium, Kungsholmen, Stockholm

Morgenbesprechung. Die ganze Gruppe sieht erschöpft aus. Sogar Carin, die sonst immer vor Energie strotzt, hat ein fast graues Gesicht. Örjan ist wie immer damit beschäftigt, seine Brille zu putzen, und Jimmy hat seine Kapuze über den Kopf gezogen und lehnt sich zurück.

»Ich habe eben mit dem Leiter der Voruntersuchung gesprochen«, sagt Carin langsam. »Die werden langsam ungeduldig. Wir müssen bald irgendeine Form von Bericht liefern.«

Vijay nickt.

»Aber wir können noch keine vollständige Fallanalyse liefern. Es gibt zu vieles, was wir nicht wissen. Zum Beispiel, ob Kajsa Rantanen Opfer oder Täterin war«, sagt er dann.

»Das ist mir schon klar«, seufzt Carin. »Wir müssen ganz einfach unser Bestes tun. Vijay, kannst du an die Tafel schreiben? Ich komm da nicht dran.«

Vijay nickt und geht zu einem der beiden Whiteboards im Zimmer. Das andere ist schon vollgekritzelt mit Informationen, und an die blanke weiße Oberfläche sind Bilder von Opfern und Angehörigen geklebt.

»Wir fangen mit den Tatorten an. Örjan, welche Hinweise haben wir auf den Täter?«

»Das kommt darauf an, ob wir Kajsa Rantanen als Opfer betrachten«, sagt er leise.

»Vergiss Kajsa jetzt erst mal. Wir fangen mit den Kindern an«, sagt Carin.

»Na gut. Nova-Li ist abends und Liam tagsüber verschwunden.

Wir gehen davon aus, dass sie mit einem Auto geholt wurden, und bei Liam wird diese Annahme verstärkt, auch wenn wir nicht wissen, was für ein Auto es war und wer es gefahren hat. Und jedenfalls müssen die Entführungen sorgfältig geplant gewesen sein. Der Täter muss gewusst haben, wo sich die Kinder befanden und wann er sie sich holen konnte. Das weist darauf hin, dass der Täter sie über einen längeren Zeitraum hinweg beobachtet hat. Dass die Kinder Geschwister sind, weist ebenfalls auf ein persönliches Motiv hin. Wenn der Täter zum Beispiel ein sexuelles Motiv hätte, dann hätte er sich wohl kaum die Mühe gemacht, Geschwister zu entführen.«

Vijay schreibt an die Tafel: »T: organisiert, geplant, nicht psychisch krank, hat Führerschein und ein Auto. Motiv: persönlich.«

»Warum schreibst du, dass der Täter nicht psychisch krank ist?«, fragt Jimmy.

»Ich meine nur, dass er gesund genug sein muss, um so komplizierte Verbrechen zu begehen wie diese, ohne sich dabei zu verraten. Wir können psychotische oder sehr verwirrte Personen ausschließen. Der Täter kann natürlich trotzdem psychisch krank sein, aber dann auf eine Weise, die seine Fähigkeit, Verbrechen zu begehen, nicht beeinflusst.«

Jimmy nickt.

»Können wir den Tatorten oder dem Verbrechen selbst noch etwas entnehmen?«, fragt Carin.

»Nur wenige Menschen beim Sozialamt und die Angehörigen der Kinder wussten, wo sie untergebracht waren«, sagt Örjan.

Vijay schreibt: »Kenntnis der Unterbringung der Kinder« unter den Punkt »Täter«.

Jimmy streift die Kapuze ab und widerspricht ein weiteres Mal: »Die Mutter, der Vater oder die Großmutter können das jemandem erzählt haben.«

Vijay wischt mit dem Finger über die Tafel und korrigiert: »Direkte oder indirekte Kenntnisse über die Unterbringung der Kinder.«

Örjan beugt sich vor und stützt die Ellbogen auf den Tisch.

»Herauszufinden, wo die Kinder untergebracht waren, das muss doch gedauert haben … jedenfalls, wenn der Täter diese Information nicht von Anfang an hatte.«

Vijay nickt und weiß, worauf Örjan hinauswill.

»Flexible Arbeitszeiten?«, schreibt er.

»Außerdem haben wir die Bilder aus dem Internet. Wenn wir den Bildanalytikern glauben wollen, dann sind die irgendwo in der Nähe der Nacka-Masten aufgenommen. Kajsa Rantanens Leichnam wurde zudem vor Lännersta im Wasser gefunden, und das liegt auch in der Gegend.«

»Lokalisierung: Nacka und Umgebung«, schreibt Vijay.

»Ich denke an die Bilder«, sage ich. »Die wirken so arrangiert, als ob der Täter eine Art Familienidylle zeigen wollte. Sonst hätte er sie wohl nicht ins Netz gestellt.«

»Bedürfnis, die Kinder vorzuzeigen. Trophäen?«, schreibt Vijay.

»Warum hat er die eigentlich gepostet?«, fragt Carin. »Das steigert das Risiko, dass er gefasst wird, doch um einiges.«

»Ich glaube, darum geht es auf irgendeine Weise«, sagt Vijay und dreht sich zu uns um. Seine Wangen haben jetzt Farbe bekommen, wie immer fühlt er sich im Mittelpunkt der Aufmerksamkeit wohl.

»Er will etwas zeigen. Oder sie.«

»Ja, aber wem?«, frage ich.

Alle schweigen.

»Wir können diese Frage vielleicht aus einer anderen Richtung angehen«, überlegt Carin. »Was wissen wir allgemein über Kidnapperprofile?«

Vijay legt den roten Filzstift beiseite und bohrt die Hände in die Jeanstaschen. Das hier ist seine Paradenummer. Als Professor der Kriminologie forscht er seit vielen Jahren über Täterprofile und genießt es, mit seinem Wissen zu brillieren.

»Kidnapper lassen sich allgemein in drei Kategorien einteilen: finanziell Interessierte, Extremisten und emotional gestörte Individuen. In diesem Fall liegen vermutlich keine finanziellen Motive vor, da kein Lösegeld verlangt worden ist und die Familie der Kinder ohnehin kein Vermögen besitzt. Dass politischer oder religiöser Extremismus im Spiel ist, können wir auch vergessen. Bleibt ein emotional gestörter Täter. Solche Menschen sind oft psychisch labil, hatten eine schwierige Kindheit und waren nicht selten Übergriffen ausgesetzt. Das Motiv kann sexuell sein – in dieser Gruppe finden wir die Pädophilen. Was dagegen spricht, es aber an sich nicht ganz ausschließt, ist, dass es sich bei den Kindern um Geschwister handelt. In dieser Gruppe gibt es auch Täter, die sich rächen wollen, und Täter, die glauben, zum Besten der Kinder vorzugehen. Ich tippe darauf, dass wir es hier mit so einem zu tun haben. Mit einer Person aus der Familie der Kinder oder jedenfalls jemand, der eine Beziehung zu der Familie hat. Jemand, der die Kinder entführt, weil er glaubt, das sei besser für sie, oder weil er glaubt, das Recht dazu zu besitzen.«

»Wie die Mutter«, sagt Jimmy.

»Ja, wie die Mutter, oder wie irgendwer, den die Mutter um Hilfe gebeten hat. Was das Bild kompliziert macht, ist aber, dass alle Familienmitglieder für mindestens einen der Zeitpunkte ein Alibi haben, zu denen die Kinder verschwunden sind.«

»Sie können Hilfe gehabt haben«, sagt Jimmy.

»Das ist unbedingt eine Möglichkeit«, sagt Vijay. »Ich habe aber an etwas anderes gedacht. Zumindest Liam scheint ja ohne Gegenwehr in dieses Auto gestiegen zu sein. Ich meine, er ist nicht in das Auto getragen und mit Gewalt verschleppt worden.«

»Du meinst, die Kinder könnten den Täter gekannt haben?«, fragt Carin.

»Vielleicht«, sagt Vijay, greift zu seinem Stift und schreibt: »Bekannt mit Kindern/Familie.«

»Noch etwas anderes«, sagt Örjan. »Das klingt jetzt vielleicht ein bisschen banal, aber …«

Er zögert einen Moment, um unsere Reaktionen abzuwarten, aber niemand sagt etwas. Örjan ist vielleicht der pedantischste Mensch, der mir jemals begegnet ist. Sein Bedürfnis nach Struktur und seine Detailversessenheit sind fast zwanghaft, aber das würde ich ihm niemals sagen. Zudem habe ich den Verdacht, dass er das ohnehin weiß.

»Die Bücher im Regal«, sagt Örjan nun. »Ihr wisst schon, die Bücher, die die Bildanalytiker durchgegangen sind? Die sind alle vor 1986 erschienen.«

Wir schweigen für einen Moment.

»Ja?«, fragt Jimmy dann.

»Ich weiß nicht, ob das eine Bedeutung hat, und wenn ja, welche. Aber nichts in diesem Bücherregal ist in den letzten dreißig Jahren erschienen.«

»Sie halten sich vielleicht in einem alten Haus auf?«, schlägt Jimmy vor. »Einem Ferienhaus oder so. Wo sie eine Menge alten Scheiß untergebracht haben.«

»Vielleicht«, sagt Örjan und blinzelt.

»Die Bilder waren ja wirklich von den achtziger Jahren geprägt«, sagt Vijay. »Die Bücher, die Bilder, die Frisur der Frau …«

»Ferienhaus?«, schreibt Vijay unter »Lokalisierung«. Dann schreibt er daneben »80er-Jahre« und malt einen dicken Kreis darum.

»Okay«, sagt Carin und sieht sich Vijays Aufzeichnungen an der Tafel an.

»Nicht schlecht. Wenn wir jetzt überlegen, wie Kajsa Rantanen in dieses Bild passen könnte.«

»Kajsa Rantanen war kinderlos«, sagt Jimmy. »Es ist schon vorgekommen, dass Frauen, die kein Kind bekommen konnten, fremde Kinder entführt haben.«

Vijay verschränkt die Arme über seinem verschlissenen Pullover und tritt einen Schritt zurück. Sein Blick wandert zur Decke.

»Nur passt das nicht so ganz. Emotional gestörte kinderlose Frauen stehlen Kinder aus dem Krankenhaus oder irgendwo in der Stadt. Keine halbwüchsigen Pflegekinder. Und soweit wir wissen, hatte sie keinerlei Verbindungen zu der Familie und konnte nicht wissen, wo die Kinder untergebracht waren.«

»Wenn wir davon ausgehen, dass du recht hast, Vijay, dann ist es eher wahrscheinlich, dass Kajsa ebenfalls ein Opfer war«, sagt Carin. »Dass derselbe Täter, der die Kinder geholt hat, auch sie entführt hat, als sie zwei Monate zuvor ihre Joggingrunde machte. Das würde auch ihre Verletzungen erklären, die alten, halb verheilten und die frischen. Sie kann sich die alten bei der Entführung zugezogen haben, und die neuen … Sie hat vielleicht einen Fluchtversuch gemacht? Und das kann auch erklären, warum sie so stark abgenommen hat. Wenn ich entführt würde, könnte ich sicher auch nichts essen.«

»Aber dann bricht alles andere zusammen«, sage ich. »Warum sollte jemand aus der Familie der Kinder oder aus ihrem Bekanntenkreis Kajsa entführen? Eine Frau, von der sie nie auch nur gehört haben?«

Wieder verstummen wir alle. Ich kann die Enttäuschung in den Gesichtern meiner Kollegen sehen. Die Erkenntnis, dass wir nicht weiterkommen, dass die Fäden, die wir haben, sich nicht zu dem Knoten binden lassen, auf den wir gehofft hatten.

In diesem Moment wird leise an die Tür geklopft und Sonja, eine der Ermittlerinnen, schaut herein.

»Hallo. Entschuldigt die Störung, aber ich dachte, ihr wolltet das hier sehen.«

Sie lächelt verlegen, kommt herein und legt ein ausgedrucktes Foto auf den Tisch.

»Das ist vor ungefähr einer Stunde in diesem Forum aufgetaucht. Familjedax.se. Es wurde von derselben Person gepostet, diesem sogenannten ›Einsamen Vater‹.«

Ich beuge mich vor, um besser sehen zu können. Das Bild ist grobkörnig, aber es zeigt Liam und Nova-Li in dem Keller, den ich von den anderen Bildern her kenne. Vor ihnen liegt ein dicker Kürbis, an dem sie herumschnitzen.

»Sie machen einen Halloweenkürbis«, sagt Jimmy.

»Halloween ist eine Weile her«, sage ich.

»Man kann aber doch trotzdem Kürbisse schnitzen?«

Ich nicke, aber jetzt fängt etwas anderes meinen Blick ein. Ein kleines Schmusetier, das neben Liam liegt. Ein verschlissener brauner Affe mit einer rosa Fliege. Der kommt mir vage bekannt vor.

»Der Affe«, sage ich. »Den habe ich schon mal irgendwo gesehen.«

Bergshamra, nördlich von Stockholm

Milos sucht zwischen den Schlüsseln an dem großen Bund. Alle Schlüssel sind mit Namen und Registriernummern der Betreuten versehen. Bald hat er den gesuchten gefunden. »Elin Ström« steht in ordentlicher Schrift auf dem laminierten Anhänger. Er steckt den Schlüssel ins Schloss und öffnet die Tür.

»Elin? Ich bin's, Milos.«

Keine Antwort.

Milos geht hinein und knipst die Lampe in der Diele an. Er zieht Stiefel und Parka aus und geht in die Küche.

Alles sieht genauso aus wie immer. Die Küche ist fast schon pedantisch ordentlich. Die Arbeitsflächen sind glänzend sauber und nicht ein Gegenstand steht herum.

»Elin?«

Er öffnet den Kühlschrank und weiß nicht so genau, was er denn eigentlich sucht. Milch, Käse, Eier, Kaviar. Nichts Abweichendes oder Außergewöhnliches. Kein Alkohol. Keine Medikamente.

Elin gehört zu seinen leichtesten Fällen. Aufgrund ihrer relativ geringen Behinderung bekam sie nur mit Müh und Not einen eigenen Betreuer zugewiesen. Anders als viele andere hat sie keine Probleme damit, ihren Haushalt zu führen oder Rechnungen zu bezahlen. Es reichte, ihr einmal zu zeigen, wie Internetbanking funktioniert, seitdem macht sie alles selbst. Die meisten von Milos' Klienten sind schon von ihrer eigenen Hygiene überfordert. Er muss sie vorsichtig daran erinnern, dass sie sich duschen oder ihre Medizin nehmen sollen. Einige trauen sich auch nicht vor die Tür, und viel Zeit verbringt er damit, mit ihnen zu üben, den Müll hinauszubringen oder einzukaufen.

Milos geht weiter in das kleine Wohnzimmer. Der bleigraue Himmel draußen scheint gegen die Fenster zu drücken, als wolle er in die bescheidene Wohnung eindringen.

Er geht zum Fenster. Davor liegt das Meer. Es sieht fast schwarz aus und die Wellen haben weiße Schaumkronen. Hinter der Bucht ahnt er die blauen Gebäude der Universität. Es ist eine schöne Aussicht und er wünscht, alle von ihm Betreuten könnten so wohnen. Aber wenn er in den Jahren als Betreuer etwas gelernt hat, dann, dass Menschen mit psychischer Behinderung stiefmütterlich behandelt werden. In der modernen Gesellschaft scheint es keinen richtigen Ort für sie zu geben.

Zu gesund, um in eine Klinik gesteckt zu werden, zu krank, um allein zurechtzukommen. Und hier finden er und seine Kollegen ihre Aufgabe.

Er geht weiter in Elins Schlafzimmer und schaut sich rasch um, ohne etwas Auffälliges zu bemerken. Alles ist überaus ordentlich, genau wie in der Küche. Das gemachte Bett mit der Rüschendecke, die Schmusetiere, die nebeneinander im Regal sitzen und ihn abwartend anzuschauen scheinen.

Eigentlich vermittelt dieses Zimmer das Bild einer Person, die um einiges jünger ist als die 22-jährige Elin. Und genau das ist Elins größtes Problem. Sie ist naiv und gutgläubig. Ihre mentale Reife ist die einer Zwölfjährigen. Das kann Probleme verursachen, vor allem in Beziehungen. Milos hat sie schon oft trösten und ihr erklären müssen, warum andere sich so verhalten, wie sie das eben tun.

Aber ab und zu hatte er auch keine Antwort.

Milos zieht sein Telefon hervor und ruft beim Sozialamt an.

Elin ist an diesem Tag nicht zum Berufstraining gekommen, deshalb ist er hergefahren, um nachzusehen, ob sie krank ist. Er erinnert sich nicht, ob er Elin erklärt hat, wie sie sich krankmelden kann.

Margaretas heisere Stimme meldet sich fast sofort. Sie klingt immer, als hätte sie gerade eine ganze Packung Zigaretten geraucht, was sie vermutlich auch getan hat.

»Ist sie da?«, fragt Margareta, nachdem sie sich über den Wind beklagt hat, der offenbar vor ihrem Reihenhaus einen Sonnenschirm ruiniert hat.

»Nein, ist sie nicht.«

»Sie ist jedenfalls nicht bei ihren Eltern, denn da habe ich schon angerufen. Sie sind natürlich sehr besorgt.«

»Wenn es irgendeine andere wäre als Elin, würde ich mir ja keine Sorgen machen. Aber sie ist so verdammt …«

»Ordentlich?«, zischt Margareta und hustet.

»Genau. Aber egal, ich muss los. Muss noch bei Stig vorbeischauen, ehe ich Feierabend machen kann. Wir werden ja sehen, ob Elin morgen auftaucht.«

»Schön. Bis morgen, Milos.«

Nach diesem Gespräch bleibt Milos in Elins Schlafzimmer stehen. Er kann sich nicht von dem Gefühl befreien, dass etwas nicht stimmt, absolut nicht. Als er gerade gehen will, fällt sein Blick auf Elins Laptop auf dem Schreibtisch.

Eins weiß er über Elin – wenn sie länger hätte wegbleiben wollen, hätte sie den Laptop mitgenommen. Ihr Blog ist ihr Leben, und es vergeht nie mehr als eine Stunde, ehe sie sich wieder einloggt.

Einen Versuch ist es wert.

Er geht zum Tisch und öffnet den Laptop. Der rauscht und der Bildschirm erwacht zum Leben. Offenbar war Elin zuletzt in irgendeinem Chatforum.

Er fühlt sich schuldig, denn es ist ein bisschen, wie in fremder Unterwäsche oder fremden Briefen herumzuwühlen. Aber er sagt sich, es muss sein.

Und ihm wird übel, als er das hier sieht. Plötzlich kommt ihm das Zimmer zu eng vor, und eine seltsame Kälte verbreitet sich mit überraschender Schnelligkeit in jeder Zelle seines Körpers.

Bin in 30 bei dir.

Nicht die Tasche vergessen und Telefon und Laptop mitnehmen <3 <3.

Schon gepackt ☺

Vor deiner Tür. Komm runter! Kussssss

Er scrollt nach unten und liest weiter. Dieser Teil der Konversation ist einige Tage älter, und er braucht eine Weile, um das Ausmaß seiner Entdeckung zu begreifen. Dass jemand, der sich »Einsamer Vater« nennt, Elin eingeredet hat, sie hätten »eine Beziehung«, worauf sie mit ihm weggefahren ist. Jemand, der offenbar Elins Gutgläubigkeit durchschaut hat und sie ausnutzt, so, wie ein Raubtier sich aus der Herde eine schwache Beute aussucht, ein Kalb vielleicht oder ein verletztes Tier, und es dann zielbewusst jagt.

Er zieht wieder sein Telefon hervor.

Seine Hand zittert, als er Margaretas Nummer wählt, und sein Herz hämmert, als wolle es aus seiner Brust springen.

Milos lässt sich auf Elins Bett sinken und spielt ungeduldig an einem geblümten Kissen herum, während er den Klingeltönen lauscht.

»Ja?« Margareta hustet wieder.

»Wir haben ein Problem …«, beginnt Milos.

Odenplan, Stockholmer Innenstadt

Jesper verschränkt die muskulösen Arme vor der Brust, lässt sich im Sessel zurücksinken und nickt uns zu.

»Wie war also die Woche?«

Ich schaue Markus an und er erwidert meinen Blick. Seine blauen Augen funkeln und ich ahne die Freude darin.

Markus lächelt. Ich lächele.

Jesper lacht.

»Hab ich etwas übersehen?«

»Es ist nur, dass …«

Meine Stimme versagt und nur das Rauschen der Klimaanlage und der ferne Verkehr auf der Odensgate sind noch zu hören.

»Wir wollen zusammen weitermachen«, sagt Markus.

Jesper lächelt jetzt strahlend.

»Und wie seid ihr zu diesem Entschluss gelangt?«

»Ich glaube, wir haben beide lange überlegt«, sage ich. »Und wir haben auch viel darüber geredet. Wir wissen jetzt, dass wir wirklich versuchen wollen, die Familie zusammenzuhalten. Dass Erik klein ist und uns braucht. Und ja … wenn ich ehrlich sein soll, dann brauchen wir ihn auch.«

»Das muss doch ein gutes Gefühl sein. Glaube ich.«

Er klingt nicht ganz überzeugt und ein Schauer lässt mich frösteln, doch im nächsten Augenblick ist er verschwunden. Markus kann wortkarg sein, Gefühle zum Ausdruck zu bringen ist eben nicht seine starke Seite.

»Was glauben Sie, was von Ihnen verlangt wird, damit es funktioniert?«, fragt Jesper.

Markus windet sich ein wenig und schaut in die andere Richtung.

»Ich muss vielleicht das loslassen, was passiert ist«, sagt er unsicher.

»Gut«, sagt Jesper. »Und sonst?«

»Ich weiß nicht so recht. Ich muss vielleicht mehr über meine Gefühle reden. Ob ich wütend bin oder traurig oder so ...«

»Gut«, sagt Jesper wieder. »Kommunikation, mit anderen Worten. Und Sie, Siri? Was glauben Sie, was Sie tun müssen, damit es funktioniert?«

Ich schaue aus dem Fenster auf die Wolkenfetzen, die einander über den Himmel jagen. Sehe einen einsamen Vogel hoch über uns schweben. Ich stelle mir vor, dass er unbegrenzte Freiheit hat, und sehe zugleich ein, dass Freiheit auch einschränken kann. Dass ich vielleicht nicht alles haben kann, was ich will.

»Ich muss wohl mehr Zeit für Markus und Erik haben«, sage ich. »Ich muss mich mehr um sie kümmern. Ich kann nicht immer wieder losstürzen und meine eigenen Angelegenheiten vorziehen.«

»Und wie wollen Sie das praktisch umsetzen?«, fragt Jesper.

Ich denke eine Weile über diese Entscheidung nach, die langsam herangereift ist und mir plötzlich logisch vorkommt.

»Ich glaube, ich werde wieder mit meinen alten Kollegen eine Praxis eröffnen«, sage ich. »Für die Polizei zu arbeiten, ist ungeheuer spannend, aber ich habe keinerlei Einfluss auf meine Arbeitszeiten. Wenn ich meine eigene Praxis habe und Privatpatienten annehme, habe ich viel mehr Kontrolle über meinen Zeitplan. Ich werde nicht weniger arbeiten, eher im Gegenteil. Aber ich kann selbst entscheiden, wann ich arbeite und wann ich frei habe.«

Markus macht große Augen, und ich ahne die Überraschung in seinem Gesicht.

Überraschung und noch etwas anderes. Freude vielleicht.

»Bist du dir sicher?«, fragt er und klingt, als glaube er meinen Worten nicht so recht.

»Ja, ich bin mir sicher«, sage ich.

Als wir Jespers Praxis verlassen, hat sich die Sonne hinter den Wolken hervorgewagt. Grelle Lichtpfeile stechen mir in die Augen. Ein kalter Wind bringt Laub von der Norrtullsgatan mit, und eine einsame Plastiktüte fliegt in Richtung Odenplan davon. Markus nimmt meine Hand, und ich spüre die Wärme seiner trockenen Haut, drücke die Hand und schaue aus zusammengekniffenen Augen in die bleiche Herbstsonne.

Wir sagen nichts, aber trotzdem ist der Augenblick perfekt. Ich weiß, dass er über unsere Entscheidung ebenso erleichtert ist wie ich.

Dann denke ich an die verschwundenen Kinder. An das Mädchen mit der Brandnarbe auf der Stirn und an alle anderen Kinder, die unter Umständen aufwachsen, die ich mir nicht einmal vorstellen kann. An den Mann vom Sozialamt in Älvsjö, der resigniert erklärt hat, eine Pflegefamilie sei nicht immer die beste Lösung. An den mageren IT-Techniker in dem klaustrophobisch kleinen Zimmer.

Ich erstarre. Weiß plötzlich wieder, woher ich den kleinen Stoffaffen kenne. Ich sehe ihn so deutlich vor mir wie beim ersten Mal. Kann fast die Hand ausstrecken und den Plüschkörper berühren.

Ich bleibe stehen, ziehe das Mobiltelefon aus der Tasche und drehe mich zu Markus um.

»Entschuldige«, sage ich. »Ich muss telefonieren.«

Stockholm, 1990

Håkan läuft hin und her. Er sieht aus wie eine zu langsame Flipperkugel, die sich durch die Küche bewegt, vom Spülbecken zum Küchentisch und dann wieder zurück.

Kicki sitzt am Tisch. Ihre Augen sind vom Weinen gerötet, und ihr Gesicht ist geschwollen. Vor ihr auf dem Tisch steht ein Aschenbecher, der sich langsam mit einer Kippe nach der anderen füllt. Der Junge sitzt Kicki gegenüber. Weiß nicht, wo er hinschauen soll. Wenn er Kickis verweintes Gesicht sieht, denkt er, dass es seine Schuld ist, dass sie traurig ist, und wenn er Håkans wütende Miene sieht, bekommt er es mit der Angst zu tun.

»Was Herman gemacht hat, ist unverzeihlich.« Kicki schnieft und zieht an ihrer Zigarette. »Das wissen wir, Håkan und ich. Es war nicht deine Schuld.«

»Nein. Das war nicht deine Schuld.« Håkan nickt. »Aber du musst versuchen, zu verstehen …«

Er verstummt und geht zum Fenster. Schaut hinaus in den klarblauen Frühlingshimmel.

»Herman ist ja noch nicht so alt«, sagt er dann. »Er ist eigentlich auch noch ein Kind. Und Jungen in dem Alter … die experimentieren eben gern.«

»Er hat doch nicht gewollt, dass es so weit kommen würde, und er hat außerdem geglaubt, du wolltest das auch.«

Kicki schaut ihn fast flehend an. Streckt die Hand über den verschrammten Tisch aus Kiefernholz.

Der Junge denkt an Herman, an alles, was der getan hat. Alles, wozu er den Jungen gezwungen hat, alle Drohungen von Prügeln, davon, dass Kicki und Håkan alles erfahren würden. Und jetzt ist das passiert, wovor er sich am allermeisten gefürchtet hat. Kicki und Håkan wissen es.

Die Frage ist nur, was sie tun werden.

»Dir ist doch klar, dass du das niemandem erzählen darfst?«

Håkan dreht sich um und sieht ihn mit unendlich ernster Miene an.

»Herman tut das alles wahnsinnig leid.« Kicki schnieft wieder. »Er macht sich solche Sorgen darum, wie es dir geht, wie du damit fertig wirst.«

Håkan verschränkt die Arme vor der Brust.

»Aber wenn wir das melden würden … unseren eigenen Sohn anzeigen … dann wäre sein ganzes Leben zerstört.«

Er fügt hinzu: »Er hat doch sein Leben noch vor sich. Ausbildung, Familie …«

Håkan verstummt. Schaut zu Boden. Kicki sieht dem Jungen in die Augen und lässt seinen Blick nicht los.

»Deshalb ist es wichtig, dass du nicht darüber sprichst. Herman zuliebe. Verstehst du?«

Der Junge will ja gar nicht darüber sprechen, er will nicht, dass irgendwer erfährt, wozu Herman ihn gezwungen hat. Er kann sich vorstellen, was die Jungen in der Oberstufe sagen würden, wenn er ihnen auf dem Gang begegnete. Und wie die Mädchen in der Klasse tuscheln und dann kichern würden, bis sie rot im Gesicht wären, wenn er das Klassenzimmer beträte.

»Ich verspreche es.« Er sieht zuerst Kicki und dann Håkan an. »Ehrenwort.«

Er fühlt sich innerlich viel weicher, nachdem er das gesagt hat. Etwas in ihm scheint sich gelöst zu haben, und er kommt sich leichter und freier vor. Jetzt wird vielleicht alles wieder so wie früher. Er weiß nicht so richtig, *wie* das alles werden soll, nicht wie früher, aber er hofft trotzdem, dass es möglich ist.

»Du bist ein feiner Junge, du.«

Kicki beugt sich über den Tisch und streichelt seine Wange. Sie sieht traurig aus, und er denkt, so schlimm ist es doch gar nicht. Das Schreckliche ist doch vorüber. Er braucht keine Angst mehr vor Herman zu haben.

»Wir wissen ja, dass du es sehr schwer gehabt hast, weil das mit deiner Familie passiert ist, und weil du bei diesen Leuten warst, ehe du zu uns gekommen bist«, sagt Håkan und schielt zu dem verstümmelten Finger des Jungen hinüber, während er zugleich behauptet: »Wir wollen doch nur dein Bestes.«

Kicki erwidert Håkans Blick, und beide sehen so traurig aus. Der Junge hört ihnen zu, sieht, wie sie einander anschauen, und begreift plötzlich, dass es etwas gibt, das sie ihm nicht gesagt haben.

»Wie meint ihr das?«, fragt er. Der Junge hat das Gefühl, dass der Boden unter ihm schwankt. »Wieso denn mein Bestes?«

»Wir halten es für besser für dich und Herman, wenn du umziehst.«

»Wenn ich umziehe? Aber ich wohne doch hier, bei euch.«

Jetzt schwankt der Boden immer mehr, wie ein scheußliches Karussell, das sich immer schneller dreht.

»Wir haben mit dem Sozialamt gesprochen, und die werden dir helfen, eine neue Familie zu finden, und so lange kannst du natürlich bei uns bleiben. Wir sorgen dafür, dass du und Herman nicht …«

Håkan sucht nach Worten. »Dass es keine Konfrontation zwischen euch mehr gibt. Wir werden ihn dir vom Leib halten, ganz einfach.«

»Aber ich will bei euch bleiben. Das ist das Einzige, was ich will, hier bei euch bleiben zu dürfen.«

Der Junge weint jetzt. Er weiß, dass das, was Herman getan hat, falsch war, und doch wird er dafür bestraft. Er verliert seine

Freunde, seine Schule und sein Zimmer. Aber vor allem verliert er Kicki und Håkan. Er hat wirklich geglaubt, die hätten ihn lieb, als ob er ihr eigenes Kind wäre, aber jetzt begreift er, dass das eine dumme und kindische Vorstellung war. Er ist nicht ihr Kind. Er war nie ihr Kind und wird es niemals sein.

Polizeipräsidium, Kungsholmen, Stockholm

Carin dreht ihren Rollstuhl und gleitet lautlos an den Tisch. Sie zieht sich den Schal von den Schultern, faltet ihn ordentlich zusammen und legt ihn auf ihre Knie.

»Sie holen jetzt gerade Jan Halldin. Wenn ich das richtig verstanden habe, arbeitet er also als IT-Techniker beim Sozialamt in Älvsjö?«

»Ja. Vijay und ich haben mit ihm gesprochen, als wir dort waren. Das ist das Sozialamt, das für Nova-Li und Liam zuständig ist.«

»Er wusste also, wo die Kinder untergebracht waren?«

»Genau.«

Carin seufzt.

»Und wo genau hast du diesen Stoffaffen gesehen, meinst du?«

»In seinem Zimmer. Ich glaube, der saß auf seinem Rechner.«

»Und du bist dir sicher, dass das auf dem Bild mit den Kindern derselbe Affe ist?«

»Ja, allerdings.«

Ich schließe die Augen, versuche, mich an das kleine Schmusetier in Jan Halldins Zimmer zu erinnern.

»Der war braun und trug eine Art Fliege. Rosa, mit Muster. Und er sah alt aus.«

»Alt?«

»Ja, er war abgenutzt und an einigen Stellen geplatzt. Die Füllung quoll heraus.«

Nur Carin und ich sind im Zimmer, ich vermute, dass die anderen alle schon nach Hause gegangen sind. Markus war enttäuscht, als ich wieder zur Arbeit fuhr, und ich müsste natürlich ein schlechtes Gewissen haben.

Wie viele Minuten waren verstrichen zwischen meinem Versprechen, mehr Zeit für meine Familie zu erübrigen, und dem Moment, als ich Markus dort auf der Straße stehen ließ? Fünfzehn? Zwanzig? Was sagt das wohl über mich aus?

Carin sieht mich an, und eine Falte taucht zwischen ihren Augenbrauen auf.

»Wie geht es dir eigentlich?«

»Geht schon«, lüge ich.

Sie lässt sich zurücksinken und mustert mich forschend.

»Du solltest vielleicht nach Hause fahren. Dich ein bisschen ausruhen«, schlägt sie vor.

Ich nicke. Es gibt im Moment nichts, was ich lieber täte. Aber ich muss immer wieder an Nova-Li und Liam denken, und ich würde es mir nicht verzeihen, wenn ich die Ermittlungen auch nur um eine Minute verzögerte, weil ich nach Hause will. Irgendwo dort draußen im Herbstnebel gibt es zwei Kinder, die vermutlich entführt worden sind. Kinder, die niemand beschützt hat, weder die Eltern noch die Gesellschaft.

Im Moment sind wir vielleicht ihre einzige Hoffnung.

Carins Mobiltelefon klingelt, und sie meldet sich, hört lange zu und sagt dann: »Okay. Wir kommen runter.«

Sie beendet das Gespräch und erwidert meinen Blick. Als sie das Telefon auf den Tisch legt, sehe ich, dass ihre Hand zittert.

»Jan Halldin hat eine alte Vorstrafe wegen eines Sexualvergehens. Vor zwanzig Jahren hat er sich vor einem vierzehnjährigen Jungen entblößt, an der Schule, wo er damals arbeitete.«

Mein Mund kommt mir vor wie ausgedörrt, als wäre er mit Sand gefüllt, und die Worte wollen nicht heraus.

»Los«, sagt Carin. »Er ist jetzt im Haus. Wir gehen runter und hören bei der Vernehmung zu.«

Wir sitzen hinter der Glaswand des Vernehmungszimmers und sind unsichtbar für Jan Halldin und die Polizisten, die ihm gegenübersitzen. Ich erkenne sofort Abbe, der jüngere Mann mit dem dunklen Teint, der bei unserem Besuch bei Tero Rantanen dabei war. Die Vernehmungsleiterin, eine Frau mit struppigen rotblonden Haaren und einem Ekzem auf den Händen ist mir noch nie begegnet.

Jan Halldin sitzt zurückgelehnt da und hat die Arme demonstrativ vor der Brust verschränkt. Er trägt dasselbe Metallica-T-Shirt wie neulich, als ich bei ihm war, und ich frage mich, ob er es seither gewechselt hat. Die dünnen grauen Haare sind in seinem Nacken zu einem Pferdeschwanz gebunden, und die Beleuchtung im Raum lässt sein Gesicht noch magerer aussehen als bei unserem Besuch; tiefe Schatten sind unter seinen Augen und Wangenknochen zu sehen, der Mund ist wie in Stein gehauen, und die Haut an den Armen spannt über Gelenken und Muskeln.

»Das kann doch nicht Ihr Ernst sein«, sagt Jan Halldin, ohne sich zu bewegen. »Sie verhaften mich, um mich nach einem verdammten Stoffaffen zu fragen. Einem verdammten Stoffaffen, den ich im Büro hatte.«

»Sie sind nicht verhaftet, Sie sind –« Sofort fällt er der Polizistin ins Wort.

»Ist mir doch scheißegal. Ich werde zu Hause von uniformierten Bullen abgeholt. Das halbe Viertel muss das doch gesehen haben. Und warum machen Sie das? Um über einen Stoffaffen zu reden! Da hat man sein Leben lang hart gearbeitet und Steuern gezahlt, und was kriegt man dafür? Das kann ich Ihnen sagen. Ihr pisst einem ins Gesicht!«

Die rothaarige Frau kratzt sich am Ekzem auf der Hand, und ich kann sehen, wie sich dünne Hautfetzen lösen und auf den Tisch herunterrieseln wie Schneeflocken. Sie schaut resigniert zum Fenster hinüber, und obwohl sie uns nicht sehen kann, habe ich das Gefühl, dass sie mir direkt ins Gesicht blickt.

Abbe schlägt mit der flachen Hand auf den Tisch und Jan Halldin verstummt.

»Wenn Sie sich jetzt mal beruhigen könnten«, sagt Abbe mit leiser Stimme, »dann würde das hier viel schneller und leichter gehen.«

Jan starrt ihn trotzig an, sagt aber nichts.

»Wann haben Sie den Stoffaffen zuletzt gesehen?«

»Keine verdammte Ahnung. Und das sage ich nicht, um Schwierigkeiten zu machen, sondern, weil ich es eben nicht weiß. Der saß auf meinem Rechner. Und dann saß er nicht mehr da.«

Jan Halldin ist jetzt leise, und ich vermute, dass Abbes Zurechtweisung die gewünschte Wirkung hatte.

»Und Sie sagen, Sie haben den Affen aus Ihrem Elternhaus mitgebracht?«, fragt Abbe.

Jan nickt und faltet seine knochigen Hände.

»Hab ihn als kleiner Junge bekommen. Von meinen Eltern. Und dann hab ich ihn vor einigen Jahren bei einem Umzug wiedergefunden und fand ihn ziemlich niedlich, dachte, der könnte mein Büro ein bisschen aufhübschen. Das ist doch so verdammt trist und eng.«

»Und Sie wissen nicht, wann er verschwunden ist?«

Jan schüttelt den Kopf, und sein Pferdeschwanz peitscht über seinen Schultern hin und her, wie der Schwanz eines fröhlichen Hundes.

»Nö.«

Die rotblonde Polizistin zieht ein Blatt Papier hervor und legt es zwischen sich und Jan auf den Tisch.

»Das hier ist eine Vergrößerung des Bildes, das wir uns vorhin angesehen haben. Ist das Ihr Affe?«

Jan beugt sich vor und legt den Kopf ein wenig schief.

»Das sieht jedenfalls aus wie Othello.«

»Othello?«

»Ja. Mein Affe. Aber ganz sicher bin ich mir da nicht. Das Bild ist doch arg unscharf, und der Kopf ist kaum zu sehen.«

»Wir werden ja sehen, ob der Staatsanwalt ihn hierbehalten will«, sagt Carin, als wir den Vernehmungsraum verlassen haben. »Ich glaube nicht, dass die Beweislage ausreicht, falls sie bei ihm zu Hause nichts finden. Die Techniker durchsuchen gerade seine Wohnung. Wolltest du nicht übrigens nach Hause fahren?«

»Doch, aber …«

»Hau ab! Verschwinde! Fahr nach Hause und trink mit Markus Wein oder bau mit Erik ein Legohaus.«

»Ist das ein Befehl?«

»*Hell, yeah*! Nun fahr schon!«

Värmdö bei Stockholm

Erik ist natürlich schon eingeschlafen, als ich nach Hause komme, so wie gestern und vorgestern. Markus liegt auf dem Sofa und liest etwas auf dem iPad. Er schaut zu mir herüber und reibt sich die Augen, als ich hereinkomme.

»Hallo, du bist aber spät.«

Ich trete neben ihn, gehe in die Hocke und erwidere seinen Blick.

»Es tut mir so schrecklich leid, dass ich wegmusste.«

»So hatte ich das nicht gemeint«, sagt Markus. »Es tut mir nur leid für dich, dass du den ganzen Abend arbeiten musstest.«

Er setzt sich auf, macht Platz auf dem Sofa, und ich lasse mich neben ihn sinken.

»Ich muss das einfach einsehen«, sage ich. »Das wird so bleiben, solange ich für die Polizei arbeite. Ich muss dort aufhören, wenn sich wirklich etwas ändern soll.«

Markus nickt.

»Wie geht es Erik?«

Diese Frage will ich fast nicht stellen. Denn ich habe das Gefühl, dass ich nichts anderes tue. Fragen, wie es Erik geht, und ob seine Ohren besser sind und ob alles gut gegangen ist, als er im Kindergarten abgeholt wurde.

»Gut. Kommt mir total gesund vor.«

Er sieht mich schweigend an, aber in seinem Blick liegt Wärme.

»He du«, sagt er.

»Selber he«, sage ich.

Er lacht und zupft an meinen Haaren, die im Nacken ein bisschen länger geworden sind.

»Zeit für einen Haarschnitt?«

»Vielleicht sollte ich sie wachsen lassen? Mir lange Haare zulegen?«

»Das darfst du nicht«, sagt Markus, packt meine Haare und zieht meinen Kopf nach hinten.

»Au! Wieso nicht?«

»Weil du mit kurzen Haaren so verdammt sexy bist.« Er küsst mich, zuerst behutsam und dann so energisch, dass es mir fast den Atem verschlägt.

Während er meine Haare loslässt, schiebt er gleichzeitig die Hand unter meinen Pullover und streichelt meinen Bauch. Lässt die Finger nach oben wandern und schließt sie um meine eine Brust. Ich fahre mit der Hand über seine Jeans, spüre die Erektion darunter und kann den obersten Knopf öffnen.

Markus zieht mir den Pullover aus, seine Bewegungen sind jetzt ungeduldig, er scheint es eilig zu haben. Das schwache gelbe Licht vom Kamin lässt seine Haare leuchten, und ich merke, wie meine Wangen heiß werden. Er knöpft meinen BH auf und reißt ihn dann mit den Zähnen weg, und ich fange an zu kichern.

Und genau in diesem perfekten Augenblick totaler Nähe, Erregung und Freude klingelt mein Telefon.

»Scheiß drauf«, stöhnt Markus und zieht mir mit geübter Bewegung die Jeans aus.

Ich bin ja eigentlich total darauf eingestellt, ihm seinen Willen zu lassen, aber das Telefon liegt auf dem Tisch in der Diele gleich neben Eriks Zimmer, und ich habe plötzlich Angst, es könnte ihn wecken.

»Moment«, sage ich. »Ich schalte es nur schnell aus, damit Erik nicht wach wird.«

Ich laufe in die Diele und hebe das Telefon auf, und dabei sehe ich, dass ich einen Anruf von Carin verpasst habe. Als ich das Telefon lautlos drehe, kommt eine SMS: »Neues Bild im Netz. Wird gemailt. Brauchst heute nicht mehr zu kommen. Mehr bei der Morgenbesprechung. Gruß, Carin.«

»Was ist los?«, fragt Markus.

»Nichts.«

»Die Arbeit?«

Ich ahne die Frustration in seiner Stimme, gebe aber keine Antwort, denn ich will weder lügen noch die Wahrheit sagen. Ich gehe zum Sofa und ziehe langsam meinen Slip aus. Lasse ihn fallen und spüre, wie die Wärme des Feuers meinen nackten Leib anstrahlt.

Sowie Markus eingeschlafen ist, schleiche ich mich in die Diele und hole meinen Laptop. Dann setze ich mich beim Kamin aufs Sofa und wickele mich in die Decke. Die Wollfasern kratzen auf der Haut. Im Kamin ist nur noch eine schwache Glut, und ich fröstele, als ich mich in meinem Mailkonto einlogge.

Ich weiß, ich müsste mich wieder hinlegen. Mich an Markus schmiegen und seinem Atem lauschen, aber das geht nicht. Ich muss dieses Bild sehen, das Carin geschickt hat.

Das Bild, das nun auf dem Bildschirm auftaucht, zeigt Nova-Li, Liam und eine mir unbekannte Frau. Sie ist wohl Anfang zwanzig, hat volle, schulterlange blonde Haare, Apfelbäckchen und kräftige Arme. Sie lächelt breit und es sieht ehrlich aus. In ihrem Gesicht ahne ich noch etwas anderes. Stolz vielleicht, oder eine Art Triumph, als hätten sie gerade Monopoly gespielt, und sie hätte in der Schlossallee und der Parkstraße Hotels gebaut. Sie strahlt eine Wärme und Energie aus, die dem Bild eine ganz andere Stimmung gibt, als die früheren hatten. Sogar die Kinder sehen froh aus und lächeln in die Kamera. Liam hat offenbar einen Vorderzahn verloren.

Sie sitzen in einer Küche, die mitten aus den achtziger Jahren zu stammen scheint. Die Einrichtung ist eine Orgie aus Kiefer und die Fliesen sind senfgelb. Auf dem Boden liegt so eine Matte aus Korkimitat, und ich kann das Gummigefühl fast an den Fußsohlen spüren.

Das hier könnte mein Elternhaus sein.

Genau wie auf den früheren Bildern sind sie beschäftigt, diesmal backen die Frau und die Kinder Pfefferkuchen. Ein großer Haufen frisch gebackener Herzen liegt vor ihnen, und Nova-Li hat in der einen Hand etwas, das Glasur sein kann, während sie mit der anderen an ihrem gelben Fruit-of-the-Loom-Pullover zieht. Sie hat Krümel im Mundwinkel und ich nehme an, dass sie gerade die Kuchen probiert hat.

»Was machst du?«

Markus steht in der Schlafzimmertür. Er sieht verwirrt aus und kratzt sich im Schritt.

»Ich wollte bloß … etwas nachsehen.«

Ich schließe den Laptop mit einem leisen Klick und laufe zurück ins Schlafzimmer, ehe Markus noch mehr sagen kann.

Polizeipräsidium, Kungsholmen, Stockholm

Die Bildanalytikerin mit den rosa Haaren ist wieder da. Sie hat sich die Haare heute zu einem französischen Zopf hochgesteckt und trägt ein sittsames Kleid, das aussieht wie aus den fünfziger Jahren, dazu grobe Militärstiefel. Sie steht abwartend an der Wand, als Carin die Besprechung eröffnet.

»Guten Morgen!«

Alle grüßen, nur Jimmy nicht, der aussieht, als käme er frisch aus der Kneipe. Er hat Flecken auf dem Pullover und dunkle Ringe unter den Augen. Seine Hand zittert ein bisschen, als er den Pappbecher mit Kaffee an den Mund hebt.

»Wie ihr seht, haben wir heute Bella vom SKL bei uns. Sie wird uns mehr über das neue Bild erzählen, das gestern im Internet gefunden worden ist, aber zuerst wollte ich über die Vernehmung von Jan Halldin informieren, die die Ermittlungsgruppe gestern Abend durchgeführt hat. Wie einige von euch wissen, wurde er zur Befragung geholt, nachdem Siri auf einem der Fotos der Kinder ein Kuscheltier identifiziert hatte. Das Tier, ein Affe, gehört Jan Halldin und hat sich bisher an seinem Arbeitsplatz befunden. Halldin hat bestätigt, dass der Affe ihm gehört, und er sagt, dass er glaubt, der auf dem Foto sei seiner, aber dass er nicht weiß, wie der bei den Kindern gelandet sein kann.«

Carin legt eine Pause ein und blättert in ihren Unterlagen. Ich sehe, dass Jimmy die Augen verdreht.

»Was haben wir denn erwartet? Dass er sofort gesteht?«, fragt Jimmy.

Carin schaut Jimmy kurz an und sagt dann: »Halldin wurde

vor zwanzig Jahren wegen Exhibitionismus verurteilt, was ihn natürlich interessant macht. Er konnte auch in Erfahrung bringen, wo die Kinder untergebracht waren, und das macht ihn noch interessanter. Allerdings hat er ein Alibi für den Abend, an dem Nova-Li verschwunden ist, da war er auf einer IT-Fortbildung in Östersund, was seine Kollegen und die Kursleiter bestätigt haben. Gegen drei Uhr heute Morgen wurde er auf Erlass des zuständigen Staatsanwalts auf freien Fuß gesetzt. Ich kann hinzufügen, dass wir ihn jetzt beobachten, er wird also keinen Schritt machen, ohne dass wir nicht genau wissen, wo er sich aufhält.«

»Da bin ich aber beruhigt«, sagt Jimmy.

Carin scheint mit dem Gedanken zu spielen, Jimmy eine zurechtweisende Antwort zu geben, beschließt dann aber offenbar, dass die Mühe nicht lohnt.

»Halldins Wohnung wurde gestern durchsucht. Er wohnt in einer Einzimmerwohnung in Hornstull. Es gibt nichts, was ihn mit den Kindern oder Kajsa Rantanen in Verbindung bringen könnte. Das einzig Seltsame, was in der Wohnung gefunden wurde, war ein brauner Umschlag mit siebzehntausend Kronen, den er unter die Matratze gesteckt hatte. Die Techniker sehen sich das Geld jetzt an. Wir haben auch das Ergebnis der toxikologischen Analyse von Kajsa Rantanen. Sie hatte einen hohen Anteil von Benzodiazepinen im Blut. Mit anderen Worten, sie hatte Beruhigungsmittel genommen.«

Alles verstummt.

»Wenn ihr keine Fragen habt, dann gebe ich das Wort jetzt an Bella weiter.«

Niemand sagt etwas, und Bella tritt vor und schließt ihren Rechner an.

»Das Bild wurde im selben Forum gefunden wie die anderen, auf familjedax.se.«

Das Foto, das ich heute Nacht gesehen habe, taucht auf der

Leinwand auf. Etwas daran, das Bild in voller Größe zu sehen, verstärkt alle Eindrücke, und obwohl ich es schon gesehen habe, trifft es mich, wie froh die Frau und die Kinder aussehen. Wie echt die Freude in ihren Gesichtern wirkt.

»Ja, verflixt«, sagt Örjan in einem ungewöhnlichen und unerwarteten Ausbruch von Überraschung.

»Wer ist die Frau?«, fragt Vijay.

»Das wissen wir nicht«, sagt Carin.

»Ein richtiges Familienidyll«, meint Jimmy und schnaubt.

»Das schon«, sagt Carin zustimmend. »Euch ist natürlich klar, dass wir mit allen Mitteln versuchen, die Frau zu identifizieren. Die Ermittlungsgruppe vergleicht das Bild derzeit mit dem Vermisstenregister. Offenbar haben sie einen Verdacht, wer sie sein könnte, und sie haben versprochen, uns Bescheid zu sagen, sowie sie es wissen.«

Bella nickt und dreht sich zu uns um.

»Ich wollte euch noch etwas anderes zeigen, was wir interessant finden.«

Sie klickt einige Vergrößerungen heran.

»Erstens hat der Junge, Liam, einen Zahn verloren, und deshalb können wir annehmen, dass dieses Bild zu einem späteren Zeitpunkt aufgenommen worden ist als die anderen.«

Liam lächelt uns von der Leinwand an. Eine große, dunkle Lücke in seinem Oberkiefer ist deutlich zu sehen.

»Zweitens …«

Bella klickt weiter, und drei Detailbilder tauchen auf: eins zeigt ein Fenster, eins einen Heizkörper und eins einen Türrahmen.

»Wie ihr schon gesehen habt, ist das neue Bild in einer Küche gemacht worden, anders als die anderen, die aus einem Kellerraum stammen. Wir haben die Bilder einer Bauingenieurin vorgelegt. Sie hatte einige … interessante Gesichtspunkte. Zum einen hält sie das Haus für relativ neu gebaut.«

»Neu gebaut?«, fragt Örjan. »Ich würde ja sagen, dass diese Küche mindestens dreißig Jahre alt ist.«

»Stimmt«, sagt Bella mit vorsichtigem Lächeln. »Die Küche stammt mit größter Wahrscheinlichkeit aus den achtziger Jahren und zeigt auch deutliche Abnutzungserscheinungen, was dafür spricht, dass sie seit vielen Jahren in Gebrauch ist, jedenfalls seit mehr als zwanzig. Der Boden und alle Möbel und Einrichtungsgegenstände, wie auch die Bücher, stammen ebenfalls aus den achtziger Jahren. Aber das Haus selbst ist neu.«

»Aber warum sollte jemand in ein neues Haus so eine alte Scheißküche einbauen?«

Jimmy stellt seinen Pappbecher so heftig auf den Tisch, dass Kaffee auf die Tischplatte schwappt. Er wischt ihn mit der Hand weg und trocknet die Hand dann an seiner speckigen Jeans ab.

»Darauf kann ich dir keine Antwort geben«, sagt Bella und wirkt ehrlich verlegen. »Aber so, wie Wände und Fenster konstruiert sind, und aufgrund der Heizung glaubt die Ingenieurin, dass das Haus maximal zehn Jahre alt ist.«

»Kann man alte Küchen kaufen und in neue Häuser einbauen?«, fragt Örjan.

Carin zuckt mit den Schultern.

»Ich weiß, dass sich die Ermittlungsgruppe gerade darüber informiert. Sie sprechen mit Leuten von Blocket, um sich ein Bild vom Markt für gebrauchte Küchen zu machen.«

»Kann man bei Blocket alte Küchen kaufen?«

Jimmy sieht skeptisch aus.

»Glaub mir, da kann man alles kaufen«, sagt Carin.

Bella erzählt weiter: »Die Fliesen sind etwas Besonderes. Seht mal hier.«

Sie klickt eine Vergrößerung der Fliesen oberhalb des Spülbeckens heran. Sie sind senfgelb und haben eine Art Sonnenmuster.

»Kann man die ausfindig machen?«, fragt Örjan.

»Vielleicht«, antwortet Bella. »Einrichtungsfragen sind nicht meine Stärke. Aber wir haben noch etwas anderes gesehen.«

Bella streicht sich eine widerspenstige rosa Haarsträhne aus dem Gesicht und klickt zwei Vergrößerungen aus der Küche heran.

»Ein Sodastream«, sagt Jimmy.

»Stimmt«, sagt Bella. »Und zwar ein altes Modell. Das wird seit Mitte der achtziger Jahre nicht mehr hergestellt. Seht ihr, was neben der Schüssel mit den Pfefferkuchen liegt?«

Bella klickt noch einmal und das Bild wird größer.

Ich kneife die Augen zusammen und versuche, den Text auf dem Gegenstand zu lesen. Blinzle und kneife sie noch fester zusammen. Lese: »Walkman«.

Wir bleiben noch lange am Tisch sitzen, als Bella wieder gegangen ist. Versuchen zu begreifen, warum jemand ein neu gebautes Haus mit Einrichtungsgegenständen aus den achtziger Jahren füllt. Das Gefühl, dass der Täter eine Kulisse aufgebaut hat und sie seiner Umwelt zeigen will, wird immer stärker. Es ist ein bisschen, wie einen Film zu sehen. Wir sehen nur das, was der Täter uns zeigen will, und was wir sehen, ist nicht wirklich. Es sind nur perfekte Inszenierungen, die seiner eigenen Phantasie entspringen.

Nach einer Weile verschwindet Carin zu einer Besprechung mit der Ermittlungsgruppe, während Örjan das SKL anrufen geht. Ich bleibe mit Vijay und Jimmy in dem kleinen Besprechungsraum.

»Harte Nacht?«

Jimmy stopft sich einen Priem unter die Oberlippe und seufzt.

»War in der Notaufnahme in Huddinge. Meinem Vater geht es schlecht.«

Plötzlich erwacht mein schlechtes Gewissen. Ich war überzeugt davon, dass Jimmy die Nacht durchgemacht hat. Vielleicht in irgendeinem Vorort aufgewacht, neben einer Frau, die er nicht kannte und niemals wiedersehen wollte. Mir geht auf, dass ich nur wenig über ihn weiß, obwohl wir uns so nahe gewesen sind.

»Wie geht es ihm?«, fragt Vijay, der bestimmt ebenso überrascht war wie ich, sich aber offenbar schneller gefasst hat.

»Einigermaßen. Er liegt jetzt auf der kardiologischen Intensivstation. Ein Infarkt, glauben sie. Aber sie meinen, dass er wohl durchkommt.«

»Aber großer Gott«, sage ich. »Was machst du dann hier? Fahr lieber zurück.«

Jimmy erwidert meinen Blick.

»Ganz ehrlich. Ich musste erst mal weg aus dem Krankenhaus. Mein Vater und ich stehen uns nicht besonders nahe. Aber in einer Familie ist da so etwas … wenn etwas passiert … es ist, als ob diese Bänder nie richtig durchgeschnitten werden könnten. Auch wenn ich mir in den letzten zehn Jahren alle Mühe gegeben habe, ihn zu vergessen, ist mir das offenbar nicht gelungen. Er ist noch immer mein Papa.«

Jimmy lacht trocken, schüttelt den Kopf und schluchzt auf.

»Verdammt«, sagt er. »Ich muss ein bisschen schlafen. Ich lege mich eine Runde ins Ruhezimmer.«

Jimmy steht auf, stopft die Tabaksdose in die Tasche und schlurft hinaus auf den Gang. Ich schaue der Silhouette seiner vornübergebeugten Gestalt hinterher, sehe seine breiten Schultern und den gesenkten, geschorenen Kopf, als er in Richtung Treppenhaus verschwindet.

Die Erkenntnis überfällt mich in dem Moment, als Jimmy den Fahrstuhl betritt. Mein Mund ist wie ausgedörrt und mein Herz hämmert hart, hart in meiner Brust. Warum haben wir nicht längst schon daran gedacht? Es lag doch vor unseren Augen. Auf den Bildern.

Vijay schaut mich an, als ob er etwas sagen wollte, aber ich komme ihm zuvor.

»Eine Familie«, sage ich. »Derjenige, der sich die Kinder und Kajsa geholt hat, versucht, eine Familie zu erschaffen.«

Bergslagen, 1995

Solgården liegt am Rand eines Dorfes in Bergslagen. Das Haus hat eine gelbe Holzfassade mit Schnitzwerk und hinter dem Gebäude liegt ein kleiner See. Dahinter sind in der Ferne mit Nadelwald bestandene Hügel zu sehen. Vor langer Zeit war das Haus eine Direktorenvilla, gebaut für den Chef von Bergwerk und Eisenhütte, aber jetzt sind Bergwerk und Fabriken stillgelegt. Stattdessen wurde das Haus von einer Stiftung gekauft und wird nun als Wohnheim genutzt.

Der Junge sitzt auf seinem Bett. Er wohnt am längsten hier, und das hat gewisse Vorteile, zum Beispiel hat er das größte und schönste Zimmer im Haus. Eigentlich sind alle zehn Zimmer schön, aber niemand hat so eines wie er. Dort gibt es einen Kachelofen, einen eigenen Balkon und Holzboden. Aber das Schönste an diesem Zimmer ist der Blick auf den See und die bewaldeten Hügel. Die schlichten, billigen Möbel sind von Ikea: ein Bett, ein Schreibtisch und Bücherregale.

Er fühlt sich wohl in Solgården, das einfache, durchstrukturierte Dasein gefällt ihm. Es gibt klare Regeln, an die man sich halten muss, und er braucht mit den anderen nicht mehr zu tun zu haben als unbedingt nötig. Anfangs hat das Sozialamt versucht, neue Pflegefamilien für ihn zu finden, aber die gaben nach einigen Monaten alle auf. Er wollte nicht in eine neue Familie geschickt werden, um dann misshandelt, ausgenutzt oder abgewiesen zu werden.

Er will allein sein. Einsam.

Der Junge weiß, dass fast alle anderen hier im Heim ihn langweilig finden. Er will nicht mit ihnen zusammen sein, will nicht Twister spielen oder mit dem weißen Minibus Ausflüge nach Örebro machen. Er will mit seinen Gedanken in Ruhe gelassen werden, sich nicht die Prahlereien von Robin oder Ibbe darüber anhören müssen, wie viele Einbrüche sie geschafft und wie viele Drogen sie getestet haben, und er will nicht sehen, wie Jennifer ihre schwarzgefärbten Haare schleudert und ihre zerschnittenen Arme vorzeigt.

Das Personal lässt ihn meistens auch in Ruhe. Einige haben versucht, sich mit ihm bekannt zu machen, seine Interessen zu erraten oder mit ihm über Musik oder Filme zu sprechen. Die meisten haben es gut gemeint. Er weiß, dass sie sich wirklich Mühe gegeben haben.

Aber dennoch hat er ihnen den Rücken zugekehrt.

Wie soll er einem fünfundzwanzig Jahre alten Typen, der hier arbeitet, um sich eine Asienreise zu finanzieren, erklären, dass es sein größter Wunsch ist, ein Zuhause zu haben? Irgendwo dazuzugehören? Er kann sich schon vorstellen, wie die Antwort lauten würde: »Du bist doch hier zu Hause.« »Wir sind doch eigentlich eine Familie, nur eben ein bisschen anders.« Was natürlich eine verdammte Lüge ist.

Der Junge weiß, was eine Familie ist.

Das besondere Gefühl, wenn man ein Band hat, das einen festhält. Er erinnert sich an seine Mama und seinen Papa. An Mamas warme, weiche Umarmung. An den Duft von Seife und Rosen. An Papas große Hand, wenn er die kleine Hand des Jungen hält. Elsemarie. So klein und konzentriert, wie sie vor dem Fernseher kauert und die Kinderstunde ansieht. Er erinnert sich an sein Zuhause, seine Sachen, das Auto der Familie, den Garten. Die Bücher, die im Regal standen. Es ist ein Glück, dass er das noch weiß, denn es hat ja nichts den Brand überdauert. Alles, was es noch gibt, ist das, was in ihm existiert. Ab und zu hat er das Gefühl zu zerbrechen, wenn er daran denkt, was er verloren hat.

Aber etwas gibt es noch. Auch wenn das Haus seiner Familie verschwunden ist, ist das Grundstück doch noch vorhanden. Es liegt unbebaut und verlassen in der Straße, wo er einmal gewohnt hat. Das Grundstück gehört ihm; aber erst, wenn er mündig ist, kann er entscheiden, was damit geschehen soll, deshalb ist es zugewachsen und verlassen. Auf irgendeine Weise kommt das Grundstück ihm wie eine Rettung vor, und irgendwann in der Zukunft, in weiter Zukunft, kann er vielleicht dorthin zurückkehren.

Es wird an die Tür geklopft, und Matilda schaut herein.

»Kann ich reinkommen?«

»Klar doch.«

Matilda ist die Einzige in Solgården, mit der er sich ein bisschen zusammengehörig fühlt. Sie ist genauso alt wie er und hergeschickt worden, weil ihre Mutter drogensüchtig ist. Das Sozialamt konnte keine Pflegefamilie für sie finden, und das liegt vielleicht daran, dass es nicht ganz einfach ist, Matilda zu mögen. Sie ist jähzornig und gerät leicht mit Bewohnern oder Betreuern aneinander. Außerdem stiehlt sie, und der Junge weiß, dass sie ab und zu Drogen nimmt. Sie sind ein seltsames Paar, er und Matilda, aber sie haben sich gefunden, da sie im anderen die Sehnsucht erkannt haben, die Sehnsucht nach etwas.

Der Junge findet Matilda schön, mit ihren glatten blonden Haaren und ihrem schmalen Gesicht. Eigentlich dürfen die Heimbewohner keine intimen Beziehungen untereinander eingehen, aber das ist allen egal.

»Was machst du?«

Matilda setzt sich neben ihn und schaut auf seinen Skizzenblock. Er hat die Umrisse seines alten Zuhauses gezeichnet, damit er nicht vergisst, wie es ausgesehen hat.

»Ich kritzele nur ein bisschen.«

»Hast du da gewohnt?«

Ihre Frage ist neugierig, aber nicht verpflichtend. Er braucht ihr keine Antwort zu geben.

»Da war mein Zimmer.« Er zeigt auf die dünnen Bleistiftstriche, die ein Fenster bilden.

Sie lächelt kurz und fährt mit der Hand über die Skizze.

»Das sieht schön aus. Das ganze Haus. Was für eine Vorstellung, dort zu wohnen.«

»Willst du da mit mir wohnen?«

Er gibt sich Mühe, um nicht zu ernst zu klingen, aber sie fährt herum und schaut ihm in die Augen. Streckt eine Hand aus und berührt sein Gesicht.

»Wer lebt wird sehen.«

Sie lacht leise, beugt sich dann vor und küsst ihn. Ihre Lippen sind dünn und warm und sie schmeckt nach Kaugummi und Rauch.

»Möchtest du hier schlafen?« Er lehnt sich zurück, um im Dämmerlicht ihr Gesicht sehen zu können.

»Wenn du willst.«

Sie deutet ein Schulterzucken an, als sei es ihr doch egal, wo und mit wem sie schläft. Er weiß, dass es ein Scherz sein soll, aber es tut ihm trotzdem weh. Er wünscht sich, dass sie nicht immer so zurückhaltend wäre. Er sehnt sich danach, in ihr zu verschwinden, für immer mit ihr zusammen zu sein. Etwas Neues anzufangen, das nur ihnen beiden gehört.

»Du weißt, dass ich das will.«

Er klingt gereizt, aber wieder lacht sie und nimmt seine Hand.

»Und du weißt, dass ich will.«

Sie legen sich auf das schmale Bett und ziehen die Decke über sich. Liegen ganz stumm und still da, hören vor dem Fenster die Amsel singen, und der Junge denkt, das hier sei vielleicht das, wonach er sich gesehnt hat. Das hier sei, wie nach Hause zu kommen.

Der Junge hat sich von Matilda überreden lassen, mit zum Paddeln zu kommen. Er verabscheut Gruppenaktivitäten eigentlich, aber diesmal hat Matilda ihn davon überzeugt, dass es lustig werden kann. Vier Bewohner und zwei Betreuer wollen mitmachen. Sie werden zu einer Insel paddeln. Dort soll im Zelt übernachtet und danach wieder nach Hause gepaddelt werden. Er glaubt eigentlich nicht, dass er das lustig finden wird, versucht aber, begeistert auszusehen, Matilda zuliebe.

Jedes Kanu ist für zwei Personen gemacht, und er muss seines mit Ibbe teilen. Er und Matilda wollen nicht, dass die anderen ihnen auf die Schliche kommen. Sie wissen, dass die Betreuer Einwände vorbringen würden, und das könnte am Ende bedeuten, dass sie getrennt werden und in neuen Heimen landen. Deshalb paddelt Matilda zusammen mit Jennifer gleich vor ihnen in einem gelben Kanu. Sie lachen laut, und er wüsste gern, worüber sie reden. Matilda sagt immer, Jennifer sei so blöd, dass es schon peinlich ist, und es sei total unbegreiflich, dass sie nicht in einer Anstalt für Idioten stecke statt hier. Jetzt scheinen die beiden sich allerdings gut zu verstehen. Er merkt, dass er eifersüchtig ist, auch wenn er dazu eigentlich keinen Grund hat.

»Jetzt mach schon!«

Ibbe dreht sich um und treibt ihn an. Seine schwarzen Haare stehen gerade nach oben und seine Wangen sind rot.

»Du musst doch mithelfen. Ich kann nicht für zwei paddeln. Das musst du kapieren!«

»Ja. Entschuldige.« Der Junge konzentriert sich auf das Paddeln und findet bald in den gleichen Rhythmus wie Ibbe. Sie bewegen sich immer schneller vorwärts und überholen Matilda und Jennifer.

»Verdammt, die ist ja vielleicht toll.«

»Wer denn? Jennifer?«

»Jennifer? Nein, ich meine Matilda. Wenn sie einen so anschaut, sieht sie total heiß aus. Und sie hat auch klasse Brüste, selbst wenn die so klein sind wie Reiskörner.«

Dem Jungen ist plötzlich schlecht. Er ist noch nie auf die Idee gekommen, ein anderer von den Jungen in Solgården könnte es auf Matilda abgesehen haben. Sie ist doch viel zu sehr Außenseiterin, genau wie er.

»Mhm.«

Mehr sagt er nicht. Schaut nur zu der kleinen Insel hinüber, die immer näher kommt. Er weiß nicht, ob er die Vorstellung, dass Matilda auch anderen gefällt, abstoßend oder schön finden soll. Er ist stolz und eifersüchtig zugleich.

»Ja, Scheiße, Mann, findest du denn gar keine scharf?«

Ibbe dreht sich um und schaut ihn ungläubig an.

»Ich weiß nicht.«

Er antwortet ausweichend und konzentriert sich stattdessen auf den Rhythmus des Paddels, das in regelmäßigen Abständen die Wasseroberfläche durchbricht.

»Bist du schwul, oder was?«

Ibbes Stimme klingt fast wütend, als ob der Junge ihn bewusst dadurch provozierte, dass er sich nicht zur Attraktivität der Mädchen von Solgården äußert.

»Nein. Bin ich nicht. Hab nur kein Interesse.«

Ibbe scheint aufzugeben und dreht sich wieder nach vorn.

»Wenn wir uns ein bisschen anstrengen, können wir Adam und Ankie überholen. Also los!«

Der Junge sagt nichts, paddelt nur noch ein bisschen energischer und sieht, wie ihr Kanu an dem der beiden Betreuer vorbeifährt, die im Abendlicht fast aussehen, als würden sie leuchten.

Sie sitzen um ein Lagerfeuer, das Ankie sorgsam aufgeschichtet hat. Etliche Steine im Kreis, dann Holzstücke und Reisig innerhalb dieses Kreises. Gelbrote Flammen züngeln an den Steinen und Funken stieben in der hellen Sommernacht auf. Der Junge sitzt so weit von den Flammen entfernt wie möglich, ohne Aufmerksamkeit zu erregen. Es ist wie eine Szene aus einem amerikanischen Horrorfilm. Die Jugendlichen braten Würstchen und später werden sie von einem verrückten maskierten Killer überfallen.

Er ist wie immer schweigsam, während die anderen drauflosplappern. Er hört nicht zu. Registriert nur Adams Stimme, als der eine alte Gruselgeschichte erzählt, die der Junge schon etliche Male gehört hat. Einen Augenblick lang sieht er Håkan vor sich. Håkan, der immer eine Geschichte auf Lager hatte. Ab und zu erlaubt er sich, an Kicki und Håkan zu denken. An ihre Wärme und Fürsorge, die sich in Entsetzen verwandelte. Er fragt sich, was Herman jetzt treibt, an welchen Kindern er sich nun vergreift. Der Junge ist überzeugt davon, dass sich Herman noch immer an Kinder heranmacht. Er ist einfach der Typ dafür.

Er beißt in seine Wurst und schaut Matilda an. Sie wirkt abwesend und schaut in den Sommerabend hinaus. Dann scheint sie seinen Blick zu spüren, denn sie dreht sich um und lächelt, wendet sich dann aber wieder ab. Adams Geschichte ist zu Ende und nun dreht sich das Gespräch darum, was sie später machen wollen, wenn sie achtzehn sind und Solgården verlassen dürfen. Dem Jungen gefällt dieses Thema nicht, es kommt ihm zu sehr vor wie eine Diskussion bei der Gruppentherapie, und außerdem weiß er, dass die Wahrscheinlichkeit, ihre Träume erfüllen zu können, nicht gerade groß ist.

»Ich gehe in die USA. Da hab ich Verwandte.«

Ibbe sieht zufrieden aus.

»Was willst du da machen?«

Ankie klingt interessiert, aber der Junge glaubt, das sei nur professionelles Interesse. Er glaubt nicht, dass irgendwer vom Betreuungspersonal sich wirklich für sie interessiert. Die haben ihr eigenes Leben, das sich anderswo abspielt.

»Ich will Tontechniker werden. Etwas mit Musik machen. Stücke sampeln und so.«

»Cool.« Ankie sieht beeindruckt aus, und Ibbe lächelt zufrieden.

»Ich will Tierpflegerin werden. Oder Make-up-Artist.«

Jennifer sieht verlegen aus, klingt aber zugleich stolz, weil sie wirklich einen Zukunftsplan hat.

»Und du?«

Adam sieht den Jungen an, will ihn ins Gespräch hineinziehen, in die Gemeinschaft.

»Ich weiß nicht.«

Er starrt seine Füße an, will Adams Blick nicht erwidern. Was soll er sagen? Dass er das zurückbekommen will, was er früher einmal hatte? Das klingt doch total wahnsinnig.

Der Junge mag Adam. Adam kann zuhören und weiß, wann er schweigen sollte und wann etwas sagen. Außerdem scheinen ihm die Jugendlichen wirklich wichtig zu sein. Der Junge würde gern so wie Adam werden, wenn er Solgården verlassen und sein eigenes Leben anfangen wird, aber das darf er den anderen natürlich nicht sagen.

»Aber zu irgendwas musst du doch Lust haben?«

Jetzt hat sich Ankie in die Diskussion eingemischt. Sie hat sich die Haare mit einer Art Stäbchen hoch oben auf dem Kopf befestigt, und ihre Augen sind schräg und grün. Sie wäre schön, wenn nicht dieses große Muttermal ihre eine Wange halb bedeckte. Er überlegt. Was kann er sagen, worauf er Lust hat? Er lügt nicht gern, ihm wird fast schlecht, wenn er das tut.

»Ich will etwas für andere tun, aber ich weiß nicht so ganz, was.«

Adam und Ankie nicken beide beifällig, als ob er eine richtig schwierige Matheaufgabe korrekt gelöst hätte.

»Da gibt es vieles, was man tun kann, und du wirst dich bestimmt nützlich machen.«

Matilda schaut ihn an, sie sieht spöttisch und überrascht zugleich aus, lächelt aber ein bisschen.

Der Junge sagt nichts mehr. Starrt nur ins Feuer und sieht zu, wie das Holz langsam zu Asche wird.

Er wird davon wach, dass er pissen muss. Seine Blase scheint kurz vor dem Platzen zu stehen, und obwohl er müde ist und friert, fängt er an, aus seinem Schlafsack zu kriechen. Ibbe liegt ausgestreckt auf seiner Isomatte. Er hat sich halb aus seinem Schlafsack gestrampelt und beide Arme liegen draußen. Er schnarcht leise und der Junge drückt sich vorsichtig an ihm vorbei, um ihn nicht zu wecken.

Draußen wird es gerade hell. Der Himmel ist graublau, und das Wasser liegt blank und still hinter den Föhren. Der Boden ist kalt, und Kiefernzapfen und -nadeln bohren sich in seine Fußsohlen. Er zieht seinen Penis hervor und pisst gegen einen großen Baum. Sieht den Urin in der Luft dampfen. Als der Junge fertig ist, geht er barfuß zu den Felsen hinunter. Der Felsboden ist glatt, und die Luft weich und angenehm. Er überlegt, ob er baden soll, und streckt die Zehen zur Wasseroberfläche hin, hält aber inne, als er ein Geräusch hört.

Er weiß nicht so richtig, was das für ein Geräusch ist. Vielleicht ein Tier, aber wie sollte das auf die Insel gelangt sein? Es könnte auch ein Mensch sein. Ankie vielleicht?

Lautlos schleicht er dem Geräusch entgegen. Zwischen dem Felsen, auf dem er steht, und dem nächsten klafft ein Spalt, wo die Felswände als natürlicher Windschutz fungieren. In diesem Spalt sieht er Adam. Adam bewegt sich regelmäßig auf und ab. Unter ihm liegt Matilda. Es kann keinen Zweifel daran geben, dass ihr das gefällt. Ihr Gesicht hat diesen abwesenden Ausdruck, den der Junge so gut kennt. Sie stöhnt leise und bewegt sich im selben Rhythmus wie Adam. Sie sehen aus wie eine perfekt synchronisierte Maschine.

Der Junge weicht zurück. Weg von dem Felsen und in den Wald, wo er sich auf einen Stein setzt und vor sich hin starrt. Er friert und hat Gänsehaut auf den Armen. Denkt, dass er etwas empfinden müsste. Wut, Schmerz, Eifersucht. Aber er empfindet gar nichts. Er bleibt auf dem Stein sitzen und sieht, wie Adam und Matilda angeschlichen kommen. Adam hält Matilda fest, ehe sie die Zelte erreicht haben, und sie küssen sich. Es ist ein langer Kuss, und für einen Moment glaubt der Junge, dass sie zu dem Felsspalt zurückgehen werden. Aber sie trennen sich und verschwinden in ihren Zelten.

Der Junge überlegt, warum Mathilda mit ihm zusammen war, wenn sie doch die ganze Zeit schon Adam hatte. Es ist unbegreiflich, und eigentlich will er keine Antwort. Er will sich nur leer fühlen dürfen. Leer und ruhig. Er geht langsam über die Felsen zum Wasser und der spiegelblanken Wasseroberfläche. Ganz am Rand des Felsens bleibt er stehen und lässt sich dann in das stille Wasser fallen.

Värmdö bei Stockholm

Sowie ich die Haustür öffne, kommt Erik angerannt.

»Maaaaaama! Wir weihnachtsschmücken!«

Ich drücke ihn fest an mich.

»Ihr *weihnachtsschmückt.* Das ist aber schön.«

Er reibt seine warme kleine Nase an meiner, auf die Art, wie er das immer macht, wenn ich nach Hause komme. Wenn er keine schlechte Laune hat, natürlich, was ziemlich oft vorkommt. Dann gibt es kein Nasereiben.

»Komm!«

Er nimmt meine Hand, und ich kann kaum Schuhe und Jacke ausziehen, ehe er mich ins Wohnzimmer zerrt.

Vor dem Fenster stehen Kerzenleuchter, und auf dem Tisch vor dem Kamin drängen sich die selbstgebastelten Wichtel aneinander.

Markus schiebt den Stecker in die Dose, und der Leuchter erstrahlt. Dann richtet Markus sich auf, kommt zu mir und gibt mir einen Kuss.

»He, du.«

»Selber he.«

»Ihr macht das hier aber schön.«

»Komm, Mama, komm!«, sagt Erik und zieht mich weiter in die Küche. Vor dem Küchenfenster steht ein kleines Pfefferkuchenhaus, verziert mit Glasur und bunten Schokodragees. Eine Rauchwolke aus Watte quillt aus dem Schornstein und will zum Himmel aufsteigen.

»Ach. Das ist einfach superschön! Hast du das gemacht, Erik?«

Erik nickt ernst und aus seinem einen Nasenloch läuft ein

Strang aus gelbem Rotz. Ich hole Küchenpapier, wische ihm die Nase ab und gehe vor ihm in die Hocke.

»Du bist so ungeheuer tüchtig. Hat Papa auch mitgeholfen?«

»Nur ein bisschen.«

Seine Augen glänzen vor Aufregung und Stolz.

Sechs Jahre. Das ganze Leben vor sich.

Liam.

Ich blinzle und versuche, den Gedanken wegzuschieben, aber das geht nicht. Liam muss in seinen sechs Jahren mehr Elend erlebt haben als die meisten anderen in einem ganzen Leben. Er muss Dinge gesehen haben, die kein Kind zu sehen bekommen dürfte.

Ich blicke in Eriks ernste, vertrauensvolle Augen.

So müssten eigentlich alle Kinder leben, denke ich. Es müsste ein Recht darauf geben, in einem liebevollen Zuhause aufzuwachsen, mit verantwortungsbewussten und engagierten Erwachsenen. Nicht einmal ich bin naiv genug, um zu glauben, dass die Lösung Kernfamilie heißt. Aber Kinder aus ihrer Familie zu holen, und sie in verschiedenen Pflegefamilien unterzubringen, kann auch keine optimale Lösung sein.

Ich erinnere mich an die Untersuchung über vernachlässigte Kinder, die ich gelesen habe. In der von einem schwerwiegenden Übergriff nach dem anderen in verstörender Detailliertheit berichtet wurde. Wo geschildert wurde, wie die Gesellschaft wieder und wieder bei dem Versuch versagte, die Interessen der Kinder wahrzunehmen, obwohl das doch das eigentliche Ziel sein sollte. Wie die Verantwortung zwischen Polizei, Sozialämtern und Institutionen hin und hergeschoben wurde.

Physische Gewalt mit Gegenständen
Sonstige physische Gewalt
Grobe Ausnutzung als Arbeitskraft
Sexuelle Übergriffe

Die Übelkeit steigt von irgendwoher in mir auf, und mein Zwerchfell zieht sich zu einem Ball aus Schmerzen zusammen. Ich richte mich auf, stolpere zum Spülbecken und kotze.

»Mama! Du kotzt ja!«, sagt Erik und klingt eher angeekelt als besorgt.

Markus kommt herein. Tritt hinter mich und legt mir die Hände auf die Schultern.

»Meine Güte! Was ist los?«

Ich kann nicht antworten. Eine neue Welle der Übelkeit steigt in mir auf und ich kotze ein weiteres Mal.

»Mir ist schlecht.«

»Sag bloß. Hast du etwas Schlechtes gegessen?«

Ich richte mich auf. Drehe den Wasserhahn auf und versuche, die Kotze wegzuspülen. Ich spüle mein Gesicht mit dem eiskalten Wasser ab und Markus reicht mir ein Handtuch.

»Komm«, sagt er. »Jetzt packen wir dich ins Bett.«

Wir liegen lange im Bett, alle drei, und reden über Gott und die Welt. Sowie ich mich hingelegt hatte, besserte sich die Übelkeit, doch obwohl ich mich ganz gesund fühle, bestehen Markus und Erik darauf, dass ich liegen bleibe.

Irgendwie ist das ungeheuer rührend.

Nach einer Weile läuft Erik in sein Zimmer, um etwas zu holen, bleibt dann aber vor dem iPad hängen. Ich kann das Geräusch des Spiels hören, das er so sehr liebt, dass wir bei zwei Stunden pro Tag die Grenze setzen mussten.

Markus riecht nach Rasierwasser und Schweiß und hat die Augen geschlossen. Ich lege mich in seinen Arm. Denke, dass alles vollkommen ist.

Fast alles.

»Woran denkst du?«, fragt Markus.

Ich erzähle von den Bildern der verschwundenen Kinder, die

im Internet aufgetaucht sind, und von dem Haus, das in eine Art Familienidyll aus den achtziger Jahren verwandelt worden ist, komplett mit Sodastream und Walkman.

»Total verrückt«, sagt Markus.

Ich nicke.

»Vijay und ich glauben, dass der Täter sich eine Familie zu erschaffen versucht.«

»Wieso denn erschaffen? Wie in *The Sims*?«

Ich denke an das Computerspiel, bei dem man sich ein Haus und eine den eigenen Wünschen entsprechende Familie aufbauen kann.

»Ich glaube, das ist ein ziemlich guter Vergleich.«

»Aber warum?«

»Weil er eine Familie haben will. Weil er sie vermutlich nur so bekommen kann.«

»Du sagst, *er?*«

»Ja, denn ich glaube, es ist ein Mann. Bisher war ich mir nicht sicher, jetzt schon. Du kannst mich heteronormativ nennen, aber in diesem Fall bin ich mir ziemlich sicher, dass ein Mann die Kinder und die junge Frau geholt hat.«

Von der Diele her ist eine helle Stimme zu hören.

»Wer hat Kinder geholt?«

Erik steht in der Tür, und seine Augen sind groß wie Glasmurmeln.

»Niemand«, sagt Markus.

»Dohoch, du hast doch gesagt –«

»Wir haben über einen Film gesprochen«, sage ich.

Erik zupft unsicher an seiner Unterhose und schlägt die mageren Beine übereinander.

»Geh Pipi machen, dann können wir danach Rosinenbrötchen essen!«, sage ich.

Carin ruft um kurz vor sechs am nächsten Morgen an.

Ich bin tief in einem Traum versunken, in dem Markus und Erik sich im Wald verirrt haben und ich sie suche. Wohin ich mich auch wende, ich sehe nur hohe Fichten und schwarze Meeresbuchten. Mehrmals höre ich ihre Stimmen – deutlich, als wären die beiden ganz in meiner Nähe –, aber wenn ich auf dieses Geräusch zurenne, sind sie niemals da. Ich finde nur Wald, Gestrüpp und verräterisch glitschiges Moos. Ich stapfe über Lichtungen voller Farnwedel, die mir bis zum Bauchnabel reichen, und klettere steile Felsen hoch. Aber nirgendwo kann ich Markus und Erik sehen.

In meinem Traum tut das alles so weh, dass ich zerbrechen könnte. Die Erkenntnis, dass ich sie niemals finden werde, dass sie für immer verloren sind, treibt mir Tränen in die Augen, und ich stoße einen Schrei aus.

Das Klingeln meines Mobiltelefons ist eine Erlösung.

»Wir haben die Frau identifiziert, die auf dem Foto mit den Kindern Pfefferkuchen bäckt«, sagt Carin. »Sie heißt Elin Ström, ist zweiundzwanzig Jahre alt und kommt aus Bergshamra. Du musst nachher gleich mit Vijay hinfahren und mit ihrem Betreuer sprechen. Er ist schon in ihrer Wohnung, um die Techniker reinzulassen.«

Bergshamra, nördlich von Stockholm

Auf dem blanken Messingschild steht »Ström«. Vijay hat kaum auf den Klingelknopf gedrückt, da wird die Tür von einem Mann Mitte zwanzig geöffnet. Er stellt sich als Milos Petrovic, Elins Betreuer, vor und lässt uns eintreten.

Auf dem Boden in der Diele stehen die schwarzen Rollkoffer der Techniker, und ein Mann und eine Frau in weißer Kleidung rufen uns einen Gruß entgegen. Ich winke ihnen zu und schaue Milos an.

Er sieht so jung aus. Vielleicht liegt es an dem abgenutzten Strickpullover, der schlabbrigen Jeans oder den halblangen kohlschwarzen Haaren, jedenfalls erinnert er mich an einen Teenager. Ich wäre auch nicht überrascht, wenn er ein Skateboard unter den Arm geklemmt hätte.

»Wir können in Elins Schlafzimmer gehen«, sagt Milos. »Da sind die Techniker schon fertig.«

»Aber rührt ja den Computer nicht an«, ruft die Frau aus der Küche. »Den nehmen wir mit.«

Vijay hebt in Richtung Küche den Daumen, und wir gehen ins Schlafzimmer.

Das Zimmer ist freundlich und sieht gemütlich aus. Auf dem Bett liegen bunte Kissen, und in einem Regal sitzen Stofftiere in Reih und Glied. An den Wänden kämpfen Poster von Boygruppen mit Bildern von Pferden und Katzenbabys um Platz.

Wenn ich nicht wüsste, dass Elin zweiundzwanzig ist, dann würde ich denken, dass hier ein Kind wohnt.

Vijay setzt sich auf den Stuhl vor dem Schreibtisch, Milos und ich nehmen auf der Bettkante Platz. Ich erzähle, wer wir sind und warum wir mit ihm sprechen wollen.

Er nickt mit ernster Miene.

»Wie lange kennen Sie Elin schon?«, fragt Vijay.

»Seit ungefähr einem halben Jahr.«

»Und was genau sind Ihre Pflichten als Elins Betreuer?«

»Die meisten meiner Klienten haben irgendeine psychische Krankheit. Sie brauchen bei allem Hilfe, von der persönlichen Hygiene bis zum Einkaufen und Post lesen. Elin hat verhältnismäßig kleine Probleme. Sie hat eine intellektuelle Behinderung, was bedeutet, dass sie ein bisschen Hilfe braucht, um in der Gesellschaft zu funktionieren.«

»*Ein bisschen* Hilfe?«, fragt Vijay.

»Ja.«

Vijay lässt den Blick durch das superordentliche Zimmer wandern. Sein Blick bleibt am Schreibtisch haften, wo Papiere in sorgfältigen Stapeln liegen, während die Stifte neben dem Rechner aufgereiht sind.

»Ich könnte vielleicht auch so eine Betreuung gebrauchen«, murmelt Vijay. »Bei mir zu Hause sieht es absolut nicht so aus.«

Milos lächelt traurig.

»Elin ist phänomenal tüchtig, wenn es darum geht, Ordnung zu halten. Und sich Anweisungen zu merken, fällt ihr auch leicht. Als ich ihr erklärt habe, wie Internetbanking funktioniert, hat sie das zum Beispiel sofort begriffen. Ich glaube, so etwas hatte ich noch nie erlebt. Aber sie steht vor anderen Herausforderungen. Hat Probleme mit sozialer Interaktion, ergreift keinerlei Initiative, wenn sie nicht dazu aufgefordert wird. Sie ist enorm naiv, und das hat wohl dazu geführt, dass ich sie ein bisschen zu sehr beschützt habe. Ich habe so schreckliche Angst, jemand könnte sie zu Dingen überreden, die nicht gut für sie sind, oder sie ausnutzen … und genau das ist ja passiert.«

Milos verstummt. Dann holt er tief Luft und fügt hinzu: »Und dann ist sie auch schrecklich einsam. Aber das hat sich ja geändert, seit sie mit diesem Blog angefangen hat.«

»Dem Blog?«, frage ich.

»Ja, sie hat einen Blog. ›Mein sogenanntes Leben‹ heißt der, glaube ich.«

»Wie die Fernsehserie?«, frage ich.

»Ja, die sieht sie am liebsten. Wir dürfen ihren Rechner jetzt wohl nicht berühren, aber ich kann ihren Blog auf meinem Mobiltelefon öffnen.«

Milos schiebt die Hand in die Tasche und zieht sein Telefon hervor. Drückt einige Male darauf und reicht es dann mir.

Ich scrolle nach unten. Der Blog scheint vor allem aus kurzen, abgehackten Sätzen zu bestehen, dazu aus Bildern von Elin, Katzenbabys und Hundewelpen.

»Worum geht es denn da?«, fragt Vijay. Ich gebe ihm das Telefon.

»Es geht um Elin«, sagt Milos. »Wie Sie sehen, gibt es da nicht sehr viel Text. Sich schriftlich auszudrücken ist nicht Elins starke Seite. Aber sie schreibt doch ziemlich viel über sich selbst. Sie traut sich, von ihrer Behinderung zu erzählen, und das finde ich ganz schön gut. Sie schildert ihre Träume und Pläne.«

»Und was hat sie für Träume?«

Vijay beugt sich vor und gibt das Telefon zurück.

»Sie möchte eine Familie«, sagt Milos. »Eigene Kinder. Das ist ihr größter Traum.«

Ich fange Vijays Blick ein und weiß, dass wir beide dasselbe denken.

Eine Familie. Es kann kein Zufall sein, dass sich der Entführer gerade Elin ausgesucht hat. Eine naive, kinderliebe junge Frau, der die Situation bestimmt viel besser gefallen würde als Kajsa Rantanen. Eine, die zu der Baukastenfamilie passt, die er plant.

»Aber vorgestern, als Sie gekommen sind, war sie nicht hier?«

»Genau. Die Organisation, bei der sie ein Berufstraining macht, hat angerufen, weil sie nicht aufgetaucht war. Das Sozialamt hat mich informiert, und ich bin hergekommen. Und wenn der Rechner nicht dort gestanden und ich nicht gelesen hätte, was dort stand, hätte ich die Polizei wohl nicht angerufen.«

»Und was stand dort?«

Vijay macht sich auf seinem Block eine Notiz und sieht Milos an.

»Sie hatte mit jemandem gechattet, der sich ›einsamer Vater‹ nennt, und aus dem Zusammenhang ging hervor, dass er sie abholen wollte. Ich war natürlich wahnsinnig nervös. Ich meine, es ist ein Kinderspiel, einem Mädchen wie Elin alles Mögliche einzureden. Ich habe also den ganzen Mailwechsel gelesen und gesehen, wie der Kerl sich in ihr Leben eingeschlichen und Elin das Gefühl gegeben hat, sie hätten eine Beziehung.«

»Eine Liebesbeziehung?«

Vijays Gesicht zeigt keinerlei Gefühl. Der Kliniker in ihm hat jetzt die Gesprächsführung übernommen und strahlt bis in die Fingerspitzen Professionalität aus.

»Genau. Er schrieb, es wäre besser, in dieser Beziehung ›anzukommen‹, ohne jemandem etwas davon zu erzählen. Was für ein verdammter Mistkerl! Jemanden, der schwächer ist als man selbst, dermaßen auszunutzen.«

Milos hat jetzt gerötete Wangen, und seine Stimme ist fast ins Falsett umgeschlagen. Dann verstummt er und schlägt für einige Sekunden die Hände vors Gesicht. Schließlich holt er tief Luft und richtet sich auf.

»Ihre Kollegen haben mir ein Bild von Elin gezeigt. Und gesagt, dass sie vermutlich am Leben ist. Darüber sollte ich mich wohl freuen.«

Weder Vijay noch ich sagen etwas dazu. Einer der Kriminaltechniker, ein Mann von Mitte dreißig, mit dünnen Haaren im Topfschnitt, betritt das Zimmer.

»Nur schnell den Laptop holen«, sagt er, wie um sich zu entschuldigen.

Wir nicken ihm zu, er packt den Rechner in eine Tasche und geht wieder.

»Versprechen Sie mir, dass Sie sie finden«, sagt er leise und ballt so fest die Fäuste, dass die Fingerknöchel weiß werden.

Es regnet, als Vijay und ich die kurze Strecke von Bergshamra in die Stadt fahren. Schwere Wolken jagen über den Himmel und ein scharfer Wind bringt die Baumkronen dazu, sich zu verbeugen, wie um den Winter willkommen zu heißen.

Bei Roslagstull ist ein Stau. Eine Baustelle hält den Verkehr auf, wir stehen. Nur das monotone Rauschen der Scheibenwischer und das Verkehrsdröhnen sind zu hören.

»Du solltest dir mal neue Scheibenwischer zulegen«, sage ich.

»An diesem Auto müsste so viel gemacht werden.«

Vijays Blick ist auf die Fahrbahn gerichtet und er klingt so ernst, dass ich fast losprusten muss.

»Es riecht … auch ein bisschen nach Hund«, sage ich vorsichtig.

Er schaut kurz zu mir herüber und schneidet eine Grimasse.

»Das kommt von Barbra … Olles Hund.«

»Das hatte ich mir schon gedacht, aber ich habe mich nicht getraut zu fragen.«

»Hm«, sagt er.

»Was?«, frage ich.

»Bedeutet das, dass du über mein Liebesleben reden willst?«

»Willst du?«

Vijay beugt sich vor und schaltet das Radio ein. Das Auto füllt sich mit hartem R & B, und er lacht kurz auf.

»Nein, will ich nicht.«

Ich überlege eine Weile, schaue durch die verregnete Fensterscheibe und sage dann: »Bei mir und Markus geht es jedenfalls besser.«

Vijay lächelt strahlend und schaut mich, seit wir Bergshamra verlassen haben, zum ersten Mal richtig an.

»Ich hab gewusst, dass ihr das schaffen würdet.«

»Und wie konntest du das wissen?«

»Weil das alles nur totaler Unsinn war. Ihr habt eine Art emotionalen Stellungskrieg geführt und wolltet beide der Gegenseite nicht entgegenkommen. Und ich habe gewusst, dass es am Ende doch passieren würde. Denn eigentlich liebt ihr euch doch. Dass deine Vagina zur falschen Zeit am falschen Ort war, kann daran nichts ändern.«

»So kann man das auch sehen«, sage ich.

Ich denke, dass er absolut nicht unrecht hat. Ich liebe Markus jetzt so sehr wie vorher, und langsam begreife ich, dass auch er mich liebt.

»Und dann seid ihr ja auch verantwortungsbewusste Menschen, die ihre kleine Kernfamilie zusammenhalten wollen.«

»Höre ich da Sarkasmus?«

»Absolut nicht. Ich würde es genauso machen.«

Der Stau löst sich auf, und wir fahren weiter in Richtung Kungsholmen.

»Der Täter wünscht sich ebenfalls eine Kernfamilie«, sage ich. »Und er hat sich Elin geholt, weil sie ein fügsameres Opfer war als Kajsa Rantanen.«

»Genau. Intellektuell behindert, gutgläubig und kinderlieb. Ich würde sagen, dass er da eine sehr kluge Wahl getroffen hat.«

»Ich denke an das Profil«, sage ich langsam. »Wenn der Täter eine Familie will und sich aus diesem Grund die Kinder und die Frauen geholt hat, dann kann doch die biologische Mutter der

Kinder, Sandra Persson, nichts damit zu tun gehabt haben. Und die Großmutter auch nicht.«

»Stimmt.«

Vijay gibt in der Torsgata Gas.

»Und der IT-Mann, Jan Halldin?«

»Über den wissen wir zu wenig. Er hatte jedenfalls Zugang zu den Unterlagen über die Kinder, also konnte er feststellen, wo sie untergebracht waren.«

»Und er hätte seine Spuren im Netz verwischen können«, sage ich. »Er könnte der ›einsame Vater‹ sein.«

»Die Kinder aus Liams Vorschule haben gesagt, dass der Junge freiwillig in das Auto eingestiegen ist. Das weist darauf hin, dass Liam ihn gekannt hat, aber meines Wissens ist Halldin den Kindern nie begegnet.«

»Er kann ihn gelockt haben«, schlage ich vor. »Er hat vielleicht den Affen benutzt.«

Vijay schaut mich skeptisch an.

»Würde ein Sechsjähriger auf so etwas eingehen?«

Kaum sind wir im dritten Stock angekommen, als ich auch schon Carin am Ende des Ganges sehe. Sie winkt uns und beschleunigt ihren Rollstuhl mit verblüffender Geschicklichkeit. Innerhalb weniger Sekunden hat sie uns erreicht.

»Das geht jetzt aber schnell«, sagt Vijay und lächelt.

Carin grinst.

»Nächsten Herbst fahre ich vielleicht den Marathon.«

»Würde mich nicht überraschen.«

Ich sehe Vijays Gesicht an, dass das kein Scherz war, und ich begreife, weshalb. In wenigen Wochen hat Carin aufgehört, gegen Türrahmen zu stoßen, und sie rangiert mit ihrem Rollstuhl, als hätte sie in ihrem Leben nichts anderes gemacht. Und sie ist stur. Wenn sie den Marathon fahren will, dann wird sie das tun.

»Kommt«, sagt sie. »Eben hat das SKL angerufen. Sie haben auf dem Briefumschlag mit dem Geld, das bei Jan Halldin entdeckt worden ist, die Fingerabdrücke von Viktor Lans gefunden.«

»Viktor Lans?«, frage ich. »Das ist doch der, der mit Sandra Persson zusammenwohnt, mit der Mutter der Kinder?«

»Genau. Ich glaube, euch ist klar, was das bedeutet. Die anderen kommen auch gleich. Wir treffen uns unten mit der Ermittlungsgruppe.«

Polizeipräsidium, Kungsholmen, Stockholm

Wir sitzen in einem großen Besprechungszimmer im zweiten Stock und ich kenne nur einige wenige der vielleicht zwanzig Personen am Tisch. Vijay setzt sich neben mich. Carin fährt ans Tischende und legt einen Stapel Papiere auf den Tisch.

Benny Löf, Staatsanwalt und Leiter der Voruntersuchung, steht auf und heißt alle willkommen. Er ist um die fünfzig und sieht in seinem adretten Anzug so ordentlich und fehl am Platz aus, dass er mir fast leidtut. Vermutlich begehen viele den Fehler, Benny aufgrund seines Aussehens zu unterschätzen, denn er gilt als messerscharf und rücksichtslos.

Benny begrüßt uns höflich und stellt uns die Chefs von Vernehmungseinheit, Innerer Einheit und Fahndungseinheit vor. Dann schildert er kurz den Stand der Ermittlungen und berichtet davon, dass auf dem Briefumschlag unter Jan Halldins Matratze die Fingerabdrücke von Viktor Lans gefunden worden sind.

Vijay hebt die Hand, und Benny nickt.

»Waren die Fingerabdrücke nur auf dem Umschlag oder auch auf den Geldscheinen?«

»Sowohl als auch«, sagt Benny. »Wir können ihn also mit dem Geld in Verbindung bringen, nicht nur mit dem Umschlag.«

Eine junge Frau, die mir vage bekannt vorkommt, sagt: »Marie Gren, ich bin Tatortkoordinatorin. Ich kann hinzufügen, dass wir auf den Geldscheinen auch Spuren von Kokain gefunden haben.«

»Auf Geldscheinen gibt es immer Kokain«, sagt ein kräftiger Mann von Mitte vierzig grinsend.

Hier und da im Raum wird gelacht, und die Tatortkoordinatorin schlägt die Augen nieder.

»Wenn wir weitermachen könnten«, sagt Benny. »Es ist also so, dass Viktor Lans und Jan Halldin bei der Sicherheitspolizei aktenkundig sind. Offenbar waren beide Männer aktiv in einem lockeren Netzwerk, das sich ›Arische Sammlung‹ nennt. Die Gruppe steht in Verbindung zu den Nationaldemokraten, gilt aber als extremer und gewaltbereiter. Möglicherweise kennen Lans und Halldin sich von dort. Unsere Theorie ist, dass Halldin von Lans für Informationen aus dem Register des Sozialamtes bezahlt worden ist. Halldin ist dazu befragt worden und hat gewisse Dinge zugegeben.«

»Aber warum sollte Viktor Lans Halldin um solche Informationen bitten?«, schaltet Carin sich ein. »Sandra Persson hätte diese Auskünfte doch selbst verlangen können? Hat man nicht das Recht, die eigenen Akten zu lesen?«

»Das stimmt«, sagt Benny und nickt. »Aber bei diesen Unterlagen ging es um die Kinder. Und egal wie, alle Informationen müssen zuerst durch einen Sicherheitscheck, ehe sie herausgegeben werden. Wenn das Sozialamt zu dem Schluss kommt, die Auskünfte seien sensibel und könnten jemandem schaden, dann werden sie nicht freigegeben. Sandra Persson, die Mutter der Kinder, hatte mehrere Kopien aller Akten verlangt, aber offenbar nicht alle Informationen erhalten, die sie haben wollte. Jan Halldin hat gegen Bezahlung Sandra Persson und Viktor Lans mit diesen Informationen versorgt. Er hat zugegeben, dass er Lans nicht nur Kopien von den Akten gegeben hat, sondern auch von den internen Besprechungsprotokollen des Sozialamts.«

»Warum wollten sie die Besprechungsprotokolle?«, fragt Carin.

»Das wissen wir nicht. Aber das Material, das Viktor Lans von Halldin erhalten hat, enthielt sehr detaillierte Informationen über den Fall, die diesbezüglichen Entscheidungen und die Pflegeeltern. Wo die Kinder untergebracht werden, wussten die Mutter und ihr Lebensgefährte natürlich schon vorher, aber durch die von Halldin beschafften Informationen können Sandra Persson und Viktor Lans die Entführung der Kinder geplant und durchgeführt haben. Das ist jedenfalls unsere Theorie.«

Vijay hebt wieder die Hand.

»Aber was ist mit den Frauen? Kajsa Rantanen und Elin Ström? Warum hätten Sandra Persson und Viktor Lans die entführen sollen?«

Ein Mann, der rechts von mir sitzt und sich vorhin als Chef der Inneren Einheit vorgestellt hat, räuspert sich und sagt: »Wir wissen ja nicht mit Sicherheit, dass Kajsa Rantanen wirklich entführt wurde. Aber wir haben einen ihrer Vettern mit der Arischen Sammlung in Verbindung bringen können.«

»Das könnte auch ein Zufall sein«, sagt Vijay.

»Das schon. An sich ja. Und diese Elin, die Bloggerin … sie hätte auch freiwillig hingehen können. Oder sich möglicherweise unter irgendeinem Vorwand dazu überreden lassen. Egal wie, es gibt keinen Beweis dafür, dass es sich bei ihr um Freiheitsberaubung handelt.«

»Ihr glaubt also allen Ernstes, dass Sandra Persson und ihr Lebensgefährte hinter allem stecken?«, fragt Vijay.

Im Raum wird es still. Vom unteren Ende des Tischs ist ein einsames Husten zu hören.

»Habt ihr irgendwelche Informationen, die dagegen sprechen?«, fragt Benny und zieht sein Sakko gerade.

Er sieht nicht mehr unscheinbar aus. Die ein wenig unbeholfene Schüchternheit ist verschwunden und einer gelassenen, aber unerbittlichen Härte gewichen.

Carin erwidert meinen Blick und nickt. Ich erhebe mich und schaue in die Runde.

»Unser Bericht ist noch nicht fertig, wie ihr wisst, aber unsere vorläufige Einschätzung geht dahin, dass die Mutter die Kinder nicht entführt hat. Wir glauben, dass ein anderer der Täter ist. Eine Person, deren primäre Triebkraft der Wunsch ist, eine Familie zu gründen oder wiederherzustellen. Deshalb hat er die Kinder und die Frauen entführt. Kajsa Rantanen wollte vermutlich nicht mitmachen. Ihr Leichnam wies alte, verheilte Verletzungen auf, die zum Beispiel von einem Fluchtversuch stammen könnten, und sie hatte Benzodiazepine im Blut, die der Täter benutzt haben kann, um sie zu beruhigen. Elin Ström war vermutlich ein fügsameres und leicht zu manipulierendes Opfer. Es ist möglich, dass der Täter sie strenggenommen gar nicht entführt, sondern eher in die Irre geleitet hat. Aber sein Ziel ist dasselbe.«

Carin hebt die Hand.

»Wir haben euch Teile dieser Informationen bereits zukommen lassen. Es dürfte also keine Überraschung sein. Und ihr kennt ja auch die Überlegungen, die die Bildanalytiker über das Haus und dessen Inhalt angestellt haben.«

Benny seufzt und macht einige Schritte auf den Tisch zu.

»Ich halte diese Theorie für durchaus interessant«, sagt er und betont jede Silbe. »Aber bisher ist es doch nur eine Theorie unter mehreren. Für den Moment gehen wir davon aus, dass die Mutter und ihr Lebensgefährte hinter allem stecken. Es gibt vieles, was dafür spricht. Sie hatten ein Motiv und bringen der Gesellschaft nachweislich nur Verachtung entgegen. Sie wussten, wo die Kinder untergebracht waren, und wenn du mich fragst, dann passt das sehr gut zum Profil einer Person, die Kinder entführt.«

Benny scheint einen Moment lang zu überlegen, dann fügt er hinzu: »Halldins Verbindung zu Lans könnte doch sogar erklären, warum der Stoffaffe auf dem Bild auftaucht, oder nicht?«

»Aber sie hatten doch ein Alibi«, widerspricht Vijay.

»Die Personen, die ihnen für den Zeitpunkt, an dem Nova-Li

verschwunden ist, ein Alibi gegeben haben, sind ihre Parteigenossen, und wir halten sie in diesem Zusammenhang nicht für ganz … *vertrauenswürdig.*«

»Ich glaube trotzdem nicht, dass die Mutter etwas damit zu tun hat«, sage ich. »Hier geht es um etwas anderes.«

Bennys Gesicht verrät keinerlei Emotion.

»Können wir weitermachen?«, fragt er und sieht Carin an.

Carin nickt kurz.

»Vor dem Hintergrund dessen, was wir bisher wissen, werden wir uns nun also auf Sandra Persson und Viktor Lans konzentrieren. Ich gebe das Wort weiter an Simon, den Chef der Fahndungseinheit. Simon, erzählst du uns, wie ihr bei den Ermittlungen gegen Sandra und Viktor weitermachen wollt?«

Meine Wangen glühen, als ich zusammen mit Vijay und Carin den Besprechungsraum verlasse.

»Was ist los?«, fragt Carin und holt mich ein.

»Wir sind da drinnen doch total überfahren worden.«

Sie deutet ein Lächeln an.

»Daran musst du dich gewöhnen. Wir sollen hier beraten, nicht die Ermittlungsarbeiten leiten.«

»Aber glaubst du selbst, dass Sandra Persson mit der Sache zu tun hat?«

»Damit zu tun hat sie bestimmt. Die Frage ist nur, ob sie die Kinder entführt hat.«

»Und glaubst du das?«

Ich höre selbst, wie schrill meine Stimme klingt, und ein Teil von mir bereut, es überhaupt angesprochen zu haben. Aber ich kann doch nicht einfach schweigend zusehen, wenn die Ermittlungsgruppe beschließt, ihre Anstrengungen auf die falschen Personen zu konzentrieren.

»Wenn sie mit dem Verschwinden der Kinder nichts zu tun

hat, werden wir das feststellen«, sagt Carin. »Es geht nur darum, wo in der Ermittlungsarbeit unser Schwerpunkt liegen soll.«

»Aber wo der Schwerpunkt liegt, kann über Leben und Tod der Kinder entscheiden.«

Carin überholt mich im Rollstuhl, versperrt mir den Weg und legt mir die Hand auf den Arm.

»Dein Sohn Erik ist genauso alt wie Liam, oder?«

Ich nicke wortlos.

»Solche Ermittlungen gehen unter die Haut. Glaub mir, das weiß ich aus eigener Erfahrung. Aber du musst versuchen, eine professionelle Einstellung dazu zu entwickeln. Fahr jetzt nach Hause. Überschlaf das alles mal, und morgen arbeiten wir weiter.«

Dann fährt sie in hohem Tempo durch den Gang davon.

Vijay und ich sitzen in einer Kneipe am Kungsholmstorg. Es war sein Vorschlag, und ich bin dankbar darauf eingegangen.

Er hat die Schuhe ausgezogen und die Füße neben mir auf die Bank gelegt. Es ist fast leer im Lokal, und die einzigen Geräusche kommen von den Fernsehschirmen, wo Sport läuft. Ich stochere in meinen kalten Pommes frites herum und versuche, meine Gedanken in Worte zu fassen.

»Was ich nicht verstehe, ist, wieso Sandra Persson und ihr Typ Halldin für die Informationen bezahlt haben sollen. Sie wussten doch schon, wo die Kinder waren, und sicher auch, welche Schule und welchen Kindergarten sie besuchten.«

»Das waren vielleicht nicht die Informationen, um die es ihnen ging«, meint Vijay und klaut sich bei mir zwei Pommes.

Ich trinke einen Schluck von dem bitteren Bier und schaue mich in dem tristen Lokal um. Ein Stück weiter sitzen einige junge Männer und verfolgen in tiefer Konzentration ein Fußballspiel. Am Tresen sitzt ein einsamer Mann im Trainingsanzug und trinkt etwas, bei dem es sich um Whiskey handeln könnte. Eine Kellnerin in kurzem rotem Rock lehnt am Tresen und wischt auf ihrem SmartPhone herum. Im Lokal hängt der Geruch von Bratfett.

»Aber worum ging es ihnen denn dann?«

»Halldin hatte ihnen ja auch interne Besprechungsprotokolle zugespielt. Vielleicht wollten sie wissen, wie das beim Sozialamt genau läuft. Wer worüber entscheidet und so.«

»Und weshalb wollten sie das wissen?«, frage ich.

»Um … sie hassen Sozialamt, Polizei und Gesellschaft.«

»Unbedingt. Sie hassen alle. Das leuchtet ein. Aber wozu wollten sie diese Informationen?«

Vijay kratzt sich am Kopf.

»Er hat vielleicht recht, dieser Leiter der Voruntersuchung. Vielleicht sind sie irgendwie darin verwickelt. Ich meine, wie groß ist die Wahrscheinlichkeit, dass sie Halldin bestechen, damit er ihnen gesperrte Informationen überlässt, wenn sie das nicht sind? Das wäre ein überaus seltsamer Zufall.«

»Du machst Witze?«

»Nein«, sagt Vijay. »Warum sollte ich?«

»Sag nicht, dass du jetzt auch glaubst, dass es Sandra Persson und ihr Lebensgefährte waren.«

»Ich glaube, dass unsere Annahmen über den Täter zutreffen«, sagt Vijay diplomatisch. »Aber das ist doch nur ein … psychologisches Profil. Ab und zu irrt man sich, das ist eben so. Ab und zu stimmt die Wirklichkeit nicht mit der Karte überein, egal, wie gut die gezeichnet ist, wenn du verstehst, was ich meine.«

Ich schließe die Augen. Mich überkommt eine lähmende Müdigkeit und ich merke, dass mir wieder schlecht wird und mir kalter Schweiß ausbricht. Als ich die Augen öffne, dreht sich alles. Vom Flimmern der Fernsehschirme und dem Pommesgeruch dreht sich mir der Magen um.

Ich schnappe mir meine Handtasche, stürze aus dem Lokal hinaus auf die regennasse Straße und kotze in die Gosse.

Vijay kommt hinterher. Legt mir vorsichtig die Jacke über die Schultern.

»Hey, was ist denn los? Habe ich etwas Dummes gesagt?«

Ich schüttele den Kopf.

»Ich hab wohl etwas gegessen, das mir nicht bekommen ist«, sage ich, obwohl ich weiß, dass das nicht zutrifft.

»Du musst nach Hause und schlafen«, sagt Vijay entschieden und führt mich zu seinem Auto. »Ich fahre dich.«

Värmdö bei Stockholm

Wieder hat Markus mich unter eine Decke ins Bett gepackt. Ich höre, wie er auf dem Gang leise mit Vijay spricht. Dann wird die Haustür geschlossen, und Schritte nähern sich.

Markus kommt ins Bett und schmiegt sich an mich.

»Wie geht es dir?«

»Okay.«

»Wie lange geht es dir eigentlich schon so schlecht?«

»Weiß nicht. Nicht sehr lange.«

Er schweigt eine Weile und scheint über irgendetwas nachzudenken. Dann legt er mir die Handfläche an die Wange.

»Du glaubst nicht, du könntest …«

»Nie im Leben«, sage ich. »Falls man von Toilettensitzen nicht schwanger werden kann. Und mein Biologielehrer hat garantiert, dass das nicht passiert.«

Markus' und meine Beziehung war lange brüchig, erst in den letzten Wochen sind wir einander wieder nahegekommen, physisch und psychisch.

Markus lässt seine Hand von meiner Wange zu meiner Brust wandern. Seine tiefen Atemzüge sind in der Dunkelheit deutlich zu hören.

»Aber damals, als Mikaela und Tommy hier waren?«

Ich erstarre.

Markus hat recht. Seine Jugendfreunde waren vor einigen Wochen zu Besuch, und nach guter norrländischer Sitte betranken wir uns ausgiebig mit Schnaps. Als der Abend zur Nacht wurde, nahm Markus meine Hand, und ich ließ ihn gewähren.

Nachdem Mikaela und Tommy gegangen waren, liebten wir uns auf dem Fußboden.

»Ich will nur, dass du weißt, dass … wenn es so ist, dann freue ich mich«, sagt Markus und schließt die Hand um meine eine Brust.

Ich werde gegen fünf Uhr mit dem Gefühl wach, dass gleich etwas Entsetzliches passieren wird. Etwas, das ich hätte verhindern können, wenn ich nur ein kleines bisschen besser aufgepasst hätte.

Mein Körper scheint mir etwas sagen zu wollen, was mein Gehirn offenbar nicht begreifen kann, eine Erkenntnis, die in Muskeln und Knochen und Haut steckt und nicht in meinem Kopf.

Ich denke daran, was Markus gestern angedeutet hat, dass ich vielleicht schwanger bin. Vielleicht komme ich mir deshalb so seltsam vor. Aber ich verdränge diese Überlegungen sofort, hier geht es nicht um Hormone.

Hier geht es um Nova-Li und Liam.

Langsam setze ich mich auf.

Das Zimmer ist dunkel, und über Nacht ist der Wind stärker geworden. Zweige peitschen gegen die Fensterscheiben und die Luft im Schlafzimmer kommt mir kalt und feucht vor, als befände ich mich in einem Erdkeller.

Die Winter sind hart hier draußen, in unserem Häuschen, und jedes Mal, wenn der erste Herbststurm über dem Meer tobt, führen wir dieselbe Diskussion: Wollen wir hier wirklich wohnen bleiben? Aber dann kommt der Frühling mit dem zarten Grün in den Felsspalten. Mit dem Flieder, der neben der Haustür blüht. Dem Gefühl totaler Harmonie, wenn wir uns in der Bucht auf den Felsen sonnen. Dann sind wir uns immer einig – es gibt keinen Ort auf der Welt, wo wir lieber wohnen würden.

Ich zögere einige Sekunden, kämpfe gegen den Drang, mich

wieder in die Wärme des Bettes zurücksinken zu lassen. Dann stehe ich auf, dusche und setze Kaffee auf. Eine halbe Stunde später bin ich bereit, gehe zu Markus und hocke mich neben das Bett.

»Ich muss los«, sage ich.

»Wie spät ist es?«, fragt er, ohne die Augen zu öffnen.

»Viertel vor sechs.«

Er schaut mich an und schüttelt den Kopf.

»Aber warum …?«

Seine blonden Haare sind feucht und kleben an der Stirn. Die Haut auf seiner Wange ziert ein Kissenabdruck. Ich beuge mich vor und küsse ihn auf die Stirn.

»Ich muss was erledigen. Schlaf du nur.«

Markus nickt als Antwort und dreht sich im Bett um. Heute muss sowieso er Erik zum Kindergarten bringen, also spielt es keine Rolle, ob ich früh aufbreche.

Der Wind reißt mir die Haustür aus der Hand, und ich muss alle Kraft aufwenden, um sie schließen zu können. Die Baumkronen tanzen im Wind, und ein schmaler Streifen Mondlicht dringt durch die Wolken.

Nova-Li und Liam, denke ich.

Ich werde euch nicht im Stich lassen.

Polizeipräsidium, Kungsholmen, Stockholm

Im Polizeipräsidium fahre ich als Erstes in den zweiten Stock und suche die Fahndungsgruppe auf. Die meisten Zimmer sind dunkel, aber am Ende des Ganges ahne ich ein schwaches Licht. In einem kleinen Raum sitzt eine einsame Frau vor einem Computer und trinkt Kaffee aus einem großen Pappbecher vom Zeitungskiosk unten vor dem Haus. Ich erkenne in ihr eine der Schweigsamen von der gestrigen Besprechung.

»Hallo«, sage ich.

Sie lächelt und stellt den Becher weg, steht auf und kommt mir entgegen.

»Hallo. Wir konnten uns gestern ja gar nicht bekannt machen. Ich heiße Anna Hansson und bin operative Analytikerin.«

Ihre langen dunklen Haare hängen ihr als dicker Zopf über die Schulter. Ihre Wangen sind übersät von Sommersprossen, und in ihrem Mundwinkel klebt Milchschaum vom Kaffee.

Ich stelle mich vor und erkläre, dass ich gerne alle Informationen hätte, die Jan Halldin Viktor Lans überlassen hat.

»Da hast du Glück«, sagt Anna. »Ich weiß zufällig, wo die zu finden sind. Möchtest du sie digital oder als Ausdruck?«

»Digital reicht.«

»Schön, dann mach ich das gleich. Siri Bergman, ja?«

Ich nicke, danke ihr und gehe zu den Fahrstühlen.

Auf halber Strecke durch den Gang ruft sie hinter mir her, und ich drehe mich um. Sie beugt sich an ihrem Schreibtisch zurück, um mich richtig sehen zu können, ihr Zopf streift fast über den Boden.

»Kümmere dich übrigens nicht um Benny. Der kann total stinkig sein. Ich finde eure Theorie sehr interessant.«

Sie macht ein verlegenes Gesicht, fast, als wollte sie sich entschuldigen, als wäre sie daran schuld, dass Benny unsere Theorie verworfen hat.

»Danke«, sage ich. »Schön, dass jemand unsere Arbeit zu schätzen weiß.«

»Nimm es nicht so schwer. Benny ist schon in Ordnung. Er ist nur nicht so … diplomatisch.«

Im dritten Stock ist alles leer und stumm. Ich gehe in das kleine Zimmer, das ich mit Vijay teile, setze mich an den Schreibtisch und fahre den Rechner hoch, ohne auch nur Licht zu machen. Was als undefinierbares, aber starkes Gefühl der Unruhe begonnen hat, hat sich in Ungeduld verwandelt, fast wie ein Jucken. Irgendwo in dem Material, das die operative Analytikerin mir geschickt hat, findet sich der Grund, warum Sandra Persson und Viktor Lans die Unterlagen des Sozialamts unbedingt an sich bringen wollten. Denn niemand bezahlt ja wohl 17 000 Kronen für Informationen, die sich gratis von den Behörden besorgen lassen.

Ich fange an, mich durch die Dateien zu klicken, Das meiste sind Auszüge aus den Akten der Kinder, besorgte Mitteilungen von Nachbarn und Schule, Untersuchungsberichte des Jugendamts, Beschlüsse vom Vorsitzenden des Sozialausschusses, der die sofortige Unterbringung in Pflegefamilien anordnete, und der Antrag auf Sorgerechtsübertragung, der beim Verwaltungsgericht eingereicht wurde.

Ich überfliege die Unterlagen, ohne dadurch sehr viel klüger zu werden. Einige Male stutze ich über die Formulierungen.

»*… hat die Mutter mehrfach die Kinder mit glühenden Zigaretten verbrannt, so dass Brandwunden entstanden sind …*«

Wie ist das möglich? Ich versuche mir vorzustellen, wie ich eine brennende Zigarette auf Eriks milchweiße Haut drücke, aber das geht nicht. Der Gedanke ist so widerwärtig und so absurd, dass ich es mir nicht einmal vorstellen kann.

Wieder meldet sich die Übelkeit zu Wort, aber diesmal bin ich darauf vorbereitet. Ich greife zu der Tafel Schokolade, die ich mir auf dem Weg hierher an einer Tankstelle gekauft habe, und breche ein großes Stück ab. Dann lese ich das Urteil des Verwaltungsgerichts: »*Es kann als bewiesen angesehen werden, dass beim Verbleib der Kinder bei der Mutter ein beträchtliches Risiko für ihre Gesundheit und ihre Entwicklung besteht.*«

Nirgendwo finde ich mildernde Umstände, die Sandra Perssons Verhalten erklären könnten, oder etwas, das dafür spräche, die Kinder bei ihrer biologischen Mutter zu lassen.

Ich recke mich und schaue aus dem Fenster. Es ist noch immer dunkel, aber der Himmel hat eine dunkelgraue Färbung angenommen, die verrät, dass das Tageslicht heraufzieht. Auf der Straße draußen kämpfen Fußgänger gegen den starken Wind. Eine Frau versucht, ihren umgestülpten Regenschirm in Ordnung zu bringen, ein Mann verliert eine Tüte, die sofort über die Straße davonwirbelt.

Das meiste, was in den Unterlagen steht, müsste Sandra Persson schon bekannt gewesen sein, denke ich. Was also war daran so wichtig?

Was haben wir übersehen?

Auf dem Gang sind Schritte zu hören und Vijay taucht auf. Seine Haare sind nass und seine Wangen rosig.

»Und ich hatte gedacht, ich wäre früh dran«, sagt er und streift seinen Parka ab.

Wie immer ist er auf seine bohemienhafte Weise elegant und riecht außerdem gut. Vijay riecht immer gut.

»Du bist aber elegant«, sage ich.

Er lächelt.

»Danke, Süße.«

»Warum sind Heterotypen nicht genauso elegant?«

»Das ist ein Mythos«, sagt er und lässt sich in den Sessel neben meinem sinken. »Schwule sind nicht cooler und eleganter. Fahr mal aufs Land hinaus, dann findest du eine Menge zahnlose alte Kerle, die schwedische Schlager hören und in ihren Slippern Frotteesocken tragen.«

»Ich hätte ja gedacht, zahnlose Schwule wären sehr begehrt.«

Vijay kichert und sieht für einen Moment aus wie ein glückliches Kind.

»Du hast eine versaute Phantasie, weißt du das?«

»Soll ich das als Kompliment betrachten?«

»Absolut. Geht es dir heute besser?«

Ich nicke und frage mich, ob Markus recht haben kann, ob ich an dem besagten Abend vielleicht schwanger geworden bin. Denn ich hätte doch eigentlich schon längst meine Tage haben müssen? Ich versuche, mich zu erinnern, wie weit ich im Rückstand bin, aber das gelingt mir nicht. Ich hab das noch nie im Griff gehabt.

»Viel besser.«

»Aber warum arbeitest du nachts?«

Vijay fährt seinen Rechner hoch und schaltet die Schreibtischlampe ein.

»Und warum sitzt du hier im Dunkeln?«, fügt er hinzu.

Ich erkläre, dass ich mir die Unterlagen besorgt habe, die Jan Halldin Viktor Lans überlassen hat, und dass ich auf dieser Grundlage zu begreifen versuche, was Sandra Persson und ihr Lebensgefährte wirklich in Erfahrung bringen wollten.

Vijay rollt mit seinem Stuhl näher an den Computer heran, und ich zeige ihm, was ich gelesen habe.

»Wir müssen wohl davon ausgehen, dass sie sich vor allem

dafür interessieren, was nicht in den Akten steht, denn diese Informationen hätte die Mutter ja anfordern können.«

»Aber wo sollen wir suchen, was meinst du?«

Ich klicke zurück zur Liste der Dokumente.

»Hier«, sagt Vijay und zeigt auf eine Datei mit dem Titel »Besprechungsprotokoll«.

»Was ist das?«, frage ich.

»Vielleicht die internen Besprechungsprotokolle des Sozialamts? Der Leiter der Voruntersuchung hat ja gesagt, Halldin habe die weitergegeben. Das sind schließlich gesperrte Informationen.«

Ich klicke die Datei an und öffne das erste der beiden Dokumente, die nun erscheinen. Wir lesen schweigend. Es ist ein Besprechungsprotokoll aus dem Sozialamt in Älvsjö. Daraus geht hervor, dass der für die Kinder zuständige Sachbearbeiter, Jacob Rosenberg, auf der Unterbringung in Pflegefamilien besteht, während die Leiterin der Familiengruppe, Inga-Lill Franzén, »sehr guten Kontakt zu der Mutter« hat, was »hoffentlich zu einer baldigen Verbesserung der Situation der Kinder beitragen wird«.

»Diese Besprechung hat stattgefunden, ehe die Kinder in die Pflegefamilien gekommen sind«, sage ich.

Vijay nickt.

»Jacob Rosenberg, der, mit dem wir gesprochen haben, scheint die Unterbringung forciert zu haben.«

Ich öffne das zweite Besprechungsprotokoll. Dem Datum nach hat es stattgefunden, nachdem die Kinder bereits seit wenigen Tagen in den Pflegefamilien waren.

»Was steht dort?«, fragt Vijay, der in seiner Aktentasche nach irgendetwas sucht.

»Dass Jacob Rosenberg nicht wollte, dass die Eltern erfahren, wo die Kinder untergebracht sind, da er die Mutter als labil und gefährlich einschätzte.«

»Und?«

»Aber dann beschloss Inga-Lill, die Chefin, den Eltern diese Information zugänglich zu machen, weil sie glaubte, den Kindern würde ein betreuter Besuch ihrer Mutter guttun. Und ... das hat das Sozialamt dann auch vor dem Verwaltungsgericht empfohlen.«

»Und das Verwaltungsgericht hat sich dieser Einschätzung angeschlossen?«

»Ja.«

Vor dem Fenster dämmert es schwach. Ich höre vom Gang her, wie die Kollegen zur Arbeit kommen. Irgendwo plingt eine Mikrowelle. Ein neuer Tag hat begonnen.

Ich frage mich, was Nova-Li und Liam machen. Sind sie schon wach? Bekommen sie heute Frühstück? Kümmert sich jemand um sie, ist jemand für sie da, wenn sie traurig oder hungrig sind?

Leben sie überhaupt noch?

Carin kommt hereingefahren. Sie sieht heute müde aus, und ich frage mich, wie ihre Nacht war, wie sie es schafft, allein mit einem behinderten Kind zu leben, während sie selbst noch ein Trauma bewältigen muss, das sie fast das Leben gekostet hat.

Sie schafft das, denke ich. Man schafft das. Die meisten Menschen schaffen ungefähr alles, damit es ihren Kindern gut geht.

»Wie geht es euch?«, fragt sie und sieht plötzlich besorgt aus.

»Uns geht es super«, sage ich. Ich will wirklich nicht, dass Carin sich auch noch unseretwegen Sorgen macht.

Ich erzähle ihr von dem Material, dass Vijay und ich gerade durchgehen. Erzähle vom Inhalt der Akten und den Besprechungsprotokollen des Sozialamts.

Auf Carins sonnengebräunter Stirn taucht eine Furche auf.

»Was sucht ihr denn da?«

»Das wissen wir nicht so genau«, sagt Vijay. »Aber irgendwo muss es Informationen geben, die für Sandra Persson und ihren Lebensgefährten so wichtig waren, dass sie bereit waren, Tausende von Kronen dafür zu bezahlen.«

Carin nickt langsam und räuspert sich.

»Ich habe gerade mit Benny gesprochen, dem Leiter der Voruntersuchung. Er sagte, sie hätten die Fahndungsgruppe jetzt rund um die Uhr auf Sandra Persson und ihren Mitbewohner angesetzt. Wenn die die Kinder irgendwo versteckt haben, werden sie sie ja wohl besuchen.«

»Wir warten also ab?«, fragt Vijay.

»Bis auf weiteres, ja. Sie haben zudem ein Haus auf Älgö gefunden, wo diese Gruppe, ›Arische Sammlung‹, ihre Treffen veranstaltet. Eine Theorie besagt, dass die Kinder sich dort befinden. Die Fahndung ist schon auf dem Weg dorthin, um sich mal umzusehen.«

»Älgö liegt nicht allzu weit von den Nacka-Masten entfernt«, sage ich.

»Stimmt. Aber ich weiß nicht, ob die von diesem Haus aus zu sehen sind. Das müssen die Ermittler feststellen.«

In der Mittagspause gehe ich mir einen Salat kaufen. Der Wind ist stärker geworden, reißt an meinem Mantel und meiner Tüte, und der Regen peitscht mir ins Gesicht. Auf der Straße liegen heruntergefallene Zweige, und ich muss zwischen den umgekippten Fahrrädern auf dem Bürgersteig Slalom laufen.

Auf dem Rückweg zum Polizeipräsidium komme ich an einer Apotheke vorbei. Ich zögere zuerst, aber dann gehe ich hinein und kaufe mir einen Schwangerschaftstest.

Die Frau an der Kasse lächelt, als ich bezahle, und ich lächle zurück, aber ich weiß nicht, welches Ergebnis ich mir von dem Test wünsche.

Einen Bruder oder eine Schwester für Erik. Die Vorstellung ist verlockend, aber zugleich war meine Beziehung zu Markus so angespannt. Vielleicht wäre es besser, mit Veränderungen noch eine Weile zu warten. Um zurück zu dem zu finden, was wir hatten, ehe das Leben abermals eine neue Richtung einschlägt.

»Darf es sonst noch etwas sein?«

Die Frau in dem weißen Kittel schaut mich fragend an und mir geht auf, dass ich noch immer vor der Kasse stehe, obwohl ich längst bezahlt habe.

»Nein, entschuldigen Sie. Ich war so in Gedanken versunken …«

Ich laufe mit glühenden Wangen aus der Apotheke. Ein Lastwagen fährt vorbei und bespritzt meine Beine, reißt mich aus meinen Überlegungen zu Erik und Markus.

Sowie ich wieder bei der Arbeit bin, öffne ich die kleine Plastiktüte und schleiche auf die Toilette. Öffne die Packung, ziehe das Stäbchen heraus und überfliege die Gebrauchsanweisung. Dann pisse ich und warte.

Es wird an die Tür geklopft.

»Siri, bist du da drin?«

Das ist Vijays Stimme.

»Ich bin gerade … beschäftigt«, sage ich.

»Es ist etwas passiert. Wir müssen los. Sofort. Kannst du mitkommen?«

Ich schaue auf die Uhr.

»In zwei Minuten.«

Es dauert zufällig noch genau zwei Minuten, bis der Test fertig ist, aber das weiß Vijay ja wohl nicht.

Ich höre ihn draußen mit Carin reden. Dann verschwinden rasche Schritte auf dem Gang.

Ich schaue wieder auf die Uhr.

Noch dreißig Sekunden.

Dann starre ich das Stäbchen mit Staunen an. Ich lasse es in den Mülleimer fallen und sinke auf den Toilettensitz, nur um es gleich wieder herauszuholen und noch einmal anzusehen.

Als ich die Tür öffne, steht Vijay davor. Sein Gesicht verrät Besorgnis.

»Ist dir wieder schlecht?«, fragt er.

»Nein, mir geht's gut«, sage ich.

»Zieh deine Jacke an. Wir müssen los. Sandra Persson und Viktor Lans sind unterwegs nach Nacka, und sie sind bewaffnet.«

Stockholmer Innenstadt

Der Himmel ist beunruhigend dunkel, als wir in Richtung Slussen fahren. Das Geräusch der kleinen Regentropfen, die auf die Windschutzscheibe trommeln, mischt sich mit dem Zischen der Scheibenwischer.

»Diese Scheibenwischer«, sage ich.

»Ja, das hast du schon gesagt«, erwidert Vijay.

»Warum hast du die noch nicht machen lassen?«

Er wirft mir einen kurzen Blick zu.

»Ich komme mir mit dir langsam vor wie ein altes Ehepaar«, sage ich. »Das sich gegenseitig dauernd anpöbelt.«

»So was Ähnliches sind wir ja wohl.«

»Nur vögeln wir nicht.«

Vijay lacht leise.

»Sandra Persson und Viktor Lans haben vor fünfzehn Minuten die Wohnung in Östberga verlassen«, sagt Vijay. »Die Kollegen, die das Haus überwachen, haben offenbar gesehen, dass Viktor eine Handfeuerwaffe mitgenommen hat. Sie verfolgen ihn jetzt. Sie haben zwei Wagen vor Ort, ein weiterer ist unterwegs. Noch einer wartet bei der Abfahrt nach Saltsjöbaden. Sie nehmen an, dass die beiden zu diesem Versammlungslokal auf Älgö wollen. Wir treffen die anderen auf dem Älgövägen auf der Höhe der Brücke nach Älgö.«

»Sandra und Viktor sind also dahin unterwegs. Im Auto?«

»Nicht im Auto. Mit dem Motorrad.«

Ich blicke aus dem Fenster und stelle fest, dass das Wetter für eine Motorradfahrt nicht gerade ideal ist.

Bei Stadsgården gibt es einen Stau. Eine Baustelle hält den Verkehr auf, und wir stehen. Vijay trommelt ungeduldig auf dem Lenkrad herum.

»Warum sollen wir eigentlich dabei sein?«, frage ich.

»Wir nicht. Ich. Weil ich ausgebildeter Vermittler bin.«

Ich nicke. Vijay hat beim FBI einen Sonderkurs Verhandlungstechnik gemacht. Mit seinem Hintergrund als Psychologe und seinen Sprachkenntnissen, von denen ich jetzt weiß, dass sie nicht nur Englisch, Punjabi und Urdu umfassen, sondern auch Arabisch, ist er als Vermittler gefragt. Bei fast allen größeren Einsätzen der Polizei ist ein Vermittler dabei, egal, ob eine Geiselsituation befürchtet wird oder nicht.

Der Verkehr kommt wieder in Gang, und Vijay gibt Gas. Wir passieren Danvikstull auf der linken Spur. Als wir durch eine riesige Pfütze pflügen, gerät der alte Volvo ins Schlingern, verliert für einen kurzen Moment den Kontakt zur Fahrbahn. Aber Vijay kann ihn auffangen, und gleich darauf hat er die Kontrolle über das Auto zurückgewonnen.

»Ich glaube, die Umstände erlauben, dass wir das mit der Geschwindigkeitsbegrenzung nicht so eng sehen«, sagt er leise.

Ich sehe ihn an. Er ist sehr konzentriert und seine schwarzen, leicht gelockten Haare hängen ihm ins Gesicht.

»Warum haben die eine Waffe mitgenommen?«, frage ich.

Er schaut mich fragend an, als hielte er diesen Umstand in unserem Zusammenhang für unwesentlich. Im selben Augenblick klingelt sein Telefon.

Vijay steckt sich den Stöpsel ins Ohr, meldet sich und hört dann lange zu.

»Ja. Verdammt ... Ihr habt also keine Ahnung ... und sie sind nicht aufgetaucht? Okay, bis gleich.«

Vijay beendet das Gespräch und erwidert meinen Blick.

»Sie haben die beiden bei Sickla aus den Augen verloren. Es gab einen Stau und das Motorrad hat zwischen den Fahrspuren hin und her gewechselt. Und jetzt wissen sie nicht, wo die beiden sind.«

Ich schaue aus dem Fenster. Überlege.

»Aber warum sind sie bewaffnet?«, frage ich noch einmal. »Man bewaffnet sich doch nicht, wenn man zwei Kinder besuchen will, oder?«

Vijay gibt keine Antwort.

»Und wenn sie nach Älgö wollten, dann hätten sie doch bei der Abfahrt nach Saltsjöbaden auftauchen müssen?«

»Hast du einen besseren Vorschlag?«

Ich ahne in seiner Stimme Irritation, achte aber nicht darauf, denn mir ist etwas ganz anderes eingefallen.

»Stell dir vor, wir hätten die ganze Zeit recht gehabt«, sage ich. »Stell dir vor, es geht ihnen nicht um die Kinder, sondern sie wollen ganz woandershin.« Vijay wird langsamer, er fährt in eine Parkbucht und hält. Er dreht sich zu mir um, und seine Augen sehen in dem leicht bläulichen Tageslicht tiefschwarz aus.

»Das musst du mir erklären.«

»Warum nimmt man eine Waffe mit?«

»Weil man … sich beschützen will«, schlägt Vijay vor.

»Oder vielleicht, weil man auf jemanden schießen will«, sage ich leise.

»Warum sollten sie auf jemanden schießen wollen?«

»Du weißt doch, was in den internen Besprechungsprotokollen stand. Dass Jacob Rosenberg auf der Unterbringung in Pflegefamilien bestanden hat.«

»Rache«, sagt Vijay. »Verdammt. Warum haben wir da nicht längst dran gedacht? Wir wissen doch, dass denen alles zuzutrauen ist. Wir müssen feststellen, wo dieser Rosenberg wohnt.«

Ich schließe die Augen und lasse mich auf dem Sitz zurücksinken. Denke daran, was Sandra Persson gesagt hat, als wir bei ihr waren.

Ich sag nur eins, die, die dahinterstecken, werden bezahlen, das könnt ihr mir glauben.

Wie konnten wir das übersehen? Das Ganze kommt mir jetzt so tödlich einfach und logisch vor. Sandra hat bei unserem Gespräch ja sogar gesagt, dass sie sich rächen will. Sie haben Jan Halldin bestochen und sich dadurch Einblick in den Verlauf der internen Diskussionen im Sozialamt verschafft. Sie wissen also, wer bei der Frage nach der Unterbringung der Kinder die treibende Kraft war. Sie haben den Sündenbock gefunden.

Jacob Rosenberg.

Vijay hat schon wieder sein Telefon in der Hand.

»Ich rufe Carin an«, sagt er.

Vijay erklärt die Situation und hört dann zu. Einige Sekunden darauf legt er sich das Telefon auf das Knie und sieht mich an.

»Jacob Rosenberg wohnt in Björknäs«, sagt er. »Im Ängshöjden 5. Die anderen sind jetzt alle draußen auf Älgö und werden eine Weile brauchen, um dorthin zu fahren.«

»Wir sind ganz in der Nähe von Björknäs«, sage ich.

Wir schweigen eine Weile. Nur das Prasseln des Regens auf der Motorhaube ist zu hören.

»Was machen wir?«

Vijay macht ein gequältes Gesicht, und ich ahne, dass er, so wie ich, die Alternativen durchdenkt.

»Ich will nicht auf dem Gewissen haben, dass Jacob Rosenberg stirbt, nur weil wir nicht rechtzeitig gekommen sind«, sage ich.

Er nickt und schaut mich wieder an.

»Wir fahren hin«, sagt er und lässt den Motor an.

Wieder plingt sein Telefon.

»Willst du nicht sehen, was da steht?«

Er schüttelt den Kopf.

»Das wissen wir doch schon. Oder was? Sie wollen nicht, dass wir schon mal vorfahren.«

Das weiß gestrichene Holzhaus liegt einsam in einem Wäldchen auf einer Anhöhe. Eine einsame Schaukel steht auf dem verwelkten Rasen und die Schaukeln bewegen sich langsam im Wind. Ein zerfetzter Drache ist in einen Rosenbusch geflogen und erinnert mich an einen toten Fisch, der an einem öden Strand angeschwemmt wurde.

»Kannst du etwas sehen?«

Vijay schaut sich um und schüttelt den Kopf. Dann steckt er sein Telefon in die Tasche und öffnet die Wagentür.

»Komm. Wir müssen uns beeilen.«

Nacka, östlich von Stockholm

Der Kies knirscht unter unseren Füßen, als wir uns dem Haus nähern. Hinter dem Fenster rechts von der Tür brennt Licht. Ein warmer goldener Schein färbt das nasse Gras gelb.

In der Sekunde, in der Vijay auf den Klingelknopf gedrückt hat, höre ich drinnen Schritte, aber niemand macht auf. Vijay klingelt noch einmal, und ich kann durch die schwere Eichentür Stimmen hören, leise, wie Flüstern.

Vijay klingelt ein drittes Mal, und nach langer Zeit wird die Tür vorsichtig von einer jungen Frau geöffnet.

Zuerst erkenne ich sie nicht, aber etwas an ihrem breiten Mund und den dünnen, von der Sonne ausgebleichten Augenbrauen verrät mir, wen ich da vor mir habe.

Elin Ström. Die Frau, die aus Bergshamra verschwunden ist, um dann auf den Bildern mit Nova-Li und Liam wieder aufzutauchen.

Ich schaue rasch zu Vijay hinüber, aber der scheint nicht dasselbe gesehen zu haben wie ich.

»Hallo, wir sind auf der Suche nach Jacob Rosenberg. Ist er zu Hause?«

»Ach. Sind Sie Freunde von Jacob? Kommen Sie rein. Er duscht gerade, aber er kommt sicher gleich.«

Sie öffnet die Tür, und wir gehen ins Haus. Ich zupfe Vijay an der Jacke, versuche, ihn zu warnen, aber er reagiert nicht.

»Also, wissen Sie, wir haben gerade gebacken. Wollen Sie nicht ein Stück Kuchen essen, während Sie warten?«

Wir folgen Elin Ström in die Küche. Vijay erstarrt mitten in einer Bewegung, aber ich bin nicht überrascht, denn ich hatte schon damit gerechnet.

Die Einrichtung aus Fichtenholz.

Senfgelbe Fliesen mit Sonnenmuster.

Der Sodastream auf der Anrichte.

Der ramponierte Stoffaffe, den er wohl aus dem Büro seines Kollegen Jan Halldin in Älvsjö gestohlen hat.

Am Tisch sitzen Nova-Li und Liam, trinken Schokomilch und essen sorglos ihren Kuchen. Liam schaut uns mit halboffenem Mund an und ich ahne einen Kuchenrest auf seiner Zunge. Nova-Li achtet offenbar nicht weiter auf unsere Anwesenheit, sie verzehrt langsam ein Stück Kuchen und lässt Elin dabei nicht aus den Augen.

Vijay dreht sich zu mir um. Sein Gesicht zeigt nur noch Entsetzen.

»Ich habe versucht, es dir zu sagen«, murmle ich.

Elin sieht verwirrt aus.

»Wollen Sie ein bisschen Kuchen?«, fragt sie hoffnungsvoll.

»Danke«, sage ich. »Wir haben etwas im Auto vergessen. Das müssen wir nur schnell holen.«

Die Sekunde, in der alle Puzzlestücke ihren Platz finden, wenn das Muster, das man vorher nicht deutlich sehen konnte, mit messerscharfer Deutlichkeit hervortritt. Diese Sekunde ist jetzt gekommen. Mit geht auf, dass wir Jacob Rosenberg nie auch nur in Verdacht hatten, obwohl er alles über die Kinder wusste.

Ich lächle Elin beruhigend an.

»Wir sind gleich wieder da«, sage ich.

Doch als wir uns umdrehen, um zur Haustür zu gehen, taucht in der Türöffnung ein Mann auf. Ich erkenne ihn sofort, die struppigen hellbraunen Haare sind feucht und seine Bartstoppeln kürzer als bei unserer ersten Begegnung, aber es kann keinen Zweifel geben.

Das hier ist Jacob Rosenberg.

Seine Miene verrät eine Mischung aus Entsetzen und Resignation.

»Elin, geh mit den Kindern ins Wohnzimmer, seht euch einen Film an«, sagt er leise. »Ich muss mit diesen Leuten reden.«

»Aber«, protestiert Liam, »ich will Kuuuuuuchen!«

»Nimm den Kuchen mit«, sagt Jacob.

Elins Blick irrt zwischen Nova-Li und Liam hin und her.

»Kommt«, sagt sie dann. »Wir sehen uns Minions an.«

»Jaaaa«, ruft Liam begeistert, nimmt den Kuchenteller und läuft aus der Küche.

Nova-Li wirkt skeptischer, ihr Blick bleibt an mir haften, als sie vom Stuhl gleitet, Elins Hand nimmt und langsam zum Wohnzimmer geht.

»Setzt euch«, sagt Jacob. »Ich will euch nichts tun. Ich habe noch nie irgendwen verletzt, wenn wir von Kajsas Hund absehen, aber der hat mich angegriffen, und da blieb mir nichts anderes übrig.«

Vijay und ich tauschen einen Blick. Er nickt kurz, und wir setzen uns an den Küchentisch.

Ich habe ein starkes Gefühl von déjà vu – die bekannte Einrichtung der Küche, die Plastikmatte mit Korkdessin auf dem Boden und ihre federnde Weichheit unter meinen Socken, das alles kommt mir vor wie ein Traum. Vielleicht ist es nur ein Traum, denke ich. Vielleicht liege ich in Wirklichkeit in meinem Bett zu Hause auf Värmdö und Markus liegt neben mir, während der Regen auf das Dach prasselt. Und vielleicht kann ich einfach nicht aus meinem Albtraum aufwachen.

»Ihr möchtet vielleicht wissen, warum?«, fragt Jacob und fährt sich mit der Hand durch die feuchten Haare. Der Duft von Seife und Rasierwasser schlägt mir entgegen.

Vijay nickt.

»Es gibt zwei Antworten auf diese Frage«, sagt Jacob langsam. »Zum einen habe ich zu viele Kinder gesehen, denen die Gesellschaft nicht helfen konnte. Viele Jahre habe ich geglaubt, etwas ändern zu können. Das war natürlich naiv. Ich bin nur ein Rädchen in einem unüberschaubaren System aus Bürokratie, Gesetzen und Regeln, die oft die Täter schützen und nicht die Kinder. Die Eltern von Nova-Li und Liam haben die Bezeichnung Eltern doch gar nicht verdient. Sie haben die beiden misshandelt und vernachlässigt, aber wir konnten nichts anderes tun, als sie in getrennte Pflegefamilien geben. Und das ist doch ein weiterer Übergriff. Sie haben es gut hier. Bei mir. Sie bekommen alles, was sie brauchen, und sie sind zusammen. Und Elin … ja, fragt sie doch selbst. Ich glaube, wir sind alles, wovon sie jemals geträumt hat.«

Es wird still. Zu hören sind nur der Film, der jetzt im Nebenzimmer läuft, und der Regen, der gegen die Fensterscheibe prasselt.

Jacob sieht uns an, ohne eine Miene zu verziehen. Es wirkt fast, als habe er diese Verteidigungsrede einstudiert, und hinter Engagement und Pathos ahne ich etwas anderes, eine Überzeugung, dass er das Recht hat, über das Leben anderer zu entscheiden, dass er bestimmen darf, was für andere am besten ist, ohne sie fragen zu müssen.

Jacob kratzt sich am Hals, und ich sehe, dass ihm an einem Finger das letzte Glied fehlt. Ich unterdrücke den Drang zu fragen, was da passiert ist.

»Und der andere Grund?«, frage ich vorsichtig, um ihn nicht zu verärgern. Mir ist klar, dass die ruhige Oberfläche eben nur eine Oberfläche ist. Denn, auch wenn Jacob Rosenberg normal wirkt, so ist er doch ein massiv gestörter Mann, der vier Menschen entführt hat.

Jacob seufzt und schaut aus dem Fenster, wo sich jetzt die

Dämmerung über den Wald und den vom Regen aufgeweichten Rasen senkt. Hochgewachsene Nadelbäume verschwimmen am Rand des Kieswegs mit dem Regen. Die leeren Schaukeln zeichnen sich vor dem Himmel ab.

»Ich nehme an… es hat vor dreißig Jahren angefangen. Ich habe hier gewohnt, auf diesem Grundstück, in so einem Haus, mit meiner Mutter, meinem Vater und meiner Schwester Elsemarie. Ich war glücklich. Aber das war mir damals noch nicht klar. Wir waren eine normale Familie, so eine, in der alle Kinder aufwachsen müssten. Wir hatten unsere Probleme wie alle anderen, aber im Großen und Ganzen…«

Er verstummt und streicht sich mit der Hand über die Bartstoppeln. Der Schmerz in seinem Gesicht ist nicht zu übersehen.

»Ich habe meine Familie umgebracht«, sagt er nun. »Es war ein Unglück. Aber ich hatte es verursacht. Ich weiß, dass es meine Schuld war, und ich weiß auch, dass ich mein Leben der Aufgabe widmen muss, wieder Ordnung zu schaffen. Ich muss das wiederherstellen, was ich damals verloren habe, und zugleich andere retten…«

»Was ist damals passiert?«, fragt Vijay gelassen.

Jacob reibt sich die Hände und schaut die Tischplatte an.

»Es fing am Luziamorgen an…«

Nacka, östlich von Stockholm, 2012

Vielleicht war der Gedanke immer schon da. Er ist trotz allem eine ziemlich pragmatische Person. »Wenn man nicht das haben kann, was man will, muss man das nehmen, was man haben kann.« Er weiß nicht mehr, wer diesen Satz so oft wiederholt hat. War das Kicki oder Irene? Oder vielleicht Jennifer in Solgården, vor so vielen Jahren. Jennifer, die Tierpflegerin oder Make-up-Artist werden wollte. Jennifer, die nur wenige Monate, nachdem sie ausgezogen war, an einer Überdosis gestorben ist. Er wird traurig, wenn er an sie denkt, traurig und wütend. Jennifer war ein liebes Mädchen. Eine freundliche, naive und leichtgläubige Person, die benutzt und ausgenutzt wurde.

Was aus den anderen von Solgården geworden ist, weiß er nicht genau. Er hat nur Kontakt zu Ibbe, der ihn vor einigen Jahren über Facebook kontaktiert hat. Ibbe, der es wirklich geschafft hat, in die USA zu gehen, wo er nun wohnt, und, wie er es vage ausdrückt, »in der IT arbeitet«. Über Matilda will er lieber nicht nachdenken. Nach all den Jahren will er noch immer nicht daran denken, dass sie irgendwo da draußen sein muss.

Er selbst ist weit herumgekommen. Er war geschockt, als er am Tag seiner Volljährigkeit begriff, wie groß sein Erbe wirklich war, und einen Teil des Geldes benutzte er für eine lange Reise durch Asien und Südamerika. Er sah Orte und begegnete Menschen, die meistens von der freundlichen und freigebigen Sorte waren. Er erlebte Dinge, die etwas mit ihm hätten machen, ihn hätten prägen sollen. Aber trotz all der Eindrücke schien nichts wirklich zu ihm durchzudringen. Als gäbe es eine unsichtbare Haut zwischen ihm und allen anderen Menschen. Ihm war klar, dass er es war, der anders war, nicht so wie die anderen, das irgendwo auf dem Weg vom Kind zum Erwachsenen etwas in ihm zerbrochen war. Er wollte wie die Backpacker sein, die zwischen den vielen Dingen, die es auf der Welt zu erleben gibt, hin und her wandern, sorglos, offen und mit der Fähigkeit, anderen Menschen nahezukommen, aber so sehr er es auch versuchte, er konnte diese Leute nicht gut genug nachahmen. Er war neben ihnen wie ein Schatten.

Als er nach Hause kam, fing er an zu büffeln. Zuerst holte er das Abitur nach, dann kam das Studium, jetzt arbeitet er seit etlichen Jahren an derselben Stelle. Er hat seine sozialen Fähigkeiten trainiert. Er trinkt mit seinen Kollegen Kaffee, vergisst nicht, ihnen zum Geburtstag zu gratulieren, und erkundigt sich nach kranken Verwandten. Aber die Freundschaften bestehen nur an der Oberfläche. Er denkt an die vielen Jahre, in denen er einsam war, versucht hatte, das gleiche Leben zu leben wie alle anderen, sich aber immer wie ein Betrüger vorkam.

Er hat Freundinnen gehabt. Natürlich hatte er Freundinnen. Zuerst Maria, die aus Chile kam, und die er im Abiturkurs kennenlernte. Sie sprach nur holpriges Schwedisch, und er kannte nur einige Touristenphrasen auf Spanisch. Ab und zu denkt er, dass die Sprachprobleme ihnen die Sache vielleicht leichter gemacht haben. Sie konnten einander nicht richtig nahekommen, und dass es so war, war akzeptabel. Aber je besser Marias Schwedisch wurde, umso mehr veränderte sich ihre Beziehung. Maria wollte mehr über ihn wissen, verstehen, wer er wirklich war. Als ob sie plötzlich bemerkt hätte, dass er nur eine leere Hülle war. Das provozierte ihn. Das wenige, was von ihm noch übrig war, wollte er für sich behalten. Und er wusste zudem, wenn er die Gefühle zeigte, von denen er wusste, dass sie vorhanden waren, hinter dem freundlichen Lächeln, würde sie diese Gefühle niemals verstehen.

Schließlich machte Maria Schluss. Sagte, die Beziehung sei zerstört und er sei verrückt. Sie kam ihm nicht einmal traurig vor, sie packte einfach ihre Sachen und zog aus. Ein halbes Jahr später meldete sie sich und erzählte, sie erwarte Zwillinge und werde zusammen mit ihrem neuen Freund in ein Reihenhaus in Tyresö ziehen. Er konnte nie begreifen, warum sie ihm das mitgeteilt hatte. Es war, als wolle sie noch einmal Salz in seine Wunden reiben, ihn verletzen, indem sie ihm erzählte, wie glücklich sie war.

Danach hatte er noch eine Reihe von Beziehungen. Es waren Frauen, die kamen und gingen, und es endete immer auf dieselbe Weise. Sowie er anfing, ihnen näherzukommen, zogen sie sich zurück. Es gab viele Ausflüchte: Einige waren nicht »bereit zu einer ernsthaften Beziehung«, andere wollten »mehr Zeit für sich selbst«, ja, eine Frau behauptete sogar, sie brauche eine Pause, um sich auf ihr Yoga konzentrieren zu können.

Ihm wurde also eine Scheiß-Yogamatte vorgezogen!

Und dann war da der Hass, der wie Säure in ihm kochte. Die Sehnsucht danach, sich am Leben zu rächen, für alles, was ihm zugemutet worden war. Zurückzuschlagen. Das waren Gedanken, von denen ihm schlecht wurde und für die er sich schämte.

Er widmete seine Energie seiner Arbeit und nicht den Menschen. Wusste, dass er in seinem Fach gut war und dass die allermeisten ihn schätzten, was bei jemand in seinem Beruf nicht so oft vorkam. Er gab sich alle Mühe, zu helfen und die Dinge zu verbessern. Aber jetzt, Jahre später, sieht er ein, dass das keine Rolle spielt.

Er fährt hinaus zu dem Grundstück in Björknäs. Es ist ein schöner Tag mit klarblauem Himmel und dünnen Wolkenschleiern, die über dem Horizont schweben. Der Boden ist bedeckt von Unkraut und Farn, und er weiß, dass sich seit langer Zeit schon niemand mehr um den Garten gekümmert hat. Er denkt daran, wie sehr sein Vater sich für alles interessiert hat, was wächst, dass er mit dem Jungen spazieren ging und Blumen und Pilze pflückte und ihm von der Flora erzählte.

Er sieht sich das Grundstück genau an, bewegt sich durch das hohe Gras und die kleinen Erlengruppen. Er schaut den Grundstücksplan an, um zu sehen, wo genau die Grenze zu den Nachbarn verläuft. Überlegt, wie ein Haus gebaut werden könnte, das dem ähnelt, das früher dort gestanden hatte.

Seinem Elternhaus.

Er lässt sich in das Projekt hineinsaugen. Fährt an den Wochenenden zum Baumarkt und sucht im Netz nach Einrichtungsgegenständen von damals. Besucht Antiquariate, um den Bücherschrank seiner Eltern zu rekonstruieren. Zu seiner Frustration kann er sich nicht an alles erinnern, aber die Details, die das Haus als Ganzes ausmachen, wachsen langsam. Sein Zimmer, der dicke Teppichboden, das Wohnzimmer mit dem kleinen Kamin. Die Küche mit Fichtenholztäfelung und gelben Fliesen.

Je mehr das Haus Form annimmt, umso diffuser wird sein Zeitempfinden. Er hat das Gefühl, wieder in seinem Elternhaus zu leben. Als könnte er eines Morgens aufwachen und wieder bei den Menschen sein, die er geliebt hat.

Mama, Papa und Elsemarie.

Es dauert fast ein Jahr, aber dann ist das Haus fertig. Er geht durch die Zimmer und lauscht auf die Stille, auf das Fehlen von Lachen und Stimmen, die dort sein müssten. Er weiß, dass es Menschen gibt, die ihn brauchen. Menschen, denen er helfen, ein besseres Leben geben kann. Kinder, die er aufziehen und aus dem Elend und dem Unglück retten kann, in dem sie sich befinden. Eine Frau, mit der er sein Leben teilen kann. Eine Frau, die auch eine Mutter sein kann.

Er glaubt, Elsemaries Stimme seinen Namen flüstern zu hören, und er weiß, was er zu tun hat.

Die Menschen finden, die seine Familie werden sollen.

Nacka, östlich von Stockholm

Jacob verstummt. Sein Bericht klingt düster und unwirklich, wie etwas aus einem Film oder einem Buch. Aber ich bezweifle nicht, dass er wahr ist.

»Sie lassen sie im *Keller* hausen?«

Ich höre in Vijays Stimme Abscheu und Unglauben, auch wenn er versucht, das zu verbergen.

»Da gibt es alles, was sie brauchen«, sagt Jacob leise. »Fernsehen, Betten, Toiletten, Bücher und Spielzeug. Die Kinder sind sehr gern da. Und sie müssen ja nur im Keller sein, wenn ich bei der Arbeit bin. Die Einzige, die sich dort nicht wohlgefühlt hat, war diese Kajsa. Obwohl ich davon überzeugt war, dass sie perfekt zu uns passen würde. Jung, kinderlieb. Kinderlos. Aber trotzdem hat sie uns verabscheut, und das hat auf die Kinder abgefärbt. Sie wurden unruhig und traurig. Kajsa hat zudem dauernd versucht wegzulaufen. Am Ende ist ihr das gelungen, und das war sicher nur gut so.«

»Aber wie hatten Sie sich das denn vorgestellt?«, frage ich vorsichtig. »Haben Sie gedacht, Sie könnten die Frauen und die Kinder einfach ihren Familien wegnehmen und dann mit ihnen eine glückliche Familie werden?«

Jacobs Gesicht wird hart, und seine Augen verdüstern sich. Aber unter dem Zorn ahne ich etwas anderes. Etwas Selbstsicheres und Triumphierendes.

»Urteilen Sie selbst. Haben Sie den Eindruck, dass sie sich nicht wohlfühlen? Glauben Sie nicht, dass die Kinder es hier besser haben als in ihren Pflegefamilien? Und Elin … die hat jetzt alles, wovon sie jemals geträumt hat.«

»Und was ist mit Kajsa?«, frage ich. »Die haben Sie doch umgebracht.«

Jacob fährt zusammen.

»Ich habe sie *nicht* umgebracht. Sie ist von der Brücke gesprungen. Ich würde niemals einen Menschen umbringen. Sogar Kajsas Hund war ein Versehen. Er hat mir Todesangst eingejagt!«

In diesem Moment ist aus dem Wohnzimmer Gebrüll zu hören.

»Das gehört mir!«, schreit jemand. Ich tippe auf Liam.

»Nein, das gehört mir! Mir! *Mir!*«

Jacob steht unsicher auf.

»Ich muss nur schnell mal nachsehen.«

Er verschwindet aus dem Zimmer. Sofort hat Vijay sein Telefon in der Hand, gibt eine Meldung ein, und ohne zu fragen weiß ich schon, dass es Carin ist.

Das aufgeregte Geschrei der Kinder mischt sich mit Jacobs beruhigender Stimme.

»Sollen wir abhauen?«, frage ich so leise ich kann und erhebe mich.

Schritte nähern sich. Aber ehe Jacob die Küche erreicht hat, läutet es an der Tür. Die Schritte verstummen, und gleich darauf ändern sie ihre Richtung, gehen in die Diele und zur Haustür.

Ich schleiche mich ans Fenster und versuche zu sehen, wer dort draußen im Regen steht. Kahle Äste verdunkeln den Eingang, aber als meine Augen sich an das Dämmerlicht gewöhnt haben, sehe ich einen Mann in Lederjacke und Jeans. Seine Haare sind an den Seiten kurzgeschoren und oben etwas länger. Er hält etwas Kleines, Blankes in der Hand, wie eine Taschenlampe oder ein Mobiltelefon. Seine Haltung ist irgendwie seltsam, er steht gekrümmt da, wie kurz vor einem Sprung.

Wie ein Tier kurz vor dem Angriff.

Ich drehe mich um. Schreie in Richtung Diele.

»Nicht aufmachen!«

Aber es ist zu spät. Die Tür öffnet sich.

Vijay ist aufgesprungen und läuft vor mir her in die Diele. Als wir dort ankommen, steht Viktor Lans in der Tür und hat die Waffe auf Jacob gerichtet. Kalte Luft fegt herein und bringt feuchtes Laub und den Geruch von nassem Wald und Fäulnis mit sich.

»Du schwule Judensau! Du hast uns unsere Kinder weggenommen, und dafür wirst du bezahlen!«, brüllt Viktor.

Er hebt die Waffe und schießt auf Jacob. Der Schuss ist so laut, dass er mich für einen Moment taub macht. Er kommt mir vor wie eine Ohrfeige. Gleich darauf sinkt Jacob in sich zusammen und auf dem Boden unter ihm bildet sich eine dunkelrote Lache.

Viktor entdeckt uns und scheint nicht so recht zu wissen, was er tun soll. Dann erstarrt er und sein Gesicht zeigt Verblüffung und Unglauben.

»Was zum Teufel?«

Er lässt die Waffe fallen und bleibt in der Tür stehen. Der Wind packt die Haustür und schlägt sie gegen die Wand.

Dunk.

»Was bei allen verdammten …«

Viktor weicht wieder zurück. Er sieht aus, als hätte er ein Gespenst gesehen.

Ich drehe mich langsam um.

Nova-Li und Liam stehen stumm hinter mir in der Diele. Liam hat die Augen weit aufgerissen, Nova-Li dagegen sieht seltsam ausdruckslos aus. Als ob es sie nicht weiter wundert, dass ihr Stiefvater, der »andere Papa«, wie sie ihn genannt hat, aufgetaucht ist. Oder dass er soeben auf jemanden geschossen hat. Als wäre es das Natürlichste auf der Welt.

Dunk. Dunk.

Die Tür schlägt gegen die Wand. Ich schiele zu Jacob Rosenbergs Körper auf dem Boden hinüber. Er liegt absolut bewegungslos da, und ich kann nicht feststellen, ob er lebt oder tot ist.

Irgendwo höre ich ein Motorrad, dessen Motor hochgedreht wird. Trotz des Schocks ist mir klar, dass Sandra Persson irgendwo dort draußen steht und ungeduldig darauf wartet, dass Viktor von seinem Einsatz zurückkehrt.

»Verdammt. Oh, verdammte Scheiße…«

Viktor tritt noch einen Schritt zurück.

Das Motorrad verstummt.

Dunk.

Ich weiß nicht recht, wie lange wir schon so dastehen. Eine Minute vielleicht?

Draußen nähert sich eine Gestalt, wächst aus der Dämmerung heraus, als sei sie aus dem Wald herausgetreten.

»Komm schon!«, ruft Sandra. »Was zum Teufel machst du denn noch da drinnen?«

Aber Viktor bleibt stehen, als habe er nicht begriffen, was hier soeben geschehen ist. Als sei die ganze Szene eine seltsame Rechenaufgabe, die er nicht lösen kann.

Sandra taucht in der Türöffnung auf. Ihre langen Haare kleben ihr am Hals, und die Schminke läuft ihr über die Wangen.

»Was zum Teufel machst du denn noch?«, brüllt sie und zerrt Viktor am Arm.

Dann sieht sie die Kinder.

Sie schwankt, es sieht fast aus, als würde sie umfallen. Dann geht sie langsam in die Knie. Stützt sich mit der Hand auf den Boden.

»Meine Lieblinge!«, murmelt sie. »Kommt!«

Nova-Li und Liam weichen langsam zurück ins Wohnzimmer.

»Er hat sie sich geholt«, sagt Viktor. »Die schwule Judensau hat sie sich selbst geholt!«

Sandra schaut jetzt uns an. Ihr Gesicht ist vor Hass verzerrt, und Tränen laufen ihr über die Wangen.

»Ihr habt ihm geholfen«, sagt sie. »Ich hab es ja gewusst. Hab ich das nicht die ganze Zeit gesagt? Ihr habt euch gegen uns zusammengerottet. Viktor, gib mir die Pistole, damit ich sie selbst erledigen kann.«

Dann sieht sie die Waffe vor ihm auf dem Boden. Bückt sich und reißt sie an sich. Richtet sie langsam auf uns.

»Ihr seid Teufel! Ihr habt mein Leben ruiniert, ist euch das klar?«

Die Stimme ist fast tränenerstickt.

Dunk.

»Ihr müsst sterben.«

Sie zielt auf Vijay und ich ahne, wie er erstarrt. Für eine Sekunde steht alles still. Kein Wort wird gesprochen, kein Geräusch ist zu hören. Ich sehe Sandras Finger auf dem Abzugshahn und registriere mit einer seltsamen Ruhe, dass sie ganz allein entscheidet, ob wir leben oder sterben werden. Dann fällt ein Schuss und trifft die Wand hinter uns. Holzsplitter und Mauerstücke stieben auf. Überall riecht es jetzt nach verbranntem Holz.

Vijay lässt sich auf den Boden fallen, als Sandra die Diele betritt. Sie stellt sich neben ihn und drückt ihm die Waffe an den Kopf.

»Stirb, Scheißkanacke!«

»Was hast du getan?«

Elin steht in der Wohnzimmertür und sieht zuerst Jacob an und dann Sandra.

»Und wer zum Teufel bist du?«

Sandra hält die Pistole noch immer an Vijays Kopf.

»Ich bin Jacobs Freundin. Und du hast ihn verletzt.«

Elin sieht unendlich ernst aus und schüttelt verständnislos den Kopf.

»Warum hast du das getan? Jacob ist lieb.«

Sandra sieht aus, als wolle sie etwas, sagen, wendet sich dann aber wieder Vijay zu, bereit zu schießen.

»Hast du nicht gehört, was ich sage? Er ist lieb! Man darf zu lieben Leuten nicht gemein sein!«

»Halt die Fresse!«

Sandra sieht plötzlich verlegen aus. Sie kehrt Elin den Rücken zu und drückt ab. Ein Klicken ist zu hören und Vijay fährt zusammen.

Sandra flucht und schaut die Waffe an, und irgendwo draußen in der Dunkelheit ahne ich schwarze Schatten. Der Wald scheint zum Leben erwacht zu sein, in der Dunkelheit zu tanzen. Das muntere Geplapper der Minions kommt aus dem Wohnzimmer und ich höre, wie ein schweres Möbelstück über den Boden geschleift wird.

Sie versuchen, sich darin zu verstecken, denke ich. Sie versuchen, sich vor ihrer eigenen Mutter zu verstecken. Jacob Rosenberg hatte recht. Hier haben sie es besser als bei Sandra.

Dunk.

Sandra drückt die Waffe wieder gegen Vijays Kopf und ich sehe, wie sein Körper zittert, wie Hände und Füße unkontrolliert zucken.

Die Schatten hinter Sandra wachsen und nehmen in der Dunkelheit hinter ihr Gestalt an.

»Ich hab gesagt, *stirb,* du Arsch«, sagt Sandra mit dumpfer Stimme.

»Aufhören. Sei nicht mehr so gemein! Zuerst warst du gemein zu Jacob, und jetzt bist du gemein zu dem da!«

Elin sieht verzweifelt aus. Dann wirft sie sich auf Sandra.

Ich weiche instinktiv zurück, in Richtung Küche. Plötzlich geht mir auf, dass ich für die Schatten draußen in der Schusslinie stehe. In dem Moment, als ich mich auf den Küchenboden werfe, ist von draußen ein scharfer Knall zu hören, dann noch einer und schließlich ein schriller Schrei.

Ich liege still da. Kneife die Augen zu. Öffne sie dann und sehe vor mir den Küchenschrank aus Kiefernholz. Wandere mit den Augen an den Maserungen hoch zur Anrichte.

Auf dem Rand sitzt der Stoffaffe und schaut mich aus seinen ausdruckslosen Knopfaugen an.

Zwei Monate später

Vijay und Aina sitzen auf dem Sofa vor dem Kamin, und ich habe mich in einen Sessel verkrochen. An den Füßen trage ich dicke Wollsocken. Die Teetassen auf dem kleinen Tisch dampfen.

Es ist jetzt kalt.

Vor dem Fenster fallen große daunige Flocken, die das Haus und die Felsen in eine dicke Schneedecke hüllen. Die Bucht ist eine gewaltige schwarze Zunge in dem vielen Weiß, und auf ihrer ruhigen Oberfläche sehe ich einzelne Eisschollen.

Das Feuer im Kamin knistert, und Funken fliegen heraus, landen vor Vijay. Er tritt sie sofort aus.

»Ihr hattet Glück«, sagt Aina langsam. »Ist euch klar, was ihr für ein Glück hattet? Und die Kinder und diese Frau auch.«

»Wirklich?«, frage ich und strecke die Hand nach der Teetasse aus. Nippe vorsichtig an dem heißen Getränk.

»Wie meinst du das?«

Aina sieht verwirrt aus. Ihre Haare sind jetzt länger, fallen in weichen Locken um ihr Gesicht. Ihre Züge sind sanfter geworden, vielleicht hat sie ein wenig zugenommen. Sie sieht mehr aus wie die alte Aina.

Wie meine Aina.

»Ich meine nur, dass es den Kindern jetzt vielleicht nicht besser geht, trotz allem.«

»Soll das ein Witz sein? Der Mann war doch total gestört!«, sagt Aina.

»Weißt du, dass sie eine Stunde gebraucht haben, um die Kinder herauszulocken? Sie hatten sich unter dem Sofa versteckt und weigerten sich hervorzukommen. Offenbar hatten sie es bei Jacob Rosenberg sehr gut. Das haben sie jedenfalls behauptet.«

Es wird still, und ich höre draußen im Schnee knirschende Schritte. Die Haustür wird geöffnet, und Markus kommt herein. Er tritt sich den Schnee von den Stiefeln und hängt die Jacke an den Haken.

»Der Tee ist noch heiß«, rufe ich.

»Komme schon«, antwortet er.

»Sie haben ihn Papa genannt«, sage ich leise.

Aina schneidet eine Grimasse.

»Das ist doch total krank.«

»Ja«, sage ich. »Natürlich ist es das. Aber was passiert jetzt? Die Mutter der Kinder und ihr Freund sitzen in Untersuchungshaft und müssen mit langen Haftstrafen rechnen. Jacob hat zwar aller Wahrscheinlichkeit zum Trotz überlebt, aber er wird viele Jahre im Gefängnis oder in einer psychiatrischen Klinik verbringen. Nova-Li und Liam sind wieder in getrennten Pflegefamilien untergebracht worden, weil die früheren bereits neue Kinder aufgenommen haben. Was wird aus ihnen werden? Welche Verletzungen werden sie davontragen?«

»Man kann nicht alle retten«, sagt Aina.

Vijay schweigt zuerst und schaut ins Feuer, aber dann dreht er sich zu uns um.

»Elin, die Frau, die bei Jacob gewohnt hat, ist wie vernichtet. Wirklich total am Boden. Sie darf ihn in der Untersuchungshaft nicht besuchen, weil er Besuchsverbot hat. Bei der Vernehmung hat sie Jacob als den wunderbarsten Menschen bezeichnet, der ihr je begegnet ist. Dass niemand sie bisher mit solchem Respekt behandelt hat. Sie liebt ihn und wird auf ihn warten. So ungefähr.«

»Ich glaube nicht, dass Kajsa Rantanens Mann ihn als wunderbaren Menschen bezeichnen würde«, sage ich und mir schaudert.

»Stockholmsyndrom?«, schlägt Aina vor.

»Vielleicht, aber ich glaube, dass er sich wirklich rührend um sie und die Kinder gekümmert hat. Dieser ganze Fall … ich weiß nicht, da scheint es nur Opfer zu geben.«

Vijay sieht müde aus. Müde und mitgenommen. Ich frage mich oft, was sich in ihm hinter den schönen schwarzen Locken bewegt, was er denkt, wenn er nachts einsam im Bett liegt. Was es für ein Gefühl war, mit dem Pistolenlauf am Kopf dort auf dem Boden zu liegen. Aber ich will ihn nicht drängen. Eines Tages wird er darüber sprechen, und dann werde ich für ihn da sein. Werde zuhören und verstehen, so, wie man das nur kann, wenn man selbst dabei gewesen ist.

Markus kommt mit dem Brennholzkorb herein. Stellt ihn auf die linke Seite des Kamins und legt einige Holzscheite nach. Das Feuer zischt und protestiert gegen das feuchte Holz. Dann nimmt er sich eine Tasse Tee und lässt sich in den leeren Sessel sinken.

»Es ist saukalt.«

»Echt?«, fragt Aina. »Ich dachte, du kommst aus Norrland. Es ist doch höchstens fünf Grad unter Null.«

»Es wäre ja auch nicht so schlimm, wenn dieses Haus richtig isoliert wäre«, sagt Markus. »Wir müssen etwas unternehmen. Wenn das Baby kommt, können wir so nicht mehr wohnen.«

Ich schaue meinen Bauch an, der das Geheimnis noch immer gut verbirgt. Unter meinem Pullover zeichnet sich nur eine leichte Rundung ab. Wie eine weiche kleine Ausbuchtung der Erde, ehe eine Pflanze heranwächst und die grünen Blätter durch die Krume dringen.

Es ist ein Mädchen.

Das haben wir feststellen lassen. Erik bekommt eine kleine Schwester, und er hat beschlossen, dass sie Maja heißen soll, wie der blinde alte Hund von Eriks Eltern.

»Es wird dir guttun, mit uns in der Praxis zu arbeiten«, sagt Aina mit zufriedener Miene. »Diese Arbeit für die Polizei … rund um die Uhr abrufbereit sein zu müssen, das geht nicht mit zwei kleinen Kindern.«

Ich nicke. Schaue aus dem Fenster auf den rieselnden Schnee und spüre die Hitze der Flammen an meinen Wangen. Ich denke an Erik und Markus und das wachsende kleine Leben in mir, das Unfassbare, das noch einmal in meinem Körper geschehen wird. An die Menschen, die ich liebe, und an mein Zuhause, diese einsame Hütte halbwegs in den Schären, so weit entfernt von der Gewalt und Gemeinheit der Welt.

Ein warmes Gefühl breitet sich in mir aus.

Ich nehme an, es ist eine Art Frieden.